倾覆 著 QINGFU ZHU

盛世收藏②

《典当》之后又一部值得一读的
古玩行业**百科全书式小说**

北京联合出版公司
Beijing United Publishing Co.,Ltd.

图书在版编目（CIP）数据

盛世收藏．2 / 倾覆著．-- 北京：北京联合出版公司，2015.4

ISBN 978-7-5502-5100-7

Ⅰ．①盛… Ⅱ．①倾… Ⅲ．①长篇小说－中国－当代 Ⅳ．① I247.5

中国版本图书馆 CIP 数据核字（2015）第 080320 号

盛世收藏．2

作　　者：倾　覆

选题策划：北京宏泰恒信文化传播有限公司

责任编辑：徐秀琴

策划编辑：杨亚琼　　方　圆

封面设计：书舟设计

版式设计：张　敏

责任校对：王　远

北京联合出版公司出版

（北京市西城区德外大街 83 号楼 9 层　100088）

北京时捷印刷有限公司印刷　新华书店经销

字数 300 千字　710 毫米 ×1000 毫米　1/16　24 印张

2015 年 5 月第 1 版　2015 年 5 月第 1 次印刷

ISBN 978-7-5502-5100-7

定价：38.00

目录

第一卷

国之宝器　岂能相让

唐风和柳月逛古玩店，与一伙外国人发生争执，原来他们相中的一件黑瓷被外国人截胡。唐风对老板晓以大义，终于争得黑瓷。不料唐风在另一家店里相中的古玩也被这伙人截了，而这一次的古玩，是一个国宝级的元青花香炉……

打眼（一）

唐风说完这句话，感觉左手臂突然一紧，王天朔的右手有力地抓住了唐风的胳臂："兄弟，刚出道吧？"

唐风侧脸看了王天朔一眼，右手缓慢左移，搭上了他的手。

眼前的一幕让拿着笔和POS机签账单的老板难以置信地扶了扶眼镜，王天朔青筋暴起的手腕被唐风捏着离开了他的手臂。从王天朔的表情不难看出，强壮的他已经用尽了全力，但还是输给了看上去那么单薄的唐风。唐风冲着王天朔笑了笑，说："王兄真是客气，多谢指教。"

王天朔冷哼一声，不再说话，灰溜溜地别过脸去，他身后的两个壮汉也没有要动手的意思。唐风接过老板手中的笔和签账单，签上自己的名字后将底单放进上衣口袋，然后，他双手捧起说唱陶俑走出了店门。

"哎，唐先生，你等一等。"老板叫住已经出门的唐风，"你女朋友挑的陶俑还没有拿走呢，算我送给你们的。"

"谢谢，不用了。"唐风回头淡淡一笑，转头继续朝前走去。

等到唐风走后，其中的一个壮汉问王天朔道："朔哥，要不要……"

王天朔不悦地对那个壮汉道："你想把他留下来吃晚饭吗？"他望着唐风远去的背影，摇着头说："想不到这小子还挺扎手。"

唐风刚到马路边，林沐雨的甲壳虫就在他身边停了下来。她打开车门，唐风捧着说唱陶俑坐上车，车门关闭，甲壳虫绝尘而去。

甲壳虫离开文物研究所，一路朝林沐雨的租住房驶去。听唐风说完刚才的过程之后，林沐雨有些疑惑地道："我怎么觉得这里面有点儿不对劲呢？"

唐风不是缺心眼儿的人，整件事情确实有可疑之处。他跟林沐雨走进那家店才没多久，王天朔就找上门来要求退货，而且他进来的时候也是唐风正在犹豫的时候，加上之后发生的事情，怎么看怎么像一个局。

林沐雨说："看那人的架势，怎么可能轻易放你走呢？"

唐风又细细地看了一遍面前的说唱陶俑，没有问题，绝不可能被调包，他也确信自己手中的这个陶俑跟王天朔的那个是同一时代的陶器。至于王天朔为什么没有发飙的问题，也很好解释，这种人本来就是欺软怕硬之徒，看到唐风不好对付，当然不想自找麻烦。

林沐雨说："你说有没有这种可能，那份鉴定报告是假的，是文物研究所的工作人员跟他们一起演的双簧。"

"沐雨，你真适合写剧本。"唐风将每个细节都在自己的脑海中重新过了一遍，觉得不可能出现什么偏差，"别疑神疑鬼的啦，这些应该都是巧合。"

"可能是我多心了吧，我们家唐风什么局没见过呢？"

就这样，说唱陶俑被唐风顺利地拿下，两个人高高兴兴地回家庆祝。

一切都很顺利，中国石的生意虽然不可能如同陈彦希冀的那般短期内就红红火火，而是一直呈不温不火的上升趋势。周末，唐风将继续以嘉宾的身份参加《盛世收藏》。但是，不知道为什么，本来该高兴的唐风却怎么也高兴不起来，他总觉得，自己在不断得到的过程中也在不断失去些什么。

这天，逛了一下午古玩市场无果的唐风刚巧路过一幢自己非常熟悉的建筑，他下意识地抬起头，一块写有"朱记拍卖行"的匾额映入眼帘。唐风对朱记拍卖行有一种特殊的亲切感，他两次飞跃的起点都在这里，拍卖象牙笏板为他的印石生意铺平了道路，拍卖文房六宝让他拥有了自己的店面。当然，这种亲切感还因为有那么一个人的存在。唐风粗略地算了算时间，有一个多月没有跟她碰过面了。唐风本来想到朱记拍卖行去看看她在不在，但想想还是算了。他自己心里清楚，他和柳月只怕不会有风花雪月了。

沿着跟柳月一起散过步的街头，唐风漫无目的地往前走，不知不觉，他来到一个小小的街心花园。这个街心花园临街的地方有一张长木椅，就是经常在公园里看到的那种，普通的横木条长椅。

唐风清楚地记得，上次跟柳月散步的时候也来到过这里。突然，一个女子的声音从身后传来——"我们到那里去坐坐，好不好？"

——是柳月！

唐风满脸惊喜地转过头去。但是，很快，他脸上洋溢的笑容就如同潮水一般忽然退去。说话的不是柳月，而是走在人行道上的一对年轻情侣。

“傻瓜，你忘了自己的感冒还没有好吗？”男子将女子脖子上那条被风吹开的围巾重新围好，柔声道，“我们到麦当劳去坐吧。”

“哦。”女子挽紧男子的胳臂继续往前走，声音随着他们的离开渐行渐远，直至完全飘散。唐风叹了一口气，走到那张长椅边坐了下来。

唐风就这样坐着，两眼呆望前方，渐渐地，在马路上不断呼啸而过的汽车开始模糊，模糊成一道道浮光掠影，那熟悉的场景便在这浮光掠影中逐渐清晰。

“唐风！”柳月指着街边的长椅对他说，“我们到那里去坐坐，好不好？”

唐风微笑着点头答应道：“嗯，没问题。”

坐在长椅上的柳月得意地晃动着两只乖巧的小脚，她指着街对面的一幢老房子说：“你知道吗？我的童年就是在那幢老房子中度过的。”

“童年？”唐风望向那幢老房子，这是一幢老式的四层居民楼，墙体没有经过粉刷，古朴的红砖就裸露在外面，极易让人产生一种时过境迁的感觉。他对柳月说：“看来那里一定充满了你童年的快乐记忆。”

“不。”柳月嘟起嘴摇着头说，“我的童年一点都不快乐。”

唐风自小没有父母在身边，他的童年没有太多的快乐记忆，他想不到出身大家族的柳月也和自己一样。“为什么？”

“我小的时候，父母总是早出晚归，是我奶奶把我带大的。”柳月仰望着天空，用带有些许忧郁的口吻说，“那时，每天的黄昏，我都会守在阳台，眼望着楼下的巷口，盼望着爸爸妈妈早一点出现，盼望他们带我出去玩。可是，我总是等不到他们。”

“怎么会等不到呢？他们总会回家啊！”

“小时候的事情我已经忘记了太多，但有一件事情我始终记得很清楚。那时的黄昏，总会有一群小飞虫在我眼前晃来晃去，它们很讨厌的，晃着晃着就把我的视线晃模糊了。当我再次睁开眼睛的时候，一定会躺在自己那张小床上。后来，我终于明白了，他们根本不会有时间带我出去玩，等不到他们，我只好盼着自己快快长大，我以为，只要长大了，就可以自己出去玩了。”

“那你的愿望已经实现了，”唐风说，“你现在已经可以自己出去玩了。”

柳月苦笑着摇了摇头，说：“那个长大的孩子现在终于明白，长大，只是被命运从一个小鸟笼转移到一个大鸟笼。感觉自己就是一个漂亮的风筝，飞得再远，也掌握不了命运的线……好了，不说这些了。”

“唐风？”柳月望向唐风，唤道。

“嗯，在呢。”唐风微微一笑，“怎么了？”

“你的手机里面有好歌吗？”

“我手机里的歌都很老土的，你肯定不会喜欢。”唐风说完话，将手里的手机递给柳月。柳月接过手机，很快找到唐风的手机音乐。

“哇，这首你也有啊，真的好老土。”柳月笑话完，又说，“不过我很喜欢。我要把这首歌传到我的手机上，当作你打电话给我的来电铃音……”

一片落叶从夕阳的罅隙里缓缓坠落，它不断地舞蹈，不断地飘摇，最后，轻轻落在了坐在长椅上的男子的肩上。

男子伸手拿起这片枯黄的叶子。错过了无限的风光，我只能让你看到我苍老的模样。

男子终于拿出包里的手机，拨通了女子的号码。

“想要问问你敢不敢，像你说过那样地爱我，像我这样为爱痴狂，到底你会怎么想……”

声音来自唐风身后不远的地方。唐风回过头，夕阳如画，笑靥如花。

“你，终于想到给我打电话了吗？”柳月的笑容不无娇嗔，她缓步走向唐风。

唐风站起身，向柳月那边走去，“我以为你再也不会理我了。”

“我知道你的意思。”柳月平静地说，“我都不怕，你在怕什么？”

唐风有些奇怪于某种巧合，他问柳月：“你怎么会在这里的？”

柳月得意地笑了笑，说：“这些天，我一直都住在老房子里呀，我呀，刚才在阳台上看到一个傻瓜在街心花园的长椅上傻坐着，我是下来看热闹的。”长大了的女孩，还会在黄昏的阳台，盼着某人带她出去玩吗？

说话之际，两个人走到了一起，但此时，他们都给人一种手足无措的感觉。唐风到底还是一个传统的人，刚才在意念之中闪现的冲动和激情，就如同流星划过天际一般，转瞬即逝，他不知道该对她说些什么。

而柳月早就知道林沐雨的存在，她的内心也很矛盾，如果唐风突然之间做出了某种改变，那么，他还是那个精明中带点傻气的唐风吗？如果相爱真的要让自己抛开一切，自己会有这个勇气吗？事不到临头，谁都无法保证的。想到这里，柳月抬头望向远天那抹黄昏的哀愁，释怀一笑，说："暮色淹没之后的黑夜，可以是满天星斗的灿烂星空，也可以是凄风苦雨的阴冷暗夜，我们完全可以不在意那些本来就不太准确的天气预报，一切顺其自然，该来的早晚都要来的，你说是吗？"

女孩子的心思总是难以琢磨，动人的情歌可以随意引用，似是而非的话语总是模棱两可。顺其自然也许是最好的选择，唐风点了头，说："你最近过得怎么样？"

"不好不坏吧。"柳月说，"就是有点生你的气，一点都不够朋友，开张都不邀请我。"

"可是，你是知道的啊。"

"不要偷换概念，我自己知道和你通知是两回事。"看到唐风不说话，柳月笑着说道，"唐风还是那个不会撒谎的唐风，我跟你开玩笑的。"

两个人沿着街心公园石子路一起往前，柳月问："最近有什么收获吗？"

一说到古玩，唐风总有一种没来由的兴奋，"我最近买了一个东汉说唱陶俑，品相很不错。"

"那就要恭喜你了，不过……"柳月很认真地提醒，"你可千万不能拿着这个东西去小机场乘飞机。"

"嗯。"唐风点了点头，"这个我知道。"

说起来，这还是中国作伪者对世界文物鉴定的一大贡献，使用X光射线照射陶瓷器物与热释光检测年限的结果之间存在定量关系。一秒钟的X光照射，在热释光测试下相当于器物一千年的演变，这一特质是作伪者在过机场安检的时候无意发现的，因为当时机场的安检还是X光检测。发现这一特质之后，作伪者很快将它运用于实际生产，1994年，北京潘家园古玩交易市场出现了一批北魏时期的陶俑，国内掀起了一场收购北魏陶俑的狂潮。几家大型国家文物单位也对北魏陶俑进行了"抢救性"的收购，其中，中国历史博物馆花费八十万元买了三次，故宫花费十万元买了两次。但是，这位作伪者的智商明显不高，随后，古玩交易市场上的北魏陶俑仍源源不断出现，这引起了有关部门的关注，但他们请来的专家根本无法鉴定陶俑的真伪。之后，警方介入调查，他们发现所有的北魏陶俑都出自河南洛阳的南石山村，而且还出自一个人之手。最后，大批专家打眼的事实浮出水面，成为中国文博史上最大的笑柄。

现在，像首都机场这样的大机场已经不使用 X 光检测了，各地的小机场还在使用。当然，如今的作伪者早就摒弃了通过分散过安检来作伪的老土办法，他们会花钱买通医院的工作人员，甚至自己购买射线辐射设备，把仿冒的陶瓷用 α、β、γ 三种射线进行辐照，以达到批量作伪的目的。通过辐照专业技术人员的精确计算，严格把握辐照剂量，就能够让热释光达到自然辐射的年限。由于作伪者本身的素质良莠不齐，作伪的陶瓷也闹出了不少笑话，甚至还出现过让专家瞠目结舌的距今四千年的唐三彩，这是严重的辐射过量。不管怎么说，中国作伪者发现的土办法，差点让外国人自认为很权威的热释光断代技术寿终正寝。

“哎，我差点忘了。”柳月对着唐风微微一笑，“你的水平那么高，根本就用不着我来提醒你的。不过，有一件事情你肯定不知道，因为这是最近才发现的高科技作伪手段，也是关于陶器的。”

辐射光作伪只能骗热释光断代，却骗不了唐风，无论作伪者的作伪手段有多么高明，做出来的东西始终都是现代仿品，仅这一点，就逃不过唐风的目鉴。他对柳月所说的新高科技作伪手段很感兴趣，问道：“这些作伪者又想出了什么高招呢？”

柳月说：“最近出现了一种化学添加剂，它能提高陶土的黏性，也就是说，作伪者现在完全可以少掺杂甚至是不掺杂新陶土，直接用熟陶粉末来烧制新陶器，迷惑性极强。”

听柳月这么一说，唐风心里开始出现不祥的预兆，因为这是一个他完全不知道、一点把握都没有的作伪新领域，也就是说，那个说唱陶俑极有可能就是他打眼的开端。他马上问：“添加剂的化学结构稳定，一定会在作伪陶器表面留下什么作伪痕迹吧？”陶坯上看不出来的细微差别在烧制成陶器后就会清晰地显现，这是陶瓷作伪的一个难点。

柳月说：“我也才知道这种化学试剂，它的化学结构并不稳定，九百摄氏度以上的高温就能让它完全挥发，不会在陶器表面留下任何痕迹……咦……”她不经意之间看了唐风一眼，发现他的脸色有点难看，“你怎么了？”

唐风无比郁闷地说：“我想，我有可能已经打眼了。”毫无疑问，这种新的作伪手段超出了唐风的认知，如果作伪者本身的作伪手段高明，又全部使用熟陶粉末制坯烧制，烧制出来的成品陶器还经过辐射光作伪，再精心设置一个局的话，唐风上当的概率将大大增加。

现在，再回过头去想一想，戴着黑框眼镜、文质彬彬、很容易让人产生信任感的老板；凶巴巴带着人找上门要求退货的王天朔；非常郁闷、百口莫辩的黑脸大汉言之凿凿地赌咒发誓，为了清白，一定要把说唱陶俑拿到文物研究所去鉴定；王天朔最后还要跟唐风抢……怎么可能这么巧啊，妖蛾子全都聚一块儿了！

柳月很诧异，“怎么会呢？以你的鉴定水平，只要认真观察仔细考虑，应该很难打眼的。”

问题是，这个骗局一环扣一环，唐风每次冷静思考的时候也是事情发生转折的时候，他们完全转移了唐风的注意力。但是，唐风还有一丝侥幸心理，他问柳月：“你的车在附近吗？”

“在啊。”

“现在带我去文物研究所。”

“嗯。”柳月乖巧地点了点头，带着唐风离开了街心花园。

柳月的牧马人越野吉普很快到达文物研究所，车还没有停稳，唐风就打开车门跳下车。但是，奇迹并没有发生，黑框眼镜男开的那家店已经早早地关了门，卷帘门上贴着门面出租的广告。柳月走下车来到唐风身边，“就是这家吗？”

唐风叹了一口气，摇着头苦笑道：“这帮家伙，真有一手。”唐风倒没有感觉到什么难过，他反而挺佩服这伙人的，能成功骗到他的人，肯定不是一般人。

唐风往前走了几步，来到河南老板开的那家“秦砖汉瓦”，河南老板好像已经不记得来过一次的唐风了，他笑着对他们说：“先生小姐，欢迎光临！”

“请问一下，”唐风说，“那头那家陶艺店是什么时候关门的？”

"您是问他们啊。"河南老板摇着头说，"我是真不知道，他们早就不在了，昨天还有警察上门来问呢。哎，您损失了多少？哎，我这里还有一匹陶马，保老保真……哎……"

唐风哪有兴趣听他推销，和柳月一起上车，牧马人很快消失在夜幕中。正在行驶的车上，柳月安慰唐风道："你别难过了，在古玩这个行当里，打眼很正常，你的成功率已经很高了。"

"你就别安慰我了。"唐风将头靠在椅背上，说道，"我根本就不是来找他们算账的。"

"那你是来干什么的呢？"

"他们这种手法很高明，我是想问问他们制作周期，如果制作周期短，完全可以拿去骗外国人嘛，反正他们这群苍蝇老盯着中国文物。"

打眼（二）

柳月笑着说："你能这么想那是最好了。"

接着，唐风把整个打眼的过程跟柳月讲述了一遍，柳月道："这帮骗子也真够聪明的，知道见好就收。"

"那是因为他们已经获取了高额的利润，唉。"唐风叹了一口气，"这样也好，一百万买个教训，这盆冷水浇下来，估计以后能长点记性。"唐风现在还处于起步阶段，打眼的成本不会太高，一旦发展到高级阶段，打眼的代价动辄上亿，别说是他，就算是杨程明这样的大腕，也不敢拍着胸脯说自己亏得起。

"嗯，"柳月说，"你这一百万花得挺值，收获还不少呢。"

"你别把我说得那么大方，"唐风哭丧着脸说，"我心痛到现在了，整整一百万呢。"

柳月抿嘴一笑："别心痛了，我请你吃饭。"

"算了，现在的我，一百万还是亏得起的。我请你吧，上次就说要请的。"唐风收拾心情，就算打眼买到假货，也是高仿真的假货，如果出手的话……想到这里，唐风拍了拍自己的脑袋，这是哪儿来的邪念呢？

第三天是周末，唐风又要准备去参加《盛世收藏》的现场直播了。上午，他来到中国石，今天的人气看起来还挺旺，在店里看石头的客人不少，虽然石雕店的收入不能以客流量来计算，但门庭若市总要好过门可罗雀。

他走进办公室，林沭雨正在调取资料查看开张以后的收支状况。"沭雨，怎么样了？"

林沭雨保持谨慎的乐观，"生意倒是越来越好，每天的交易额都有不同幅度的增长。但是，离盈利的目标还有相当长的距离。"

唐风看了看开张接近一个月的总营业额，还不到十万块，按照西单新开发的这一块每平方米二十块钱的日租金来算，中国石其实在亏本。如果把中国石这五百平方米的店面用来出租，每月光租金收入就是三十万元。也就是说，在不包括正常营运开支和石料成本的情况下，中国石这个月光是在租金方面就亏损了二十万元。好在是买下来的店面，感觉不是很明显；如果是租下来的店面，每月白白往外掏二十万元可不是那么轻松的。

唐风拍着林沭雨的肩膀说："放心吧，一切都会好起来的。"

林沭雨转过头，一本正经地说："我们这店面实在太大了，我觉得有点浪费。"

唐风摇头说："一点都不浪费，等到石头生意稳定下来，我还打算做其他生意呢。"

"你打算做什么生意呢？"

"既然起名叫中国石，只要是中国有名的石料我都想做。这五百平方米的店面是预留的，现在还不急，等我们把印石石雕生意做起来再说。"

"你有计划就好啦。"

晚上，林沭雨把唐风送到北方卫视的大门口，唐风下车之前对她说："要不我跟范小姐说一下吧，让你去充当现场观众。"

林沭雨摇头说："算了吧，我看电视都有点紧张，况且，我也不想上电视。"

"你是怕抢了范紫韵的镜头吧？"

"去你的。"林沭雨看了看时间，说，"时间差不多了，你快进去吧。"

唐风回过头在林沭雨的脸上亲了一口，"我走啦。"

唐风打开车门下车，一路走进北方卫视的大门，没花多少时间，他就出现在了《盛世收藏》直播现场的后台。那边的范紫韵走过来跟他打招呼，范紫韵跟唐风握了握手，说："欢迎唐先生再次光临。"

唐风问："今天的节目中我扮演什么角色呢？"

范紫韵说："这还用说，当然是三位嘉宾之一了。这两周，我们节目组可收到不少支持你的短信。"《盛世收藏》每期的内容不一样，唐风只参加现场部分的节目。

这边的他们正在交谈，节目导演陪着一个中年人和一个老年人走了过来。唐风认识其中的一个人，这个人就是唐风初来北京时，在琉璃厂物宝堂碰到的那个天津老人。当时跟这位老人同去物宝堂的两个天津人打碎了一个青花梨壶，老板索赔四十六万元，唐风最后提醒了他们，那个青花梨壶的壶嘴掉下来过，是用陶瓷专用胶粘上去的。虽然这位天津老人差点上当，但他的文物鉴定水平还是很高的，并不是每个人随便捡起一片碎片都能判断文物的真赝的，他只是没有捡到壶嘴的那块碎片而已；而且，唐风只是稍加提醒，他马上就知道问题出在哪里，不是行家不可能一点就透。这时，天津老人也看到了唐风，他并不意外地快步走向唐风，伸出手来说："小伙子，上次的事情还没有好好谢谢你呢。"

唐风礼貌地点头，并伸手跟他相握，"您老客气。"

通过节目导演的介绍，这位天津老人名叫周正元，过去在天津文物管理局工作，现在退休在家。另一个中年人名叫孙启，出身收藏世家，现在担任上海一家权威收藏杂志的主编。

看到周正元和唐风相熟，另外三个人主动借故离开。周正元对唐风说："《盛世收藏》节目组几次邀请，我都没有来，在电视上看到你在节目中做嘉宾之后，我主动要求参加这一期节目，就是想跟你碰个面。这次我可得好好谢谢你，等节目结束了，老头子请你吃饭，你可千万不要推辞啊。"

老人诚意相邀，唐风也不好拒绝，他点头说："没问题，就是觉得有点不好意思，让您老人家破费了。"

"哎，应该的，应该的。"周正元连连点头。

两位嘉宾都已经到场，就看神秘嘉宾是谁了。一会儿，节目正式开始，如同每期节目的开头一样，范紫韵先问候到场观众，再一一介绍出场嘉宾，唐风和周正元还有孙启在掌声中一起坐到了嘉宾席。

“各位嘉宾，各位来到现场的朋友，以及电视机前的观众朋友们，我们今天节目的主题是瓷器。多姿多彩的瓷器是中国古代的伟大发明之一，‘瓷器’与‘中国’在英文中同为一词，充分说明中国瓷器精美绝伦，完全可以作为中国的代表。作为古代中国的特产奢侈品之一，瓷器通过各种贸易渠道传到各个国家，精美的古代瓷器作为具有收藏价值的古董被大量收藏家所收藏……”朗诵腔的开场白之后，范紫韵进入了正题，她说：“我们节目的一贯宗旨是去假留真，能从我们这里走出去的瓷器一定是真品。现在，让我们以热烈的掌声欢迎我们的老朋友，来自文物研究所的各位专家出场。”

文物研究所的专家？唐风已经见识过了，能把现代的仿制说唱陶俑鉴定为东汉灰陶人物俑，不能不说是一种本事。

范紫韵说：“这些专家不光自身具有很高的瓷器鉴定水准，还懂得操作各种鉴定仪器，为我们提供更直观的鉴定结论。今天，他们就带来了他们的瓷器鉴定仪器。当然，由于场地有限，他们不可能把大型瓷器鉴定仪器搬过来，但他们带来的中小型仪器一样可以让我们得到一个精确的鉴定结果。我们这样做目的只有一个，让真品保留得明明白白，让赝品破碎得明明白白。亲爱的电视机前的观众朋友们，只要您对自己的藏品有信心……”

听她这么一说，唐风马上明白了，参与瓷器专场的瓷器都是签了生死状的，发现是假的就得摔了，为了让藏家口服心服，在摔了之后还要进行成分分析。

重大失误

要推出一档类似于《盛世收藏》这类专业性极强的文化综艺栏目，仅靠电视台本身的资源是做不到的，因此，作为主办方的北方卫视势必要寻求官方合作伙伴。而像文物研究所这样的准科研单位在向市场化转型的时候，也需要通过与媒体的合作来树立自己官方认证的形象，因此，双方的合作便显得水到渠成。既然要树立官方认证的形象，文物研究所就不能如唐风这般扮演“运动员”的角色，他们是以“仲裁者”的权威形象参与到《盛世收藏》栏目中的。

说起来烦琐，实际操作就显得很直观，当节目中的嘉宾一致认定某件瓷器为赝品的时候，时尚靓丽、看上去十分柔弱的美女主持人范紫韵就会扮演与本身形象存在巨大反差的毁坏者角色，故作一番悬念后将其敲碎。这里就出现了一个疑问，嘉宾的鉴定结论是不被官方认可的，也不具有法律效应，如果他们鉴定失误，出现了误毁误摔怎么办？这个时候，作为“仲裁者”的文物研究所就会通过科学仪器对瓷器碎片进行鉴定，给出最后也是最权威的鉴定结论。

当然，以上这些都只是展现给台下和电视机前的观众们看的，一件瓷器的真赝在节目开始之前就已经鉴定过了，绝不可能出现范紫韵敲碎真品瓷器的事情。

节目的直播有条不紊地进行着，很快，范紫韵介绍一号藏家出场。一号藏家三十来岁，身高体壮，国字脸、浓眉大眼，流利的普通话带有明显的北方口音。他送来鉴定的藏品是一个高三十厘米的明代洪武云龙纹青花釉里红盖罐。

青花釉里红俗称“青花加紫”，是在青花瓷器的青花纹饰之间用釉里红加绘红色纹饰的一种瓷器装饰手法。釉里红采用铜的氧化物为着色剂，烧制出来的瓷器显现出娇妍沉着的红色；而青花瓷器采用钴蓝料为着色剂，烧制出来的瓷器显现沉稳大气的蓝色；此二色再加瓷器本身的白地，三种颜色交相辉映，形成鲜明的色差对比，大大地提升了瓷器的观赏趣味，是价值最高的几种瓷器之一。

以上这些都是对青花釉里红瓷器的艺术价值定位，对普通人来说，最直观的价值体现方式还是它的成交价。而青花釉里红瓷器在近几年的拍卖中就频频创出了成交价的新高。在2004年的香港苏富比秋季艺术品拍卖会上，一件清雍正青花釉里红海水云龙纹天球瓶的成交价高达一千六百万人民币。2009年5月，在香港佳士得举办的“亚洲艺术品、珠宝及名表拍卖会”上，一件釉里红瓷器的成交价更是创下了明朝瓷器拍卖的世界纪录，这件高三十二厘米的明朝洪武釉里红缠枝牡丹纹玉壶春瓶最终的成交价是七千八百五十二万港元。

在开始鉴定之前，依照惯例，范紫韵会对藏家进行简短的采访，她问一号藏家：“如果鉴定为赝品，您就拿不回去了，您有思想准备吗？”

一号藏家豪爽一笑，说：“也不说真品赝品了，如果是假的，我也没打算把它拿回去，看到假货心里憋屈。”

范紫韵结束采访，面向观众说：“生死状已签，到底是真还是假，就让我们的嘉宾来定夺，鉴定开始！”

音乐声中，这个青花釉里红盖罐被它的主人送到嘉宾席，首先进行鉴定的是来自上海一家古董拍卖行的首席鉴定师孙启，他鉴定完之后，小心翼翼又不失礼节地将盖罐移到周正元的面前，周正元在鉴定的时候，孙启把自己的鉴定结论写在了自己面前的题板上。一番辗转，这个青花釉里红盖罐最后到了唐风的手上。前两天才打眼，他不敢大意，站起身仔细地观察起来。

这个青花釉里红盖罐造型厚重却不显得笨拙，体形硕大却比例协调，既磅礴大气又不失灵秀之美。它的釉质很厚，釉面光滑、油润，胎釉接合处可见少许土沁，釉色蛋青，青花发色兰翠，釉里红发色呈暗红色，器足有明显的淌釉现象。相比罐身，这个盖罐的底部略显粗糙，底圆略有倾斜但不明显，中间的肚脐微凸，有少许跳刀痕，底部露胎处呈现自然色泽的火石红。最后，唐风再仔细地看了看底部上方的露胎处，白中显灰的胎土略微泛出些许朱红。

在唐风完成鉴定之后，这个青花釉里红盖罐就放在了他的面前，准备一会儿移交给神秘嘉宾进行鉴定。

唐风写下鉴定结论，范紫韵面向观众，用开玩笑的口吻说：“我们今天的神秘嘉宾也是一位瓷器鉴定的高手，他认识我们台上三位嘉宾中的两位。我们不能给他们串通的机会，请台上的三位嘉宾先说出自己的鉴定结论，然后，我们再请出今天的神秘嘉宾，看看他们最终的鉴定结果是英雄所见略同，还是道不同不相为谋？现在，就让我们先来听一听孙启先生的鉴定结论。”

《盛世收藏》这个节目最大的特色就是专家 PK，他们始终都在不遗余力地创造这种 PK 的氛围。先让观众了解唐风他们的结论，然后再让毫不知情的神秘嘉宾进行鉴定，如果意见相左，他们的目的就达到了。

音乐声再起，孙启拿起了手中的题板，上面写着：真品。孙启不紧不慢地解释道：“明朝洪武时期，青花釉里红的烧制工艺已经比较成熟，但仍然存在着一定缺陷。该时期的青花釉里红瓷器发色区域比较宽广，自灰黑至暗红，还时常因为釉里红料研磨不细而出现类似于元青花青斑一样的局部红斑，同时还伴有露釉、淌釉等特有的时代特征。而这个青花釉里红盖罐无论是造型还是胎、釉、色、绘画等方面均符合洪武时期青花釉里红瓷器的特征，是近乎完美、无可挑剔的真品！”

孙启讲完之后，范紫韵请周正元出示他的鉴定结论。周正元翻过题板，他的鉴定结果有点出人意料：九成五真品。他说：“除了上一位嘉宾所讲的特征以外，这个盖罐的画工都是一笔而就，绝无复笔的勾描，它用笔流畅、无拘无束，画笔重合的地方，隐约可见果冻状的斑痕下陷，确实符合明朝洪武时期青花釉里红的特质。但是，这个盖罐也有美中不足之处，它的气泡较小，排列整齐，不具备柴窑烧制的典型特征，当然，观察气泡只是一种鉴定手段，远不能作为判定瓷器真伪的依据。因此，我做出了以上判断。”

周正元说完后，范紫韵转向唐风：“唐先生，您呢？”

唐风随手翻过题板——突然，“砰”的一声，这个云龙纹青花釉里红盖罐掉到地上摔了个粉碎。

高仿真瓷

这个青花釉里红盖罐就放在唐风的面前，他在翻题板的时候，不小心轻轻碰了一下，谁承想到，这么大个罐子居然就掉了下去，还摔得粉碎。盖罐的盖子顺着舞台骨碌碌一直滚到了观众席。

“啊！”这个青花釉里红盖罐还没有完全着地，台下的观众就发出了阵阵惊呼。奇怪的是，当“砰”的一声碎响之后，惊呼声戛然而止，整个直播现场突然之间变得落针可闻，女性观众还下意识地用手捂住嘴，而男性观众们则一个个目瞪口呆地望向唐风。

“我……对不起……”唐风一脸无辜地说，“我是不小心的。”

很有职业素养的范紫韵虽然没有发出惊呼，但吃惊的神色溢于言表，她不敢相信唐风居然犯下这样一个不可饶恕的错误。要知道，这些入围的瓷器在事先都是经过鉴定仪器检测的，这个青花釉里红盖罐的检测结果——是真的。

唐风一个不小心，居然当着台下数百名观众的面，把一个真真正正、价值千万的云龙纹青花釉里红盖罐给打碎了，而且节目还在现场直播。

好在范紫韵很快恢复了镇定，她勉强挤出一抹笑容，说：“大家不要紧张，我们的节目有保险公司承担保险责任，如果鉴定为真，我们将赔偿一号藏家的所有经济损失。”

在这种时候，一号藏家倒很有风度，他一直保持着沉默。唐风转向观众，说：“但有一点我必须事先说明，这个青花釉里红盖罐只是一个高仿真瓷，并不是真品。”

应该说，在台上这三位嘉宾中，观众对唐风是最有好感的，他在上一期节目中的上佳表现成功赢得了观众的支持。但是，这种支持并不能代替他们的怀疑，因为孙启毕竟是古董拍卖行的首席鉴定师，周正元也是文物管理局的退休人员，他们都是靠文物鉴定这个专业吃饭的，观众不可能不受到他们的鉴定结论的影响。因此，从观众的表情上不难看出，他们对唐风的鉴定缺乏信心。

回过神来的范紫韵面向观众席说：“出了一点小小的意外，但我们的节目还在继续进行，不管结果如何，让我们大家先听一听唐先生的鉴定结论，好吗？”

在观众的眼中，唐风是“一不留神”把一个价值千万的青花釉里红盖罐给摔碎了，倒了大霉的他自然成了同情的对象，观众席上响起了热烈的掌声。

旁观者不一定清，当局者也不一定迷，唐风心里一点都不紧张，因为他是有意的。

吃一堑长一智，他这几天一直在研究并寻找那个高仿真说唱陶俑的破绽，结果，灰色微泛朱红的陶质引起了他的怀疑。换了平时，他也会以为这是特殊埋藏土质造成的正常土锈或水锈，但是，当他看到这个盖罐底部上方露胎处微泛朱红的胎土后，这种怀疑得到了印证。

只有长时间埋藏在强酸性砖红壤中的陶瓷才会显现出微泛朱红的土锈或水锈，而砖红壤只分布在我国最南端的几个省份。众所周知，文化是为政治服务的，东汉是以北方为中心的政权，明朝洪武时期是以南方为中心的政权。一南一北、一陶一瓷，相差数千年的两件文物在短时间内从砖红壤中同时出土，还在短时间内一起来到北京，又在短时间内被唐风看到两个，其中一个还是明代的官款，概率学上也说不过去。

当然，这两件陶瓷的相同之处是极其细微的，如果不是唐风特别留意，再仔细先后对比，他也不一定能看出来。当这两个孤立的证据联系在一起的时候，就形成了证据链，唐风就以此为开端开始辨假，这才逐渐找到其他破绽。

作伪就是作伪，再怎么样都会留下蛛丝马迹。厉害的不止唐风一个，周正元就从气泡上找到了些许破绽。气窑、电窑可以控制窑温，它使陶瓷坯胎受热均匀，产生的釉下气泡较小，排列整齐；但柴窑做不到这个效果，它的釉下气泡十分通透、大小交替、排列自然。

由此不难看出，现代的制瓷工艺水平是高于古代的，现代的气窑和电窑再加上温控技术，效果肯定要好于柴窑。但恰恰就是因为技术的更新换代，现代人反而掌握不好低工艺水平的柴窑，成本高不说，工艺还很复杂，出品率也很低。作伪也是要计算成本的，一个高仿真瓷器的成本动辄上万元，为了节约成本，现代的作伪陶瓷多数都是使用气窑和电窑烧制的。作伪者当然不是傻子，他们敢于使用气窑和电窑来烧制高仿真陶瓷，是因为单凭气泡还不能决定一件瓷器的真伪，施釉的厚薄也决定气泡的大小、多少和分布。

也因为上述原因，周正元只是把真品的把握下调了百分之五，这才出现九成五真品的鉴定结论。但是，同样的证据到了唐风这里效果就不一样了，他结合这个青花釉里红盖罐的釉质进行了相应的估算，通过参照对比这件瓷器本身不同釉质厚薄的气泡分布，证明了自己的判断。

唐风前两天才上了一个当，心情多少有些郁闷，今天又看到一个高仿真瓷器堂而皇之地上了电视。既然有把握判断为赝品，他干脆就把它给毁了，省得以后害人。接着，唐风有选择地对观众说出了自己的判断。范紫韵还是帮着唐风的，她说："各位现场和电视机前的观众朋友们，现在，让我们以热烈的掌声欢迎文物研究所的专家上台取样，他们将进行最后的鉴定。鉴定结果很快出来，不要走开，稍后更精彩。”

广告时间里，文物研究所的专家们开始收集取样，随后工作人员开始清理瓷器残片，如果藏家有需要，这些残片都是可以保留的。

范紫韵在路过唐风身边的时候，将一张题板放到了他的面前，上面写着：不要抬头看我，这件藏品在之前鉴定过了，结果是真的，你真的那么有把握吗？

唐风再次伸手做了一个“OK”的手势，也不知道范紫韵是否真的相信他的判断，她收起题板离开了。唐风装作不小心打碎这个青花釉里红盖罐还有一个原因，就是他根本就不相信某些科研单位所吹嘘的无损陶瓷鉴定。

随着收藏热的升温，人们对文物鉴定的要求越来越高，越来越多的科学技术也被运用到文物的鉴定中，其中，鉴定陶瓷的科学仪器是最多的。这些科学仪器大致可以分为两类，一种是陶瓷元素鉴定技术，一种是陶瓷老化鉴定技术。前者是使用科学仪器来检测陶瓷胎、釉、彩的物质成分和化学元素，这种鉴定技术相对比较准确，但不能确定陶瓷的年代，而且还需要在被检测的陶瓷上大量取样，会严重损伤陶瓷。后者只需要微量取样甚至是不取样，不但不会损伤陶瓷，还能大致确定陶瓷的年代，但是，这类检测技术并不可靠，无论是热释光还是 X 射线荧光谱仪都有局限性。

作伪者敢于把东西拿出来就说明有把握突破无损鉴定，所以，唐风干脆把它打碎了做化学元素分析。闲暇之余，唐风不经意间转过头，发现节目导演正在镜头拍摄不到的地方一脸愁容地望着他。节目开始之前，唐风还专程问过节目导演，是不是每件拿来鉴定的瓷器都签有生死状。导演很肯定地跟他说“是”，并且他们有百分之百的把握之后才敢敲碎瓷器。唐风问他自己能不能敲碎，导演说，只要有百分之百的把握就成，否则就要唐风自己承担理赔事宜。

估计节目导演现在都要后悔死了，他以为唐风只是随便问问，想不到他还真摔，说是唐风自己承担理赔，但他毕竟是节目邀请的嘉宾，藏家肯定不会找他，而是找北方卫视。不管赔与不赔，他这个导演的饭碗肯定是保不住了，最倒霉的是，他现在还要和范紫韵一样，需要故作镇定，以防影响其他工作人员的情绪，因为之前的鉴定结果只有他们知道。

一会儿，节目继续直播，在此之前，范紫韵冲着唐风眨了眨眼睛。唐风总算放下心来，元素检测是很难被突破的，除非作伪者能够找到与古人一模一样的瓷土和釉料。

来自文物研究所的一位专家一脸严肃地走上台，而坐在台下的其他专家也是神情肃穆，因为他们已经知道了结果。

上台的专家宣读最后的鉴定结果：经过我们对明洪武云龙纹青花釉里红盖罐多枚残片的元素分析，发现有痕量元素铯 137 的存在，由此证明，这件瓷器的烧制日期距今不到六十年。

首件藏品

铯 137？观众们面面相觑，这个跟陶瓷鉴定能扯上什么关系？

早有准备的范紫韵微笑着跟观众做解释，铯 137 是一种放射性元素，是原子弹爆炸后的产物。众所周知，原子弹产生于 20 世纪中叶，随着五六十年代以来世界核军备竞赛的急剧升温，大量核试验造成的污染物随着大气飘散到世界各地，铯 137 就是其中之一。

既然铯 137 是地球的新生元素，那就不可能在古代出现，唐风的判断完全正确。在专家的 PK 中，唐风完胜两位不是对手的对手，他的神奇表现赢得了台下观众经久不衰的掌声，现场气氛达到空前的高潮。

范紫韵也在鼓掌，因为她知道唐风能做到这样有多么不容易，他的鉴定结论不光推翻了前两位专家的结论，还颠覆了科学仪器的检测鉴定。

周正元和孙启这两位专家也在为唐风鼓掌，只是，跟周正元相比，孙启的脸色多少有些不自然，最终的结果让他很没有面子。

“吴导，太棒了！”在现场的后台，节目组剧务拍着拼命挥动拳头的导演的肩膀，兴奋地说，“你安排的这个桥段真是太棒了！”

导演愣了一下，旋即语重心长地说：“哎呀，导演的作用其实是很小的，关键还是要看演员的配合嘛。”

不过，唐风并没有因此而高兴，在某种物体中，含量在十万分之一以下的元素被称为痕量元素。就这么一件高仿真瓷器，居然需要动用如此高精度的仪器才能检测出来，如果不是因为现代科学技术足以发现痕量元素，其后果是不堪设想的。

等到掌声结束以后，那位来自文物研究所的专家才接着说："当然，我们的鉴定依据还不止于此，这件瓷器的锌、砷元素的含量都大大地超过了我们数据库中任何一件古陶瓷的含量标准，因此，我们最终判定，这件青花釉里红盖罐为现代高仿真赝品瓷器。谢谢大家。"

既然藏家之前已经签订了销毁赝品的生死状，那么，唐风"无意"打碎这件瓷器就完全不需要承担任何责任。《盛世收藏》这个节目预设的高潮是在神秘嘉宾出场的时候，想不到唐风在节目一开始就将气氛推倒了高潮，神秘嘉宾的出场就变得无关紧要了。接着，范紫韵介绍神秘嘉宾出场。当神秘嘉宾粉墨登场的时候，唐风不由得一愣，怎么会是他？

神秘嘉宾居然是汉唐宝业北方区域总监杨程明，唐风觉得有些奇怪，汉唐宝业这种级别的公司当然不需要通过这种方式来做广告。而且，杨程明跟江源在商场激战正酣，怎么会有闲情逸致到鉴宝节目来做嘉宾的呢？唐风这边正在胡思乱想，杨程明第一个走向他，他握着唐风的手，笑着说："唐兄，好久不见了。"

唐风客气地点头致意："好久不见。"

之后，杨程明分别跟周正元和孙启打招呼。从打招呼的称呼上看来，他明显不认识周正元，但肯定认识孙启。接着，范紫韵的表现令人颇感意外。按理说，一号藏家之后应该是二号藏家，依此类推，但她在二号藏家之后却直接请出了五号藏家。她不可能犯这种低级错误，唯一的解释是，三号、四号藏家临时变卦了。

接下来的藏品有真有假，但赝品的质量明显不如第一个高仿真瓷，这让唐风放心了不少，至少这种极具迷惑性的高仿真瓷还没有大量流入市场。不过，唐风对三号、四号藏家送来但没有出场的藏品却很感兴趣；他再观察了一番一号藏家，这家伙的表现也有些过于乐观了。唐风才不会相信这家伙不知道自己的藏品是赝品，如果是用几百万元当真品买来的瓷器，傻瓜才会签什么"生死状"。就算是赝品，这种级别的高仿真赝品少说也值十几万元，换谁都会心疼的，他真这么豁达？

《盛世收藏》的节目很热闹，唐风却越想越糊涂，不知不觉，节目就结束了。散场后，百思不得其解的唐风在一边耐心地等待忙着为观众签名的范紫韵。范紫韵到底是一个聪明睿智的女子，一对眼神就知道唐风在等她，她签好名之后来到唐风这边，“唐先生，你还没有回去吗？”

“我正等你呢。”

范紫韵嫣然一笑：“你等我呀，有事儿吗？”

“想请你也帮我签个名，回去也能留个纪念，好歹也上过明星主持人的节目了。”唐风一副诚恳模样。

范紫韵笑着说：“你想知道什么，直接问吧，不用把我捧那么高。”

唐风的心思被人家一眼就瞧出来了，他有些不好意思地说：“那我就不绕弯子了，我想知道，三号、四号藏家送来的藏品分别是什么？鉴定结果如何？”

“就知道你要问这个，你先过来一下。”前面有工作人员扛着设备过路，范紫韵扯着唐风的衣服将他拉到一边，“一个是青花，一个是釉里红，都是明代的，而且仪器鉴定结果还都是真的。本来我们以为这期节目会大放异彩的，想不到第一个就碰到了高仿真。你是不是怀疑……”

“谢谢你，范小姐。”唐风没有回答范紫韵的问题，而是点着头向她伸出了手。范紫韵将自己的小手放进唐风的手掌。唐风很认真地说：“以后不要过问这些事情，不为自己也要为家人着想的，是不是？”

“嗯，这些我都懂。”范紫韵忍不住又加了一句，“有这么严重吗？”

“可能是我想太多了，但我只是提醒你一下，反正又没有什么坏处。”接着，唐风松开她的手，“再见。”

唐风也觉得自己想太多了，如果有一伙人突破了现代对明青花、釉里红的检测技术，他们首先就会想到把赝品换成钱，拿去拍卖就是最好的选择。如果在拍卖之前能够先上电视，肯定会提高赝品的附加值和真实性，而孙启恰好是拍卖行的鉴定师，还恰恰是这一期节目的嘉宾，这一切，不是“巧合”二字所能解释的。

在唐风成功识破他们的作伪手段之后，后面两位藏家的知难而退就显得顺理成章了，毕竟他们的藏品跟一号藏家的有太多相似之处，他们放弃原计划也是出于自我保护。

刚才看到杨程明和孙启那么熟，唐风难免为他捏一把汗，他很有可能是第一批上当的人。心事重重的唐风刚走到通道口，就看到周正元在等他，他这才想起老人要请他吃饭的事情。他很抱歉地说：“不好意思，让您老人家久等了。”

周正元哈哈一笑，说：“我刚才看到你在等主持人，就没好意思打扰。酒店的餐位我都已经订好了，现在我们走吧？”

“实在不好意思，让您老人家破费。”唐风很客气地说。

“客气什么呀。”周正元好像想起了什么，“要不，叫那位主持人一起？”

“嗨。”唐风摇着头说道，“不是那么回事儿。”

“哦。”周正元似乎明白了，“这种事急不来的，慢慢发展，慢慢发展。”

人不可貌相，从外表根本看不出来周正元还是一个家底殷实的人，来接他的车是一辆崭新的红旗3，但对一个穿着布鞋、衣服洗得花白的老人来说，已经算得上是奢侈品了。

周正元自己也觉得落差太大，他笑着解释道：“这不是老头子我的车，我儿子知道我要上电视，专程叫人送我来北京的。”

“哦。”唐风完全明白了，细想下来这也不难理解，甭管什么人，只要沾上文物这一块就不会是穷人，不说多有钱，家里边怎么也能拿出几样值钱东西的。

周正元的儿子肯定不是一般人物，他给他老子安排的酒店是一家五星级大酒店。一番絮叨不谈，转眼之间已经酒过三巡，周正元问唐风：“小唐，你那石雕店生意怎么样？”

“还行吧，不好不坏。”

“我儿子也是开店的，我回去问问他，看他能不能带动一下你的生意。”

“别，您老千万不要这样做。”唐风摇着头说，“做生意还是得面对市场，您这样帮我等于是在害我。”

周正元说：“我儿子做的是正当生意，需要拿得出手的礼物赠送给客户，送石头正好，拿得出手，还不俗气。”

唐风有点纳闷儿。石头的价值可不低，好的上万块，一般的也要千八百，他儿子用得着送这么贵重的礼物吗？

周正元看出了唐风的担心，他说：“我儿子是开汽车销售店的，赠送给客人的礼物不能太寒酸，这也是市场，不是我给你的特殊照顾。”

老人家还是没搞清概念，卖汽车不能叫开店，那是销售公司。这样想来也就不奇怪了，卖一辆汽车少说也得赚好几万元，送三五百块的石头很正常。但是，唐风并不想接受这样的帮助，好说歹说还是婉言谢绝了。吃完饭，周正元送唐风回家，一番告别，老人离开。

唐风回到家，林沐雨还在写她的剧本，看到他回来，林沐雨跑过来将唐风推到墙边，给了他一个温暖的拥抱，唐风问：“哟，这是哪一出啊？”

“你的表现太棒了，就是想抱抱你。”

“别提了。”唐风叹着气说出了自己的想法。当他说到担心杨程明会上当的时候，林沐雨摇着头说：“你想得太简单了，你有没有想过，那个杨程明可能就是幕后的主使？”

“不会吧。”在唐风眼里，杨程明算是一个比较正派的商人，最起码要比江源强。

“怎么不会呢？作伪是需要大量成本的，景德镇一个烧制高仿真的瓷窑动辄数千万的投资，这种高科技作伪的投资更大，不是一般人能够承受的。”

“管他呢，让别人上当去吧，我自己不上当就可以了。”虽然林沐雨的推断很有道理，但唐风并不认可，她往往会把写作方面的推理能力移植到生活中来，杨程明有能力做这件事情，但不代表他真的会这样做。

第二天上午，唐风接到柳月的电话，她说她已经到了小区的门口，让唐风下去。唐风挂了电话来到窗口，拉开窗帘往下一瞧，柳月的牧马人就停在马路边。

唐风背上背包，走出小区上了柳月的车，他问柳月：“我们这是要去哪里呢？”

柳月一边启动汽车一边说：“我们去昌平十三陵。”

“十三陵？”唐风问，“那不是风景旅游区吗？”

“十三陵可不光是风景区。”柳月说，“那里还有一个古玩交易集散地。”

“嗯，那就好。”唐风早就想出市区散散心了，有古玩店就意味着捡漏的机会，当然，伴随捡漏的，还有它的孪生兄弟——打眼。

十三陵风景区的第一座建筑是石牌坊，古玩交易集散地就在这里，柳月找到车位停好车，和唐风一起走下来。唐风顺眼望去，这个地方就像是一个临时菜市场，很乱，干什么的都有，跑运输的、介绍宾馆的、做导游中介的，最多的还是卖旅游纪念品的。

柳月指着几家店铺对唐风说："那几个地方的宣德炉品相都不错，就看我们的运气了。"

历史风景旅游区的古玩店还有一个显著的特色，什么朝代的景观卖什么朝代的东西。既然是明十三陵，卖宣德炉就不足为奇了。

唐风和柳月随便走进一家古玩店，这家古玩店的内部装饰陈旧，货架设备都很落伍，一看就是国营的古玩店。这里的宣德炉数不胜数，成排成排地摆，东西多就容易挑花眼，花眼离打眼就不远了。

柳月一边看宣德炉，一边问唐风："怎么样，我没有骗你吧！"

"你当然没有骗我，但这些东西在骗我。"唐风摇着头说。

宣德炉是最容易捡漏的古玩，它的存世量很大，根据科学的统计，宣德炉真品的存世量约为一万八千个。但宣德炉同时也是最容易打眼的古玩，历代仿品不计其数，经过精心铸造的仿品完全可以与真品媲美，专家权威也无法辨别。

因此，鉴别真假宣德炉一直是中国考古学中的一大悬案。迄今为止，国内各大博物馆收藏的许许多多的宣德炉中，还没有一件宣德炉能被众多鉴定家公认为真品。不知道真假，价钱自然就高不上去，所以，宣德炉的市场行情一直不如青铜器。

淘宣德炉就像淘金，沙海中慢慢折腾，成不成就看自己的眼力，没有标准器作为参考。唐风隔着橱柜玻璃一连看了好几件宣德炉，没一个中意的，他转头望向柳月："你有把握吗？"

"我还想问你呢！"

唐风指着自己面前的橱窗："你看这个怎么样？"这是一个小号双耳仿宋烧斑色宣德炉，黄红色的地，上面有五彩斑点。

"嗯，还不错。"柳月隔着玻璃仔细观察了一番，"可以拿出来看看。"

唐风回头望向正在那边织毛衣的服务员阿姨，礼貌地说："大姐，这东西能拿出来看看吗？"

黑盏争夺（一）

那位服务员阿姨听到有人招呼，放下手中的活儿，拿着钥匙走了过来。

服务员打开橱窗，双手捧出里面的宣德炉交给唐风：“您随便看。”

这件宣德炉的直径只有十厘米，看上去很小，但却很压手，比巴掌大不了多少的东西却足有八九斤重，这就是精炼到接近纯铜的宣德炉。

这件宣德炉铸工精细，铜质精炼，款式古朴典雅，器形饱满浑厚，铜炉表面的包浆皮壳看上去五彩斑斓、光滑润泽，铜质中肯定含有金、银这样的稀有贵金属；摸上去光滑如镜、毫无杂质，符合自然氧化生成的皮壳的特质。唐风翻过香炉，底部有三只炉足，炉足之间留有“宣德”二字的楷书底款，字体规整，结构严谨。

尽管唐风觉得这东西很像是真品，甚至还是宣德三年铸造的极品，但他却没有一点把握。

唐风把宣德炉交给柳月，柳月看了好久，才问唐风：“你觉得怎么样？”

唐风不置可否地说：“只能说质量上乘。哎，你别老问我呀，你觉得呢？”

柳月说：“这个宣德炉的质地、品相都不错，肯定有洒金、鎏金、割金的工艺在里头，就是看不出来含金量是多少。”真品宣德炉的含金量大概是百分之三，别说肉眼分辨，就连仪器也不能在无损状态下检测出来。

唐风问服务员阿姨道：“这个宣德炉卖多少钱？”

服务员指着标价说：“八万。”

唐风想了一下，说：“我要了。”接着，他就掏出了银行卡。

服务员拿着唐风的银行卡离开后，柳月奇怪地问唐风：“你看出来真仿了？”

“你也太看得起我了，这东西谁看得出来？”唐风摇了摇头，接着说，“不过，我买来不是拿去卖的，我爷爷喜欢这个。”

唐风打算过段时间就回四川老家，把他爷爷接出来。他爷爷就见过真正的宣德三年极品宣德炉，但老人家同样也认不出来真仿，否则唐风早就学会了。既然要回家，总得带点东西回去的，这个宣德炉来得正好。

“你爷爷？”柳月问，“这么说，他老人家看得出来了？”

“也看不出来，但可以拿回去让他老人家研究研究。”唐风笑着说，“就算是仿的，他老人家也不会不高兴的，再怎么着，这也是他亲孙儿送他的呀。”

签好单付完账，唐风把宣德炉放进背包，和柳月一起走出这家古玩店。唐风问柳月：“你的古玩鉴定水平也很高，为什么自己不淘古玩呢？”

柳月轻笑着说道：“这还不简单，因为我不喜欢呗！”

古玩这东西，宜赏不宜鉴，什么艺术性、观赏性都只是直观感受，看着舒服，真要深入研究，那就只剩下枯燥了，唐风就是在这种枯燥中长大的。他长叹一口气，说：“其实我也不喜欢，我是为了钱才研究古玩的。”

“赚钱是大多数人的人生目标，而我连这种目标都没有，相比之下，你要比我好一点点。”

唐风取笑她道：“你这是身在福中不知福。”

“家家都有本难念的经。”柳月说，“你是不会懂的啦！不说这个了，走吧，再到其他地方去看看。”相比其他古玩交易市场，十三陵的古玩交易集散地要逊色太多，两位古玩高手兜了半天却毫无收获。

柳月小嘴一翘，露出一个可爱的表情：“想不到这鬼地方如此不济，一点都经受不住考验。”

“你可轻点声。”唐风吓唬她，“这十三陵可是真正的鬼地方。”

“你少来了，考古专业的人还会怕鬼吗？”柳月轻哼一声，“我们回去吧！”

在回北京市区的路上，他们的车经过东三环，柳月对十三陵之行很是失望，她对唐风说：“这里离潘家园很近，今天是周六，那里的店铺、地摊全部开放，想不想去凑凑热闹？”

“嗯，那我们现在就去。”唐风点头表示赞同，“我好久没有到那边去了，说不定还能碰上什么好东西呢。”

没过多久，二人就来到了潘家园，刚走过潘家园古玩市场的牌坊，柳月就指着前面一家古玩店说：“咦，那里有一家新开的古玩店。”

唐风说：“新店好，我们去看看。”淘古玩市场讲究淘新不淘老，新店开张，为了招揽顾客，东西一般都比较好，当然，这是相对老店来说的。

二人一起走进这家名为“轮回”的专营黑瓷的古玩店。这家店的店堂设计得古色古香，仿红木货架上摆满了各式各样的黑瓷。说是瓷器，外行的人很容易误以为这是陶器，黑瓷的外观看上去很像陶器。

黑瓷被誉为瓷坛“黑牡丹”，是一种施黑色高温釉的瓷器，是在青瓷的基础上发展起来的品种，创烧于东汉，成熟于东晋，兴盛于北宋。古代中国有大量的民窑烧制黑瓷，它也是金、元、明、清各代民间的日常用瓷。浙江德清窑、河北定窑、江西吉州窑烧制的黑瓷都很有名。最著名的黑瓷来自福建建窑，建窑的窑址在福建北部的建阳市水吉镇。因为建阳也有一座天目山，所以当黑瓷传入东洋时，东洋人将黑瓷统称为天目瓷，有人说天目瓷的叫法来源于浙江天目山，其实是一种误读。

新店开张，店内的服务精神气十足，一位伙计热情地上来打招呼：“欢迎光临，请问二位需要什么样的黑瓷？我们店有……”

懂行的人最不爱听店家的推销，唐风不得不打断伙计的话，他礼貌地说：“我们看看再说，您忙您的。”

“咦，您是……”柳月当然比唐风更有吸引力，伙计刚才把注意力全放她身上了，听到唐风说话，他才开始留意唐风，这一留意，唐风就被认了出来。他的语气很快变得肯定，“您就是唐先生！太好了，我们都看过您的节目，您的表现真是太精彩了。”

“哥几个，我看到唐先生了。”

“真的是唐先生！”

“唐先生，您好！”

只是几秒钟工夫，店里的三个伙计都围了上来，唐风出身草根，当然不会对他们不理不睬，他表面的客气也绝非敷衍。但他的心里却多少有些郁闷，有得必有失，上电视固然可以提高中国石的知名度，带来好生意，但同样也会给唐风带来无穷无尽的麻烦，就像现在，被人认出来便很难安心捡漏。

好一番寒暄之后，一个伙计终于说：“我们别打扰唐先生了，让他安心淘东西吧。”

“嗯。”先前那个伙计对着同伴点了点头，转向唐风说，“唐先生您随便看，看中什么尽管招呼。”

三位伙计走后，柳月掩口而笑："唐先生现在可是名人了。"

"哎。"唐风摇着头说，"我不想的。"唐风生性腼腆，很不习惯被关注。

柳月说："为了节约时间，我们分头寻找吧，看看谁的本事更大。"

唐风点头道："没问题。"于是，唐风和柳月开始在成堆的仿品中挑选可能的真品。

过了一会儿，又有两位顾客走进了这家古玩店，这两个人西装革履，头发梳得油光可鉴，一副很有精神的样子。

唐风本来没怎么留意这两个人，但听到他们的对话后，他不禁皱起了眉头。

"大塚桑，潘家园是中国最大的旧货市场，相信这里一定有您喜欢的东西……"说话的人在说话的时候还不忘频频点头，显得很有礼貌，这人三十来岁，戴着一副金丝眼镜。

这人大概是J国人，四十来岁，干干瘦瘦，络腮胡子刮得很干净。这位"大塚桑"说着一口很地道的中文，他对金丝眼镜说："谢谢肖君。"

在经营黑瓷的古玩店里看到J国人并不奇怪，J国人非常推崇黑瓷。在黑瓷中，价值最高的品种莫过于曜变茶盏，这种茶盏被J国学术界称为"曜变天目盏"。目前，世界上仅存的三件出自中国宋代的曜变茶盏全部都收藏于J国，J国人将这三件曜变茶盏视为国宝，每七年至十年才允许展出一次。

有J国人出现，唐风当然要加倍小心，万一被他们买到真品就回不来了。唐风这边正在看，那边的柳月叫道："唐风，你快过来呀。"

柳月肯定有所发现，唐风快步走了过去。

唐风和柳月在寻找真品，大塚也在寻找真品，三个人一个目标，很不巧，柳月和大塚撞车了，他们同时看中了一个兔毫茶盏。好在柳月的动作快，先一步将兔毫茶盏拿到手。毕竟是女孩子，柳月多少有点害怕，忙叫唐风过来帮忙。

唐风赶到的时候，柳月正满脸戒备地看着大塚。大塚很有礼貌地笑了笑，对二人说："你们先看吧！"

唐风接过柳月手中的兔毫茶盏，仔细观察起来。这个茶盏撇口、浅圈足，口大足小，形状就像一个漏斗。柳月的眼光很准，这个兔毫茶盏很像真品，它内外都有施釉，釉质润泽，釉面从盏口的褐黄色自然过渡到盏底的黑色，褐黄色的釉面之上，布满浓淡深浅、曲曲弯弯，不规则的如同兔毛一般的自然纹饰。

唐风越看越有信心，他将这个兔毫茶盏移近灯光，借着灯光查看盏底釉面的色泽，在灯光的照射下，盏底出现了一个金黄色的光晕，并闪烁着红色的光点，应该是“金盏”无疑。这些特质其实并不难观察，任何一个认真观察过这个兔毫茶盏的人都会发现，但真仿的差别就在这中间的细微之处，只有古玩行家才感觉得出来，实难用语言来描述。但是，高手并不止唐风和柳月，还有大塚，此刻，他不动声色地向金丝眼镜使了一个眼色。

唐风当机立断，决定把这个兔毫茶盏买下来，他说：“老板，收账，这个碗我要了。”

“来了。”老板马上走了出来。但是，老板还没有靠近这边，金丝眼镜就先一步迎了上去，不知道他悄悄跟老板说了些什么，老板在不住地点头。

唐风和柳月对望一眼，感觉出了不妙。

黑盏争夺（二）

老板看上去四十岁不到，却有些谢顶，他跟金丝眼镜短暂交流之后，笑呵呵地走向唐风：“对不起，这是我们展示的样品，是不出售的。”

老板才说完话，柳月立即指着茶盏空位下方的标签问：“那这些标签怎么解释？”这家古玩店的每件古玩都有标签，这个茶盏下方的标签上清楚地标有十六万元的售价。

老板嘿嘿一笑，说：“不好意思，是店里的员工搞错了。”

“标了价不出售。”有了唐风在身边，柳月安全感倍增，她拿出手机不冷不热地对老板说，“我现在就可以打电话投诉你。”

“这……”

这时，最先跟唐风打招呼的那个伙计急急忙忙走了过来，他在老板耳边轻声说：“这是经常在《盛世收藏》节目中露面的唐先生，这事儿被捅出去不好。”

唐风当然知道问题出在哪里，金丝眼镜男肯定向老板承诺了一个高价。唐风直截了当地对老板说：“您卖给外国人倒不要紧，背上那个啥罪名可就不太好了。”

“啊？”这还得了，本来就有些犹豫的店老板一听这话，马上望向金丝眼镜男，“你的老板是外国人？”

“这位先生。”看到原计划行不通，大塚改变了策略，他很客气地对着唐风笑了笑，说，“我知道中国的规矩，先来后到，但我真的很喜欢这件兔毫茶盏，您能不能把它让给我？当然，我会酌情支付给您一定数额的转让费的。”

“不能！”柳月立即站了出来，她很不屑地指着金丝眼镜男说道，“你以为我们每个中国人都像他那样吗？”

“哎，我说这位小姐，你怎么说话呢？”金丝眼镜男很不喜欢像柳月这种说法，他辩解道，“大塚先生是外籍华人，过去也是中国人。”

“哼。”柳月的后句话没有说出来，忘了祖宗的中国人。

唐风同样很客气地对大塚说：“不行。”接着，他转向老板，说：“老板，咱们做生意的能不能也雄起一回？”

“行。”老板思前想后，终于还是点了头，“我卖给你。”

接下来，事情得到了解决，大塚跟金丝眼镜男灰溜溜地走了，唐风则拿出银行卡付账。

收好兔毫茶盏，两人走出“轮回”。唐风苦笑了一声，对柳月说：“一个兔毫茶盏还不要紧，万一被他们淘到国宝级的文物就麻烦了。”

“嗯，我也很担心，毕竟他们是合法收购。”柳月虽然很讨厌他们，但还是很客观地说，“先不论国籍，那个大塚确实很有眼光。”

黑瓷是墙内开花墙外香的范例，它的国内市场行情一直低于国际市场。唐风把这个兔毫茶盏拿在手上才看出来是真品，而那个大塚远远一看就能确定，J国人把黑瓷研究得很透彻，已经超过了中国人。自家的东西还没别人了解，这不能不说是一种悲哀。

唐风说：“最可恨的是，他明明就是中国人，J国人的中国话不可能说这么好。”

成功抢购兔毫茶盏，让二人心情大好，吃过午饭之后，唐风和柳月继续逛潘家园。不知不觉中，唐风抬眼看见了“古今斋”的招牌。一看到古今斋，唐风就想起了贾德旺，这贾德旺可是唐风初来北京时碰到的福星。唐风当初离开黄家的时候，身上只有几百块钱，好在天无绝人之路，让他在潘家园的地摊上淘到一枚天顺通宝，经过一番艰苦的讨价还价，最终以一万八千块的价格卖给了贾德旺。虽然贾德旺这家伙是一个标准的奸商，为人并不怎么样，但唐风对他还是颇有好感的，毕竟他的古今斋是唐风真正意义上的发迹之地。

看到唐风若有所思的模样，柳月问：“你怎么了？”

唐风长长地叹了一口气，说：“没什么，只是想起一些过去的人、过去的事儿。”

故地重游，往事一幕一幕浮上心头，唐风当初离开黄家并不是因为听到黄馨儿说的那些难听话，他只是不想成为别人的心理负担，而当时的自己确实会让黄馨儿在她的同学们面前抬不起头。

唐风想争的，只是一口气。按理来说，唐风现在已经成功争回了这口气，也证明了自己，但不知为什么，他却没有一星半点的成就感。他现在反而觉得有点对不起黄馨儿，她不过是一个不会处事的小女孩，而自己留张纸条就不声不响地走了，让她回去怎么向她的父母和爷爷交代呢？就算她的家人不怪她，她自己心里也不会好受的。

有的事情是避无可避的，唐风肯定会把爷爷接到北京来，这也意味着他迟早都会跟黄家的人再次见面，那时候的自己，该如何面对呢？

“喂，”柳月伸手在唐风面前挥了挥，“别胡思乱想了。”

“好，不胡思乱想。走，我们到古今斋去看看。”

二人一起走进古今斋，老朋友贾德旺一看到他们，马上从老板椅上弹了起来，满脸堆笑地招呼道：“唐先生、柳小姐，快坐快坐。”贾德旺跟朱记拍卖行一直有业务来往，对柳月并不陌生。

“仨儿。”贾德旺冲着店堂里边招呼。很快，一个小伙子跑了出来，“啥事儿，师傅？”

“沏两杯茶去，拿抽屉里的好茶，麻利点儿。”

唐风笑着对贾德旺说：“贾老板的生意是越做越大了。”

贾德旺很会说话，他说："您都有时间没来了，我的生意能好到哪里去？"

柳月问："贾老板，您就别客气了，最近收到好东西没有？"

贾老板指着对面的橱柜，说道："全都在那边了。"

唐风闻言走向不远处的橱柜，里边的东西看上去还真不错。唐风一边看一边大声笑着说："哟，您这里还有元青花呢？"

唐风看到的是一个瓷制大香炉，这香炉高约二十厘米，炉底直径十六厘米，炉身上绘有大量的朵云纹，两条相向飞行的云龙煞是威武，双龙面目凶猛，龙眼炯炯有神，鬓须长而密集，龙鳞呈圆网状，龙爪为四爪。这个香炉最特别的地方在于，它是一件"供养款"的瓷器。所谓供养款瓷器，就是供奉神明的专用瓷器，定制者会在器物本身留有纪年铭文。这上面的纪年铭文规整有序地排列在香炉正面的界框之内，从右向左共六行六十二字，字体类似于仿宋体，采用细笔手写，有点潦草，但字迹清晰悦目，书写间距等齐。字的内容是：

信州路玉山县顺城乡德教里

荆塘社奉圣弟子张文进喜舍

香炉花瓶一付祈保合家清吉子女

平安

至正十一年四月良辰谨记

星源祖殿胡净一元帅打供

一听唐风提到元青花，贾德旺立即来了精神，他说："我跟你说，你看的那玩意儿可是元青花的标准器，我是不卖的。"

世界公认的至正型元青花标准器现藏于英国大维德中国美术馆，是一对青花云龙纹象耳瓶，上面写着一模一样的纪年铭文。铭文的大致意思是，江西省景德镇玉山县一位名叫张文进的圣教信徒，为了祈求家人平安吉祥，在至正十一年四月，定烧了一副青花香炉花瓶供奉在星源祖殿，敬奉胡净一元帅。

自从元青花鬼谷下山大罐拍出两亿三千万元的天价之后，忽如一夜春风来，千店万铺“青”花开，一夜之间冒出了数都数不清的元青花。最离谱儿的，就是这个价值不比鬼谷下山低的香炉了，由于没有原器，作伪者只能天马行空凭想象，于是，各式各样的元青花香炉应运而生。当然，六十二字的纪年铭文是一定要有的。

“别自己骗自己了，如果是真的，您还能站在这里跟我说话吗？”唐风说，“拿出来给我看看。”

贾德旺拿出钥匙打开橱窗，唐风把这个香炉捧到手中开始仔细观察。

贾德旺看到唐风一副不以为然的模样，很是担心地说：“唐先生，您可得留点神啊。”唐风前两天刚在电视上不小心摔了一个，这事儿已经见诸报端，贾德旺不得不小心提醒他一下，万一他摔上瘾了怎么办呢？

一个假货还真当那么一回事，唐风一脸的轻松。但是，随着时间一分一秒流逝，他的神色在不知不觉之间开始有了变化。

惊世元青花到手

中国瓷器有两个价值高峰，一个是元青花，一个是珐琅彩。但这两种瓷器的特点却大相径庭，珐琅彩小、精、细，凸显的是婉约美；元青花大、粗、豪，追求的是奔放美。

这个香炉跟其他元青花既有相似之处，又有明显的不同。相同点在于，此香炉胎体厚重，上手感觉有些沉，无釉露胎部分呈褐红色。不同点在于，这个香炉是整体烧制成型的，小敛隐足不明显，没有接驳痕迹；它胎质洁白，釉色透明，青花色泽浓艳，只有微量跟铁锈相似的钴斑，远比其他元青花精美；其露胎处的胎质细腻光滑，修胎规整，没有元青花常见的毛糙的感觉。

从图案来看，这个香炉共分三层，颈部为缠枝菊花纹，颈部以下三分之二为“双龙翔朵云”的主题纹饰，双龙之间是缠枝莲花、萱草、海棠花等简单纹饰，纹饰之间有书写铭文的无边界框。下端的一层绘的是变形莲瓣纹，内绘圣火、杂宝等物，俗称“八大码”。唐风暗自吃惊，一般的仿品不可能做出这种粗中有细、图案繁杂却又层次分明、色彩艳丽但视觉柔和的效果。

唐风这边正在看，柳月将她那特大屏幕的手机递到他的面前，手机上显示的是大维德象耳瓶上面的铭文。除了字体大小比例之外，这个香炉的铭文跟象耳瓶上的铭文笔迹几近相同。

唐风一手接过柳月的手机，一手提着香炉，说：“你看看如何？”虽说瓷不过手，但唐风还是用手把香炉交给了柳月，柳月也接得很稳。

仨儿的茶水已经送上。唐风走到贾德旺面前，说：“你多少钱收来的？”

“您别问，”贾德旺很肯定地说，“我肯定不会卖。”

“你当我傻呀，”唐风说，“我是算算你亏了多少。”

贾德旺摇着头说：“您少来吓唬我。”

“你那铭文是简体字吧，嗯，元朝就开始用简体字了，你发明的？”

“嘿嘿，您是越描越黑。”贾德旺一脸奸笑。这家伙不是不卖，而是想要敲一个高价，他说：“大维德象耳瓶的铭文我可有啊，这个您瞒不了我。”

事实上，元朝的汉文化是扭曲的文化，民间使用的汉字跟现代的简体汉字惊人地相似，如果不是因为文物留下的铁证，没人会相信。

唐风心里就跟猫爪子挠过似的，不过，他还是拿这位奸商有办法：“我不是说这个，你这东西不是太差，而是太好。你想啊，同一个人，在不同时间书写的款识，笔迹怎么可能一模一样？”这个青花香炉最大的问题就是瑕疵太少，一件民窑精品好得超过了元代官款的工艺水平。贾德旺狡黠的目光中闪过一丝沮丧，显然，他在这件香炉上亏了不少。

瑕疵是鉴别古代瓷器的重要手段，造成瑕疵的原因跟古代的人文地理有直接的关系。时代在进步，生产力在发展，就算现代仿品可以复制古代瓷器的精，但无法复制古代瓷器的瑕疵。差之毫厘，谬以千里，这句话用在瓷器上最合适，瓷土、做工上一个很细微的差别，在经过一系列加工工艺之后，显现在瓷器上的差别会非常大。现代人做不出跟古人一模一样的正确，更做不出一模一样的错误，所以，也做不出一模一样的瓷器。就拿那件几乎可以以假乱真的青花釉里红盖罐来说，只要仔细观察，就一定可以发现破绽。

唐风趁热打铁，说：“贾老板，不是第一次打交道了，我也说实话吧，这东西仿得好，本来想问问价钱的，既然您不卖，那我们就告辞了！”

唐风确实是想买，但他自己也没有十足的把握，就看贾德旺开价是不是合理了，从来都没见过的东西，只能赌一赌。他都没有把握，更别说是贾德旺了，如果他能确定这是真的，还能守在这个破店吗？

“哎，”贾德旺叹了一口气，说，“我都不好意思说价钱，十来天工夫，吓跑人了一大拨人。”

柳月将那件香炉放进橱窗，说：“那就把我们吓跑试试呀！”

贾德旺一边走过去上锁，一边讲述自己的打眼经历，他说：“这东西是我在上海那边淘的，卖主是一个在上海混得不怎么样的北京老家雀儿，他指天发誓说自己急着拿钱去救命。我看了东西，这怎么看，它怎么不像是现代高仿真，于是，我就和卖主一起拿去检测。去的地儿可是挂国徽、扯红旗的国家级文物鉴定中心，结果，是真的。我这人仗义，看那人也挺寒碜，就花五百万把它买下来了。没过几天，一个成天打漂儿的家伙拿着相同的元青花香炉来找我，而且，他也拿着一张鉴定为真的鉴定报告。鉴定报告我见过呀，一看什么都一样，我就知道死菜了。我跟那人砍价，您猜怎么着？开价五百万，一路砍到二十万，最后我说不要，他来了一句，十五万要不？我的那个气呀，恨不得找根绳儿把自己给勒死。唉，以前是我给人使大招，现在吧，老了，被人上了一大课，唉……”贾德旺讲完话之后不禁长叹了一口气。柳月感觉自己的鼻子酸酸的，这位奸商老板真的是老了，看他那眼神，除了颓废，就只剩下颓废了。

如果说唐风上的是硬当，那贾德旺上的就是软当，这里边肯定又有一个凄凄惨惨的故事。

“贾老板，事情都这样了，您就别搓火儿了。”柳月也是北京人，受到贾德旺的传染，开始说起了北京话。她的声音很乖巧，就像蹲在老人家面前小声说话的女娃娃。

“得了得了，您就别跟我来这一套了，说得比窦娥还冤。”唐风抬头望了望外边，说，“怎么没见下雪呀？”

“唐风。”柳月轻轻推了推唐风。

柳月上当，唐风可不上当，贾德旺打眼肯定是打眼了，但这老奸商绝对没有花五百万元。

并不是很想出手的贾德旺无意跟唐风争辩，他用京剧《白毛女》中杨白劳那惨兮兮的白话说："你们如果要，我也不说五百万了，就四百八十万吧。"

唐风心里有些犹豫，上次被骗一百万还没缓过劲来，这次他还真不敢赌这四百八十万，再说，他也拿不出这么多钱。他说："都到这份儿上，您还想得到开个'死发'的价钱，可真不容易啊。得了，一口价，去掉九十万，多一分钱都没有了。"

"哎，我这回真没骗你……"贾德旺话还没说全，唐风就拉着柳月的衣袖一起准备往外走。

"哎，男人说话得算数，成交！"贾德旺这话一出口，唐风就明白了，自己又上了这老奸商的当了。

唐风已经打算赌了，生死一线间，话出口就没打算收回去，他直截了当地问："怎么付款？"

"您有支票没？"这地方唐风来过好几次了，没有 POS 机。

柳月望向唐风，摊了摊手，说："我没有带支票本。"

唐风叹了一口气，说："那就只好现金了。"

唐风的户头上差不多刚好三百九十万元，够是够了，唐风到橱窗前看了看，说道："说好了可就不许变卦了，我现在去提钱，你把东西给我看好了。"

"放心，没问题。"贾德旺说道。

潘家园里边就有银行，走五六分钟就到了。唐风和柳月一边走一边聊，唐风问柳月："你觉得怎么样？"

"我觉得有点悬，这青花太干净，没有任何水锈和土锈，但也没有明显的做旧痕迹。"

唐风说："如果这件香炉真跟大维德那对象耳瓶在一起，那么，起码在 1929 年之前，它一直供奉着神灵，没有经过掩埋，也就没有水锈和土锈。"

"那灰迹和长年香火熏染的痕迹呢？"

"那时候的香没有化学成分，香火熏染程度跟现在不同，而且，收藏者也清洗过，这么多年保养下来，看上去很新不算破绽。"

两个人来到银行，想不到潘家园的银行大户室也这么忙碌，他们一边等候一边探讨，柳月问道："看你这样，是不是很有把握呢？"

唐风说："我觉得这个香炉过于精美，精美程度甚至超过了与它同代同窑同工匠的大维德象耳瓶，这让人实在难以理解。"

两个人在互相提问也在互相启发，柳月说："这并不难理解，兵荒马乱，人心惶惶，局势越来越恶化，制瓷工匠们过着朝不保夕的生活，质量有起伏也是很正常的；而且，香炉的重要性大于象耳瓶，工艺难度却要小于象耳瓶。"

瓷器是一批批烧制的，象耳瓶这类高大器形的元青花需要分段烧制再接胎，而香炉则是整体烧制的。一副香炉花瓶最重要的部分当然是香炉，如果它的烧制日期早于象耳瓶，虽然只是早晚几天而已，但在那个时期，几天的局势足以发生翻天覆地的变化，并影响人心。当然，对不想加入任何势力的普通老百姓来说，局势只会越来越恶化；东西南北风的日子都难过，墙头草的日子会好过吗？

一人计短两人计长，唐风突然信心倍增，他很兴奋地说："我想通了。"

"想通了就好啦。"虽然柳月心中还有些许疑问，但看到唐风如此兴奋，也不好再说什么。

乐不可支的唐风无以表示自己内心的喜悦，他没来由地牵起柳月的小手，在手背上亲吻一口，"谢谢你，柳月。"

"呵呵。"柳月洋溢着笑容的脸上泛起一抹红晕。

如果这个元青花是真的，那就太重要了，目前，全世界元青花整器的存世量仅有四百件左右，散落在海外的就有两百多件。

唐风强忍住内心的狂喜将一切手续办理妥当，很快，三百九十万元的支票就到手了，两人一起走出银行。

三十多分钟后，唐风和柳月重回古今斋，唐风将三百九十万元的支票往贾德旺办公桌上一摆，说："钥匙拿来！"

贾德旺嘿嘿一笑，拿起电话道："您别心急呀，我得先打个电话验证一下您的支票呀！"

"我还能骗你吗？"唐风向贾德旺伸出手，"先把钥匙给我。"他是不想再让贾德旺过手了。

贾德旺拨通号码，说道：“慢慢来，慢慢来。”

验证支票的过程很快，贾德旺拿出钥匙走向唐风，唐风看着橱柜里面的青花香炉，随口问贾德旺：“我走之后，您没动过吧？”

贾德旺摇着头说：“说好了，我当然不会去乱动。”

“真的没有？”

“真没有！”贾德旺拿出钥匙打开橱柜。他刚想伸手去拿那个香炉，唐风立即拦住了他，“你别动，我刚才看的那个香炉不是这个香炉。”

“唐先生，您这是哪里话呀？”贾德旺说，“对您，我还能使出那种下三烂的调包伎俩吗？我真没动过。”

唐风指着香炉上、射灯光线投下的光影，很生气地说：“你说你没动过，但这光线的位置为什么变了？”想在古玩市场混，这点心眼一定要，尤其是这种大宗交易。唐风在离开的时候特别留意了一下，他刚才发现，光线明暗之间的分割线挪了半朵菊花的位置。

唐风指着香炉上面的明暗分割线，质问贾德旺道：“挪了半朵菊花，这是怎么回事！”

“这……我……”贾德旺明显有些心虚，他哪里想得到唐风会小心谨慎到这种程度。

柳月说：“贾老板，您这样就没意思了。”

贾德旺面露难色，他支支吾吾地说：“不是……那个……您是不是看花眼了？”

唐风转头盯着贾德旺，大声道：“你以为我只是看明暗分割线吗？你现在这东西不对，比刚才那个差得远。行了，我也不跟你废话了，把刚才那个拿出来吧！”

“嗨！我也不瞒您了。”贾德旺突然抱着头蹲了下去，他语带哭腔地说，“就刚才，我估摸着您要来了，就想包好等着您，谁知……唉，一不留神，给打碎了，你说这个点多背啊！”

“什么？你把它打碎了！”唐风差点就没有跳起来。

柳月也是一脸的不相信，怎么可能嘛，就算贾德旺是不小心打碎的，这个仿品也来得太及时了，这肯定是他早就备好的。

贾德旺在继续他的表演，他唉声叹气地说："您打我骂我，我都认了，可您要我到哪儿再找一个跟刚才那个香炉一模一样的高仿元青花来给您呀！哎！"老板狠狠地敲打着自己的脑袋。

二人还没有说话，贾德旺又叫开了，他一抹鼻子，说："一个瓷器倒不打紧，可我这诚信不就没了吗？男子汉大丈夫，这诚信没有了，叫我以后可怎么做生意啊。"接着，他对唐风说："得了，您还是打我吧，好歹也能出口气。"

"嗯，碎了。"唐风看着贾德旺那一副视诚信为生命的样儿，点着头说，"我都开始佩服你的演技了，碎了是吧？碎片呢，拿出来给我瞧瞧？"

"碎片？"贾德旺说，"我想那玩意儿又没有用，就给扔了，您要不信，这地上还有残渣呢。"

"嘿嘿。"唐风突然之间笑了起来，"好你个贾德旺啊，你那舌头也该歇歇了吧，老这么麻利多累呢，人家奥斯卡又不会给你扎个小金纸人，残渣？"

唐风马上从橱柜里拿出那个青花香炉，双手捧到贾德旺的面前，说道："你现在再给我打碎一个试试？那么大物件儿，有碎得这么厉害的吗？这一看就是易碎的细瓷碎片残渣，那青花大罐厚实着呢，那得拿锤子才能敲成这样儿。"

贾德旺还想辩解什么，唐风不耐烦打断他说话，说："你赶紧给我起来，这可不是菜市场，就卖的哪门子葱呢？还诚信没有以后就没法见人了，我怎么就没瞧出来你还是个角儿呢？你赶紧给我起来啊，要不我可真要听您的吩咐，动手了。"

"哥们儿，别介啊！"贾德旺立马就站了起来。既然把戏已经被拆穿，他不得不收起刚才的可怜样，干笑着对唐风说："哟，哥们儿，还是您魔高一丈，真骗不了您。"

"你少说废话！"说话的是柳月，刚才谈价钱的时候贾德旺就在骗她，现在这家伙又来了，有再好的涵养也会忍不住的，她气愤地说道，"赶快把刚才那个香炉拿出来。"

"唉。"贾德旺摇着头说，"实不相瞒，刚才那个元青花香炉也是假的。"

唐风说："假的也要拿出来。"

“你们怎么还不明白？”贾德旺说，“我这是不忍心骗……”

唐风打断他的话，大声问道：“那个元青花香炉到底哪儿去了？”要不是急于想知道青花大罐的下落，他真想揍人了。

“您别上火啊！”贾德旺马上解释道，“你们走后不久，又来了两位顾客，其中一位一眼就看中了那个青花香炉，我想，反正都是仿品，所以就……”

“什么！”唐风火大了，他狠狠一脚踢在橱柜下面没有玻璃的柜门上，大声说道，“你把它卖给其他人了？”

唐风的这一举动把贾德旺吓了一跳，他说道：“因为那是你要的，我没诚心要卖给他，所以随口开了个六百万的高价，没想到他立马就答应了，而且马上开出了支票。我仔细琢磨了一下，反正都只是一件仿品，我这边还有一件，他的支票也是真的，我就卖给他了。要不，我多少分点给你，算是赔偿你的损失。”

“等一等！”柳月说，“刚才那个香炉是不是你从上海淘过来的？而这个是你在北京收的？”

“是啊。”贾德旺点头说，“都一样呀。”

“一样个屁，神韵手感完全不一样，也只有你这种人才会认为一样！”唐风把手上那个假香炉往橱柜里一扔，气急败坏地说，“那就是一个真正的至正型元青花标准器，快说，你卖给谁了？”

“啊？”贾德旺听到这话，嘴巴张得大大的，难以置信地说，“那是真的？”

他看了看唐风和柳月的表情，那真不是装出来的。

柳月意识到了问题的严重性，她马上问道：“那两个人长什么样？”

“一个干干瘦瘦，一个戴着眼镜！”贾德旺脱口说道。

贾德旺话还没有说完，唐风就一把抢过他手中的支票，他对柳月说道：“我们现在去追！”这事情已经再明显不过了，肯定是大塚和金丝眼镜男，唐风只恨自己少了一个心眼儿。

“你卖给谁不好，偏要卖给J国人！”柳月一跺脚，跟着唐风跑出了古今斋。

“哎……哎……”贾德旺看着二人很快远去的背影，脸色越来越难看。突然，他狠狠地抽了自己一巴掌，哭丧着脸说：“哎哟，我可作了大孽啰！”

柳月上气不接下气地赶上唐风，她气喘吁吁地说道："如果是J国人买的，那他肯定要拿回J国，这种文物是禁止出境的。"

唐风明白，按照中国现行的文物管理法规，这类文物国家是在原价的基础上再加一成回购。但是，这是国家回购，唐风个人是完全没有权利这样做的，而且，他现在只有三百九十万元，根本没有资格回购。

唐风现在感觉无能为力，好在他的身边还有柳月，柳月拿出手机说："我马上打电话给苏晴姐，她有办法。"

只有通过警方才能解决这个难题，唐风上次当过警方的卧底，他们的副局长方云军答应过唐风，在不违反纪律的情况下，他们会尽量为唐风提供方便。但是，这毕竟只是一句官话，他们绝不可能冒着引起国际纠纷的风险来帮助他。而苏晴应该会帮自己，但她只是一个小小的刑警，起不了关键的作用。唐风对这件事一点信心都没有，他问柳月："找她能行吗？"

柳月拨通了苏晴的号码，对唐风说："当然可以，苏叔叔是北京边检总站的政委。"

苏晴刚一接电话，柳月马上就说："苏晴姐，你先不要问为什么，我和唐风马上就到公安局，有重要的事情要找你帮忙，十万火急！"

如果苏晴的爸爸是边检总站的政委，只要唐风能够提供足够的证据证明这个元青花香炉是真的，他们完全可以把它截留下来。

时间容不得唐风多想，他和柳月一起上车，后者快速发动汽车，牧马人飞速驶向公安局。柳月看到唐风还是一副心事重重的模样，笑着开解他道："放心，不会有问题的，还有我呢！"

牧马人到达公安局时，苏晴已经等在大门口了，柳月的车刚一停下，苏晴就立即上前问道："你们俩这是怎么回事呀，风风火火的。"

柳月说："上车再说！"

苏晴打开车门上车，柳月驾驶汽车赶往边检总站。车上，唐风把事情的来龙去脉跟苏晴讲了一遍，最后他问："怎么样，苏警官，能不能帮忙呢？"

"没问题。"苏晴拍了拍唐风的肩膀，肯定地说，"别人信不过，我还能信不过你？谁让你是我的卧底情人呢？"

唐风勉强地笑了笑，说："都什么时候了，你还有心思开玩笑。"

苏晴一边拿出手机一边对唐风说："只要那个大塚是从正常途径入境的，现在还没有出境，就有办法。我相信的不是你，而是你的眼光，你是不会看走眼的，对不对？"

唐风嘴上没说话，心里却在打鼓，这次要是看走眼，这个乌龙就摆大了。

不久，柳月的车到达边检总站，三个人下车的时候，已经有边检总站的工作人员在等他们了。三人跟随工作人员一起走进边检总站，很快他们就来到了指挥中心，柳月轻声问苏晴："你老爸今天怎么这么好说话了？"

苏晴一本正经地说："我是来办公事的好不好。"

"啊，我以为呢，原来你是在骗他。"柳月明白了，苏晴这是特事特办。

苏晴不无得意地说："我跟他说呀，国家博物馆发现一件国家级文物被外国人买走，随时可能出境，警方需要边检总站的协助。有我们俩共同担保，他还能不信吗？再说，我们只是调取大塚的出入境记录，不涉及什么国家机密，他怎么会不答应？"

柳月是国家博物馆的实习研究员，苏晴撒这个谎完全能成立，柳月点着头说："你不愧是当警察的，脑袋确实好使。"

通过正常途径入境的外国人都会留有出入境记录以供查询，当然，偷渡另当别论。

大塚这个姓氏很特殊，确定是J籍华人后，目标大大缩小，工作人员很快就调出了大塚的出入境记录。这人全名叫大塚博南，20世纪80年代初期从中国香港移民到J国，供职于J国一家名为万野的文化贸易公司。与他一起入境的还有万野公司的其他J籍员工，这是他们公司组织的中国七日游，今天才是第四天。

"万野公司？"柳月想了想，说，"不用问了，肯定没有错。"

百花亭青花大罐就藏于J国大阪万野美术馆，如果这个万野文化贸易公司和万野美术馆有内在的联系，那么，他们此行的目的就非常明显了。都是内行，他们到潘家园绝非偶然，而是专程过来收购中国文物的，他们肯定已经看出来了，那件元青花香炉是真品。

现在，问题就有点复杂了，这些人都是行家，他们不会不知道真品元青花是限制出境的，万一他们选择偷运，唐风他们根本就没有办法通过正常的途径把这件元青花标准器截留下来。

苏晴挂掉电话，神色凝重地对二人说：“我刚才打电话到他们入住的酒店询问过了，他们已经集体退房，去向不明。”

柳月和唐风对望一眼，感觉到了不妙。本来是七日游，他们在第四天就退房集体消失，这太不符合常理了。

柳月问：“现在怎么办？”

苏晴摇头说：“能怎么办？只能希望他们走正规渠道携带出境了，难不成进行全城搜捕啊。”

“他们不会偷运出境的！”唐风思前想后，终于说出了自己的想法。由于文物和工艺品很难界定，边检人员又没有专业的文物鉴定知识，很难阻止文物的外流。据海关统计，2004年到2008年这五年间，单是疑似元青花就有上千件流入海外，至于里面有没有真品就无从考证了。既然可以从正常渠道携带出境，谁还会节外生枝偷运出境啊！

柳月接着说：“只好等他们过边检了。想办法拖住他们，我现在就联系单位和家人，让文物管理部门出面，我们回购。”

三人还在商量，又有新的消息传来，边检总站的工作人员说：“他们已经预订了北京飞往东京的机票，就在首都机场登机，半个小时之后开始边检。”

三个人面面相觑，同时说道：“首都机场！”

政委的千金以警察的身份执行任务，边检总站的工作人员自然不会怀疑，他们没有丝毫懈怠，几个工作人员一起赶往首都机场。在跑向汽车的路上，苏晴对柳月说：“把钥匙给我，我来开车，柳月你赶紧联系文管部门。”

事不宜迟，三人马不停蹄地赶往首都机场。

紧要关头，苏晴全神贯注地开车，柳月忙着打电话，唐风不停地看时间，他现在在担心另一个问题。

情况紧急，事态也在不断升级，J国人急着要走，唐风他们忙着截留，短短的出境通道牵动着十几个乃至几十个人的心。但时间是公平的，它在一分一秒不紧不慢地流逝着。

短短十几分钟如同一个世纪一般漫长，不知道过了多久，一前一后两辆车赶到了首都机场。一路大开绿灯，一行人没费什么周折就到达监控中心。大屏幕上，显示着边检通道口的实时监控图像。

没过多久，对讲机传来消息，出境检测中发现有J国游客携带文物离境。

好消息终于传来，虽然还有诸多疑难没有得到解决，但不管怎么样，人留下来就是好事。

边检处，九个J国人被留了下来。唐风远远地打量着这九个人，老中青都有，果然是代代相传，他们的比例也很均衡，三个老年人，三个青年人，还有包括大塚博南在内的三个中年人。

苏晴翻看着资料，指着一个白发苍苍的J国老人对唐风说："那个人叫鬼冢三幸，东京人，出身文博世家，退休前是早稻田大学文物学教授，根据资料，是狂热的极端左翼分子。"

唐风指着其中一个戴着墨镜的年轻人问："那个摆酷的家伙叫什么？"

苏晴比对了一下照片，说："青山俊树，京都人，由于知名度不高，很难从正常渠道获知他的家庭状况。"

摸清了状况，一行人一起走了过去，这边的边检人员用J国语要求这些人打开行李检查。九个人很配合，行李里边全是文物，而且大多数都是瓷器。

边检负责人对苏晴说："他们说这些都是普通的工艺品。"

打开第四个行李箱的时候，唐风一眼就认出了那个元青花香炉，他和柳月一起走向那个行李箱。两个J国年轻人见状，立即拦到他们面前，两边通过翻译进行第一次交锋。

一个J国青年极度嚣张地说："你们想要干什么？"

"我们在进行正常的出入境边检，请你注意你的言辞。"边检方面的负责人不卑不亢地说。

大塚博南指着唐风、柳月和苏晴问那个负责人："他们是什么人？"

苏晴亮出证件，说："警察！"

柳月从兜里拿出自己的证件，说："你自己看吧。"

"那你呢？"大塚博南指着唐风问。

唐风瞟了他一眼，说："中国人！"翻译直接翻译过去，对方立即对唐风的身份提出了质疑。

这时，戴着墨镜、喜欢摆酷的青山俊树手臂一张，其他J国人立即不再说话。想不到这个青山俊树才是他们的首脑，他用很地道的中文礼貌地对边检人员说：“请问你们这是干什么？”

边检人员的负责人也礼貌地对他说：“对不起，先生，只是对你们携带的物品进行例行检查，防止违禁品出境。”

青山俊树说：“我想请问，中国的自由贸易不受法律保护吗？”

会中文倒省了唐风不少事，他说：“根据《中华人民共和国文物保护法》和《中华人民共和国文物保护法实施细则》的有关规定，一级文物是禁止出境的。而您所购买的这件青花瓷是一件有特别重要历史、艺术价值的代表性文物，完全符合中国一级文物的标准，遵照世贸组织的有关规定，我们有权利予以回购或扣留。”

“这位先生可有证据证明这件青花瓷真的就是你所谓的中国一级文物？”青山俊树盯着唐风问。

这话把唐风问住了，他能说出这件元青花是真品的所有特质，但这不能成为证据，最有力的证据当然就是出具文物鉴定书，但这一时半会儿的他哪里去找鉴定书？

青山俊树见唐风没有拿出证据，得意地说：“我们的飞机马上就要起飞了，如果这位先生不能提供有关证据，那你们的行为就是无故扣留J国公民。”接着，他对同行的J国人叽里呱啦说了一阵，那人马上拿出电话。

边检人员对苏晴说：“他们在通知领事馆。”

唐风暗道不妙，如果J国领事馆正式出面交涉，而自己又不能拿出确凿的证据，他只能眼睁睁地看着这个价值连城的元青花香炉离开中国。

这时，挂掉电话的柳月走到唐风身边，比青山俊树要矮一头的她理直气壮地说：“青山先生，只怕要让你失望了！”

青山俊树冷笑一声，对柳月说：“中国人没有时间观念，但我有，我要的是证据！”

柳月很得意地说：“你就死了这条心吧，你要的证据已经到了！”

候机楼那边，上次跟唐风一起参加过《盛世收藏》节目的那位老专家、柳月的妈妈和外公带着一行人匆匆忙忙地赶了过来。

来人中，一个年轻人先一步跑到这边，脚步还没有站稳就马上问边检人员：“哪一个？”

边检负责人示意手下隔开那些J国人，苏晴指着那个元青花香炉说：“就是这个。”

年轻人不说话，拿出数码相机分别从几个角度连续拍了好几张照片。

年轻人刚拍好照，随后赶到的中年人马上拿出皮尺测量数据。

一个年轻女子飞快地打开笔记本电脑，输入这件青花瓷的特征和测量数据。

年轻人也没有停，把记忆卡取出插入电脑。

一个胖子气喘吁吁地扛着打印机跑了过来。

在快速完成准备工作之后，一张文物鉴定书缓缓从打印机里出来。

鉴定书才一出来，那位老专家马上接了过去，他在专家栏里签上了自己的名字，并在“担保单位”一栏盖上了中国国家博物馆的章。

最后一位赶到的是一位老者，他一边喘气一边签字。签完字，他拿出一枚公章在鉴定单位一栏里盖了下去。

“啪”的一声，印有“中国艺术品鉴定评估委员会”大红印章的鉴定证书新鲜出炉。

柳月兴奋地跑到朱碧薇的身边：“谢谢妈妈。”

朱碧薇先向唐风点了点头，才对柳月说：“傻瓜，该谢谢外公才对呀！”

柳月问：“妈妈，那个您没忘吧？”

“没有。”朱碧薇从包里拿出一张支票递给柳月，柳月拿过这张六百六十万元的支票跑开了。

老专家将鉴定证书交给唐风，唐风点头致意。接着，他将鉴定证书递到青山俊树面前，说：“这就是证据！”

“你们……你们……这是在蓄意破坏两国友好关系！”青山俊树对这张才出来的鉴定证书很不服气，哪有这样的。他伸手要去接鉴定证书，唐风马上就收了回来，“这个，你只要过目就可以了，在场所有的人都能证明这是真的。”现场制作，假不了。

接着，来自中国艺术品鉴定评估委员会的那位老者走到青山俊树面前，底气十足地说："根据《中华人民共和国文物保护法实施细则》，我们现在以百分之一百一十的销售价格回购这件元青花。"在他将支票和回购单交给青山俊树的同时，唐风已经抱回了那个元青花。

"我怎么知道这张支票不是空头支票呢？"青山俊树盯着唐风问。

其实他这是故意找碴儿多此一举，限制离境文物回购单本身就是具有法律效应的官方正式文书，若支票有问题，可以以此作为凭证向官方申诉。

唐风耸了耸肩，说："您随时可以验证。"这时，班机即将起飞的通告通过扩音器传了出来，唐风礼貌地一笑，说："我们有的是时间。"

"支那猪，我们走着瞧！"青山俊树低声骂道。

唐风立即回敬："死倭寇！"

至正型元青花的标准器是追回来了，此刻的唐风似乎害怕青山俊树回来抢似的，把它紧紧地抱在怀里。

但是，问题又来了，现在是朱记拍卖行出资，国家回购，这个元青花香炉跟唐风沾不上边。而此刻，老专家和那位老者一起走向了唐风。

老者先向唐风微微一笑，然后伸出手对唐风说："能给我看看吗？"

"没问题。"唐风将香炉双手奉上。

老者那架势一看就是行家，他仔细观察了一番，点头说："嗯，是真是假现在还不敢妄下定论。但以我多年的经验，可以初步断定这是一件真正的元青花。"

接着，老专家也认真鉴赏了一番，他点着头说："品相不错，但还不能过早地下结论。"

老专家保持谨慎的乐观，元青花的真伪鉴定在学术上历来就有争议，至今也没有形成统一的标准，学术界甚至根本就不承认民间有元青花。如果唐风看中的这个元青花是真品，无疑是一次学术上的颠覆。

第二卷

苏东坡的争议手稿

朱记拍卖行接到一件拍品——苏东坡的《念奴娇·赤壁怀古》手稿，这件拍品实在太重要，以至于引来各方专家的研究鉴定。同时，各大收藏家也蓄势待发，打算将其纳入囊中，唐风也跃跃欲试，希望拿下这件争议手稿。

抹布人生

来自中国艺术品鉴定评估委员会的那位老者向唐风伸出手，说："费忠昌，很高兴认识你，小伙子有见地。"

中国艺术品鉴定评估委员会是一个半官方半行业协会的组织，唐风伸手跟他相握，点头说："我叫唐风，费老您言重了。"

费忠昌过后是老专家，他也伸出了手，说："魏奇正，这可是我们第二次见面啦！"

两位老人越客气，唐风心里就越担心，他们是不是想把这东西收回去呢？心里怀疑，嘴上可不能乱语，唐风客气地跟他寒暄着。闲扯一番，三人的交谈进入了正题，费忠昌问魏奇正道："老魏，你怎么看？"

魏奇正说："还能怎么办？打报告上去？只怕到我们进棺材的那一天都出不了结果，争议太大，老骨头禁不起折腾。"

魏奇正的话很无奈，却也隐含着明哲保身的意思。

费忠昌叹了一口气，摇着头说："国土分裂才不过几十年，学术上的分裂却持续了几个世纪，算了吧，只要在中国的土地上就是好事。"

国家要收回这件元青花香炉，在操作上难度不小。首先，这是私人出资，如果要收回就必须采取回购的方式，而国家回购需要申请、复核、拨款等一系列程序。程序不是关键，关键是学术上的争议，由于学术界的主流是不承认民间有元青花存在的，这就给鉴定带来了麻烦，真假都确定不下来，还谈什么回购。

唐风远非忧国忧民之士，这种争议对他来说绝对是好事，他们不想要，唐风还不愿意给呢！这时，柳月走了过来，她乖巧地向两位老人鞠躬打招呼，两位老人对柳月赞不绝口，那边，柳月的外公朱承继也走了过来，三位老人谈得很投机。两个年轻人走到了一边，元青花香炉自然就归了唐风。柳月取下唐风的背包，拉开拉链说："收好吧。"

唐风很诚恳地对柳月说："谢谢你。"

"谢什么呀。"柳月嬉笑着说，"这是我妈妈垫的钱，是要你还的，你要是还不起呀，就得把自己抵给我，让你干什么就得干什么。"

唐风知道她在开玩笑，他说："要不，我先还你三百九十万吧！"

"那就算了吧！"柳月说，"我呀，要你一起还。"她这话模棱两可，让唐风有些摸不着头脑。

柳月微微一笑，说："好啦，早就说过不要你谢了。"

"那他总该谢我吧？"苏晴跟边检那边的人打完招呼，走了过来。

那边没处理完，这边又来了，唐风说："当然要谢谢苏警官的。"

"你才不要谢她。"柳月说，"她呀，回去就有功可表了，应该是她感谢我们才对。"

苏晴拧了拧柳月那粉嫩的脸蛋，说："小月，你到底帮谁呢？"

"我说，你们就别闹了。"唐风说。

"咦，"苏晴奇怪地说，"几天不见，我怎么觉得你们俩之间有什么事发生啊？"

一谈到这个问题，柳月马上岔开话题道："走吧，回去了。"

之后，三人告别其他人，离开了首都机场，柳月开车将唐风送回家，然后跟苏晴一起走了，唐风有惊无险地获得真正意义上的第一件藏品。

回到家的时候，林沐雨正在厨房忙，她烧好菜，走出厨房，看到唐风背着背包在房间里转，她奇怪地问："你这是怎么了？找东西吗？"

唐风此刻正在犯难，这元青花放哪儿都不安全，拥有价值上亿的东西也是一种幸福的烦恼。他对林沐雨说："我淘到一个元青花……"

听唐风说完，林沐雨惊喜地说："你淘到了至正型元青花的第三个标准器？"

"沐雨，我想买房子。"唐风答非所问。这是唯一的解决之道，玩收藏，先得有地方放。

"好啊，"林沐雨说，"我这边还有几万块，一会儿我给你。"

"我不要，你留着吧！"唐风说完话，林沐雨的神色微微有了一些变化，唐风笑着说，"留着做嫁妆，我等着呢！"

“谁要嫁你呀！”

唐风话倒是说出口了，心里却真没谱儿。他现在走进了一个死胡同，他的资产越来越多，钱却越来越少，收藏是要占用大笔资金的，以他现在的资金来源，根本玩不起收藏。所以，他到北京之后，一直都在被钱的问题困扰。唐风现在的状态就像是在打仗，看似捷报频传，却都属于孤军深入似的冒险，这种打仗方式充其量不过是游击战、麻雀战，他没有正面作战的本钱。他只能打三百九十万元这样的游击战，一旦升级到正面作战，他就会吃亏，如果没有柳月，这个元青花就完全有可能落在外国人手里。

要走出目前这种困境，唐风必须进行战略储备，做好打阵地战、遭遇战、阻击战等一切的战斗准备，只有这样，他才有资格从战略战术的角度来俯视整个战局。

“吃饭吧！”林沐雨用指尖捅了捅正在发呆入神的唐风。

这句话如同一盆冷水把唐风从头到脚浇了个透，还阵地战、遭遇战，他现在首先得还债。他决定了，无论是抵押房产贷款也好，拍卖套现也罢，先把债还了。人就是一块破抹布，擦亮前途，留下泥污，唐风首先要把自己身上的泥污洗干净，再拧干水，抖擞精神，继续擦人生这张大桌子。

第二天上午，唐风还没走进银行多久就败退而出。抵押贷款很容易，尤其是房产抵押贷款，但条件是唐风不能接受的。他的店面价值三千万元，银行上门评估需要缴纳评估价值千分之三的手续费，这就要出三万块；最高贷款额不能超过评估价值的百分之七十，也就是说，他最多只能贷款两千一百万元；这还不是最要命的，最要命的是，贷款的利率太恐怖，短期贷款的年利率是百分之五左右，唐风在短短的几个月内就要付出一百多万元的利息，相当于将一套北京市区的房子白白送给银行，这对纯农业户口的唐风来说，实在过于奢侈。观念不同，不相为谋。

这下子唐风就犯难了，房子要买，欠债要还，将近一千万元的资金漏洞该怎么填？唐风苦思冥想良久，终于有了点眉目。这时，手机铃音响了起来，是林沐雨打来的，说有人找他。正事要紧，唐风很快来到中国石，他走进办公室，林沐雨正在接待一位客户，这位客户五十来岁，梳着 20 世纪 90 年代初期非常流行的郭富城式偏分头，一身上下收拾得干净利落。

看到唐风进来，林沐雨向来人介绍道："这位就是我们的老板。"

"你就是唐风吧？幸会幸会。"来人马上起身走到唐风的面前，他伸出手来说，"我来自天津顺发汽车贸易公司，楚大江。"

天津顺发汽车贸易公司？唐风想起来了，周正元曾经说过，他的儿子是开汽车销售店的，而他是天津人，这个顺发公司应该跟他儿子有关。唐风以为周正元只是随口说说，想不到他真的兑现了，这可是天大的好消息。唐风马上跟他伸手相握，说："幸会幸会。"

握完手，楚大江双手奉上自己的名片，"我是来商谈礼品石采购的。"

唐风看了看楚大江的名片，他是顺发公司的采购部经理，于是点头说道："楚经理一路辛苦。"

楚大江说："我们周总的父亲有交代，您是大忙人，为了不耽误您的时间，我就不绕弯子了。"楚大江说明了来意，他们公司以前就向客户赠送过礼品石，但一直都是跟汉唐宝业合作的，现在打算改跟中国石合作，在商言商，他们希望中国石能够给予他们跟汉唐宝业一样的优惠。

唐风心里明白，周正元这层关系固然是促成双方合作的基础，但要建立长期的合作关系，还是需要从纯商业的角度着手。

接着，楚大江拿出了顺发公司跟汉唐宝业签的供货合同，具体事项一目了然，唐风看过价目表之后不禁暗自心惊。别看是低档礼品石，均价不高，但利润却相当可观。他马上说："既然是周老的公子，那就好说，在此基础上打九折，您看怎么样？"

楚大江想不到唐风如此爽快，他点头说："唐先生果然快人快语，那就这么定了。"

接着，林沐雨马上准备好新合约，双方签订了合作意向书，十一月份开始供货。一切办妥后已经是中午，唐风要留楚大江吃饭，楚大江再三推辞，离开了中国石。

楚大江走后，唐风摇了摇头，抢了汉唐宝业的生意，算是彻底得罪了杨程明，双方的竞争不可避免。一会儿，陈彦走进了办公室，他看了看合约，点头道："这笔生意太重要了，可以让中国石的收益翻番。"一块石料的石质本身就有高中低档之分，有了稳定的低档生意，石料的利用率将大大提升，利润也随之增高。

好处说起来是一大堆，但是，陈彦接着说出来的一个难处就成了瓶颈。他说：“这是批量生意，使用手工篆刻成本太高，必须添置自动设备。”

这类礼品石不追求艺术效果，更不讲究全手工制作，需要购买自动雕刻设备。也就是说，要赚钱必须先投入，归根结底，还是钱的问题。

唐风问：“最好的激光自动雕刻机要多少钱？”

陈彦说：“激光自动雕刻机是一分钱一分货，价格便宜的雕刻机出来的成品质量不好，最好的一百来万。”

唐风问：“可不可以加工玉料？”

“不锈钢都可以加工。”陈彦肯定地说。

唐风大手一挥，说：“买了，今天就订购。”

“不用那么快好的吧，我们暂时也用不上。”

唐风肯定地说：“挨过这几天就好了，现在不买以后也要买，过段时间，我打算去做昆仑玉、和田玉籽料。”

“赌石？”陈彦倒吸了一口凉气，“这太不稳妥了吧？”翡翠赌石的风险很大，昆仑玉、和田玉籽料也不遑多让，都是带有赌博性质的买卖。

“我当初起名叫中国石就是这意思。”唐风说，“翡翠原石的产量逐年下滑，资源接近枯竭，市场发展已经饱和，价值巅峰期已过。随着翡翠的疲软，和田玉异军突起，昆仑玉上涨趋势迅猛，这一块的市场才是未来的市场，只有另辟蹊径发展这一块，中国石才有资格跟龙宝公司和汉唐宝业竞争。更为重要的是，这才是正宗的中国玉，我们可以名正言顺地打出传承玉文化的旗帜，把翡翠直接辟为异端。”

听完唐风的话，林沐雨和陈彦面面相觑，这像是欠了一屁股债的人吗？唐风哈哈一笑，说：“你们忘了吗？年底可是拍卖行业的旺季。”

林沐雨和陈彦都是自己人，看到唐风运筹帷幄、胸有成竹，都不好意思打击他。

唐卡

不管怎么说，有计划总比没计划好，唐风的计划并非空中楼阁，书画作品一直在引领拍卖市场，市场旺季的到来也意味着书画作品将出现交易高潮。而唐风手里还握着祝允明的《指点江山》和张大千的《秋日山水图》，这可是重磅炸弹，它们的成交价总额肯定会突破千万，不但可以弥补唐风的资金漏洞，还可以让他有充裕的资金进军玉料市场。

玉分为硬玉和软玉，硬玉之冠当然是翡翠，而软玉之王则是和田玉。中国的历代玉器都是以软玉为主，我们所说的传统玉文化就是指软玉文化，君子如玉、软玉温香、冰清玉洁、蒹葭倚玉、金玉良缘、金枝玉叶这些美好的词汇都是指软玉。

正所谓“文化搭台，经济唱戏”，唐风从玉文化开始拓展市场的策略是绝对正确的，就看怎么具体操作了。

想到就做，唐风很快回到家，把两幅画带到了朱记拍卖行，虽然拍卖不能在短期内套现，但交给朱记好歹也算是变相抵押，先稳住债主再说。唐风不是没有想过把那尊唐开元鎏金铜佛造像一并拿来拍卖，但这尊佛像流拍过一次，市场前景肯定不会理想，流拍过的古玩就像是离过婚的女人，不管多漂亮，身价都会大幅缩水。

柳月不在，朱碧薇把唐风请进了自己的办公室。唐风说明来意后，朱碧薇说出的话让他稍微清醒了一点。祝允明的《指点江山》行情定位很难把握，只能寄希望于炒作，弹性很大；而《秋日山水图》就比较麻烦了，唐风能看出这是张大千的真迹不代表其他人能看出来，柳月能看出来不代表买家会认可，朱记拍卖行还需要寻找新的佐证来证明这幅画是真的。朱碧薇是商人，唐风仅凭跟柳月的关系是借不到六百六十万元的，唐风本身的实力才是主要原因，上次唐风获得的三千多万元收益可是朱碧薇亲自交给唐风的。所以，在这件事情上，朱碧薇没有手下留情，还是要收取唐风成交价百分之十五的委托费用。

拿人家的手短，唐风当然不会拒绝，双方草签合同，唐风所委托的两幅书画作品将入围朱记拍卖行举办的年度书画作品专场拍卖会，估价将在预展后进行。

接下来的几天，唐风和林沐雨开始到处看房子。既然决定要买房，还要玩收藏，虽不能像杨程明那样，把房子搞得像博物馆，但起码也要买栋别墅吧！虽然有心理准备，但唐风还是被北京的房价吓了一大跳，手上有三百九十万元，买栋别墅连装修钱都落不下，太贵了。

市区不行只好去郊区。这天，两人一起来到海淀区西郊，这里离香山不远，现在也是观赏红叶的最好季节。

唐风看着车窗外视线远端的香山，说："如果能在香山附近买栋别墅就好了，开门就可以看到红叶飞舞层林尽染的胜景。"

"才不要。"林沐雨摇头说。

"咦，"唐风说，"沐雨不是一直都很喜欢浪漫的吗？"

"拜托，浪漫也需要有心情去欣赏的，香山这边一点安全感都没有，还谈什么浪漫。"

车开得很慢，两个人正说着话，路边就出现了一家极具藏族风格的装饰品店，林沐雨指着那些挂在墙上色彩艳丽类似于地毯的东西说道："那是地毯吗？"

唐风顺眼望去，摇着头说："嗨，你是怎么做编剧的，那不是地毯，而是唐卡。走，我们去看看。"

林沐雨停下车，说："你去吧，我不想去，我就在车上等你。"

"那我也不去了！"唐风收回了准备拉开车门的手。

林沐雨说："你去吧，不要紧的，我正好构思一下我的剧本。"

"那我可真去了啊。"他是想去淘一淘唐卡。

唐卡是西藏传统文化艺术的瑰宝，行情不断上扬，根据统计，从2000年到2009年，唐卡的价格暴涨了十倍有余，而且还有很大的上涨空间。

这家藏族饰品店起了一个很有意境的店名——天堂之眼。店堂不大，里面的东西却丰富精致，各种饰品、佛教用品应有尽有；此外，店内还弥漫着一股淡淡的麝香味道，这是藏香。

唐风走进店的时候，店主人正在摆弄一把木质吉他。这是一个二十七八岁的年轻女子，她高高瘦瘦，长相不能说漂亮，但却挺耐看。她没有跟唐风打招呼，唐风也不说话，自顾自地挑选里面的唐卡。

唐卡的种类很多，有布面唐卡、刺绣唐卡、织锦唐卡、贴画唐卡等。唐风兜了一圈，在一张刺绣唐卡前停了下来。刺绣唐卡很像时下流行的十字绣，是用各色丝线绣成的。这张唐卡为正方形，边长五十多厘米，很厚实，铺在地上没人会认为这不是地毯。和大多数唐卡一样，这张唐卡也是宗教神鬼人物唐卡，上面描绘的人物唐风听说过，是威罗瓦金刚，共有九面三十四臂十六足。说起来烦琐，其实就是一个牛鬼蛇神拼凑起来的，直接可以拿去当恐怖片道具的，人妖神三界人物的杂交怪物。这怪物“手”拿盛血骷髅头，“脚”踩大妖小怪。

唐风对宗教的理解仅止步于价格，能卖个好价钱就成。什么古玩都可能作伪，但手工刺绣不太可能，因为作伪的代价实在太大，一张好的刺绣唐卡需要几年才能完工，有这工夫，作伪者都成艺术家了。唐卡的图案、工艺都很复杂，机械是绣不出来的，需要看的只是年代和工艺。从这张唐卡的丝线上看来，是线质柔软、光滑有油性、弹力好的手工丝线，应该不是现代的产品。由于自然环境遭到破坏，现代的蚕丝质量纺不出这么好的丝线，应该是工业不发达时期的产物，新中国成立前的唐卡。

仔细看过之后，唐风觉得这东西还行，他问：“小姐，这东西怎么卖的？”

“七万块。”店主人头也不抬地说。在商业化的今天，也有一些人开店不是为了赚钱，而是为了兴趣爱好，这家店的主人大概就属于这种人，人已经脱离了为钱奔波的境界。

“我要了！”唐风觉得这个价钱挺合理。

“真的吗？”店主人总算放下了手中的吉他，开心地笑了起来。

唐风笑着说：“我还能骗你吗？”接着，唐风取下一直背着的背包，拉开拉链，拿出七沓钱放到女子面前。

店主人想不到唐风随身携带了这么多的现金，一脸惊讶地把钱放进写字台的抽屉里。唐风跟她解释道：“我原准备出门淘古玩的，碰巧到了你这里。”

“我帮你包好。”店主人一高兴，话就多起来，她说，“这个店开张三个多月，你是第一个真正购买的客人。”

唐风说：“别的老板没生意我还会安慰他几句，但你不一样，反正你也没想着赚钱。”

“你怎么知道？”店主人问。

唐风指着写字台上大玻璃压着的许多照片说：“喜欢旅行的人在没有找到归宿之前，在一个地方是待不长的，这种人不适合做生意。”

“你说得很对，这些东西都是我在旅途中购买的，每一件东西背后的故事都不同。”店主人替唐风将唐卡包好，说，“好了。”

“谢谢。”唐风拿着唐卡转身向外走去，走到店门口的时候，他回头说，“祝你早日找到让你结束旅行的归宿。”

店主人愣了一下，淡淡一笑，说：“谢谢你的祝福。”

唐风上车之后一直沉默不语，林沐雨看了看他手中的唐卡，问道：“你怎么了？受蛊惑了？”

“傻瓜才会被蛊惑。这东西能值几十万，我在考虑怎么脱手。”

惊现国宝

不可否认，纯朴的原始宗教信仰是能够净化信徒的灵魂的，这家店的主人一直在不曾遭受文明侵袭的原生态地区旅行，在旅行途中购买的唐卡还是比较有可信度的。唐风很想静下心来分享她的旅行故事，但他自己也感觉双方的境界不在一个层次，人家在通过一程又一程的旅行寻找生命的意义，而自己一门心思钻钱眼儿里了，不可能有共同语言的。

唐风越看手中的唐卡越顺眼，那恐怖的九面三十四臂十六足“人妖神”也变得可爱起来。

计划就像食物，现实就像胃，不断地把原计划消化，最后的结果往往令人瞠目结舌，唐风很快就知道什么叫计划不如变化。

十天时间一晃就过，朱记拍卖行年度书画作品专场拍卖会的预展如期举行，晚上七点，唐风和陈彦一起赶往朱记拍卖行。

陈彦的奥拓转过街角，朱记拍卖行的大门已经近在眼前，但陈彦并没有在大门口停车，唐风问：“你开过了，怎么不停车啊？”

“你以为我傻啊，你没看到大门口这阵势吗？哦，我开辆奥拓，吧唧一下停在人家大门口，这不是自找难堪吗？”

唐风看了看大门口那阵势，红地毯直接铺到了马路边，门童正忙着替到场的宾客泊车。大门口两边的车位上全是好车，开辆日本车都不好意思见人，更别说陈彦这辆早该报废的奥拓了。

奥拓在远离朱记拍卖行大门口的一条巷道找了个车位停下，陈彦和唐风走了好一段才来到朱记门口。

陈彦用胳膊肘碰了碰唐风，说：“你就真没有想过跟柳月发生点什么？”

那边的柳月身穿一袭白色的晚礼服，漂亮端庄、高贵典雅，确实令人怦然心动。唐风说：“你动动脑子好不好，要什么都能心想事成，我还能待在这里？”

柳月一看到唐风和陈彦走进大门就过来打招呼，她微微一笑，说：“欢迎你们两位。”

不看不知道，一看吓一跳，唐风拍卖文房六宝的那次拍品预展已经算是高规格了，但相比这次的年度专拍，简直就不在一个档次上，逊了好几条街。在大厅的两旁，挤满了来自海内外各大媒体的记者，他们的“长枪短炮”都一起对准了大门口。

唐风很奇怪，他问柳月：“他们不会是你们邀请的吧？”

“你太看得起我们家了，这怎么可能呢？”柳月说，“这可是严肃的新闻，肯定要上《新闻联播》的。”

陈彦马上问：“难道有大人物出席？”

柳月点头说：“大人物谈不上，是很重要的人物。”

“柳月，你就别绕弯子了。”唐风问，“谁啊？这么大谱。”

“台湾地区公认的文史第一人、有‘文史活化石’之称的台北故宫博物院的前任院长、国民党元老任望祖老先生回乡祭祖，你说是不是很重要？”

这就难怪了，这不光是文博界的大事，更是两岸文化交流的大事，受到如此礼遇完全符合逻辑。唐风马上联想到了另外一件事情，他立即问：“这么说，这次拍卖有重要的拍品出现？”

陈彦马上问：“是谁的？比唐风的张大千仿古画还要有名吗？”

“嗯，更为有名，也更为重要……”柳月说完这话之后，看了看四周，才对二人说，“我们到那边详谈。”

三个人离开大堂来到偏厅，柳月接着说：“是苏东坡的《念奴娇·赤壁怀古》手稿。”

唐风很奇怪，他问柳月：“我们怎么一点消息都没有收到呢？”

“我也想早点告诉你啊！可条件不允许。”柳月可爱地嘟了嘟嘴，说，“这件拍品朱记拍卖行前天晚上才收到，我外公不敢擅自做主，就上报了有关部门。而我是在昨天中午知道这个消息的，我本来很想找你过来鉴定真赝的，但手稿实际上已经脱离了我们的监管，我一点边都沾不上。以北京故宫博物院前任院长齐墨则为首的文化部专家组正在进行鉴定。”

这件拍品实在太重要，如果一致鉴定为真，政府是绝对不会允许拍卖的，封锁消息在所难免。柳月接着说：“任望祖老先生是这方面公认的大师，有关部门发去了邀请函，他老人家在得知此事后，就以回乡祭祖为名，昨晚绕道香港直接飞抵北京。”

“我很想要。”这是陈彦的第一反应，他问，“如果可以拍卖，底价是多少？”

“哎！”唐风摇着头说，“不用问，八位数以上了。”

苏东坡的手迹不是“珍贵”二字所能涵盖的，传世下来的仅有五十多件，中国台湾“故宫博物院”藏有四十多件，大陆只有十来件。由于苏东坡的手迹从来没有公开拍卖过，唐风只能通过旁证来做判断。现存于上海博物馆的四本宋代雕版印刷东坡诗集的价值高达一千六百万元，雕版印刷都这么贵，更别说手迹了。

唐风问柳月：“今晚会展出吗？”

“那还用问，”陈彦说，“肯定不会了。”

“你错了。”柳月对陈彦说，“这事很复杂，委托人是海内外知名的爱国港商，他会将全部拍卖所得捐赠给希望工程。如果我们不展出，万一他改变主意，要拿回香港的话，谁都无法阻止的。”

一系列的突发事件让这件事非常棘手，有关部门当然不会阻挠正常商业拍卖。“等等，”唐风突然说，“这么说，我们完全可以参与竞争了。”这件苏东坡手迹是私人藏品，是受法律保护的，就算国家要收回，也只能采取回购的方式，从这个意义上来讲，个人和国家之间的竞争是公平竞争，而专家组只在鉴定时间上占有优势。还有一点很重要，手稿的鉴定难度非常大，如果专家组的内部意见不能统一，国家是不会参与竞争的，唐风完全有可能在拍卖场合直接捡漏。

一件拍品的疑点越多，价值就越低，国家不可能参与带有赌博性质的竞拍，万一花钱买赝品，岂不成了天大的笑话？如果专家组已经鉴定为真，就用不着邀请台湾地区的专家了。种种迹象表明，专家组的内部分歧很大，至今还没有得出鉴定结论。

唐风说："只要能够公开展出，我们就可以参与鉴定，现在其他的问题都不用考虑，真赝的问题和钱的问题才是最重要的。"

这时，人群出现了一阵骚动，以北京故宫博物院的前任院长齐墨则为首的一行人来到大门口。这方面不用问，肯定要找一位地位跟任望祖对等的人物出面迎接，毫无疑问，齐墨则是最合适的接待人选。

外面，一长串国产红旗轿车转过街角，前面的车直接开过朱记拍卖行大门口，最中间的一辆车停在大门口。车门打开，白发苍苍、拄着拐杖的任望祖在随同人员的搀扶下走下车。这位台湾地区文史界的"活化石"已经八十高龄，但精神很好，他一边走一边向周围的人招手。

年高七旬的齐墨也在随同人员的陪同下走向任望祖，镁光灯不断，咔嚓声连连，海峡两岸两个故宫博物院的两位前任院长的手紧紧地握在了一起。齐墨则说："任老先生，欢迎回乡！"

任望祖有些激动，他抬头望了望天空，用颤抖的声音说："朝闻道，夕死可矣，能在有生之年重归故土，人生再无憾事。"

掌声中，有人大声喊道："任老先生，讲两句吧！"

这类非官方的场合，还是比较轻松随意的，掌声再度热烈起来，遵照惯例，这种场合是要讲两句的。

任望祖叹了一口气，说："六十年一甲子，几度梦回几度归。今天，我很高兴，在这里，我借用叶佳修的一首歌来表达我内心的感慨。'五千年的文化是生生不息的脉搏，提醒你，提醒我，我们拥有个名字叫中国，再大的风雨我们都见过，再苦的逆境我们同熬过，但是，泱泱的民族气节从来都没变过！'谢谢大家。"

如意算盘

掌声再度响起，任望祖向众人拱了拱手，和齐墨则等人一起走进朱记拍卖行的大厅。也许就是因为归乡之途变得坦荡，老人的表现少了一些感慨，多了一些淡定，这，才是回家的感觉。

唐风也在为老人的到来而鼓掌。任望祖和齐墨则双双出席今天的拍品展览对唐风有百利而无一害，有了这两位重量级人物，《秋色山水图》的真赝问题便不是问题，如果他们都看不出来，整个国家还有谁能看出来？

接着，东道主朱承继出场，简短正式的欢迎仪式开始。柳月对唐风说："我要失陪了。"

失陪？唐风不明所以地问："展览会就要开始了，你要到哪里去？"

柳月甜甜一笑，说："先不告诉你，一会儿你就知道了，再见。"

唐风望向柳月的背影，终于知道，有一种美丽叫作清纯，青春的她，绽放如花，如诗如画，怎不让男人心猿意马？

"哎哎！"陈彦在唐风眼前晃了晃手，"看什么呢？"

唐风毫不掩饰地说道："看什么？当然是看美女啊，少打岔。"

"你别不识好心，"陈彦笑着说，"我这是在挽救你，柳月虽好，你们家那位也不错。你最好不要犯男人常犯的错误，脚踩两只船往往会落在水中间，什么都捞不着。"

唐风不以为然地说："我比你更清楚，管好你自己吧！"

短暂停顿之后，拍品展览会正式拉开帷幕。朱记拍卖行的运气已经不能单单用一个"好"字来形容了，苏东坡手稿的意外现身让他们的书画作品专场拍卖会一跃成为拍卖行业的年度盛事。朱碧薇当然不会放过这千载难逢的商机，所有的安排运作都围绕着同一个中心，那就是苏东坡的《念奴娇·赤壁怀古》手稿。

说是展览会，其实更像展示会，半圆形的展台离观众席很近，没有高低落差，最佳的观摩位置当然是留给贵宾，唐风和陈彦被安排到后面就座。

一会儿，柳月走上展台，这姑娘一点都不怯场，落落大方地宣布展示会开始。接着，第一件拍品连同展架一起被工作人员推上展台。柳月微笑着面向观众席，说："本次展示会的第一件展品是张大千先生的仿古山水画《秋色山水图》，这是一幅立轴山水设色绢画……"

她在介绍完这幅画后，接着说："现在，让我们以热烈的掌声欢迎北京故宫博物院的前院长、著名的中国书画鉴赏大师齐墨则先生为大家评析此画。"接着，工作人员将展架推到齐墨则面前。

雷鸣般的掌声中，齐墨则起身，在转身向观众挥手致意后，他开始鉴画。不愧是大师，一招一式尽显功力底蕴，是要比唐风专业很多。只是短短的两三分钟，他就转身面向了观众，鉴定已经完成。

"齐老先生，您请。"柳月说完话，将手中的话筒移到齐墨则的面前，齐墨则很有把握地说："首先恭喜一下这幅画的主人，此画无论是从意境格调还是从笔情画意或者是从绘画风格上来看，都十分接近石涛的画作，甚至有过之而无不及。古往今来，仿石涛能仿得如此形神俱备的，唯大千先生一人而已，所以，我认为这幅《秋色山水图》系张大千先生的真迹无疑。"

陈彦很纳闷儿，他问身边的唐风："他怎么会这么快？"

"你以为这些大师都是吃白饭的吗？他们只是很少在公众场合露面罢了。"唐风嘴上是这么说，心里也很怀疑，这不是大开门的东西，两三分钟根本不可能完成鉴定，这位齐墨则老先生是不是之前就看过了呢？完全有这种可能，这类专家行将就木，不可能自己砸自己的金字招牌，没有十足的把握，他们是不会说这种话的。

不管怎么说，有这位权威的金口玉言，这幅画就被定性了。

之后，展架被推回了展台，柳月说："谢谢齐老先生的赏鉴评析，这幅张大千先生的仿古山水画《秋色山水图》的估价为人民币一千万元，欢迎各位嘉宾上台品鉴，谢谢。"

齐老先生的金字招牌摆在那里，众人当然不会认为自己比权威更高明，露巧不如藏拙，他们要考虑的，只是是否参与竞拍的问题。

东道主当然有东道主的优势，朱记拍卖行无疑是捡了一个天大的便宜，这些老资格的专家可不是花钱就能请来的。当然，他们能成为东道主完全是沾了《念奴娇·赤壁怀古》手稿的光。

接下来的几件展品都有专家进行掌眼赏鉴，由于跟自己无关，唐风也没怎么关心。过了一会儿，唐风那幅祝允明的《指点江山》被推上了展台。柳月说："下一件拍品，祝允明的水墨山水画《指点江山》，现在，让我们以热烈的掌声欢迎文化部专家组成员之一、来自国家历史博物馆的资深书画鉴定专家张远志老先生为此画做赏鉴评析。"

唐风一早就看见了张远志，并且跟他有过一面之缘。他就是跟范紫韵一起在北京古玩城看过那幅《秋色山水图》的胖老人，那次，这位老先生打眼了，让唐风捡了一个大漏。这说明，专家组成员的鉴定水准也是参差不齐的，当然，术业有专攻，文物学是一门综合学科，涉及面很广，书画鉴定之下还有细分，张远志不擅长鉴定山水设色画也是有可能的。另外，费忠昌和魏奇正也都是首屈一指的文物鉴定专家，但他们的专长不在书画鉴定领域，没有接到文化部的邀请也在情理之中。在古玩行业中，像唐风这样的人也有，北京人称他们为"行虫"。

唐风自身的财力捉襟见肘，根本就没有资格和别人拉开阵势竞争，他现在只能寄希望于专家组最终不能形成统一的结论，只要国家不参与竞争，他就有可能得到苏东坡的手稿，当然，这只是理论上的可能。这事情比较复杂，如果手稿为假，一切都无须再提；如果手稿为真，一番激烈的角逐在所难免，唐风的机会不大；唐风唯一的机会就是，苏东坡的手稿为真，但别人看不出来，而他自己看出来了，由于存在疑点，手稿的估价自然不会太高，参与者的竞拍积极性也会大受影响，唐风完全有可能在众目睽睽之下捡漏。

展示会还在继续进行，张远志在完成鉴定之后，对着话筒客气地说："那我就发表一点个人意见了。我可以肯定，这幅《指点江山》确系明代画作。能在质地如此粗糙、极其不易受墨的劣绢之上画出如此传神的水墨画作品的明代画家并不多见，再看款识钤印，应该是祝允明的真迹无疑，谢谢大家。"

柳月接着说："这幅出自明代著名画家祝允明之手的《指点江山》估价为人民币五百万元，各位嘉宾可以随时上台品鉴。"所有的展品在完成赏析之后都被一字排开，陈列在展台上。

"接下来的展品也是我们最后、最重要的展品，宋苏轼《念奴娇·赤壁怀古》手稿，现在，让我们以最热烈的掌声，欢迎来自台湾地区的贵宾任望祖老先生进行赏鉴。"考验真功夫的时候到了，任望祖之前并没有看到过这件手稿，一切全靠现场鉴定。

大家必有大家的风度，任望祖也不推辞，他示意陪同人员不要搀扶他，自己缓缓地站起身，看到工作人员准备将展架推向他，他说："不用，放那里就行。"

看到他要说话，柳月急忙递上话筒，任望祖说："相信在座的各位也都是行家，大家不要谦让，有兴趣的上来一起看嘛！"

这种场合大抵是不会乱秩序的，有诸多专家权威在场，谁敢上来造次？但偏偏就有人敢，唐风就走向了展台。所有的计划都需要一个前提，那就是这件手稿的真假，唐风是不会错过这个机会的。

唐风很懂礼貌，他先等在展台下，直到任望祖走上展台后自己才上去。他向任望祖微鞠一躬，说："任老先生好。"

任望祖那满是老年斑的脸上露出了一个笑容，他一边向唐风伸出手，一边说："年轻人就该像你这样有担当，中国人毁就毁在这排资论辈上了。"他这句话是对唐风说的，除了柳月没其他人听得到。

"谢谢老前辈夸奖。"唐风伸手跟任望祖相握。

握手之后，任望祖说："那我们就一起看吧！"

"好。"唐风点了点头，开始细看这件出自北宋伟大的文学家、书画家、美食家、豪放派词人的代表人物苏轼的手稿。

参与竞争

这是一件书写在一张长约一米、宽约半米的长幅米黄色薄纸之上的草书手稿，手稿并没有经过装裱，就是一张素纸。手稿的字体恣意潇洒，如龙飞凤舞；奇劲有力，如疾风骤雨；气势磅礴，如千军万马。如此大气之字，书写的内容更是令人拍案叫绝，最右端，从上至下为四字竖书草书，正是千古绝句的名称——赤壁怀古！

此四字为大字，之后为中字竖书，曰：

大江东去，浪淘尽，千古风流人物。故垒西边，人道是、三国周郎赤壁。乱石穿空，惊涛拍岸，卷起千堆雪。江山如画，一时多少豪杰！

遥想公瑾当年，小乔初嫁了，雄姿英发。羽扇纶巾，谈笑间、樯橹灰飞烟灭。故国神游，多情应笑我，早生华发。人生如梦，一樽还酹江月。

短短百余字，让唐风聚精会神地看了五六分钟，他抬起头，长长地叹了一口气，脑海中闪现出一幅大江东去的浩荡雄姿。

手稿的左下端，留有一排较小竖字草书，曰：

久不作草书，适乘醉走笔，觉酒气勃勃从指端出也。东坡醉笔。

但是，这件手稿没有年款，没有钤印，唐风感觉很奇怪，难道这真是苏老先生醉笔，醉了，写了，就睡了？那他第二天也应该加个个人标签什么的才对啊！不过，没有年款钤印并不见得是坏事，到这里，有百分之五十的鉴定者会怀疑这件手稿的真实性，就算他们鉴定为真，手稿的估价也会大打折扣。但是，唐风想得到这件手稿的目的是收藏，而不是拿去换钱，所以，他一点都不在乎款识，真东西就是好东西。

既然没有年款钤印，唐风就开始辨认字迹。苏东坡是北宋的书法大家，他擅长行书、楷书，取法于颜真卿、杨凝式，并自创新意、自成一家，一直被历代藏家视为珍品。苏东坡的草书取法于张旭、怀素，几无传世，更为珍贵。他传世的书法真迹有数十件，大多都是书帖、手卷之中的中小字手迹，大字草书手迹迄今为止还没有被发现过。

从字迹上来看，这件手稿上的字迹跟苏东坡的字迹是不尽相同，不像是他的真迹。其中，“人道是”和“人生如梦”中的“人”字跟后面的字体相连，不符合他在其他书画作品中“人”字收笔戛然而止、了无痕迹的独有特征。而且，这件手稿渴笔严重，几近无法书写才会添墨，也不符合他的书写习惯。

到了这里，剩下的一半鉴定者中，又有三分之二的人会持否定态度，千万不要以为专家组的综合水平就是所有专家水平的叠加，除去内耗，甚至还及不上一位专家的水平。唐风现在可以肯定，文化部的专家组还是没能达成共识，一眼货谁都会看，但这不是一眼货，而是有争议的东西，各抒己见之下，意见很难统一。在古玩行，真理一般都掌握在少数人手中，眼睛雪亮的群众只会添乱。

字迹方面，唐风觉得并不难解释，既然是醉笔，酒喝高了，当然要比平常随意，不到墨尽不添墨，渴笔在所难免。从整体上来看，这件手稿上的字迹虽有偏差，但神韵犹在，应该是苏东坡的亲笔手书。

接着，唐风开始看纸，这是他的强项。如果这件手稿是真的，距今应该有九百多年，近千年的漫长岁月，这张写有手稿的薄纸却没有一星半点的腐蚀迹象，在没有装裱的情况下，显得有些新了，这又是一个争议。唐风仔细地观察着这张米黄色的手稿纸，这张纸颜色淡旧无杂质，气色沉重不鲜活，摸上去细薄光润不粗糙；再看纸质，别看这张纸的纸质很薄，但它的毛边截面却显现出了层次感，相对表面的旧色，内里的颜色略淡显新。唐风现在可以确定的是，这种纸是南唐澄心堂纸，不是原版就是宋仿，应该是元代之前的古纸。宋代仿南唐澄心堂纸仿得最好，后世的仿纸质量大不如前。

至此，唐风有百分之七十的把握认为这件手稿是真品，先不说有没有可能，欠一屁股债的唐风已经打算去争取了。鉴定古纸今纸其实不难，难的是要鉴定为澄心堂纸，古代造纸原料就那么几种，翻不出什么花样来，宣纸、澄心堂纸、开化榜纸、太史连纸和藏金纸等古代名纸在材质一样的状况下质地相差无几。举个例子来说，它不是草纸跟报纸的区别，而是不同品牌的A4纸的区别。

唐风在鉴定的同时，任望祖也在鉴定，唐风完成鉴定之后抬起头，任望祖已经在等他了。任望祖微微一笑，问："小伙子，你觉得怎么样？"

唐风挠了挠头，说："嘿，还没看出来，我还是先下去吧！"

接着，唐风转身走向了观众席，在座的都是有头有脸有层次的人，当然不会因此而笑话他。不过，当他们看到唐风"灰溜溜"地走下台时，心里却多少有些幸灾乐祸。

"请任老先生赐教。"说完话的柳月将话筒递到任望祖面前。

奇迹注定不会发生，任望祖说："虽然这件手稿的字迹跟苏东坡其他手稿上的字迹略有差异，但苏式草书书法的神韵犹在，是苏东坡的真迹无疑；再说这张纸，此纸纸质细薄光润、坚洁如玉，观之细密如蚕茧，触之滑如春水，应该是宋仿澄心堂纸。宋代书法家大多都使用这种纸，苏东坡使用这种纸写诗作画应在情理之中。综上所述，我个人认为，这件手稿为真品。”

此话一出，台下顿时响起了交头接耳的嗡嗡声，一听这声音，唐风马上联想到了苍蝇，这次麻烦了。文化部专家组的专家们在听到任望祖的结论后，面面相觑，谁都没有说话，既不赞同也不反对。

等到观众安静下来之后，柳月说："最后一件展品，宋苏轼《念奴娇·赤壁怀古》真迹手稿的最后估价为人民币三千万元。"

"啊，要三千万，这么贵？"陈彦长叹了一口气，岂止是贵，简直是离谱儿。估价不代表成交价，看眼前这形势，鬼知道最后的成交价会被炒到多高，要想拿下这东西，准备一亿人民币差不多。

陈彦转眼看了看若有所思的唐风，问："你现在怎么打算？"

"没办法，死马也要当活马医！"唐风用肯定的语气说，"现在只有一条路，想方设法弄钱。不参与就退出，我不甘心！"

陈彦再问："但是，你到哪里去弄这么多钱？"

"我决定了，抵押房产贷款，再加上卖那两幅画的收益，可以去碰碰运气。"避无可避，唯有正面作战。

听完唐风的话，陈彦摇了摇头，明显信心不足。以唐风的能力，捡漏无人能比，烧钱却不如人。

唐风接着说："陈彦，你要帮我一个忙。"

"说吧，"陈彦说，"不争取你会心痒痒的，我尽力而为。"

"放心，不会让你去抢银行的。"唐风说，"明天，你把我的唐卡和鎏金佛像拿到北方卫视去，报名参加他们的鉴宝节目。"

全面备战

"嘿。"陈彦马上明白了唐风的用意，"行啊，这种办法都被你想出来了。"

唐风说："这是没有办法的办法。"

唐卡是藏传佛教的产物，属于生僻宗教类古玩，短期内难以出手，让陈彦拿去参加电视鉴宝不失为一个好主意。那个鎏金佛像流拍过，再拿去拍卖肯定不会有好结果，只能寄希望于炒作了。相比唐卡，鎏金佛像还是很有市场的，有的有钱人非常迷信，请一尊佛像回家能求个心安。

那个宣德炉是唐风准备送给他爷爷的，他没打算要动；兔毫茶盏不是不能卖，而是现在卖出去会贬值，这东西还得捂一段时间。再说，这是一宗估价高达三千万元的竞拍，兔毫茶盏的十来万元也起不了什么作用。按照唐风的预估，抵押房产可以贷款两千一百万元，唐卡和佛像可以换取三百多万元现金，自己还有三百八十多万元，加上拍卖《指点江山》和《秋色山水图》的钱，就算除去欠柳月他们家的六百六十万元，自己也应该可以凑够四千万元现金，只要竞争不是太激烈，成功的机会还是比较大的。当然，如果真的遇上对苏东坡手稿志在必得的亿万富翁，那也是没有办法的事情，纯属自然灾害。

展示会结束，贵宾离场，其他来宾也纷纷散去，陈彦对唐风说："那我就先走了。"

"哎，"唐风说，"你不等我了吗？"

陈彦拍了拍唐风的肩膀，说："你那点小心事还瞒得了我吗？坐牧马人可比坐奥拓舒服多了。"

"我是打算要去找柳月，但没你说的那么龌龊，"唐风说，"我是有事情要问她。"

"随你了，再见。"陈彦说完话，先走一步了。

唐风站起身转头望向展台，刚才还在展台上的柳月却不见了，他环顾四周，都没有看到柳月的身影。这时，他的手机来了一条短信，他拿出手机，是柳月发来的，短信内容是：就知道你会有事情找我，我看到你了，等我。

过了一会儿，有人从身后拍了唐风一下，唐风回过头一看，不是柳月是谁？他说："原来你去换衣服了。"

柳月笑盈盈地说："这么冷的天，你要冻死我呀！"

唐风憨憨一笑，说："这个你可以放心，谁都不会忍心冻死你的。"

"走啦，"柳月说，"到车上再说。"

"好。"唐风起身跟柳月一起走出展厅。他现在最关心的是政府部门的态度，如果国家要启动专项基金进行回购的话，别说是唐风，就算那些比他有钱得多的大腕都会退避三舍。

两人一起上了柳月的牧马人。柳月发动汽车却没有开走，她打开车载空调，对唐风说：“你问吧！”

“柳月。”唐风原本平静的心湖中突然泛起了些许内疚的波澜，他觉得有点对不起柳月。

“我听着呢！你说吧！”柳月望向唐风。

“我是不是很不够朋友呢？”一直以来，似乎都是柳月在帮唐风，而唐风从来都没有为她做过什么。

“唐风，你今天是怎么了？”柳月微微一笑，“因为是朋友，所以才直接，大家用不着客套的嘛！我知道你想要苏东坡的手稿，所以才那样说的，你可别往心里去。”

“那好吧，我就开门见山了。”唐风转入了正题，“文化部专家组现在是什么态度？”

“先告诉你一个不好的消息，”柳月说道，“任望祖的随行人员已经缴纳了竞拍保证金。”

“这就是说，他将以买家的身份参与竞拍？”在说完这句话之后，唐风问了一个很幼稚的问题，“任望祖很有钱吗？”缴纳竞拍保证金的买家可以参与拍卖会上任何一件拍品的角逐，自然也包括苏东坡的手稿。

柳月说：“任家在台湾地区是名门望族，确实很有钱。”由于种种原因，像齐墨则这样的大陆专家的个人资产很有限，而任望祖就不一样了，他本身就是台湾地区知名的收藏家，个人和家族的经济实力都很雄厚。

“搬起石头砸自己的脚啊！”唐风苦笑着摇了摇头，“专家组这回麻烦大了。”

谁都看得出来，邀请任望祖跟专业领域的关系其实并不大，但任望祖参与竞拍确实会给专家组造成很大的麻烦。因为任望祖代表的是个人，而专家组代表的是国家，如果任望祖看走眼，误购赝品苏东坡手稿，损失的只是他的个人资产，而专家组打眼损失的就是国家资产。换一句话来说，任望祖有七成的把握就可以参与竞争，因为他亏得起；唐风也是如此，他现在也只有七成的把握，但他一样可以放手一搏；而专家组就不一样了，他们没有百分之百的把握是做不出这样的决定的，因为他们要为国家负责，承担不起打眼的后果。最关键的问题就是，这件手稿存有赌性，个人可以赌，但国家不能赌。柳月说："确实很麻烦，他们的压力实在太大，这也是他们迟迟得不出结论的原因。"

"不管是真是假，"唐风很认真地说，"我都不会让这件手稿离开大陆。"

接下来的几天，唐风进入了全面备战状态，事情的变化总是出人意料，还没有做好准备的唐风不得不仓促应战。

自从上次在《盛世收藏》的直播过程中"意外"打碎青花釉里红盖罐以来，唐风就再也没有收到过节目组的邀请。在这件事情上，范紫韵和唐风保持着心照不宣的默契，她没有解释，唐风也没有过问。这件事情对唐风是有利的，预期的宣传效果已经达到，中国石的生意有明显的好转，在此情况下，唐风做不做嘉宾都是无所谓的。

当然，所有的这些都不会妨碍陈彦拿着唐风的唐卡和鎏金佛像去参加电视鉴宝。不经历不担心，唐风这边正忙得不可开交的时候，陈彦那边已经传来了好消息，唐卡和鎏金佛像双双过关，并得到了节目嘉宾的一致好评，唐卡的估价为八十万元，鎏金佛像被估价为两百四十万元，而陈彦也明确表示，这两件东西会出手。总之，鱼饵已经放出，就等大鱼上钩了。

相比陈彦那边的顺利，唐风这边要棘手很多，办理房产抵押贷款的手续相当烦琐，银行方面恨不得让唐风把祖宗八辈的资料都交给他们。好在银行方面考虑到唐风的户头一直有大额资金来往，放宽了政策。饶是如此，唐风还需要过五关斩六将，什么收入证明、信用度、还款能力等，等到这些全部备齐，十天时间已经过去，接着，银行方面的贷款审核又是五天。

盼星星盼月亮，在离拍卖会还有三天时间时，银行方面的专业评估人员终于来到中国石。而在此之前，唐卡和鎏金佛像已经出手，两样东西最终的成交价是三百五十万元。

完成评估之后，银行方面的负责人对唐风说："恭喜你，唐先生，我们将按照百分之七十的房产抵押贷款上限为您提供一千四百万元的贷款。"

"等一下，"唐风马上问他，"这处房产是我花三千多万购买的，百分之七十怎么只有一千四百万？"

那个人说："对不起，唐先生，我们是按照我们的评估价进行放贷的，您这处房产的评估价是两千万元。"

“你们这帮人太可恶了。”唐风气急败坏地说，“你们口口声声说目前的房价很合理，合理得不得了，合理个屁啊！三千万的房子被你们评估成两千万，你们这不是明目张胆地欺骗老百姓吗？”唐风真的是心急如焚，他的原计划是贷款两千一百万元，被这么一评估，就只能贷到一千四百万元，还有短短的三天时间，让他到哪里再去找这七百万元？

被迫赌石

“唐先生，你……”那位负责人想不到这位身价上千万的人会这么没素质，但他又不能得罪唐风，只好说，“银行有银行的评估制度，我们也只能照章办事。”

有一千四百万元总比没有要好，唐风别无他法，只能点头答应。接着，唐风签署了利率为百分之五、为期半年的一千四百万元贷款合同，扣除两万块手续费，稍后的实际到账只有一千三百九十八万元。

银行工作人员才走，唐风就开始犯愁。形势越来越不妙了，拍卖会就在眼前，国家收购是“自然灾害”，可以忽略不计，但任望祖的参与不能不防；原计划四千万元的竞购资金本来就很薄弱，如今，银行方面的贷款又缩水了三分之一，摆在眼前的，是一个苦无出路的困局。

唐风还在思索的时候，陈彦来到他的身边，他递给唐风一根烟，问道：“你到底下了多大的决心？”

唐风掏出打火机点燃香烟，狠狠地吸了一口之后说：“如果我没有看到也就算了，但我看到了，就不会放弃。钱没了还可以赚，错过这件手稿便再也无法追回。”

陈彦再问：“人生难得几回搏，你敢不敢赌一把？”

唐风转头望向陈彦，“赌什么？”

“你上次说过，你会去赌石。”陈彦说，“你想过没有，早赌晚赌，早晚要赌，不如现在就去赌一把。”

“嗯。”唐风点了点头说，“这是一个办法。”以唐风目前的状态，要想在三天之内走出眼前的困局，唯有赌石一途。

陈彦说："想要快速套现，还只能去赌翡翠原石，这方面的市场比较成熟，容易出手，你有把握吗？"

唐风苦笑一声，说："如果有把握，我早就去了。"唐风之前的决定是去"做"和田玉和昆仑玉籽料，而不是去赌石，他走的是企业发展的稳妥路线，采购加工销售一条龙，这和纯粹的赌石有着本质上的区别。而且，赌石不是他的强项，他对赌石的鉴别能力要远远弱于文物。相对成功的诱惑，失败的风险更大，如果失败，唐风不但摆脱不了目前的困境，反而会陷入更深的泥沼。

唐风吸完最后一口烟，丢掉烟头，然后狠狠地踩了一脚，说道："好，不搏不精彩，那就去赌石！"

陈彦再次问他："你真的决定了？"

"当然。"

"唉。"陈彦叹了一口气，"年轻就是好啊！有冲劲，如果是我，就做不出这样的决定。"

唐风问："只有三天时间，我们到哪里去赌石呢？"

陈彦说："我既然来问你，肯定就有门路，刘书南认识几个这方面的人，他们都是常年混迹于广州赌石交易市场的人，你去的话，至少不会两眼一抹黑。"

"那我现在就去找刘书南。"

陈彦拍了拍唐风的肩膀，说："这一次我就不能陪你去了，你自己保重。"

"哈哈，"唐风说，"你看好大后方就行。"

陈彦说："沐雨才是你的大后方，店里的事情一直都是她在忙。"

"嗯，我知道。"唐风点了点头，"等忙过了这一阵，一定好好陪她。走了。"

"再见，"陈彦说，"招呼我已经打过了。"

有的人总以为是自己在控制自己的命运，但事实却恰恰相反，不知不觉之间，唐风就被命运摆布了。唐风离开中国石来到刘书南开设在宣武区报国寺的"武夷"装饰品公司，他刚走进大堂，刘书南就笑着迎了出来，说："哈哈，唐兄弟，是为了赌石的事情吧！二子半个月前就来帮你打听了，我一接到电话，就一直在等你。"

听到刘书南的话，唐风哪里还会不明白，陈彦在知道他要去做和田玉和昆仑玉籽料后就在帮他留意了。他跟刘书南握了握手，说："刘兄，这次又要麻烦你了。”

“哎，”刘书南摆了摆手，“你就不要跟我客气了。坐下喝杯茶，茶具我都烫好了。”

唐风依言跟他一起坐到茶几边，刘书南一边冲泡功夫茶一边说：“其实我早就想求你一件事，但一直没好意思开口。”

唐风看着茶盘上那些只有半个鸡蛋大小的茶杯，说：“哎，求就免了。刘兄如此精通茶道，想必是需要一套上好的茶具吧？”

“哈哈，”刘书南笑着点头说，“就是这事儿，唐兄弟精通古玩，这件事情找你是最合适不过的，烦请帮我留意一下，只要东西好，价钱方面没有问题，最好是明清时代的老紫砂。”

“好说，”唐风点头说，“我一定尽力。”

“有你这句……”刘书南话还没有说完，一对手牵手的男女就走进了店门。那男的是个光头，四十多岁，很富态。相比之下，那女的要养眼很多，她很年轻，二十来岁的样子，皓齿明眸，身材窈窕高瘦。这两个人的反差可真够大的，但偏偏就能手牵手、一起走。

接下来，刘书南开始为三人做介绍，那男的名叫吴智勇，女的名叫方静，还真是一对夫妻。刘书南对吴智勇说：“胖哥，你是赌石高手，这位唐兄弟是古玩高手，你们以后可有得交流了。”

吴智勇人虽然胖，却并不忌讳别人叫他胖哥，这人说话也很实在，他说：“我这里要先向唐兄弟道个歉，如果不是书南兄做介绍，我很难相信你是古玩行家，以后还请多多指教。”

这胖子也挺可爱，唐风马上客气地说：“不敢当，在下初涉赌石交易，还请吴兄多多关照。”

“哈哈，”吴智勇摆了摆手，“既然大家已经认识，以后说话就别文绉绉的了，我比你大，你以后就叫我胖哥，我就叫你小唐吧！”

“好。”唐风点了点头，看来这家伙能抱得美人归也并非全是因为钱。

一番寒暄交流，双方互留电话号码，吴智勇对唐风道：“小唐啊，我还有点事儿，你回去准备一下，明天一早我们一起去广州，到时候我打电话给你。”

唐风说：“那就麻烦胖哥了。”

吴智勇笑了笑，问刘书南和唐风道：“那我们，就这样？”

刘书南说："本来想请你们夫妻俩吃顿饭的，你又有事，那就下次吧！"

吴智勇说："我要没事的话，就算你不请我，我赖也要赖你一顿的。"

最后，唐风和刘书南一起送吴智勇和方静到门口，这家伙是真有钱，开的是六个轮子的悍马 H6，话说回来，也只有这种车才容纳得下他那庞大的身躯。吴智勇在上车之后对唐风说："小唐，赌石最好不要带女人，她们受不了那个刺激。"

"看你说的，"方静说，"我受不了不代表唐风他女朋友受不了。"

"哈哈，"吴智勇说，"我只是提醒他一下嘛！"

吴智勇刚走不久，唐风也告辞离开。他回到家的时候，林沐雨正在晾衣服，唐风走到她面前，说："沐雨，我明天要去一趟广州。"

"你是为了苏东坡的手稿吗？"

"嗯。"唐风点了点头，然后问，"你说，这代价是不是有点大了？"

林沐雨说："只要是自己喜欢的东西，就不会在乎代价，努力争取没有错，但我希望你也不要太在意。"

"只要是自己喜欢的东西，就不会在乎代价。"唐风说，"沐雨你说得对，比如，我喜欢你就不在乎代价。"

"谁不了解你呢？"林沐雨伸手抱着唐风，说，"我知道，你是觉得自己走得太急，有意选好听的话来哄我的。放心，我不是小女孩，知道孰轻孰重的。"

第二天早上六点，唐风就接到吴智勇打来的电话，他说："我问过书南兄了，知道你住哪里，我现在就在去你家的路上，二十分钟后到，你准备一下吧！"

十五分钟之后，唐风走下楼梯，吴智勇已经到了，唐风打了声招呼，拉开车门坐上车，他问吴智勇："你不是说二十分钟吗？"

吴智勇一边开车一边说："因为我最怕等人，将心比心，所以，我也不想让别人等。"

唐风觉得吴智勇这个人挺有意思，成功之人必有可取之处。他问："我们怎么去广州？"

吴智勇说："机票已经订好了，一会儿直飞白云机场。"

一路上，两个人有说有笑，吴智勇讲起了他的赌石经历……

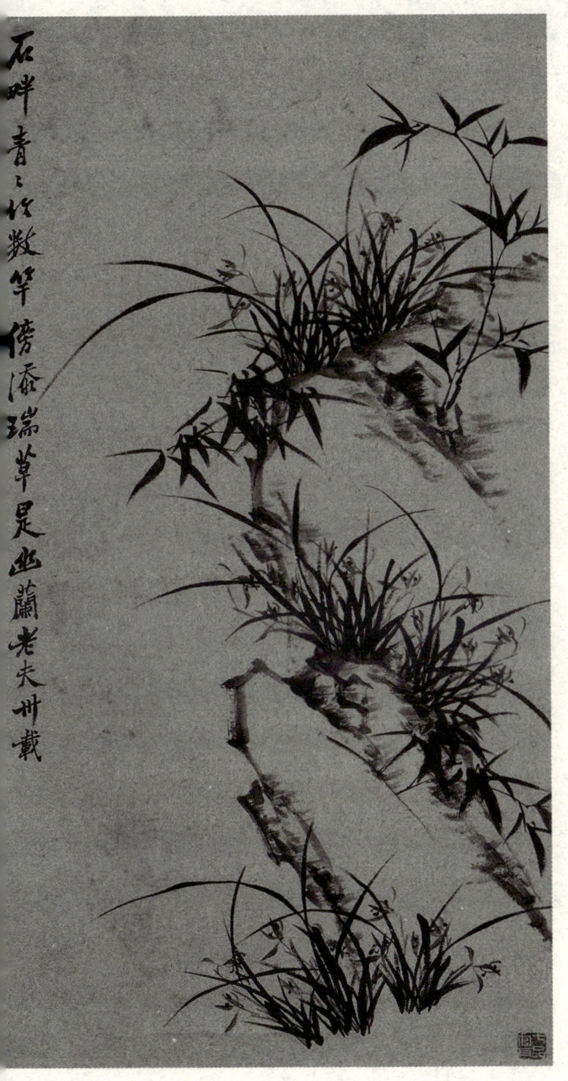

第三卷

赌石玩心跳　竞拍玩资本

为了竞拍苏东坡手稿，唐风不得不去赌石，经历一波三折之后，他终于赌涨了一块白底青，拿到了竞购手稿的重要筹码。然而异变突起，那位持有岳飞正气砚的藏家通知唐风，他愿意将正气砚以两千万元的价格转手。钱是不够买两样东西的，是买正气砚还是苏轼手稿？这就难住了唐风……

他乡遇劲敌

吴智勇进入赌石市场已有十二个年头，他对赌石了解颇深。

吴智勇所说的赌石跟唐风之前进行的赌石的概念有所不同。唐风在购买鸡血石、田黄石的时候，不解开皮壳直接估价就叫赌石。而吴智勇现在说的赌石是指翡翠原石。翡翠原石多数都带有皮壳，至今世界上还没有一种仪器可以穿透这种皮壳探测里面的成分，人们只能根据原石外形、场口等有限条件用自己的眼光和经验来判断里面翡翠的含量，所以，翡翠原石本身就叫赌石，或者是赌货。

缅甸翡翠矿区主要位于缅北孟拱西北部的乌龙河中上游地区，这条长约二百五十公里、宽约十五公里、总面积三千多平方公里的狭长地带就是翡翠的原产地。

翡翠原石的开采历史并不长，明末清初才开始规模开采。由于缅北的翡翠矿山离中国很近，历史上又属于中国版图，因此，历史上翡翠的开采、运输以及加工制作多为华人所为。在历史上，被誉为翡翠名城的云南腾冲一直是翡翠交易中心，20 世纪中期，繁荣了几百年的腾冲翡翠交易被取缔，世界翡翠交易中心移往泰国清迈。随着翡翠名城腾冲的衰败，原本是荒野山村的清迈逐渐成为世界翡翠交易集散中心，并一跃成为泰国第二大城市。

直到 20 世纪 80 年代，国内的翡翠交易才重新开始在云南兴旺。腾冲、瑞丽、昆明成为主要的翡翠交易口岸。到了 90 年代，长期陷于战乱中的缅甸局势得到控制，缅甸政府将缅甸第二大城市瓦城设为翡翠交易集散地，由于特殊的地理位置，瓦城成为新的翡翠交易集散中心，这种情况一直持续到现在。

说说笑笑，两人已经达到首都机场，拿到机票后，他们在候机楼找了两个位置坐下继续闲扯。

吴智勇笑着说：“1997 年，我怀揣五百万老本去云南腾冲赌石，三年不到的时间，五百万变成了一百万，交了整整四百万的学费。”

唐风说："学费也不是白交的，学成出师不就该赚钱了吗？"

吴智勇说："别提了，说起来也该我倒霉，正想大干一场的时候，腾冲的赌石市场开始急剧萎缩，老缅偷师学艺，也开始改革开放了。"

2000年开始，缅甸政府加强了对本国翡翠毛料的控制，毛料不再走腾冲出口，而是直接在瓦城和仰光拍卖出售。吴智勇接着说："最可恶的是，老缅不再单个出售，而是一堆一堆地拍卖，我连边儿都沾不上。"

在这种形势下，财大气粗的广东客商和香港客商将云南客商驱逐出局，于是，广东取代云南，平洲取代腾冲成为新的赌石交易集散地。吴智勇说："由于平洲货源足，最好的毛料只有在那边才能找到，没办法，我只好转战平洲。"

唐风问："结果怎么样？"

"唉，"吴智勇苦笑着说："赌石是赌涨了几次，但是，赌涨越多越心惊，钱没见赚多少，胆子却越来越小，最后都不敢赌了。"

随着市场的不断完善和成熟，产业链开始细分，有批发就有零售，赌石行当越分越细，即石商从缅甸批发到平洲，职业赌石人中间消化，珠宝加工厂商收购，加工为成品后分销零售。中间消化的环节也有细分，吴智勇是做半明料的，只赌一半，擦开口、开个门子就运回北京转手，这样可以有效降低自身所承担的风险。而唐风这次就必须全赌，把赌石彻底开解出来，输就是输，赢就是赢，中间没有任何转圜余地，风险也随之加大。这也是吴智勇肯带唐风入行的原因，他们各吃各的那块蛋糕，并没有利益冲突。吴智勇能帮到唐风的，只是把他带到赌石交易市场而已，剩下的事情就看唐风的造化了。

飞机就像一个巨大的钢铁怪物嘶吼着冲上了天空，当飞机降落的时候，已经是广州白云机场了。两人刚走出通道口，一个三十岁上下的男子就匆匆忙忙地迎了上来，他是吴智勇在这边的员工，名叫庞维。来到停车场，又是一辆悍马，看来半赌似乎要比全赌稳妥一点。

平洲是广东省佛山市南海区下辖的一个镇，因为毗邻全国最大的翡翠玉石市场广州，所以，人们习惯把平洲叫作广州平洲。

一路顺畅，唐风他们到达平洲玉器街，这里是全国最大的翡翠赌石市场，年销售额超过十亿元。唐风是吴智勇的客人，庞维对他非常客气，他说："唐老板来得正是时候，玉石投标交易会正在进行，前面就是了。"

平洲的玉石投标交易会素有"小广交会"之称，很热闹，不过，在唐风看来，这个投标交易会更像是一个菜市场，还是露天的。这里其实就是普通的一条街道，街道上全是销售赌石的地摊。

当唐风看到那些大大小小的都露出大块截面的赌石时，心已经凉了半截，这也太名不副实了。吴智勇似乎看出了唐风的心思，他说："这些赌石你看都不用看，对那些赌石大鳄来说，解出这样的赌石就算赌垮了。"唐风想想也是，这些赌石生产出来的翡翠饰品价格顶多也不会超过四位数，上不了台面。

三个人七拐八弯，从露天市场走进大棚区，大棚区的赌石质量明显要好于露天市场，大棚区旁边门面房的赌石又要高上一个档次。走过大棚区，三人进入一间门面房，店里的伙计一看到吴智勇那庞大的身躯，小眼睛顿时就亮了起来，他忙打招呼道："胖哥，里面请。"

吴智勇笑了笑，问："今天你们的货色怎么样？"

伙计说："昨晚刚刚运到的那一批还没有开解，胖哥放心，有消息我第一个通知你。"

吴智勇拍了拍伙计的肩膀，说："今天有收获少不了你的。"

接着，三个人穿过店堂，走出后门是一条长长的走廊通道，走到通道尽头，眼前豁然开朗。这是一个近万平方米的交易大厅，大厅的滚动字幕牌上不时地出现"玉石投标交易会"的字样，这里才是投标会的主会场，赌石都是没有开解过的。

吴智勇转头问唐风："小唐，我现在要去投标，你是跟我们一起还是自己单独挑选？"

吴智勇跟唐风的目标不一样，唐风也不想多打扰他，他说："我就在外面看看吧！"

吴智勇点了点头，说："那就中午再见了，到时候电话联系。"

唐风跟两人分别握手之后，三人分开，唐风正式开始了赌石之旅，交易会就像一个商场，四周是商铺，中间是一排排大玻璃货柜，货柜里面摆满了各种各样标有产地价格的翡翠毛料，唐风一连看了好几块都觉得不满意。兜了半个多小时，他来到一处呈“凹”字形的商铺，商铺的中间是一个圆形的阶梯展台，一块块赌石就摆放在展台的阶梯上，周围黑压压地挤了一大群人。

唐风好奇地凑了过去，眼下的这群人都在围观一个五十来岁、手拿放大镜的干瘦老头，他正在看石头。唐风没工夫围观别人，他自顾自地走上去查看自己看中的那块赌石。翡翠原石的皮壳有砂皮、水皮、漆皮、老象皮等，唐风看的这块属于砂皮。

这块赌石呈土黄色，表面非常粗糙，看上去和普通的鹅卵石没什么区别，唐风觉得这块石头不错，决定看看价钱。赌石不像古玩，需要标签，赌石的标示都是用黑粗记号笔写在赌石表面的。

这块赌石的正面清晰地写着：龙塘黄砂皮，11.23 公斤。“龙塘黄砂皮”这五个字包含了翡翠原石的产地和特征，龙塘就是龙塘玉石，也称龙坑玉，是缅甸翡翠原石产地的十大名坑之一，这里出产的翡翠原石大部分水和底都比较好，解出来的绿色很正，常出高翠玉料。

唐风再看了看这块赌石的标价，四十万元，接近两万块钱一斤，确实很离谱儿。

唐风这边正在看，有人从身后拍了拍他的肩膀，他回过头，居然是杨程明。唐风绝不想在这里碰上将来的头号劲敌，他出现在赌石市场，杨程明肯定会误以为他打算染指翡翠业。

唐风做玉石生意还没有引起杨程明足够的重视，一旦开始做翡翠，杨程明肯定会把他和江源算在一起，那是他的竞争对手。唐风不是害怕竞争，而是害怕过早地陷入竞争，毕竟现在的中国石还远远不是汉唐宝业的对手。

唐风笑着招呼道：“原来是杨兄，幸会幸会。”

现场解石

有的人天生就是对手，尽管最初时很像是朋友，杨程明笑了笑，说："我以为我看错了，想不到真的是唐兄。怎么，你要开始做翡翠生意了？"

唐风摇了摇头，说："暂时还没有这个打算，临时决定过来看看的。"

杨程明呵呵一笑，说："唐兄不要误会，生意大家做嘛！能遇见唐兄这样的对手也是人生一大快事，不管将来有没有竞争、输赢如何，大家都还是朋友。"

唐风很认真地说："我不是隐瞒杨兄，近期内真的没有这个打算。"

杨程明也没有追问，这时，手拿放大镜的老人走过来对杨程明说："那块目乱干玉石还不错，你去看看吧！"

"郝大伯肯定错不了。"杨程明转身对身后的随行人员说，"你们去跟老板谈谈价钱，合适的话就拿下来。"

汉唐宝业能够北上与龙宝公司分庭抗礼绝非偶然，从浙江昌化的鸡血石到广东平洲的赌石，他们有一套完整的采购体系，人才储备足够强大，分工明确，这才是真正的企业。从这个角度来讲，汉唐宝业是一个成年壮汉，而中国石不过是刚出生的婴儿，根本就不在一个档次上，杨程明断然不会如此小家子气，现在就针对唐风。而且，人才难得，杨程明或许会有招安之心。

杨程明对唐风说："郝大伯是我们公司的相玉师傅，你有不懂的可以问他。"

唐风连连道谢，杨程明看了看刚才唐风看的那块龙塘黄砂皮，对老人说："郝大伯，您看这块黄砂皮如何？"

老人说："已经看过了，不是很理想。"

大凡看涨的赌石，基本要具有三大要素：一是松花，即皮壳上露出像针尖般大小的绿色斑点，越清晰分布越光越好。二是看癣，皮壳上要有鲜明的癣斑，以暗色凸凹块状结构为上。三是看蟒带，即毛皮表壳上要有不同颜色的带状物，就像蟒蛇缠绕于其上。当然，这些所谓的经验只能作为参考，没有这三个特质的原石照样也能解出翡翠极品老坑玻璃种，只是概率上要小一点而已。可以肯定的是，具备以上要素的赌石是不会在这里出现的，这类赌石早在出坑口的时候就会被截留，就算有漏网之鱼也会被成堆竞购的石商事先挑选出来，因为这类赌石是可以直接拿去拍卖的。

相比那些天价赌石，眼前这块龙塘黄砂皮要逊色很多。这块赌石的表面有蟒带，但蟒带很短，颜色也很浅，若不细看根本看不出来，这是次品的表现。仅此也就罢了，这块赌石还没有松花，一点都没有。松花是附着于翡翠原石表皮上的一些像干了的苔藓一样的有色斑纹，呈块、条、带状。这是原来翡翠原石上的绿经风化逐渐失色留下的痕迹，不管这种绿是从外往里渗还是由里向外渗，其内有绿的可能性都大大增加。这等若是自然开的"门子"，是判断翡翠原石优劣的重要佐证。因此，一块赌石，不开不擦，光凭外面的松花都可以卖上很高的价钱。

赌石常常是以赌色为主，还有赌种、赌雾、赌癣、赌裂的。这块黄砂皮唯一值得一赌的就是遍布石身的癣，它的癣比较明显，而且正是凸凹块状结构，应该属于活癣，有点上品之相。

相玉师傅是高收入职业，既然郝大伯能成为汉唐宝业的相玉师傅，就说明他的眼光还是比较准的，起码成功率要比其他人高一点。但是，他的准度是建立在挑剔的眼光之上的，不见鬼子不挂弦，上品的特征越多，成功率自然越高。因此，他看不上的赌石并不代表一定会赌垮，只是赌涨的概率小一点而已，唐风就不认可他的判断，他就想拿这块赌石开刀。

郝师傅这样的大主顾上门，老板早就在留意了，看到他们三个人一直在观察这块龙塘黄砂皮，他马上笑呵呵地走过来打招呼，他说："郝师傅，好久不见了。"

郝师傅笑了笑，问："张老板，你的刀是不是早就磨好了？"

"看您说的，怎么可能呢？"老板说，"你们汉唐宝业可是有专业砍价人员的，砍得那个狠哟！"

杨程明看出来了，唐风想要这块赌石，他问："唐兄是不是想赌一把呢？"

唐风点头说："就看价钱合不合理了。"

老板听到唐风有意购买，马上说："这位老板，这块赌石卖三十万绝对物超所值。"

"十五万，怎么样？"这块赌石赌的成分太大，唐风的心理价位是二十万元。

"十五万连均价都不够。既然是郝师傅的朋友，给你一个优惠价，二十五万。"接着，老板叹了一口气，说，"唉，不瞒您说，二十五万我也只能赚一点。"

杨程明还是帮着唐风的，他对老板说："二十五万你就赚飞起来了，都是行里人，你就别来虚的了，开个实价出来。"

郝师傅不知道这两人既是朋友又是对手的关系，当然是要帮腔的，他说："依我看，这块石头最多只值十六万，老板，你看着办吧！"

老板摇着头说："十六万真不行，二十万怎么样？"

唐风突然问老板："可以现场解开吗？"

杨程明哈哈一笑，说："那他是求之不得，这是最好的广告，能吸引眼球，如果你赌涨了，他就要笑死了。"赌石的人都迷信，如果唐风现场赌涨，这位老板的石头肯定会好销一点，如果是大涨，石头被抢购一空也不是不可能。当然，如果赌垮了，那是再正常不过的事情，这里每天都有人在赌垮，没人会认为这是晦气。

老板说："没问题，我可以免费给你解石，不过……"

"这个我知道。"按照行规，赌涨了是要给赏钱的，唐风说，"最后一个价，十八万！"

赌石的定价只有大致范围，没有准确定位。一般来讲，成批购买，会有一个均价，三分之一的赌石低于均价，三分之一持平，还有三分之一高于均价，石商能不能赚钱，关键就看这高于均价的三分之一，而这块赌石肯定要高于均价很多，十八万的还价还是很合理的。老板沉思了片刻，说："好，一回生二回熟，就当交个朋友，成交！"

"好！"唐风沉声说，"那现在就开始解！"

说动手就动手，老板将店内的工作台推到店外，唐风将这块黄砂皮放到了工作台上。与此同时，两位伙计在店门口吆喝了一番，不到几分钟时间，就围过来了一大群人。

玩赌石必会解石，很多人都喜欢解石，就像诈金花一样，旁边的人都喜欢看玩家的底牌，这也就能解释这位老板为什么要亲自上阵为唐风解石了。他对唐风说："您放心，这个市场的人都知道，我是解石老手，不会有问题的。"

翡翠加工的原则是做摆不做雕，做雕不做小，一块翡翠做摆件利润最高，做小雕件其次，做小件最低。为了不损坏翡翠的完整性，解石讲究多擦少开，一般正常程序是先擦皮看玉石表面特征，根据翠色走向、裂隙发育、原石外形等因素来确定加工的用途，以求利益最大化。

老板仔细观察了一番这块黄砂皮，手拿电动砂轮开始擦皮。擦皮是一门极其高深的技术，多擦一点都有可能使赌石失去本来的价值，遇上品质高的赌石，光是擦皮都有可能进行几个月。当然，这块黄砂皮显然用不着这种待遇，石皮越擦越深，但丝毫没有绿色，唐风脸上流露出些许失望，其他人也开始摇头。

"停！"郝师傅突然叫道，"出来了。"

大涨之势

郝师傅眼疾嘴快，老板也不含糊，他在擦石的同时也在观察动静。众人一起望向擦口，颜色是出来了，不过不是绿色，而是浅白色。

赌石出现白色有四种可能。第一种，是白色的翡翠。第二种，这块赌石根本没有翡翠，就是其他只能用来砌墙铺路的石头。第三种，是白色的雾。第三种，是白棉，如果是白棉，虽然谈不上解垮，但基本上不会有大涨，这是赌石大忌。

老板摸了摸擦口，然后仔细看着他手中的白色粉末。郝师傅在观察完擦口之后，将白色粉末放在手中搓了搓，肯定地说："是白雾。"

有雾出现！涨了！肯定涨了！围观的人比唐风都激动。

翡翠的“雾”是指翡翠内部的一种半氧化微风化的硬玉，它实际上是翡翠的一部分，是从风化壳到未风化的翡翠的一个过渡带。雾的颜色和存在虽然不能说明其内是否有绿，但起码可以说明里面有翡翠。

更为重要的是，这块黄砂皮出现的是白雾，白雾说明其内翡翠杂质很少，“地”很干净，有一定的透度。

“地”是指翡翠的绿色部分及绿色以外部分的干净程度和色彩之间的协调程度，地干净就说明其内的翡翠也非常干净。如果白雾之下有绿，那就是非常纯净的翠绿，俗称“翠得好”，“翠得好”与干净的地互相搭配就会使这块赌石身价倍增。

有了以上前提，如果这层白雾非常薄的话，那就是玉少翠多，此为翡翠上品。透度指的是阳光透进度，也称“水”或“水头”，如果阳光透进度达到十毫米以上，就是“水头长”。而且白雾还说明“种”老，“种”是指翡翠的结构和构造，结构细腻致密，粒度微细均匀，裂隙微小或没有就是老种，其次分别为新种或新老种。

直接来说就是一句话，如果白雾下面有绿而且“翠得好”加上“水”好，就极有可能出翡翠极品中的极品“老种玻璃地”。1999 年佳士得的一款老种玻璃地手镯成交价高达一千九百八十二万港币，如果这一块真的解出老种玻璃地，那得做多少件手镯！

为了保险起见，老板没有再往下擦，这一端的白雾已经说明里面有翡翠，就看翡翠的深浅了。就凭这个擦口，这块黄砂皮就已赌涨了，如果老板事先知道是这种情况的话，没有三十万元他是绝不会出手的。

唐风的运气不是一般好，一擦就擦了个开门红。

老板叹了一口气，重新开始观察这块黄砂皮，他的心情有点复杂，如果这块黄砂皮真的出了老种玻璃地，他该是高兴呢，还是难过呢？估计是高兴不起来的，价值上千万元的东西被他十八万元给卖了出去，他要再高兴得起来，早就该飞升了。而唐风心里正乐着呢，他手里还拽着那张 POS 机签账单，多亏老板忙而不乱，没忘提醒他付账。

老板够专业，他在黄砂皮的另一端找了个地方重新开始擦皮。这一次，他变得格外小心，他先发动电动砂轮，再慢慢地靠向石皮，随着难听的声音，石粉四处飞扬。

仅仅过了十几秒钟，老板就移开了手里的电动砂轮，郝师傅再次上前，和老板一起察看擦口，片刻之后，他说：“又出白雾了。”

众人一起望去，好家伙，这边的石皮就跟大姑娘的脸皮似的，真够薄的，擦口深度还不及两厘米。赌石就是这样，有的石皮只有几毫米，但就是这短短几毫米，却是天堂与地狱的距离。

两边都出现了白雾，一旦出绿，就不是大涨，而是飞涨了，关键时刻来临，老板不得不强忍着内心的悲痛，征询这块黄砂皮的新主人唐风的意见：“老板，继续往里吗？”这个时候，就要开始向白雾里面擦了。

“嗯，”唐风点了点头，“继续。”

老板往手里吐了一口唾沫，准备继续往里擦——“等一等！”

这时，围观的人群中传来一个声音。说话的人是一个高个子，他高声问老板：“夏老板，帮忙问一下这块石头的主人，一百万出不出手？”

夏老板笑了笑，指着唐风说：“李老四，你就别揣着明白装糊涂了，这位才是正主。”翡翠原石从挖掘到最后制成成品是一条流水线，这条流水线的每一个环节都能获取相应的利润，吴智勇靠着半明料这个环节吃饭，而李老四在他的上游环节，刚擦开石皮他就开始收购了。

李老四望向唐风道：“这位老板，怎么样？”

唐风现在面临一个问题，是见好就收还是乘胜追击？如果见好就收，他将轻轻松松地赚取八十二万元的纯利润；如果乘胜追击，唐风还将继续承担赌垮的风险，说到底，白雾跟老种玻璃地并没有必然的因果关系，只是概率上的接近。有多接近呢？李老四这一百万元的开价能说明一点问题。

唐风淡淡一笑，说：“不搏不精彩，继续！”他只有三天时间，八十二万元解决不了他的燃眉之急。

夏老板愈加小心，电动砂轮在白雾上方轻触即止，如此反复，进度自然很慢，这是为了保留这块原石的完整性。

但是，这块赌石的白雾却一直在坚持着表里如一的美德，擦了半天都不见动静。由于这块赌石呈椭圆形，表面没有幅度特别大的凹凸，电动砂轮不易操作，擦皮没能擦得太深，夏老板开始扩大擦口范围，有了之前对石皮厚度的了解，这个过程进行得很顺利。很快，这块椭圆形赌石的一端、整个圆锥面上的石皮都被去除，白雾的面积非常大，之后，夏老板从整个圆锥面开始逐层向里整体推进。

这层白雾的厚度让人颇为担心。这就好比一个成熟的柚子，表皮是黄色，内层是白色，白色的内层是越剥越深，却老不见瓤，这叫什么事儿啊？要知道，这块黄砂皮总共才十多公斤，除了皮就没多少肉了。

夏老板的整体推进将整个圆锥面削去了差不多五厘米，那层白雾的颜色不但没有减淡转化成其他颜色的迹象，颜色反而越来越浓；越来越浓也就算了，亮白色已经开始朝苍白色发展，一直在旁边观察擦口的郝师傅长长地叹了一口气，显然已经失去了耐性。

夏老板也停止了手中的动作，他关掉电动砂轮的电源望向唐风。唐风明白他的意思，于是说："那就切吧！"希望又开始变得渺茫，赌石就是一个不断希望又不断失望的过程。

开解赌石有专门的解石机，解石机并不是什么稀罕玩意儿，这里的石商家家都有，这家店铺的中型解石机就在店堂门口边。夏老板拿出黑粗记号笔，在黄砂皮上面画了三条线，意思是分四段横切。另一边，他的一个伙计打开解石机的机盖，另一个伙计将这块黄砂皮搬上解石机，很快，这块赌石就被固定在解石机那巨大的锯片之下。由于担心石头蹦出来伤人，解石机都是封闭式的，只有操作手可以透过解石机半透明的盖壳，看到里面锯盘的运动。

相比擦皮，解石的过程要干脆很多，老板按下按钮，解石机的"嗡嗡"声响起，缓速旋转的锯片有力地切入黄砂皮。

解石需要一点时间，唐风从兜里摸出一包烟，翻开盒盖递到杨程明和郝师傅面前，二人连连摆手，示意不会。唐风自己抽出一根烟，拿出打火机点上，虽然他心里并不紧张，但不知道为什么，他拿打火机的手一直在不由自主地轻微颤抖。

赌跟鉴有着本质的区别，鉴宝，是以专业知识界定真假，事在人为。赌石，专业知识不能起决定性的作用，只能尽人事听天命。

赌石可以让人瞬间暴富，也可以让人顷刻血本无归。

一块赌石是否能出好料，看横截面就能立见分晓，外面地摊上的赌石都是如此，是赔是赚就看这么一刀。

“叮”的一声，赌石的四分之一被切开，电源自动关闭，唐风忙扔掉手中的半截烟走向解石机。夏老板打开解石机的机盖，众人一起朝里望去。

大起大落

“出绿了！”夏老板的伙计已经看到了绿色。玩赌石的人大多数都是男人，这群男人跟大多数男人有一个明显的区别，他们都很喜欢绿色。

夏老板双手捧出截下来的那一小块黄砂皮放在解石机旁的台面上，唐风和郝师傅一起望向横截面。结果并没有颠覆人们对白雾的认识，这块黄砂皮确实有翡翠，地很干净，晶体结构呈纤维状，非常细腻，透明度也还不错，绿色也出现了。

但是，唐风却没有因此而高兴，反而是一脸的失望，老坑玻璃种没有出现也就罢了，但也不该这么倒霉，出现油青种吧！

整个横截面呈灰白色，只有些许如丝般的绿色点缀其间。灰白色部分的质地倒还不错，但绿色部分就不怎么样了，量少还在其次，但颜色过于沉闷，不够鲜艳，是油青种的典型特征，而且还是最低档的灰白地油青翡翠，市面上随处可见，整体价值非常低廉。

郝师傅说：“还有希望，再来一刀，出现瓜皮油青也很不错，如果转化成冰种或者水种那就更好了。”油青翡翠中的瓜皮油青是翡翠中的中档货色，至少不会亏本，郝师傅的话也就意味着，到目前为止，这块赌石已经赌垮，价值已经跌落到八万元以下。刚才还嚷着要花一百万元收购这块赌石的李老四已经销声匿迹了，估计是到哪座庙里去烧香去了，差点替唐风埋单。

没办法，到了这个份儿上，也只能硬着头皮继续往下切了。很快，解石机再次启动，开始切割剩下的那截赌石。第二刀下去，结果更令人失望，连最低档的油青翡翠的质量也在不断下降，价值一跌再跌，形势已经无法逆转。第三刀跟第一刀的结果相同，这块赌石就是一块砖头料，一大群专家行家全被那层白雾给骗了。

输也要输个明白的，唐风观察判断了一番，白雾确实是白雾，但由于生成的时间太短，过于单薄不足以影响翡翠的发育。

好在这里是赌石交易会，有大鱼也有小鱼，还有虾米，只要是翡翠就有人要，最后，夏老板以四万块的低价从唐风手中又买回了这块转手就能卖出五万块的油青翡翠。唐风也是没有办法，价格虽然低了点，好歹要比自己扛回北京划算。

这样，唐风的第一次赌石以失败告终，净亏损十四万。杨程明拍了拍唐风的肩膀，安慰道："唐兄，别往心里去，虽然赌垮了，但你的判断还是很准确的，只是缺少一点运气而已。"

唐风微笑着点了点头，说："没事，十解九抛，我有心理准备。"

杨程明看了看时间，对唐风说："投标会马上就要开锣，要不要去凑个热闹？"

投标会的形式跟拍卖差不多，交易的都是质量比较好的明料或半明料，设定底价，价高者得，吴智勇和杨程明都是因此而来的。

唐风摇了摇头，说："我就不去了，我还想在外场碰碰运气。"

杨程明点了点头，说："那我就失陪了。"

"再见。"唐风跟杨程明握了握手，两人分别离开。在平洲有一个好处，卖家多买家也多，多重交易方式相结合，覆盖面极其广泛，只要唐风能赌到好料，就不愁销路。

和杨程明告别后，唐风继续逛赌石交易会，他走了好几家商铺，都没有碰上合适的赌石。个把小时后，他走进一家名为"君子来"的大店铺，这家店铺比夏老板的店铺大了好几倍，店铺三面靠墙的地方全是货架，上面摆满了大小不一的各色赌石。

一人计短，两人计长，很少有人像唐风这样，单枪匹马到赌石市场来参与赌石，他们都是三五成群结伴而来，碰上品相比较好的赌石要讨论交流好久，确定下来之后才开始问价钱。在赌石市场可以讨价还价，但不能轻易问价，如果卖主答应了买主的还价，买主就不能反悔。

唐风兜了一圈，相中了一块看上去很丑陋的铁锈皮，这块赌石呈不规则的长方形，因石身布满铁锈一般的斑纹而得名。

“兄弟好眼光，这一块很不错，正宗帕岗玉，价钱也不贵，买下来肯定会大涨。”唐风正在查看这块标有“帕岗黑铁锈皮”字样的赌石，听到有人跟他说话，他不无反感地回过头。跟他说话的人是一个皮肤黑得发亮、年龄在四十岁左右的中年男子，头发乱糟糟的，双眼通红，胡子拉碴，显现出一种与时代格格不入的颓废。

唐风对中年男子的建议没做任何表示，只是笑了笑，回过头继续查看这块赌石。

民间把赌石交易称为“三子”生意，三子就是君子、疯子和骗子。明买真卖、货真价实为君子生意；见石就赌、不赌不发为疯子生意；以假乱真、以次充好为骗子生意。谁知道眼前的这个造型夸张的家伙是君子、疯子还是骗子?

而且，他的说法也很离谱儿，帕岗不仅是缅甸十大名坑之一，还是开采最早的历史名坑。俗话说，不识场口，不玩赌石。唐风对翡翠原石的产地和特征还是很了解的，

帕岗所产的玉石结晶细腻，色足种好，透明度高，毛料个头较大，石皮薄，以灰白、黄白、乌黑为主，和这块赌石的特征完全不一样。

看到唐风对自己不理不睬，中年男子说：“我是跟你说真的，信不信由你。”他说完这句话，转身离开了。

唐风摇了摇头，如果这个人是个托儿，店老板就太愚蠢了，他本来对这块石头就将信将疑，听中年男子这么一说，唐风就更不敢相信了。九十多公斤的重量标示唐风当然不会怀疑，但这帕岗的场口标示他就不太相信了，到这边才几个小时，缅甸十大名坑他都看齐了，哪来这么多老坑和新老坑的。

怀疑归怀疑，看还是要看的，这块赌石跟唐风刚才解垮的那块龙塘黄砂皮一样，值得一赌的地方就是遍布石身表面的大量斑块状黑癣。相比那块黄砂皮，这块黑铁锈皮的品相还要差一点，它的表面没有松花也没有蟒带，就只有黑癣跟锈迹混杂在一起形成的黄黑颜色，所以才命名为黑铁锈皮。

癣的主要矿物是角闪石、兰闪石片岩、铬铁矿及一些氧化物。因为这些黑色矿物与致色的铬离子有亲缘关系，癣内的铬铁矿源源不断地释放出致色

铬离子，在适当的条件下使翡翠致绿。所以，癣与绿关系密切，民间有谚语称“黑随绿走”。

如果癣与翡翠共生，再遇上有利于铬元素释放的地质条件、热液活动，癣内的铬就会不断释放致色元素，使翡翠生绿，这就是活癣。如果是生成翡翠以后再产生的癣，没有铬元素释放的地质条件，癣与绿关系就不大，这就是死癣。

唐风现在可以肯定，这块石头的癣是活癣，而且还有铬元素的存在，但这块石头有没有碰到适合的地质条件让铬元素致色生绿，就只有天知道了，要赌的就是这个。

刚才那块黄砂皮好歹也出了翡翠，唐风思前想后，决定再赌一把，他就不相信，自己能被同一块石头绊倒两次。东西看准了，就该谈价钱了，这块帕岗黑铁锈皮的标价是九十九万元，比唐风的心理价位高了很多。唐风环顾四周，就没有看到一个闲人，几个伙计都在忙着跟客户讨价还价。

唐风大声问：“老板，人呢？”

“哎，在这里。”声音来自唐风身后拐角的地方，唐风回头一看，嗨，老板也在谈价钱。当唐风看到他们正在讨价还价的那块赌石时，眼前一亮，那块赌石有松花。

赌石也捡漏

好石头，唐风马上来了兴致，他不露声色地走到他们那边，老板看到唐风走过来，很是抱歉地道：“哟，这位老板，真不好意思，都赶到一起了，麻烦您稍微等等。”

唐风过来才不是听他说客套话的，他客气地说：“没事，我不急，你们谈你们的。”

两位客户和老板继续讨价还价，唐风开始留意这块有松花的赌石，这是一块重量为八点二公斤的打木砍红黄漆皮。打木砍同样也是十大名坑之一，但这玩意儿已经失去了参考意义，这帮奸商，给他们一块砖头他们都敢标上十大名坑的名字。

这块赌石上窄下宽，呈不规则的梯形，它的表面油亮光滑，灰黑色的癣斑呈凸凹块状结构，非常明显，两条清晰的蟒带环绕石身，星星点点的绿色松花散布在癣斑之上，三大要素全部聚齐。虽然这块赌石上面的松花还不够多，但在这个市场上，它无疑是赌石中的上品。

一分钱一分货，这块赌石的标价高达一百六十八万元，每克售价超过两百元，真的是贵比黄金。

但是，这块赌石也有瑕疵，在赌石的癣斑处，有一道长长的浅淡绺裂，这个就比较麻烦了。

绺裂对翡翠原石整体性破坏很大，有些绺裂甚至会把里面的绿色条带切断、错位，这是很大的瑕疵，往往会使原石失去商业价值。绺裂分为原生绺裂和后期绺裂，原生绺裂与原石同时生成，有些已被后期地质活动自然修复，其内大多充填了后期矿物，一般比较浅，肉眼不易察觉，后期绺裂是原石成岩后生成的，一般裂痕比较深，容易察觉。

这条绺裂也是双方讨价还价、僵持不下的原因，一位买家对老板说道："这块赌石的好处您就不用多说了，我们看得出来，品相确实不错。但是，一百三十万的要价我们肯定接受不了，宁赌色不赌裂，不怕大裂怕小绺，赌裂实在太过凶险。最后给你一个价，九十万。"

赌裂的关键就在于，这块赌石的绺裂是原生绺裂还是后期绺裂，如果是原生绺裂，是绺裂原本就浅，还是已经被后期矿物填充显得很浅，这是很难判断的，只能赌运气。所以，这两位客户迟迟下不了这个决心，赌注太大。

老板为难地说："我们这批货就这块赌石像样一点，赚不赚钱全指望这块赌石了。九十万肯定不行，我最后再让你们一步，一百二十万，不行就算了。"

一百二十万唐风完全可以接受，因为别人认为的风险在他这里就算不上风险，他完全可以用鉴定史前文物的方法大致判断出这道绺裂的生成年代。也就是说，唐风根本不用赌裂，他已经通过自己的判断将绺裂的因素排除在外了。

如果没有这道绺裂，这块赌石的价值肯定要翻倍，这一百二十万元其实就是一个捡漏的价钱。唐风自己都想不到，在赌石行当也能捡漏，如此良机，他怎么肯错过？不过，按照赌石行当的规矩，同一笔生意在一个客户还没放手之前，另一个客户是不能插手谈生意的，这叫抢市。

如唐风所愿，两位客户最终放弃了这笔生意，老板无奈地摇了摇头，他问唐风：“您觉得这块赌石怎么样？”

唐风已经摸清了老板大致的心理价位，他说：“一百二十万也不是太贵。”

“哦。”老板只是习惯性地随口推销，想不到还真摊上一个买主，他马上说，“这么说，您想要？”

唐风指着刚才那块帕岗黑铁锈皮，对老板说：“两块赌石一百六十万，怎么样？”

唐风这招连消带打用得好，这块石头我不跟你讲价，但那块就要下狠刀了。老板挠了挠头，这块赌石占的便宜冲淡了他对那块赌石被唐风狠砍的敏感度，他想了想，说：“成交！”

人心不足，看到老板这么爽快，唐风立即后悔了，看来自己还不够狠。但话已出口，他也不好反悔，而且这还是捡漏，贵点没关系，他掏出自己的银行卡递给老板，说：“爽快。”

老板拿着唐风的银行卡去刷卡，吴智勇打来了电话，问唐风现在在哪里，唐风跟他报了地址。那边的老板拿来POS机，输了密码，签好账单，这笔生意就算做成了。唐风刚把银行卡揣进兜里，吴智勇和庞维就走了进来，吴智勇问：“小唐，怎么样？成果如何？”

“嗨，”唐风苦笑着说，“别提了，一个小时不到就亏了十四万。你呢？”

吴智勇摇着头说：“没敢下手，今天玩得太大，我提前离开了。”

唐风问：“你认识汉唐宝业的杨程明吗？”

“赌石行当的大鳄鱼，谁能不认识？”吴智勇说，“他自己就是‘毒’眼龙，还带着一批高手，除了体重，我是没法儿跟他比了。”

由于赌石的风险太大，像汉唐宝业这样的大型珠宝加工企业是很少参与赌石的，杨程明只是例外。但赌石并不是他们的主要货源，他们的采购目标还是那些已经开解过的明料。

庞维说："他已经扔进去三千多万了。"

这才多长时间，就三千多万了？唐风问："有这么大销售量吗？"

吴智勇明白唐风的意思，他说："不可能天天这样的，玉石投标交易会每年只举办一次，每次只有七天。哎，这烧钱的交易会还是少举办为妙，免得自卑。"

吴智勇看了看时间，说："我们走吧，该吃饭了。"

"只怕要等一下了。"唐风分别指了指黑铁锈皮和红黄漆皮，说，"我刚买了两块石头。"

吴智勇和庞维一起看了看这两块赌石，并没有发表意见。吴智勇说："反正你是赌石，不如今天下午拿到投标交易会去排个号，明天上午交易，我们现在先去吃饭。"

"我也是这么想的。"唐风点了点头，问，"这东西放哪儿呢？"

吴智勇笑了笑，转头叫道："袁老板，这两块先撂你这里，下午我来取。"

"哟，胖哥啊，没问题。"袁老板马上走过来开存放收据，琐碎小事，很快办妥，三人一起离开"君子来"。

下午，唐风办理完参与交易会的相关手续后，并没有继续挑选赌石，而是回到酒店房间休息。虽然心里很急，但唐风的头脑还是很清醒的，苏东坡的手稿确实很重要，但跟倾家荡产比起来，也就没那么重要了。唐风竭尽所能只是为了争取苏东坡手稿，而不是在玩命。如果这三块赌石都赌垮，唐风有可能会选择放弃。

第二天，唐风和吴智勇、庞维再次来到玉石投标交易会。到了交易会现场，唐风总算感觉到了小广交会的氛围。在这里，各方珠宝豪强云集，北京的龙宝公司、女娲本纪、戴梦得，上海的老凤祥、老庙，广东的石头记、汉唐宝业，香港的周大福等知名厂商以及一些不知名的中小珠宝商都参与其中，这还不包括来自民间的各方收藏人士。

唐风的赌石是以委托交易的方式进入流通环节的，由投标交易会主办方负责展示、解石、估价，如果解出高品质的翡翠，就会当场拍卖。一系列手续昨天就办理妥当，黑铁锈皮和红黄漆皮已经进场展示，静等市场的考验。

行家一出手便知有没有，能让唐风一眼相中的赌石肯定不会太差，尤其是那块红黄漆皮，才一出场就引起了各方厂商的高度关注，相玉行家们围着这块石头指指点点。

代表投标交易会负责这两块赌石交易的工作人员姓黎，是一个年轻干练的小伙子，他的同事都叫他黎生。黎生问唐风道：“可以开始了吗？”

唐风点了点头：“早晚的事，就先解红黄漆皮吧！这块我把握大一点。”

“等一下。”吴智勇对唐风说，“这块出高翠的可能性很大，能不能让我来解？”

唐风马上点头说道：“没问题。”吴智勇是吃这行饭的，值得信任。

黎生笑着说：“胖哥好久没有亲自上阵了。”

吴智勇摊了摊手，说：“我倒是想多上几次阵，身体不答应。”

很快，八点二公斤重的打木砍红黄漆皮被摆上了操作台，操作工先用水和毛巾将那块赌石表面清理干净。吴智勇没有观察，直接从绺裂处开始擦皮。

“吱呀！”电动砂轮在红黄漆皮上面磨出了火花，石屑火花四溅，很快，凹陷被磨平。

价值千万白底青

随着砂轮不断向前磨出新的表皮，绺裂开始变淡消失，唐风判断得不错，果然是不破坏原石整体性的原生浅绺。电动砂轮不停地吞噬着这条长长的绺裂，如果整条绺裂都是原生浅绺，赌裂的风险将完全不存在，那么，这块三大要素齐聚的赌石赌涨的可能性将会大大增加。

但唐风并没有高兴多久，在他以为绺裂的风险已经过去时，这道绺裂的末端出现了变化，原本浅淡的绺裂越往里擦颜色越深，面积也在逐渐扩大，有了深绺甚至是裂痕的迹象。

“完了，绺裂有发育！”

“完全穿透皮壳，深入了赌石内部，不会出好料了。”

围观的人们开始各抒己见，他们的说法都很有道理，绺裂裂而不空，说明有后期矿物填充，更让人丧气的是，这道绺裂非常深。翡翠原石就好像是一棵树，有一个自然发育成长的过程，绺裂就好像是箍在树身的晾衣铁丝，它破坏了树木成长的内部环境，就会导致这棵树畸形生长甚至是死亡。

吴智勇不理会其他人的说辞，电动砂轮继续往里深入，不久，电动砂轮的噪声锐减，吴智勇关掉了电源。他放下电动砂轮，仔细观察一番绺裂的状态，回过头对唐风说：“放心，没有任何影响。”接着，他拿起凿子，没费什么事儿就将整块绺裂的黑色从石身上剥离下来，露出了里面的红黄杂色皮壳。

事实上，绺裂的完全消除也意味着这块赌石已经赌涨，就这样拿出去卖也能赚个百来万，风险降低，价值自然会上升。

“怎么样，是不是继续？”吴智勇问唐风。

这是一个两难选择，昨天的那块黄砂皮本来可以净赚八十二万元，唐风选择继续解石，结果反而亏了十四万,一出一进损失将近百万元。不过，就算昨天唐风选择见好就收，今天他也不会好受到哪里去，知道结果总比天天惦记要踏实一点。

唐风点头说：“当然继续。”

吴智勇不说话，拿起电动砂轮直接从松花最密集的地方下手，砂轮所到之处，灰黑色癣斑和绿色松花逐渐褪去，露出了深黄色的皮壳内质。很快，这一面的表皮被完全擦去，露出了里面的砂皮本质，吴智勇的手很稳，电动砂轮开始逐层往里推进。

这块赌石的皮壳很厚，被削去三厘米后，还是没有出现任何有翡翠的迹象。吴智勇人胖心细，他没有没有冒进，一直保持着足够的耐心。

突然，砂轮之下闪出一抹绿色，吴智勇马上移开了电动砂轮。唐风快步走到这块红黄漆皮前，低下头仔细观察擦口。尽管只是一抹淡绿，远没有成品翡翠的绿色那般纯正浓艳、光彩炫目，但唐风可以肯定，这是翡翠中最好的绿色之一。

一张瘦脸，一张胖脸，吴智勇和唐风对望一眼，吴智勇说：“兄弟，你要发财了。”

唐风笑了笑，说：“但愿如此。”

“我没看走眼，你小子确实是个人物！”吴智勇一边说一边忙，他拿起操作台上另一个砂质更细的电动砂轮，说，“你看我怎么把这头绿龙牵出来。”

在唐风看来，吴智勇才是个人物，这家伙如此臃肿的身体居然孕育出了一双巧手，在他的操作下，这抹绿色不断扩大。最终，这块赌石的正面出现了一片足球截面般大小的绿色，这层绿色的出现在交易会现场引起了不小的轰动，越来越多的人走过来围观。

吴智勇轻声问唐风：“后面谁都不能保证，如果现在出手，估计能卖五百万，看你怎么选了。”

宁要一条线，不要一大片。线和片是相对来说的，一般来说，线是立性的，厚度就是线的粗细，是已知的，而深度是未知的。而片是卧性的，面积是已知的，而厚度是未知的。

这块赌石，光这一片绿就值五百万，如果继续解下去，风险将会更大，可能是五千万，也有可能是五万，还是没准儿。最怕的就是，这块赌石只有最外面的一层有绿，其他都是砖头料，这样的毛料俗称“靠皮绿”，是最害人的一种半明料。

唐风现在是淡定多于心动，他并不指望依靠赌石发家致富，他只是想套取现金去竞购苏东坡手稿。五百万元对他的帮助并不大，他肯定是要继续的，他说：“我要继续赌下去。”

在这一点上，赌石和炒股票很相似，不到最后结果出来，你永远不知道价格的制高点在哪里，早出手肯定会赚，晚出手可能会赚更多，也有可能全部赔进去。

“好，有胆略！”吴智勇说完话，继续擦石。

但是，幸运女神再次将唐风玩弄了一番，她一开始总是把最好的给唐风，让唐风充满希望，然后再一点一点地让他失望。相比有绿色的这一面，另外三面的擦石结果都令人失望，整块赌石价值缩水了六分之一，却再也没有绿色出现，很明显，唐风手里的这只股票开始下跌，而且是一跌再跌。

唐风再不想这么折腾，他对吴智勇说：“看这形状，做雕件和摆件是没指望了，干脆一点，下刀切吧。”

“是到下刀的时候了。”吴智勇气喘吁吁地说完话，放下手中的电动砂轮，他对黎生说，“哎，我不行了，剩下的事情就交给你们了，切吧。”

操作工三下五除二，将红黄漆皮放进了解石机，解石机启动的声音很快响起。吴智勇拍了拍唐风的肩膀对他说：“来，抽根烟，定定神。”

唐风伸手接过吴智勇递过来的烟，说：“胖哥辛苦了。”

吴智勇说：“我就是吃半明料这碗饭的，说什么辛苦。”

唐风问：“你觉得这块石头怎么样？”

吴智勇说道：“大家都是自己人，我也不妨跟你明说。如果是我拿到这块赌石，能卖五百万的时候我就会出手，绝不会解成明料，赌石这一块，偶然性太大，我真的有些怕了。”吴智勇和唐风不同，在无数次希望和无数次失望之后，他身上已经没有了年轻人的锐气，这不是怕，而是成熟的表现。

“叮”的一声，红黄漆皮被拦腰一切为二，众人一起望向操作工，操作工揭开解石机的机盖，突然欣喜地大声叫道：“又出绿色了！”

经历了昨天的失败，唐风听到“又出绿色”并没有表现出太多的兴奋，他和吴智勇一起走到解石机旁。两个截面都有巴掌那么大，通透如水、光泽柔和的绿色，这是水种翡翠的典型特征，而且还是水种翡翠中最好的绿水，属于高档翡翠。

但是，两边的绿色都很薄，斜截面的厚度连一厘米都不到。出现绿色是好事，两个人却都高兴不起来，因为这两片绿色是一个整体，是被解石机的锯片分成两半的，面积是有了，却没有厚度。

这个结果有喜有忧，如果这片绿和刚才那片绿是相连接的一个整体的话，价值将会上千万甚至是上亿，如果只是孤立的存在，这块石头就不值钱了。

唐风指着有单面绿的那一半，说：“先切这一半吧。”

擦没有擦出来，切出来还只有一半，这一半赌石赌涨的可能性并不大，但很负责任的黎生还是补充道：“从切面开始，一层层往里切。”

吴智勇和唐风都是明白人，这一半真没什么希望，就像一个切开的西瓜，没熟的那一半不大可能吃到好瓤的。结果也没能出乎他们的意料，一环一环切下来，这半块价值六十万元的赌石被乘上了一个大大的零。

接下来就是重中之重，一刀定生死，唐风沉声说道："从中间切！"如果再切出来绿，这块赌石就是大涨，切不出来虽然还有希望，但十分渺茫。

很快，两面绿被固定在解石机的锯片下，唐风就守在解石机旁静等结果，机器的轰鸣声响起，缓缓旋转的锯片不紧不慢地切进两面绿。不知不觉之间，机器的噪声逐渐在唐风耳边散去，取而代之的是一种"扑通扑通"的声响，那是唐风的心跳。

"叮！"两面绿被切开，唐风马上打开机盖，幸运女神的微笑越来越模糊，唐风那张失望的脸孔慢慢清晰，两面绿的中间是一片鹅卵石黄，什么都没有。

唐风摇了摇头，走到座位边一屁股坐了下来，该死的，老子不玩了！

围观的人散去了三分之二，黎生也失去了信心，只是走过场似的让人继续往里切。

一刀两刀，红黄漆皮越来越小，地面废料的高度不断增高，机会越来越少，最后一百二十万元全打了水漂。

这块打木砍红黄漆皮就只有那两片薄薄的绿，宁买一条线，不买一大片，前人以血和泪为代价总结出来的经验教训再次得到了印证。

吴智勇的大手拍上了唐风的肩膀，他说："你也别太在意了。"

唐风微微一笑，说："没事，我完全能接受。"

围观的人散去大半，唐风也乐得清闲，他指着那块帕岗黑铁锈皮说道："我今天还真不信邪了，这块我来！"

唐风先用抹布将黑铁锈皮擦拭干净，然后拿起操作台上的电动砂轮按下电源开关。

"吱呀！"飞速旋转的砂轮慢慢地靠向了赌石，随着更为难听的声音，石粉四处飞溅。但是，刚擦过几毫米，唐风就移开了电动砂轮，黑铁锈皮的表面有了变化，外面那层黑色消失了，取而代之的是淡黄色中粗粒砂皮。

"难道是赌石被人做过手脚了？"

"作假，这绝对是皮壳作假的表现。"

仅剩的几个围观者也不忘坚持看热闹的光荣传统，纷纷猜测着出现淡黄色中粗粒砂皮的原因。赌石皮壳作假是指用优质翡翠皮壳粘在次料、废石、假货上，再放在经酸、碱浸过的土壤中掩盖人工痕迹，使之变为“真皮”。

吴智勇仔细看了看，肯定地说：“这皮壳绝不可能是作假的。”

就是，唐风是打假高手，怎么可能上这种当？唐风不理会这些“眼睛雪亮”的群众，他在仔细观察之后继续擦石，很快，他又停了下来，黑铁锈皮下的淡黄色逐渐转化成了黄白色。

“又出白色了！”经历了昨天的“白色”风暴，唐风自己都有些后怕，唐风和吴智勇同时望向白色擦口。

“是白棉！”两个人同时说话又同时望向对方。

叹气声不绝于耳，白棉是翡翠内部的杂质，严重影响翡翠的质量与美观，它的存在将大大影响翡翠的价格。虽然这块赌石还没有解垮，但唐风无疑挨了一记闷棍，幸运女神连希望都不肯给他了。

唐风围着黑铁锈皮绕了一圈，换了一个地方继续擦，这一次，他选择的是写有“黑铁锈皮”字样的标签处，又是一阵噪声，擦出来还是白棉。

两边都是白棉，已经没有再擦下去的必要，他移开手中的电动砂轮摇着头说道：“没办法了，开门子吧！”开门子就是用专用的工具彻底切开一小块皮壳，让人可以直观地查看赌石内部的状况。

操作工拿过来一个类似于凹形凿子的东西准备进行人工操作，唐风先用砂轮切开一道缝，再将凹形凿子的尖端对准缝隙，操作工举起手中的榔头问他道：“准备好了吗？”

唐风紧握凿子点头：“没问题！”

“笃！笃！笃！”操作工敲得很准，只听“砰”的一声，赌石的一小块掉了下来。

在场所有人的眼睛都齐刷刷地望向打开的门子，黎生眼尖，他说：“有翡翠！”

唐风望向黑铁锈皮上面打开的门子，黑锈透入毛石很深，越到里面颜色越淡，最后过渡成红褐色。吴智勇捡起掉在地上的那一小块毛石看了看，说：“这是红翡层！”

出红翡层就难说了，天然翡翠的形成需要漫长的时间，翡翠的颜色转化绝不可能太激烈，而有一个缓和的过渡层，红色是三原色之一，过渡成什么颜色都有可能。

“再开！”唐风如法炮制再次握住凿子，老年操作工挥动榔头，这一次，门子开得大了一些，众人不约而同地围拢过来。

“是白底青！”红褐色由暗转明最后过渡成了黄色，黄色逐渐转淡自然演变成白皙如瓷器一般的颜色。从表面上来看，里面白色翡翠透明度差，但光泽度极好。如果只是白地，顶多只是干白种翡翠和马牙种翡翠这样的低档货，但是，这白地之中还间有鲜艳的绿色，这就是白底青翡翠了。白底青翡翠属于中高档翡翠，由于受白棉的影响，这块赌石中的白底青只能划归为中档翡翠。

赌石皮壳的颜色是由金属元素决定的，这块赌石有黑铁锈皮，说明铬离子与铁离子含量高，铬离子致绿色调，铁离子致蓝绿色调，由于铬离子与铁离子的比例关系，这块翡翠的地转换成了白色。又差一点点，如果铬、铁离子比例致满绿的话，这块赌石又将大涨，当然，心不能太贪，白底青翡翠已经很不错了。

“这位老板！”李老四不知道又从哪里冒了出来，他在看过门子之后对唐风说道，“如果你现在就出手，我可以出三百万买下这块赌石。”

唐风再次赌涨，但赌石的赌性才刚刚显现出来，白底青是有，但不知道深浅，李老四就赌白底青深。所谓一刀穷一刀富一刀穿麻布，如果唐风见好就收，四十万元立即就能变成三百万元，这一刀就富了。如果继续开，万一白底青很浅，那就开垮了，整块赌石价值将大为缩水，这一刀就穷了。如果因此而变得一文不值，那就是一刀穿麻布了。但是，如果他开涨了呢？这就好像是玩老虎机比大小，再比一次，点数有可能归零，也有可能翻上好几倍。

“小唐。”吴智勇低声对唐风说，“三百万已经很不错了。”

唐风前两次赌石都是开始赢后面输，那块红黄漆皮本来可以卖五百万元，他坚持要解石，结果连一百二十万元的老本都亏了进去，一出一进又是六百二十万元的损失。

尽管有前车之鉴，但唐风还是初衷不改，他摇着头说道：“对不起，我并不想卖。”

“哎，我说兄弟啊，听人劝得一半。”李老四说，“我这是在帮你承担风险。”

唐风淡淡一笑，说：“你都敢赌，我为什么不敢赌呢？”

接着，唐风又重新开始擦石，但几处擦口都没有任何反应。一块赌石就如同一个西瓜，一边开了一个角，是熟的，而且皮薄瓤多，但由于另一边的瓤还没有出来，谁都不知道这个西瓜是全熟还是半熟。

唐风的擦口也很有讲究，他是以出白棉的地方为圆心，呈环状往外辐射的，完成之后，唐风对操作工说：“各位师傅，按照我的擦口，一环一环往里切吧！”

九十多公斤重的黑铁锈皮被抬进了解石机，轰鸣声起，解石开始。

这块石头体积比较大，切割需要一段时间，唐风和吴智勇坐到一边抽烟，吴智勇笑着说：“你跟我年轻时一样，都是不到黄河不死心的那种人。”

唐风这不是固执，而是没有办法的办法，他的目标是苏东坡手稿，而不是赌石。他吸了一口烟，轻轻松松地说：“趁着年轻，多拼几次。”

“哈哈，”吴智勇说，“你是怕有一天变得和我一样，再也没有拼搏的勇气了吧？”

人生难得几回搏，对于苏东坡手稿，唐风可以接受失败，但绝不会放弃努力，不战而屈岂是男儿所为？

唐风说：“我真不是那个意思。”

“都没关……”吴智勇话还没有说完，“叮”的一声，黑铁锈皮被切开，操作工低头看了看，对着围观的人摇了摇头。

第一刀就不是好兆头。

看过情形之后的李老四大声对唐风说：“这位兄弟，我不是跟你开玩笑，我现在还可以出两百万。”

这一刀值一百万元！

吴智勇扔给李老四一根烟，大声说道：“老四，你就别再多费口舌了，五百万的石头他都没有出手，别说你区区两百万。”

唐风扔掉烟头，示意操作工继续往里切。

第二刀，操作工还是摇头，他这边才摇完头，围观的人也情不自禁地跟着他一起摇头。

李老四对吴智勇说："胖哥，替我谢谢这位兄弟，两次救了我。"

吴智勇哈哈大笑："你小子少在那里瞎咋呼，要不要我做主，给你二百五——十万。"

李老四也不生气，"你自己留着吧！"

操作工再次启动解石机，一会儿，石头被切开。这次是黎生打开了机盖，他在看到赌石的截面之后突然揉了揉眼睛，然后再往里看，接着，一声惊呼就从他的口中叫出——"大涨了！"

唐风和吴智勇马上走了过去，赌石的截面呈现在众人面前，两边的切面都出现了一团白色的、呈不规则圆形的区域。这是一层微透明的白地，纤维结构细腻纯净无瑕疵，手摸上去如触镜面，非常舒服。此外，白地上还布满了绿色斑纹，这种绿色鲜艳通透，与白色泾渭分明却又相辅相成，色地非常均匀协调，是最好的白底青翡翠，也是翡翠中的高档货色。

这块赌石已经不用再切了，上面有门子，下面有截面，从点到面俱全，完全的明料。黎生正忙着称重，要赶在第一时间算出底价，从目测上来看，肯定是千万以上的级别。

赌石被称为穿过地狱的天堂，只有极少数人能在最终的惊鸿一瞥之后，脸上依然留有灿烂的笑容，而唐风这次终于成功地穿过了地狱的黑暗，见到了天堂的圣光。

唐风用力地挥了挥拳头，娘的，总算赌赢了一次！

李老四拍了拍自己的脸，轻声问唐风："如果我刚才出八百万，你卖不卖？"

唐风呵呵一笑，"卖，肯定卖！"

"真的？"李老四脸上沮丧的神情一闪而逝，"我就知道你在骗我！"

"哈哈，我们自找刺激的李老板，"吴智勇摇着头对李老四说道，"你就慢慢装吧！"

十四亿元砚台再现身

“哎，你也别笑话我，这小本买卖就是苦，”李老四叹了一口气，“一旦进入投标环节，这石头就跟我无缘了。”

吴智勇说：“猫有猫路，狗有狗道，平洲吃什么饭的人都有，你别跟那娘儿们似的。”

“谁跟那娘儿们似的？”李老四说，“我这不是随便说说嘛！哎，对了，胖哥，这位兄弟眼生得很，从哪儿来的？”

“嘿嘿，是高手吧？”吴智勇笑着说，“说了你准不信，这位唐兄弟昨天才开始赌石。”

李老四说：“你拉倒吧，第一次赌石就能有这么好的心态？眼光就这么准？”

“啊？”唐风说，“我这还准啊，三块赌石才赢了一块，差点就全军覆没了。”

李老四说：“这还不准？我敢保证，就这块黑铁锈皮的品相，没几个行家能看上眼。”

唐风说：“这你就错了，昨天就有一个人提醒过我，说这块黑铁锈皮肯定会大涨。”

“谁啊？”吴智勇来了兴致。

唐风把昨天那个颓废中年人的相貌给他们做了一番描述，李老四和吴智勇对望一眼，同时说道：“他的话你也信？”

唐风说：“他不是说准了吗？”

“嗨，”吴智勇说，“他姓文，是平洲出了名的文疯子，只要看到黑色赌石他都会说大涨。”

黎生拿着一个文件夹走到唐风这边，说：“这是我们的估价，如果您觉得没有问题就在这边签个字。”

唐风看了看九百八十八万元的估价，二话不说签了字。估价就是拍卖的底价，只要不是太离谱儿，授权人都会签字。

李老四看了看时间，对唐风和吴智勇说："二位，我已经三天没开张了，还得继续努力，先走一步。"

"走好，不送。"二人连忙客气一番。

很快，大厅的高音喇叭和滚动字幕开始通知拍卖的时间。"六号赌石解出了高档白地青，将在二十分钟后在中心投标区进行投标，请欲参与竞标者速做准备。"

到此次投标交易会的客商已经一次性办理了手续，随时可以参与竞标，不需要多做准备。

唐风和吴智勇来到中心投标区时，前一次投标还没有结束。李老四那样的人顶多只能算是珠宝业的大鱼，而这边才有真正的珠宝业大鳄。

中心投标区的人越聚越多，那些大公司的工作人员显然早就收到了解出高档白地青的消息，三五成群地聚在一起商量竞价策略。

二十分钟时间并不长，唐风和吴智勇还没聊多久，竞标就正式开始了，一番介绍，主持人宣布："底价九百八十八万，现在开始竞价。"

吴智勇指着频频举牌的九号买家说道："这个人我认识，他是北京龙宝公司的，有他们参与的竞标成交价都不会太低。"

说到龙宝公司，唐风想起了江源，要是那家伙在的话，他跟杨程明之间肯定会有一番龙争虎斗。此时，竞标进入了白热化，从底价九百八十八万元一直被叫到一千一百万元，主持人不失时机地大声说道："一千一百万！七号买家出到一千一百万，还有没有比这个价钱更高的？哦，九号买家出到一千一百五十万，一千一百五十万一次……七号买家出到一千三百万……一千三百万一次……"

唐风看到了杨程明，他就是七号买家，最终，这块黑铁锈皮被杨程明以一千三百万元的高价纳入囊中。除去佣金和本钱，唐风实际收益差不多有一千万元，加上前期筹集的钱，他现在已经有了三千万元现金。只要《指点江山》和《秋色山水图》能拍到正常价位，在还给朱记六百六十万的情况下，唐风也是苏东坡手稿的有力争夺者。人事已尽，接下去就只能听天由命了。唐风不是不想继续赌石，他是怕又输进去，这玩意儿风险实在太大，压根儿就不是正常人该干的事。

拨开云雾见青天，这些天的辛苦总算没有白费，唐风大大地松了一口气，他对吴智勇道："胖哥，我今晚就打算回北京，中午请你吃饭，你可不要推辞啊！"

"哈哈，我当然不会推辞。"吴智勇笑着说，"我知道你另有要事，晚上我请你，算是为你践行。"一番烦琐的程序走过，下午，唐风拿到了交易款。

很多事情在完成之前看上去总是那么复杂艰险，令人焦头烂额，等到真正完成时，你才会发觉，这些事情其实并不像自己想象中的那么难。回望走过的艰险，总是轻松一片，飞机起飞，唐风望向舷窗下面的都市夜景，淡淡地说："广州，再见！"

深夜，唐风已经回到北京。

第二天上午，唐风又猫在床上睡起了懒觉，日上三竿才起床。吃过中饭，他来到中国石，陈彦一看到唐风，马上说："好小子，我就知道你肯定行。"

唐风粗略地估算了一下价钱，说："这回应该八九不离十了。"

陈彦点头说："我估算了一下，有五千万就可以拿下了。"

唐风说："希望不要再出什么意外了，最怕的就是这个，我们现在禁不起折腾。"

"嗯，这倒是，"陈彦很有信心，"不过，形势已经不可逆转，除了天灾人祸等不可抗拒的因素，应该不会有什么问题了。"

唐风保持着谨慎的乐观，他说："还有四个小时，拍卖会就要开始，老天保佑，让我们今晚能够带着好消息回家。"

但是，怕什么就偏偏来什么，唐风这句话还没有说完，手机就响了。他拿出手机一看，立刻感觉到了不妙，这个电话是罗万成打来的。罗万成就是那方唐风估价为十四亿元的正气砚的现主人，唐风很想购买那方正气砚，双方互留过电话号码。

罗万成问："是唐先生吗？"

唐风说："是我，您有事吗？"

"唐先生，您现在还想要那方正气砚吗？"

陈彦无奈地叹了一口气，完了，节骨眼儿上又要出事了。唐风是绝不可能不要那方正气砚的，他说道：“当然要。”

罗万成报出了一个地址，让唐风去面谈，唐风答应之后挂了电话，陈彦说：“那家伙不会趁机敲竹杠吧？”

“我可是正气砚唯一的买主，他卖给我才能卖出好价钱。”唐风说完这话，马上转身，快步离开了中国石。

唐风走后，陈彦摸了摸下巴，自言自语道：“你当然是唯一的买主，可他也是唯一的卖主啊！”

鱼与熊掌

罗万成约唐风见面的地方就在北方大厦旁边的一家咖啡店，这家咖啡店唐风并不陌生，他上次在这里跟范紫韵见过面。二十分钟后，唐风走进咖啡店，罗万成向他招了招手，唐风走过去跟他相对而坐。

招呼过后，罗万成问唐风道：“唐先生要喝点什么？”

罗万成耽误得起时间，唐风今天耽误不起，他直截了当地说：“罗先生不必客气，还是正事要紧。”

罗万成点了点头，简单地说起了电视鉴宝节目之后的状况。不出唐风所料，事后，罗万成拿着这方正气砚到处去鉴定，但结果并不理想，鉴定专家们的答案大同小异，“不好说”，“看不懂”。罗万成正在矛盾之时，一个陌生人打电话给他，说要购买这方正气砚。

罗万成说：“我跟他们见了面，他们出价两千万，但我没有答应。”

两千万？唐风心中大骂罗万成，这家伙，狮子大张口啊！绕了半天，原来在这儿等着他呢！他不动声色地说道：“两千万，好价钱，罗先生为什么没有答应卖给他呢？”唐风现在不能表现得太急，否则这个冤大头就当定了，苏东坡手稿很重要，但正气砚更重要，如果是两千万元的话，那这两样国宝级的文物就成了鱼与熊掌，是不可兼得的。而且，唐风根本就不相信罗万成，真有人开价两千万元的话，估计这家伙早就双手送出去了。

罗万成说：“因为他们不是中国人，所以我很犹豫。”

说到收购中国文物的外国人，唐风第一个想到的就是跟他抢元青花标准器的青山俊树，时间上也吻合。他就搞不明白了，这外国人怎么就对中国的文物这么感兴趣，咱中国人就不喜欢外国文物，你把法国印象派大师莫奈那幅拍出八千零四十五万美元的《睡莲图》拿到中国来试试，减半都没人要。他问罗万成："是J国人？"

"是的，虽然他没有表露自己的身份，但我去过J国，看得出来。"罗万成说道，"唐先生，我也不妨直说，我已经办妥了移民手续，会举家迁往新加坡。我是没有答应他，而不是不想卖给他。"

唐风有些嘲讽地笑了笑，说："罗先生可真够坦白的，理由也很充分。"

"唐先生不必怀疑我的话。"罗万成从包里拿出护照和签证摆在台面上，接着说，"当然，我并没有忘记自己现在还是一个中国人，在相同价位的情况下，我当然会卖给自己的同胞，唐先生应该明白我的意思。"

唐风不咸不淡地道："看来，我应该感谢您对我这个同胞的照顾了？"

罗万成说："唐先生不必给我扣大帽子，事实上，离开这个国家一直是我的人生目标，我所有的努力都是为了实现这个目标。国外的日子难过，我不得不为将来做打算。"

虽然罗万成已经无药可救，但唐风还是说："国外的日子难过，但你还要去过，你就这么憎恨生你养你的故土吗？"唐风这样说才不是为了挽救他，他只希望这家伙能降低价钱。

罗万成说："唐先生何必说出这种话呢？每个人所处的环境不同，每个人的想法也不一样，那些名人不都在往国外跑吗？憎恨谈不上，是没有感情。"

唐风苦笑着摇了摇头，现在再回想起当初罗万成在电视上说的那句话，真的很讽刺。"我当时也没想那么多，只是想把它带回中国。"他没有把后半句话说出来，带回中国卖个好价钱。

唐风是没有办法了，谁让他喜欢这方正气砚呢！鱼与熊掌不可兼得，哪个先来就先得哪一个吧！唐风很快做出了决定："这么说，只要我出得起两千万，你就会把那方正气砚卖给我，是吧？"

罗万成点头说："是的。"

"什么时候交易？"唐风很希望能得到一个缓冲期，那样的话，他还可以想想其他办法。

罗万成说："最好是现在，我时间有限，希望能够早点把这件事情处理掉。"

"好，两千万，我现在就要。"

罗万成说道："不管唐先生怎么看我，我对唐先生只有感谢而无其他。"

唐风说："这些话都不用说了，赶紧交易吧！"

接着，罗万成和唐风去银行，他的妻子送来了正气砚，验明正身之后，唐风当着罗万成的面将两千万元打进他的账户。

货、款两清，唐风拿着正气砚头也不回地离开了。

经过这番意外的折腾，唐风又被打回了原形。站得高，看得远，这话并不完全准确，唐风现在就站在很高的债台上，站得高，欠得多，现金一千万元，欠债两千万元，他是真正的千万富翁。

"沐雨，我回来了。"唐风拿着正气砚回到家，餐桌上已经摆满了菜，他放下正气砚走进厨房，林沐雨还在里面忙。看到唐风进来，林沐雨说："你回来得正好，准备吃饭吧！"

"哟，今天沐雨碰上什么好事儿了，烧这么多菜？"

林沐雨看了唐风一眼，说："没什么事儿，就是看你辛苦，多烧两个菜给你吃，也预祝你今晚成功。"

哎，一提到晚上的拍卖，唐风心里就直纳闷儿，最近也没有招谁惹谁，怎么就这么倒霉呢？

林沐雨和唐风一起坐下吃饭，唐风问："今晚拍卖会，沐雨你去吗？"

"你说呢？"

"我当然是希望你去的，让那些人瞧瞧，我们家沐雨有多漂亮多贤惠，出得厅堂，下得厨房。"唐风十分得意地说，"当然，很多事情我们自己知道就行了。"

林沐雨突然没来由地问道："唐风，你说我们这样下去能走多远？"

"这还用问，当然是永远。哎，你今天是怎么了？"唐风，"你怎么会突然想起问这个问题呢？"

林沐雨愣了一下，随即摇着头说："别这么敏感，我只是随便问问。"

吃过晚饭，两个人一起来到朱记拍卖行，两人刚走近大门，陈彦就从里面迎了出来。他的身后还跟着柳月，柳月今天恢复了往昔的潇洒打扮。女人和女人之间总是不缺乏共同语言，在跟唐风打过招呼之后，她轻轻拉起林沐雨的手，两个女人拉起了家常。趁着柳月跟林沐雨在咬耳朵，陈彦把唐风拉到一边询问情况。唐风把情况跟他复述了一遍，最后，他说："这件事基本就算告一段落了。"

"我觉得还有点希望，"陈彦说，"我这么早过来就是为了打探消息。"

接着，陈彦开始分析具体情况，这次拍卖会可谓盛况空前，苏东坡手稿的出现更是引起了轰动，参与竞拍的大腕掰着手指头都数不过来，除了任望祖，香港著名古董商董民权也亲自到场。陈彦对唐风说："你别忘了，你那幅张大千的仿古《秋色山水图》可是本次拍卖行的二号拍品，说不定也能卖出个天价。"

唐风明白陈彦的意思，他是觉得，唐风低估了《秋色山水图》的价值。唐风摇着头说："问题是，那不是张大千自己的创作，而是仿古画，价值肯定不如苏东坡手稿。"

陈彦说："你不还有一幅祝允明的《指点江山》吗？"

唐风对《指点江山》也没有抱太大的希望，两幅画的总成交价肯定是低于苏东坡手稿的，就算大腕们抢得头破血流，创下了新的世界纪录，又能怎么样呢？他们能抢张大千，凭什么就不能抢苏东坡呢？

他对陈彦说："你就别来安慰我了，我现在心态挺好，有些事情是注定无法两全其美的。我们先进去吧！"

陈彦听到唐风这话，没来由地望向了林沐雨和柳月。是啊，有些事情，还真没办法两全其美。

激烈角逐

唐风走到林沐雨和柳月这边，笑着说："两位美女，进去吧，站门口容易引起交通堵塞的。"

林沐雨说："唐风你来得正好，我们刚想找你。"

柳月说："外边冷，我们进去再说吧！"

四个人一起进入朱记拍卖行的大厅，柳月从前台工作人员手中接过竞价牌转交给唐风，竞价牌的编号是 189。竞价牌的编号是按照缴纳拍卖保证金的先后顺序自然排列的，唐风是最后几个缴纳拍卖保证金的买家之一。从他的编号不难看出，参与此次拍卖会的买家至少会有一百五十多家，因为所有的编号都是避开 4 的。

唐风看了看手中的竞价牌，今晚怕是没有机会举起它了。

拍卖即将开始，四个人走进拍卖大厅，坐在了内场竞拍席。唐风在坐下之后发现了一个严重的问题，自己坐在了林沐雨和柳月的中间。相比唐风的做贼心虚，柳月的表现要自然很多，她将手中的文件夹递给唐风，说道："重要的客户都在上面了，你自己看吧！"

朱记拍卖行的客户资料很完备，重要客户的家庭背景、拥有哪些藏品、喜欢什么类型的古玩、公开参与过哪些拍品的竞拍、叫价状况一应俱全。唐风问柳月："你把这些给我，你妈妈不会怪你吧？"

柳月笑了笑，说："这些都是我妈叫我给你的。别忘了，你也是我们的大客户，再说，这些也不是什么秘密，在网上都可以查到。"

"那就好，谢谢你。"唐风说完话，开始翻看资料，拍卖行当然不会透露全部的客户资料，他们的资料是根据拍品来提供的。第一页的主题是张大千仿古山水画《秋色山水图》的市场行情预估及潜在竞购客户分析。被拍卖行列为头号竞购者的买家不是个人而是企业，这就是四川内江的张大千纪念馆，内江是张大千的故乡，唐风不怀疑张大千纪念馆参与竞购的决心，他只担心他们的经济实力。二号、三号竞购者分别是董民权和任望祖，董家和任家都藏有张大千的真迹，董家拥有三幅，任家有两幅。对于这种级别的大收藏家来说，顶级艺术品当然是越多越好，在不断增大藏品深度的同时，他们也会不遗余力地扩大藏品广度，与张大千纪念馆恰恰相反，他们都有钱，关键要看他们竞购的决心。

看完这些，唐风心中多多少少又燃起了一丝希望，如果董民权和任望祖能够擦出一点火花，这幅《秋色山水图》肯定能拍出高价，这些天自己的运气每况愈下，也该到触底反弹的时候了。

唐风这边在看资料，那边的拍卖大戏已经开锣。前几幅书画作品的质量只能说一般，市场反响冷淡，大客户们都提不起兴趣，主动退出了竞争。小客户之间的竞争也不激烈，几轮最低增幅的叫价之后就草草落槌成交。

终于，唐风的《秋色山水图》出场了，这幅画无须过多地渲染，拍卖师做完短暂的介绍后，说道："七号拍品，张大千的仿石涛山水画《秋色山水图》，朱记拍卖行保老保真，并随画附赠国家权威书画艺术品鉴定单位出具的鉴定证书，底价人民币一千万元，无最低增幅，现在起拍！"

应该来讲，这幅画的底价定位是偏低的，唐风预计这幅画的最终成交价应该在两千万元以上，这不是胡乱预测，而是结合市场行情做出的判断。国内顶级书画作品的市场行情一直居高不下，2005 年，在中贸圣佳的春拍上，任伯年的《华祝三多图》成交价高达两千八百万元。同年，北京九歌书画艺术品秋季拍会上，吴冠中 1988 年的画作《鹦鹉天堂》拍出了三千多万元的高价。

朱记拍卖行如此运作无非是想吸引更多的买家参与竞争，运动员多了，比赛才会激烈，临场发挥好，也不排除爆冷出黑马的可能。作为本次拍卖专场的二号拍品，现场的人都知道，这幅画肯定会经历一番激烈的角逐，但他们谁都想不到，这幅画的第一次叫价就将整个拍卖现场的气氛推向了高潮。

拍卖师话音未落，竞拍席这边就传出了清晰的报价声——一千五百万元！

第一次报价就将底价提高了三分之一，人群中立即传出一阵交头接耳的嗡嗡声，竞争要比预想的更为激烈。陈彦一弯腰，向唐风挥了挥拳头："怎么样？我猜得没错吧？"

唐风望向任望祖那边，对陈彦说："希望有人站出来接招。"

拍卖师用他那职业化的声音说道："022 号买家第一次出价就出到了一千五百万，还没有更多的？一千五百万一次……"

这么快就开始倒数了，唐风难免有点担心，他转头问柳月："怎么没有看到董民权？"

"你就别担心了，这么重要的书画作品他肯定是不会错过的。"柳月说，"但董老先生毕竟是香港人，不适合在这种场合露面，肯定会委托他人竞价的。"

这时，任望祖身边的一个中年人举起了手中的058号竞价牌，上面写着一千六百万元。

这边终于有了回应，皮球被踢还给022号买家，众人的目光立即转向他们那边。022号买家也举起了自己手中的竞价牌，一千七百万元。

拍卖师还没有来得及唱价，任望祖这边再度举牌，一千八百万元；022号买家也不示弱，马上回价两千万元，成交价超过唐风的预估已成定局。

022号买家频频跳报，058号买家却稳如泰山，他们马上加了一百万元。竞争看似激烈，但前景并不乐观，张大千纪念馆直接跳报正是底气不足的表现，如果没有其他买家参与竞争，底价上升的空间并不大。

果然，在任望祖那边报出两千一百万元的时候，022号买家放弃了竞争。这是一家依靠捐赠和门票收入维持的企业，两千万元是他们的上限。

拍卖师那催命符一般的声音再度响起："两千一百万一次……两千一百万两次……"唐风暗感无奈，如果这幅画的最终成交价是两千一百万元，他根本没有资格参与苏东坡手稿的竞争，连底价都不够。

"哦，委托席的001号买家参与了竞争，他们报价两千五百万，两千五百万，还有没有比两千五百万更高的？"好消息从拍卖师的口中传出，唐风知道，董民权的委托人现身了，也只有他了。

半路有人突然杀出，任望祖那边还是不紧不慢，他们又加了一百万元。

几乎就在同时，委托席那边喊出了更高的报价——两千九百万元！不愧是董民权，报价够狠，他们已经从任望祖那边的报价态度看出了端倪，直奔对手的心理价位而去。而任望祖那边也寸步不让，他们很快举牌，三千万元。

001号买家早有准备，他们马上将底价提高到三千三百万元。如此穷凶极恶的报价让任望祖那边的人坐不住了，他们开始交头接耳，很明显，三千三百万元超过了他们的心理价位，作为志在必得的买家，他们还要考虑另一个因素，拍卖行方面会不会自抬身价，钱不是问题，问题是不能浪费。任望祖的随行人员将手机递到任望祖的耳边，任望祖在闻声之后立即笑逐颜开，他随即向身边的中年人做了一个继续的手势。接着，中年人举起了竞价牌，三千三百一十万元。

陈彦问唐风道：“你说他会不会给董民权打电话？”

唐风长出了一口气，他真担心 001 号买家是朱记拍卖行的托儿，如果任望祖不再继续报价，朱记拍卖行就惨了。但事实证明，001 号买家不是托儿，而是跟任望祖一样有实力的竞购者，而且，任望祖还认识这个人。唐风说：“很有可能，这种级别的人不可能不认识。”由此可见，董民权的地位似乎要比任望祖更高一点，他不考虑对手，只考虑自己的报价。

“那就太好了！”陈彦很高兴地说，“这幅画肯定会拍出高价。”

唐风摇了摇头，说：“你错了，竞争马上就要结束。”唐风猜测，刚才的电话不但会决定这件拍品的成交价，还会决定苏东坡手稿的成交价，大家都会让步。

任望祖这边的电话才挂不久，001 号买家马上接到了电话。他一边接听电话，一边点头，挂掉电话之后，他向任望祖那边挥了挥手，说道：“三千三百一十六万！”

任望祖向那人点了点头，他们放弃了竞争，最终，这幅画以三千三百一十六万元成交。加上唐风自己的一千万元，唐风终于得到了举牌的机会，但是，希望仍然很渺茫，董民权可能不会参与苏东坡手稿的竞争，但任望祖这个竞争对手更加可怕。

过了个把小时，苏东坡手稿正式出场，拍卖师照例做了一番介绍，最后，他说：“十五号拍品，宋苏轼《念奴娇·赤壁怀古》手稿，无鉴定证书，无真赝保证，底价三千万，现在起拍。”文化部专家组最终还是没能达成共识，否则就会有鉴定证书。

很快，报价声传来，拍卖师正忙着唱价的时候，唐风举起了手中的报价牌，上面写着四千三百一十六万元！

唐风是管不了那么多了，直接报出了自己所能承受的最高价，就这一锤子买卖，行就行，不行就拉倒。林沐雨轻拉着唐风的手，问他道：“如果竞争失败，你会难过吗？”

唐风哈哈一笑，说：“这有什么好难过的，我的心态一直摆得很正。”

成功竞购国宝级古玩

四千三百一十六万元！

刚才张大千纪念馆直接将底价提高五百万元已经引起全场震动了，而一个名不见经传的毛头小子居然一次性将底价提高了一千三百万元，这还是钱吗？

这个报价立即引起了全场的关注，所有人的目光都投向了唐风，包括任望祖。而唐风也十分关注这个最大竞争对手的动向，两人的目光隔空相对，各自一笑，同样的笑容，却是截然不同的两种心境。

林沐雨紧紧地拽着唐风的手，谁都知道，唐风为了得到这件苏东坡手稿付出了很多，付出得不到回报无疑是一件令人沮丧的事情。唐风毕竟还年轻，林沐雨又担心又难过，她担心唐风承受不住这个打击，难过自己一点忙都帮不上。“唐风，千万不要太在意了。”

唐风淡淡一笑，放下手中的报价牌，将林沐雨的手拉到自己的手心，一本正经地对她说：“沐雨你放心吧，我还不至于如此脆弱。”

唐风不是三岁小孩，当然不会为了自己的所无而放弃自己的所有，努力之后的成功固然豪迈，但努力之后的失败同样痛快，因为唐风已经享受到了过程的精彩！

“189号买家出价四千三百一十六万，四千三百一十六万，还有没更高的？还有没有更高的？四千三百一十六万一次，四千三百一十六万两次……”拍卖师的声音清晰可辨，成功看似近在眼前，但唐风已经不是很在乎这些了，年轻没有失败，他有的是时间。

“058号出价四千四百万，四千四百万……”无人竞争的局面很快被打破，任望祖出手了，他还是采取了稳妥的报价策略，放弃了《秋色山水图》，他对苏东坡手稿志在必得。

但是，四千四百万元的报价没有维持多久，新的报价很快产生，拍卖师的声音都在颤抖，他大声说道：“有人出到五千四百万，五千四百万！”

火星撞地球，又砸了一千万元，太恐怖了！现场的人想破脑袋都想不到，一件没有鉴定证书、没有真赝保证的手稿会引起如此激烈的竞争，他们对专家组的作为充满了质疑。既不鉴定为真，又不鉴定为假，这完全是在推脱责任，如果没有把握，竞购者怎么可能出到五千四百万元的天价？

一听到这个报价，刚才还保持着淡定的唐风一下子就紧张起来，他马上对陈彦说道：“你疯了？”

这个报价已经大大地超出了唐风目前的承受能力，万一任望祖不要了，唐风哪来这么多钱付账？

高举竞价牌的不是别人，就是陈彦，他拿起了唐风的189号竞价牌，上面白纸黑字清清楚楚地写着：五千四百万。

“你放心，我不会害你的。”陈彦放下竞价牌，拿出一张一千万元的支票，说，“我们拿不到，也不能让他捡便宜。”

唐风问陈彦：“你哪来的一千万？”

陈彦说：“问刘书南借的。”

唐风叹了一口气，陈彦这个人很要面子，越是熟人就越开不了借钱的口，尤其是他的那些师兄弟，在开中国石这个店、他经济最危急的时候，他都硬撑着没有向刘书南开口。如今，为了唐风，他拉下了自己的面子。

唐风微微一笑，说：“好吧，给他增加点难度。”他说完话，转头望向任望祖那边，不经意间，一个年轻人的身影进入了他的视线，他就是以3999.9999万的高价拍得唐风的文房六宝的那个冷峻的年轻人。

与此同时，柳月也看到了他，她对唐风说：“太好了，我正担心他不来呢。”

任望祖想不到会遭遇如此顽强的阻击，哪有这样加价的，两次的增幅都在千万以上，这个价钱已经大大地超出了他的预估。在他看来，只要官方不参与，这件手稿是十拿九稳的。

在拍卖师即将落槌的时候，任望祖那边报出了新价，五千五百万元。

任望祖报价开始犹豫了！唐风的大脑开始飞速运转，如果再加几百万元，希望很大，他当机立断，马上大声报价道：“五千八百万！”

朱记拍卖行客户资料的第三页是《指点江山》的市场行情预估及潜在竞购客户分析，这个年轻人就是头号竞购者。通过上次资金交割，柳月他们已经知道这个年轻人是何方神圣了，他叫王子为，来自浙江融通国际的控股家族——温州王。融通国际总裁名叫王长健，以前是温州首富，所以叫温州王，杭州湾跨海大桥就有融通国际的股份。

这些都不是最关键的，最关键的地方在于，王长健喜欢收藏书画以及相关古玩，所以，他们才会出高价竞购唐风的文房六宝。此外，可能是南方人的原因，王长健最喜欢收藏江南四大才子的书画作品，唐伯虎、文征明、周文宾、祝允明这四大才子的书法作品王家都有，唐伯虎、文征明、周文宾的绘画作品王家也有，独独缺少一幅祝允明的绘画作品。

四大才子好比一桌麻将，三缺一不是个事儿啊！如果是平常人家，缺就缺了，但王家是有钱人家，这种机会他们怎么可能放过？所以，祝允明的《指点江山》肯定不会流拍，唐风才敢大着胆子叫出五千八百万元。

“189 号买家出到五千八百万,五千八百万一次……两次……”拍卖师的“声声慢”再度上演。任望祖仔细想了想，最后摆了摆手，放弃了竞争。

“砰！”拍卖师的拍卖槌重重地落下，成交!

休息一会儿，接下来几件拍品的拍卖过程显得有些平淡，半个多小时之后，祝允明的《指点江山》被推上了拍台。

拍卖师一番渲染，接着说道：“明祝允明水墨山水画《指点江山》，保老保真，底价五百万，随赠国家历史博物馆鉴定证书，无最低增幅，现在起拍。”

此画一出场，参与竞价的人有很多，这些人争先恐后地举牌，弄得拍卖师很狼狈，前面的报价才喊出口，实际报价就走远了几条街了。

“71 号买家出到六百六十万，还有没有更高的？六百六十万一次，哦，那边的 93 号买家出到六百八十万……七百八十万……八百五十万……”

这时，唐风期盼的一幕出现了，董民权对这幅画感兴趣，他的委托者——委托席的 001 号买家参与了竞争，一千万元。

此刻的任望祖已经退场，这老头儿对唐风的印象不错，算是放了唐风一马，不然，唐风是无论如何也拿不下来的。而现在的唐风却在期盼这幅画能够再创新高，好歹也要缓解一下自己的资金压力。

001 号买家出价之后，遇到了零星的阻击，底价很快被他提升到一千二百万元，国内的其他买家最终还是没能跟进。这时候，王子为出场，他面无表情地举起了手中的竞价牌，一千五百万元。

拍卖师还没来得及说话，委托席那边就报出了一千八百万元。王子为并不意外，报价两千万元。001号买家很快意识到自己碰上了强劲对手，他一边放缓增幅一边打电话询问雇主意见，此时的报价已经提高到两千七百万元。

打完电话，001号买家大幅度提高报价，三千五百万元，这一次，冷峻的王子为有些坐不住了，不是出不起钱，而是这个价钱超过了他的预期，他在修改完报价之后，再度举起竞价牌，三千五百万元。001号买家也不含糊，随即报价三千七百万元。王子为避讳“三八”，直接报价三千九百万元。这可能也是董民权的心理价位，001号最终放弃了竞争，毕竟是古董商人，他要考虑投资回报。

最终，温州王家的四大才子凑齐了一桌麻将，成交价定格为三千九百万元，除去昂贵的委托佣金五百七十万元，唐风实际获取了三千三百三十万元。

如果不是因为柳月，唐风真要问候朱家上下了，两笔交易总计七千二百一十六万元，光卖方佣金就接近一千一百万元，加上欠下的六百六十万元，唐风只能拿到五百五十来万元。除此之外，他还得付给朱记拍卖行买方佣金五百八十万元。

如此，唐风成功拿下了苏东坡手稿，并还清了近债，杂七杂八地算下来，自己只剩下一百五十万元。还有五个多月时间，他还得想办法还上一千四百万元的远债，不然，中国石的店面就是银行的了。

一番告别，唐风让陈彦把刘书南的那一千万元还给他，自己拿着苏东坡的手稿坐上了林沐雨的车。回家的路上，林沐雨问唐风：“你的目标已经实现，为什么我看不到你的兴奋呢？”

唐风长长地叹了一口气，说：“真正的开心不是流于表面的，沐雨，我爱你！”

“你刚才说什么？”林沐雨望向唐风。

“真正的开心不是流于表面的。”

“后面那一句。”

唐风嘿嘿一笑：“我不记得了。”

“喂，你第一次说这种话就忘得这么快，以后谁敢相信你。”

“开车呢，要注意安全，警察叔叔告诫乘客，不要跟司机聊天。”

“哼，回家再跟你算账。”林沐雨开始专注开车，唐风则望向车窗外。夜的都市容易让人迷失，灯火辉煌的浮华耀眼，灯红酒绿的虚假浪漫，万家灯火的人世百态，不知道从什么开始，人们越来越厌倦现代都市。但我们的主角不一样，他开始喜欢都市的生活，正是都市，让他感觉到了生命中最需要的刺激和变化。如正气砚和苏东坡手稿那般，得而复失的感觉当然难受，但正因为这种难受，才会有失而复得的格外惊喜。最精彩的地方在于，他重新得到的，再不是以前的正气砚和苏东坡手稿，因为他会以全新的态度去珍惜和看待它。这种改变让唐风懂得了更多，就连以前看起来再平常不过的事物，也有了崭新的意义，所以，从小在乡下长大的他才说出了“我爱你”这样的肉麻话。

车窗外，秋风吹过，无名的花结出了无名的果，它们都成熟了，唐风呢？

回到家，唐风很高兴地拿出那方正气砚，对林沐雨说：“该练字啦，看看这方砚台会给你带来怎样的感受。”

林沐雨看过电视，知道那是正气砚，她饶有兴趣地点头说：“嗯，让我试试，但愿我的手不会发抖。”古玩是一种传承，它凝结了先辈的文化，时至今日，我们仍能感觉到它生生不息的脉搏。

林沐雨拿出笔墨纸，唐风帮她磨墨，林沐雨在纸上写下了“风雨无阻，走向幸福”八个大字。字算不上好，却是凝结于心的箴言，越拥有就越害怕失去，唐风和林沐雨，真的会无阻吗？

正气砚应该是长九寸、宽七寸，而现在的正气砚宽七寸，长度不及六寸，少了三寸；谢枋得的正楷铭文、文天祥的草书篆刻、吴鲁第四子吴忠善加镌的“守砚斋”三个字都在那三寸上了。

林沐雨问：“刻有铭文的另外三寸还找得到吗？”

唐风点头说：“据博物馆的那位爷爷说，这方砚台是断成两截的，剩下的半截虽然不知所踪，但我相信，一定还在国内。”

唐风的判断很有道理，剩下的半截其实很微妙，因为是断去的半截，它顶多只是一块普通端石。而那块端石又有铭文，谁拿到手都不大可能把它扔掉，只要还在国内，就不大可能找不到，唐风估计是被吴家的人偷偷藏起来了，那样更容易找到。

唐风指着这方正气砚的边缘，说："二次打磨加工这方端砚的人是个高手，很大程度上保留了断裂时的原貌，只要另外一半保存完好，复原不是不可能。"

"嗯，"林沐雨肯定地点了点头，"那样最好。"

唐风摸了摸鼻子，说："说起来是挺容易，真要做起来又要费上一番周折。生活啊，就是不断制造麻烦不断解决麻烦的过程，折腾。"

"对了，唐风，"林沐雨说，"我有一本正经的事情跟你说。"

唐风笑着问："什么事儿啊？马上我们就该一本正经了。"

林沐雨说："明天你去买个保险柜，我走了，东西放在家里不安全。"

"嗯，是要买个……等等，你说……你要走了？"唐风地问，"你要上哪儿去啊？"

林沐雨抱歉地走到唐风面前，她拉起唐风的手摇晃着说："对不起啊！本来早就想告诉你的，但我怕影响到你的状态。你去赌石的时候，我妈妈打电话过来，说家里有事情，要我回去一趟。我也好久没有回去过了，很想回家看看。唐风，你不会生气吧？"

"当然会生气，"唐风笑了笑，说，"你回家都不带上我。"

"不是不带，这一去就是十来天，我是怕影响你的事业。再说，你的事情他们还不知道呢！你得给我时间。"

第四卷

避开锋芒　开拓新市场

唐风去新疆为中国石采购原料，参与了和田玉的赌石，其间接到林沐雨的电话，于是飞到扬州见林沐雨的家长。在扬州的古玩市场上，唐风偶然发现一枚清代玉玺，老板认为是仿品，因为故宫博物院里藏有真品，这个看法正合唐风心意，捡了个漏。

和田机遇

唐风看着林沐雨的脸，问道：“那你什么时候能回来？”

“十天就回来。”林沐雨踮起脚尖在唐风嘴上亲了一口，“怎么，舍不得啦？”

“哎，舍不得又能怎么样？”唐风笑着说，“沐雨先是妈妈的女儿，再是唐风的沐雨，我怎么也不能跟她老人家抢吧？”

林沐雨微笑着点头道：“你能这么想就好啦！对了，你什么时候去新疆选购和田玉呢？”

“我本来想好好陪你几天的，你要回去，那我只能提前去了。我们都要记得，早点回家。”

“好，争取比你早回来。”林沐雨说。

第二天下午，唐风去商场买保险柜，运回家之后将元青花香炉、正气砚还有苏东坡手稿全放了进去。完事之后，他不禁摇了摇头，这还玩什么收藏啊？东西不是拿来赏的，而是放保险柜藏的。

一会儿，林沐雨回来了，她说：“机票已经订好了，你到乌鲁木齐，我到扬州。”

唐风问：“谁先起飞？”

“我是支线你是主线，你比我先走，后天中午我送你。”

唐风点了点头，说：“那就这样吧！我要去店里看看。”

“你去吧！”林沐雨说，“那边冷，我帮你准备准备。”

唐风一路来到中国石，陈彦在店里，刘书南也在，三个人一起坐在办公室聊天。寒暄之后，唐风说到自己要去新疆选购和田玉和昆仑玉的正题，刘书南闻言之后点了点头，说：“说句老实话，你在古玩方面的能力我并不服你，我倒是很佩服你的心态。”

陈彦对刘书南说：“古玩方面你还有什么不服的，你给我去弄一个元青花回来看看。说到心态，我觉得这是唐风的弱项。”

刘书南说：“唐风在古玩方面的能力是天分，和我们没什么可比性。”

唐风摇了摇头，说：“这不是天分，而是痛苦的积累过程。”唐风这十多年来就没干过其他事，全摊在古玩上了，个中的艰辛不是一般人所能理解和承受的。

刘书南说：“我说的天分指的是悟性和灵性，你学十几年就能成大器，换了其他人，学几十年也没有用。江源学的东西不比你少，如果他把放在古玩上的精力用在龙宝公司的经营上，杨程明根本不是对手。”

唐风说：“问题是，杨程明也精通古玩啊！”

“这不就结了吗？”刘书南说，“说明杨程明在古玩上面比他有悟性。术业有专攻，不行就不要勉强，我赌石不行，我就不沾那一块儿。你跟我不一样啊，你赌翡翠原石行，但你没有沉迷，这就是心态，李老四输就输在这心态上。”

唐风问：“你认识李老四？”

刘书南说：“认识好几年了，哎，那家伙才真是成也赌石，败也赌石，他依靠赌石方面的能力成功拯救了一家濒临倒闭的国营玉器加工厂。但是，这个厂子太不稳定，过于依赖他的个人能力，他赌赢了，厂子就兴旺，他赌输了，厂子就难过。”

陈彦点头说：“企业要发展，就不能太依赖个人能力，尤其是不靠谱儿的赌石能力。”

刘书南说：“所以说唐风的心态好，换了其他人，肯定就陷在翡翠原石里头了，现在去做和田玉和昆仑玉才是企业行为。”

翡翠是硬玉的代表，和田玉是软玉的代表，和田玉的产地位于昆仑山脉北坡，西起喀什地区塔什库尔干县之东的安大力塔格及阿拉孜山，中经和田地区南部的桑株塔格、铁克里克塔格、柳什塔格，东至且末县南阿尔金山北翼的肃拉穆宁塔格一线，共有九个产地，绵延一千一百公里。

和田玉的生成原因比较复杂，它夹生于海拔三千五百米至五千米的山岩中，经长期风化剥解成大小不等的碎块，因自然重力崩落下山坡，再经雨水冲刷流入河中，在秋季河水干涸时，在河床中采集的玉块毛料称为籽玉，在岩层中直接开采的称为山料。次生的籽玉质量远远高于山料，价格也比山料贵很多。

和田玉目前的价格走势两极分化严重，最高档的一级白玉籽料价格不断攀升，从 2000 年的每公斤一万元上涨到 2007 年的每公斤一百万元。进入 2008 年，受金融危机的影响，中低档和田玉毛料的价格大幅下跌，只有一级白玉籽料的价格一直坚挺，冲破了每公斤一百五十万元大关。

唐风选择和田玉和昆仑玉作为进军宝业的切入点无疑是正确的选择，趁着中低档和田玉毛料价格回落、昆仑玉价格还未进入高位的机遇开拓市场，成功率将会大大提高。这样做还有一个好处，可以避开龙宝公司和汉唐宝业的锋芒，赢得发展壮大的时间和空间，做大做强之后，才有跟这两大珠宝企业竞争的资本。

陈彦点了点头，说："听书南这么一说，好像也有点道理，现在做翡翠确实不够明智，就凭我们现在这点资本，真不是他们的对手。"

唐风却对另外一件事情感兴趣，他问刘书南："这么说，李老四还是国企的干部啰，他的厂在哪里？"

刘书南说："就在新疆和田。他本来是做软玉的，因为囤积原料太多，碰上金融危机，中低档软玉成品价格下跌，亏了一大笔。没办法，他只好去开拓硬玉市场，那玩意儿有国际市场，价值波动不大。这事儿说来玄乎，开始他小心谨慎，赢多输少，小发了一笔，这本来是好事，但他偏偏脑子发热，加大投入，结果走了背字儿，就再也没拉回来，陷进去了，恶性循环，越亏越惨。他昨天还打电话向我诉苦呢，说正准备转手西北几个门店。这宝业公司啊，来得快去得快，到转手门店这个程度，离倒闭也就不远了。"

赌石其实就是赌博，赢了还想赢，输了想翻本，李老四是越陷越深，难以自拔了。

陈彦突然问："这么说，他要准备回乌鲁木齐了？"

"知道你在想什么，"刘书南说，"他现在自身难保，帮不上唐风什么忙的，再说，唐风也不需要他的帮忙。"

唐风点头说："说得对，求人不如求己。"

陈彦说道："你一个人到大西北，没个照应怎么行？"

唐风哈哈一笑，说：“你操这个心干什么，我又不是三岁小孩。”

三人又闲聊了一阵子，刘书南告辞离开。他走后，陈彦拿出一张一百五十万元的支票交给唐风，说：“店里开张以来的营业款都在这里了，你拿去吧！”

唐风说道：“我这儿还有一百五十万，够了。”

“一家人，你就不要跟我说两家话了。”陈彦说，“多准备一点，万一碰上好东西，没钱买就亏大了。”

“那行。”唐风也不再推辞，收起了支票。一会儿，林沐雨打电话让唐风回家吃饭，唐风告辞离开。回到家，林沐雨就拉着唐风试穿她给他买的冬装，有个女人在到底不一样，这些事情都不用操心。

时间过得很快，第三天，陈彦和林沐雨将唐风送上班机，傍晚，唐风抵达乌鲁木齐地窝堡机场。在机场留宿一夜后，唐风转机抵达和田。出机场的时候倒没怎么感觉到冷，乘车到达和田市区的时候，唐风一连打了好几个寒战，这真是会冻死人的鬼天气。

加买路和田玉交易市场是目前和田市最大的和田籽玉、山料交易市场，唐风赶到这里的时候才知道这里每周只开市两天，分别是星期五、星期日，而今天刚好是星期一。唐风暗骂自己糊涂，先前没做好准备工作，没办法，就只能等了，谁让他自己没那个资本去买明料，只能赌石呢！

百般无聊的唐风在酒店一住就是四天，第四天晚上，一个陌生号码打来电话，唐风接听电话，是李老四。李老四没什么废话，直接就问了唐风现在的地址，唐风无奈，只好报上地址。电话没挂多久，李老四就抵达酒店。

两人见面，互相握手，李老四说：“小唐，你这就太不够朋友了，到了我这个地方都不打声招呼，要不是我刚好有事给刘书南打电话，顺便提起了你，我还真不知道你到和田来了。”

唐风呵呵一笑，说：“我真不知道你在这里。”

两人交谈片刻，李老四问：“你蹲在酒店干什么？”

唐风说：“等加买路和田玉交易市场开始啊！”

“嗨，”李老四说，“你这是白等，那个市场就没好东西，你早点通知我就好了。”

唐风问：“这么说，还有更大的市场？”

李老四说：“那玩意儿是要到桑株塔格乡下去收的，那里才有好东西，而且，那边还可以收到古玩。”

和田出玉

唐风现在终于知道什么叫人生地不熟了，他问李老四：“不是说开市的时候很热闹吗？”

李老四跟唐风解释，现在交易市场上的和田玉籽料基本上都是假冒的，假冒和田玉籽料的品相比真正的和田玉籽料还要好，而且价格也低于真正的和田玉籽料。真东西卖不出去，久而久之，交易市场就成了假冒伪劣原石的天下。这就是和田玉版本的劣币驱逐良币了。

李老四接着说：“小唐你放心，只要有我在，和田就是你的家，明天早上我来接你，我们一起去桑株塔格乡。”

“那……那就多谢了。”李老四来得正是时候，唐风真得好好谢谢他。李老四说：“你就别跟我客气了，下次赌翡翠原石的时候照顾一二就是了。”

唐风问：“你怎么不接着做和田玉呢？”

李老四摇了摇头，说：“今年中低档和田玉的跌幅已经达到了百分之三十，不生产不亏，一生产大亏，还不如直接卖原料呢！我们已经打算好了，缩短战线，把销售这一块全扔出去，专事玉料加工，自己的货源不足就外接业务。”

唐风心中暗自摇头，这可能是国企的通病，效益好的时候盲目扩张，一旦效益下滑，这些扩张成果就成了烂摊子，李老四的厂子怕是很难恢复元气了。

一番交谈，李老四告辞离开，唐风早早上床睡觉，准备明天的行程。

第二天上午，李老四打来了电话，已经准备好足够现金的唐风走出酒店。李老四开的是一辆长城皮卡。唐风坐上车，车上还有一个人，这个人四十多岁，国字脸、浓眉大眼、双目有神，显得很干练。通过李老四的介绍，唐风知道这是李老四厂的技术员，名叫杜纪元，毕业于中国地质大学，分配到厂里已经二十年。三人有说有笑，一路赶往桑株塔格乡。

玉龙喀什河起源于昆仑山主峰，流入塔里木盆地后，与喀拉喀什河汇成和田河，河流长三百二十五公里，有不少支流，流域面积一万四千五百平方公里。这条河盛产白田玉、青田玉和墨田玉，自古以来就是出产和田玉的主要河流，和田玉山料就产自玉龙喀什河源头的冰山，滚入玉龙喀什河的山料就形成了和田籽玉，而桑株塔格乡就处于这条河的中游。说起来，和田籽玉的形成跟田黄石有异曲同工之妙，由于新疆地区多季节河，和田籽玉多经半年水浸、半年冻土掩埋，如此往复，数千万年之后才形成了它独具特色的魅力。

在荒凉中一路颠簸，长城皮卡抵达桑株塔格乡，一个很落后的乡镇，李老四将车停在一个院落前，说："也就是去年吧，这里的山料和籽玉交易非常火爆，当地的捡玉人都是在这里等待客商上门的。"

和田籽玉是没有坑的，就浅埋在河床上，所以叫捡玉。不要以为和田籽玉随手可以捡到，捡玉人只能徒步在这一万四千多平方公里的范围内进行寻找，一出门就是十几天甚至好几个月。从春秋时期到现代，一代又一代的捡玉人就在整个玉龙喀什河流域反复穿越，寻找真玉。

当一块美玉佩戴在你身上的时候，你可曾知道，它记载了怎样的沧海桑田、岁月变迁？

三个人下车走进院落，一个维吾尔族老人出来打招呼，看到李老四，他用生涩的汉语说道："李厂长，一年没见了。"

李老四跟他寒暄几句，切入正题："最近生意怎么样？"

"年景不好，收成少，高档明料走俏，中低档货和赌石滞销。"老人接着问，"你们是来'赌肉'的吧？"

说到赌石，很多人首先想到的是翡翠原石，其实最早的赌石赌的是玉璞。赌石在中国可谓历史悠久，历史上最著名的一块赌石就是"和氏璧"。相传在两千年前的楚国，有一个叫卞和的人，他发现了一块玉璞。先后拿出来献给楚国的二位国君，国君以为受骗而先后砍去了他的双腿。卞和无腿走不了，他抱着玉璞在楚山上哭了三天三夜。后来楚文王知道了，他派人拿来了玉璞并请玉工剖开了它。结果得到了一块宝石级的玉石，这块宝石被命名为“和氏璧”。后来这块宝石被赵惠王所拥有，秦昭王答应用十五座城池来换这块宝石，这可能就是“价值连城”的典故了。

和翡翠不一样，并不是所有的和田玉都需要赌的，因为有一部分和田玉籽料是没有皮壳的，发掘出来就是明料。只有带皮壳的和田玉籽料才需要赌，和田玉的“赌石”被当地人称为“赌肉”。和田玉籽料一般分为三层，最外层是风化的外壳，称为皮，由于所埋地点不同，皮质也不同。外层内有一层肉皮，又叫雾，或者糊。内皮里就是玉的本质，俗称“肉”。交易双方需要赌的，就是风化皮内包裹的“肉”。

李老四点头说道：“我们就是来‘赌肉’的。”

老人笑着道：“你们来得正是时候，都在里面了，进去看看吧！”

唐风随着他们走进里屋，里屋的中间有一张大桌子，上面摆满了各色和田玉赌石，周围坐着几个老人，汉族、藏族、维吾尔族都有。李老四说：“他们都是捡玉人的家人，专门负责销售。”

老人说：“你们随便挑，挑好了再谈价钱。”

杜纪元说：“这些山民都很纯朴，都是根据相玉经验来开价，不会乱来的。”

大的总是显眼，唐风第一眼就看中了那块最大的籽料。这块籽料上面的标签很有趣，字迹歪歪斜斜的，上面写着：吉穆翰家的和田玉山流水籽料，重一百零五公斤。山流水籽料介乎于籽料和山料之间，赌性最大。这块籽料呈椭圆形，线条流畅，表面粗糙，看上去跟普通石头毫无区别，黄褐色石皮，没有一星半点儿的玉料痕迹。

李老四拿出放大镜仔细看了看，说：“肯定是活皮，但这块赌石的难度大了点，有没有玉很难说，你自己看看吧！”真正的山流水籽料在河水中历经千万年的水流冲刷磨砺，在有裂隙的地方会自然受沁，颜色由浅入深，过渡自然，这就是活皮。在赌石的鉴定中，“颜色过渡”是关键词，一切都源于自然，这就好像一棵树的树叶，不可能在一夜之间全部变黄。

唐风从李老四手中接过放大镜，看了半天也没有新的发现，这就是和田玉赌石和翡翠赌石的区别了。翡翠赌石还可以从癣斑、蟒带和松花等外部特征进行判断，这块和田玉赌石完全无迹可寻，人知道这是一块赌石，有没有玉只有天知道，赌石的运气就像搓麻将的手气，三分人为七分天成。

对这块赌石唐风不敢急于下结论，他开始观察旁边一块籽料，这也是吉穆翰家的。这块籽料的石皮是褐色的次生石皮，已经接近半明料，重约一公斤，通体扁平，石皮薄而细腻。从放大镜中可以清晰地看到遍布石身表面的无数细细密密的小孔，这种特征俗称汗毛孔，是鉴别真假籽料的重要依据。古人说玉是通灵之物，能吸天地灵气、日月光华、人之元气，这种说法很夸张，但也有一定的道理，因为玉有汗毛孔，会吸取人体的汗液，佩戴久了就会自然受沁，从这个角度上来说，佩玉是要比穿金戴银有内涵、上档次。

当然，有无汗毛孔只能作为辨别籽料真假的依据，有没有玉只有擦出来才知道。唐风现在需要注意的是，这块籽料有没有被开过，因为它的石皮很薄，只有几毫米，这就像即刮即开的奖券，如果那层薄膜已经被揭开，奖券就失去了意义。

唐风在确定这块籽料没有被开过之后，问维吾尔族老人道："这块籽料什么价钱？"

老人对另一位老人说道："吉穆翰，有人问价了。"

吉穆翰手拿一块红布走向唐风，这里的讨价还价还保留着千年前的习俗，过程非常有趣。维吾尔族老人接过吉穆翰手中的红布，盖住他的双手，唐风要伸手进去摸他的手势。吉穆翰说："十万为单位。"

唐风遵照老传统，伸手去摸他的手，这位老人左手为五，右手为三，出价八十万元。唐风将他左手的五推回去，只保留右手的三，老人右手变三为五，说："最少要这么多。"

唐风将他的大拇指按回去，还价四十万元，说："最多给这么多。"

老人想了想，缩回其余四跟手指翘起了大拇指，成交！

接着，两人到里屋完成交易，交易价格是保密的，其他人都不知道。唐风拿着这块半明料问李老四道："能不能现场擦皮？"

李老四说："没问题。"他转对维吾尔族老人说："我们要现场解玉。"

维吾尔族老人指着墙角边的简易打磨机说："你们随便用吧！"

唐风是醉翁之意不在酒，通过他的判断，他认为那块山流水籽料和这块半明料的生成年代相近，又出自同一家人之手，一家人相玉的眼光和经验总有相似之处，这两块赌石之间有可能存在内在联系。

和田玉籽料跟翡翠赌石还有一个很大的区别，百分之九十以上的和田玉是单色玉，很少有杂色玉出现，不出料则以，一出料就是整体，不会出现翡翠赌石的靠皮绿现象。这样的籽料只有一层薄薄的肉皮，就不能用砂轮这样的粗器来擦皮，只能用转轮上围着一圈硬布的打磨机进行抛光打磨。虽然落后，好歹也是乡政府所在地，电源还是有的，很快，这块籽料就被固定在打磨器下方，轻快的打磨声响起，结果很快就会出来。

李老四掏出一包“兰州”发了一圈，他一边抽烟一边对唐风说道：“如果能出羊脂玉，你就赚大了。”

“哈哈，”唐风笑着说，“不敢奢望，能出田碧玉就不错了。”

田黄以黄为上，翡翠以绿为上，田玉则以白为上。最好的田玉是白田玉，其次是青田玉，再次是田黄玉，之后是双色糖田玉，最后是田墨玉和田碧玉。这其中，价值最高的是白田玉中的羊脂玉；田黄玉中，色度浓重的蜜蜡黄和栗色黄也很值钱，这个跟中国的传统有关，黄色毕竟是皇室专用色。

唐风一边说话一边在观察和田玉籽料的状况，肉皮已经被打去一大块，露出了里面的肉，唐风关掉电源，取出田玉籽料。三个人一起凑上前观看。出人意料的是，其他人对此都不感兴趣，按照维吾尔族的习俗，卖出去的籽料就是泼出去的水，跟自己就再无关系。

三人看过之后一起摇头，肉倒是淡黄色的，光泽很不错，看着像玉，其实只是抛光之后的石头。这一边的结果并没有影响唐风的心情，他将这块扁平的籽料翻了个身，开始打磨另外一边，如果这一边也没有玉，这块籽料就赌垮了。这是小块和田玉籽料最刺激的地方，跟奖券差不多，刮开薄膜，对照兑奖表，什么都清楚了。

一会儿，另一边的打磨完成，李老四眼尖，他立即说道：“出玉了。”他好歹也是相玉高手，一眼就能分辨出是石是玉。

唐风关掉电源，取出还有些烫手的籽料，确定是鸡蛋黄田玉，但却没有赌涨，上面有一条长长的黑色玉筋，周围还伴有些许黑斑和黑点。这条玉筋很深，颜色由深入浅，玉内显现出清晰的层次感。通过玉筋可以看出，这块籽料的含玉量深厚，能取出两块不错的料。没有浑然天成就只能大致估价，差不多四十万元，它的真正价值还有待陈彦的后期加工。

唐风当机立断，决定买下那块山流水籽料。他转身问吉穆翰道：“那块山流水籽料什么价钱？”

吉穆翰却答非所问地说：“小伙子，我这里有一块羊脂玉明料，你要不要？”

扬州有约

靠山吃山靠水吃水，玉龙喀什河中游的很多山民世代捡玉，他们的眼光还是值得信赖的，说是羊脂玉明料就不会有错。

如果真是羊脂玉，价钱就大了，极品羊脂玉每克上万不足为奇，唐风对这种明料并不感兴趣。李老四却趋之若鹜，他马上说：“拿出来看看。”

吉穆翰走到唐风他们这边，从口袋里掏出一块接近心形的羊脂玉籽料放在手心里让他们观察。唐风顺眼望去，这块羊脂玉籽料很小，一百五十克的样子，整块籽料洁白无瑕、莹透温润、如同凝脂；在日光灯下显现出纯白半透明的色泽并隐有朦胧感，一眼货，确实是羊脂玉无疑。羊脂玉虽然也属于田白玉，但标准却比普通白田玉高很多。无论什么档次、等级的普通田白玉，在白色日光灯下都带有深浅不一的微黄色，只要有一丝杂色，就不能称之为羊脂玉。

唐风望向李老四，问道：“你有没有兴趣？”

李老四摇了摇头，说：“这种浑然天成的羊脂玉成本太高，毫无附加值可言，不适合投资。而且，羊脂玉的价格已经接近顶峰，也不适合收藏。”

唐风说：“只要价钱不是太离谱儿，我倒很感兴趣。”唐风准备把它送给林沐雨，自从认识她以来，他还没有送过她礼物，文房四宝她没有要。唐风问吉穆翰：“这怎么卖的？”

吉穆翰这次并没有拿出红布，他向唐风伸出一根手指，说：“我儿子有交代，这个需要一个整数。”偏僻山区的人却也懂市场行情，这个价钱相当于实价。

唐风还是采用老办法，他问吉穆翰道：“那块山流水籽料呢？”不管是出于自己的判断也好，心理暗示也罢，唐风都觉得那块重一百多公斤的山流水籽料很有可能出好料。

吉穆翰说：“刚才的两倍。”

一个整数就是一百万元，两倍就是两百万元，对方的开价明显偏高，简直就是把山流水赌料当和田玉半明料卖。唐风伸出两根手指，说：“那一块是我准备送给我女朋友的，不跟你讲价，两块这个数，怎么样？不然就只好算了。”唐风说是不讲价，其实是两块合在一起讲。

吉穆翰坚决不能接受，他伸出五根手指说：“再加这么多。”

唐风再伸出一根手指，说：“最后一个价，只能加这么多。”

吉穆翰摇了摇头，唐风摊了摊手，说：“那就没办法了。”他转头对李老四说：“我们走吧。”

“等一下。”吉穆翰还是不死心，他又伸出一个手指，“你的数字再加一点。”

这老头够顽固的。唐风想想也算了，雪域高原多险情，捡玉需要冒生命危险不说，还有可能几年没有收获，不然人人都来捡玉了。他点头说：“成交！”

付好钱款，唐风身上就只剩下三十万元现金，购买和田玉籽料肯定不够，只能离开，三人一起将东西搬上皮卡。

唐风很想看看这里的古玩，他问李老四：“这里会有什么古玩呢？”

李老四说：“都跟石头有关，你听说过水胆玛瑙……”他话还没有说完，唐风的手机就响了，亏得是在乡里，否则无论如何是没有信号的。

唐风一看来电显示，是林沐雨打来的。他抬手致歉，走到车后接听电话：“沐雨你是不是要回北京了？”

林沐雨很不情愿地说：“我可能回不来了，家里不让我走。”

“不会吧？”唐风说，“他们没道理这么做的。”

林沐雨说："他们怕我嫁不出去，正张罗着给我介绍男朋友呢！"

"沐雨，你说实话，"唐风说，"你不会已经去相过亲了吧？"

林沐雨认真地说："我去了，你会生气吗？"

唐风也很认真地说："不光是你有家，我也有家的，我一样可以去相亲，偶尔吃个饭牵个手什么的，你会开心吗？"

唐风他们家老头子提醒过唐风，让他不要在外面乱找女朋友，说外面找的不稳定之类的。唐风骨子里还是比较保守的，在他跟柳月根本没发生过什么的情况下，他都觉得有点对不起林沐雨。假设，林沐雨因为唐风跟柳月走得很近而针对柳月，甚至如同陈彦老婆般吵吵嚷嚷，结果肯定会适得其反，反而把唐风推向柳月。好在林沐雨是一个有情商、有智商的女子，她很会处理这些事情。

唐风的态度很明确，如果真出现那样的事情，他很难保证自己能够容忍，相信这也是大多数男人的选择。

林沐雨说："开玩笑的啦，我妈妈说要你来我们家接我，他们想见你。我知道你很忙，不想打扰你，但这次，你要给我面子的。"

唐风挠了挠头，不去淘古玩倒不要紧，但他很想在和田市开解这块和田玉籽料。如果赌涨，他打算就地出手，再到这边来赌石。如果要去林沐雨家里的话，他就只能把这块和田玉籽料运回北京了。唐风没怎么想就做了决定，还是立即动身去林沐雨家为好，她的要求并不过分，自己没有理由不放下眼前的事情。"那好吧，我马上就动身去扬州。"

唐风隔着电话都能感觉到林沐雨笑逐颜开的样子，她说："谢谢你，唐风。"

"傻瓜，这有什么好谢的。"唐风跟林沐雨说了几句悄悄话，然后挂掉了电话。他走过到李老四那边，说："麻烦李兄，我现在有急事要去扬州，我们还是先回去吧！"

李老四说："看你说的，这有什么好麻烦的，那就走吧！"

长城皮卡一路颠回和田市，在唐风的要求下，李老四带唐风办理了和田玉籽料的托运手续。之后，李老四把唐风送回酒店，唐风退房取了东西，马不停蹄地赶往机场。和田到乌鲁木齐白天的班机很多，两个小时不到，唐风就要准备登机了，临行前，唐风跟李老四和杜纪元分别握手，说道："谢谢两位的帮忙。"

李老四说："客气什么，过几天我就要去北京，到时候你别嫌麻烦就行。"

"怎么会呢？那就说好了，后会有期。"唐风向他们挥了挥手，转身进入登机通道。

唐风走后，杜纪元对李老四说："厂长，你跟他很熟吗？"

李老四说："你不要小看这个人，他的眼光非常准，说不定以后就是我们厂的大客户。"

杜纪元摇了摇头，说："厂长，你就别操这些心了，上头天天陪着那个台把子在厂里转悠。我看啊，我们厂党委马上都要解散了。"

深夜，唐风抵达扬州的老机场。走出机场，唐风拨通了林沐雨的电话号码，唐风不等她说话，就说："亲爱的沐雨，我现在已经踏上了你的故土。"

林沐雨想不到唐风这么快就到了，她问："真的假的？"

"真的，我现在就在机场，告诉我你们家的地址，我现在就去。"

林沐雨马上说道："你就在机场等我，我马上来接你。"

两人约好见面地点，半个小时后，一辆出租车停在了离唐风很近的地方。

"唐风！"下车之后的林沐雨奔向唐风，小鸟一般扑进他的怀里。唐风紧搂着她，说："你们女人也太容易感动了吧？"

林沐雨将脸埋进唐风的胸口，说："傻瓜，这种感觉是不一样的。"

唐风说："沐雨，你叫来我就来了，到时候你可要跟我回去的。"

林沐雨说："放心啦，很好过关的，去去就可以，我们明天就可以回北京了。"

"时候不还没到吗？这么着急干什么？飞来飞去的，钱都让中国民航赚去了，我要好好陪你几天。"

"好啊！"林沐雨点头说，"我带你去扬州的古玩市场。"

唐风想想也对，最近自己经济紧张，都是因为原始积累不够造成的，大城市的古玩市场日益成熟，捡漏越来越困难，中小城市的古玩市场起步较晚，捡漏的机会多一点。

骗子也是这么想的！

林沐雨轻轻吻了吻唐风的嘴唇，然后在他耳边轻声说：“今晚你住酒店好不好？”

唐风故作奇怪地道：“为什么呢？”

林沐雨说：“这么晚了，我爸妈都睡了，现在吵醒他们不好。而且，我舅舅和表弟也在我们家，家里没有你住的地方。”

“没问题，”唐风说，“沐雨陪我一起住酒店就行。”

“那也不行。”林沐雨娇嗔着说，“唐风，你要为我着想的。”

原来林沐雨也有乖巧的一面，唐风笑着道：“跟你开玩笑的，我们走吧！”

这晚，唐风住进了酒店。第二天上午，林沐雨带着早点走进了他的房间，唐风翻身望向林沐雨，她今天的打扮很不一样，他说：“沐雨今天真漂亮。”

林沐雨把早点递到唐风面前，说：“快起床了，我爸妈已经在准备了，等你去我们家吃中午饭呢！”

唐风盯着林沐雨，说：“我不想吃早点，想吃沐雨。”

“别闹了，”林沐雨说，“你可不能像平常那样大大咧咧的，我爸妈很传统的。”

“我懂的，再传统能有我爷爷传统吗？”话是这么说，真要见林沐雨的父母，唐风多少还是有些紧张，他问，“你爸妈会不会很凶呢？”

林沐雨笑着道：“放心吧，他们不会吃了你的，就是想看看你长什么样儿，有没有缺胳膊少腿，过过眼就成。我看上的，会太差吗？”

正如林沐雨所说，唐风到林家的时候，一家人都很客气，女儿看中的，只要不是太离谱儿，家长都不太会干涉。林沐雨的父母都已经五十出头，她父亲是律师，母亲是教师，双师家庭，难怪会养出林沐雨这样的女儿。他们为人都很和善，而现在的唐风看上去也不像初到北京时那般寒碜。总之一句话，过关！

相比林沐雨的父母，她舅舅显得健谈一些，他四十多岁，好像对古玩颇有研究，还能跟唐风探讨几句，当然，唐风会适当地隐藏。林沐雨的表弟名叫袁卫，只有十七八岁，还是学生，趁着周末专程来看林沐雨的。受父亲的影响，他对古玩也很有兴趣，哥哥前哥哥后的叫个不停，希望能向唐风讨教几招儿。

唐风有选择地谈了一些关于古玩鉴定方面的诀窍，虽然不喜欢社交，但唐风的语言表达能力足够应付这种场面。吃饭喝酒，喝茶聊天，见林沐雨的父母也没什么大不了的，一番烦琐，林沐雨带唐风出去逛古玩市场。求知的欲望战胜了不做电灯泡的思想，袁卫也要跟着一起去，林沐雨不好拒绝，只好带上他。

扬州是历史名城，古代的风光无须多言，如今的扬州也传承了古代的优秀文化传统和深厚历史底蕴。但是，扬州的经济要明显落后于长三角其他沿海城市，整座城市缺乏现代活力。当然，这不影响唐风的观瞻，他们老家比扬州差得远。

半个小时后，三个人抵达扬州最大的古玩市场——天宁寺古玩市场。天宁寺是一座千年古刹，始建于武则天证圣元年，天宁寺古玩市场就坐落在这座佛教文化艺术殿堂的旁边。

天宁寺古玩市场很热闹，和大多数古玩市场一样，这里既有固定的古玩店铺，也有零散的古玩地摊。

林沐雨问唐风："你要不要喝水呢？"

唐风这个时候的注意力已经转移到了一个古玩摊铺上，果然有好东西。听到林沐雨的问话，他随口说道："确实有些渴了。"

"袁卫，我们一起去吧！"林沐雨临走还不忘拉走自己的表弟，女生向外，她不想让袁卫打扰唐风。

奸商与奸客的较量

林沐雨和袁卫走后，唐风走向五米开外一个贩卖古币的摊铺。摊铺介乎于店铺和地摊之间，房租比店铺低，档次比地摊高。这个摊铺当先一个玻璃柜台，柜台里面摆满了各色古钱，站在柜台里面的铺主是一个留小胡子的人。此刻，小胡子老板正在不停地叫卖："哎，过来看看来，南北两宋、金辽西夏的古币有卖，价格优惠啦！”

唐风老远就看见了一枚泰和重宝，这种古币铸造精美，特点非常鲜明，是深受后世藏家珍视和喜爱的一种古币。泰和重宝铸造于泰和四年，也就是公元 1204 年，是我国两宋时期北方金国使用的古币。

铸造泰和重宝的材料、设备、工人都是从北宋那边抢来的，因此泰和重宝的质量极好，这种钱币铜质优良、体态浑厚、制作精美。面文“泰和重宝”四个字为汉字玉筋篆，由当时的文学、书法大家党怀英亲书，字体精纯典雅。

小胡子老板看到唐风过来，忙热情地打招呼：“这位先生一看就是行家，你别看南北两宋、金辽西夏那会儿打得热闹，到我这儿，全消停了。”

唐风明白他的意思，那几个国家的钱他都有，在柜台里边和平共处。

“嘿嘿，我不太懂，随便看看。”唐风笑着摇了摇头，他看完泰和重宝，再一看标价，这家伙的标价就是即时行情，没漏。

这时，唐风看见了几枚泰和通宝。这东西也是泰和四年铸造的，四字钱文为楷书，含瘦金体风韵，制作精美，直读光背。这个“直读”是钱币收藏专用术语，就是按上下右左的顺序念面文，如果是按上右下左顺序念面文，就叫作旋读。

唐风这一看，就看到漏了。古币的价值跟它本身的精美程度无关，跟传世量有关，不同面值的同一种古币发行量和传世量是不一样的。泰和通宝的楷书折二光背的市场行情就要远远低于泰和通宝楷书折三光背，而这个摊铺的折三光背的标价却只有七百块，但它的市场行情则是一万八千元。

唐风指着那几枚泰和通宝问小胡子老板道：“这些都是真的吗？”

“你开什么玩笑，我这里从来就不卖假的。”小胡子一本正经指着身后的牌子对唐风说，“看见没，守合同重信用单位，这可是扬州市工商行政管理局颁发的。你别看我长着小胡子就像坏人，绝对的实诚人。”

唐风怎么可能相信那块鬼牌子，他同时指着那枚折二光背和折三光背，说：“这两枚拿出来给我看看。”

“嘿，先生好眼光。”小胡子说，“折二一千六，折三七百，保老保真。”“折二”也是钱币收藏专用术语，举个例子说，如果一分钱是最低的面值，折二就是两分，折三就是三分，当十就是一毛，跟现在的硬币一样，面值越大体积越大，重量越重。

唐风心里在偷笑，小样儿，搞错了吧，就算你丫是只铁公鸡，我也要拔你几根毛下来，折二一千六百元是对的，折三七百元就大错特错了。小胡子将两枚泰和通宝递给唐风，后者仔细看了看，确实是真的，他问："能不能便宜点？"

听到唐风要讲价，小胡子立马变成了华府门前的周星驰，诉了半天苦，一句话，就是不便宜。

唐风把那两枚泰和通宝放在柜台上推给小胡子，说道："折二一千六太贵，我身上只带了一千三，其他的都在我女朋友身上。你要是诚心卖，六百五一枚，我要两枚。"

唐风不是在乎那五十块钱，而是不想暴露目标。这年头，在古玩市场上不讲价反而会引起对方的怀疑。他说钱不够，是变相地打听数量，反正后面还有林沐雨做铺垫。

"六百五真不行。"小胡子一边将那两枚泰和通宝放回柜台，一边说，"薄利多销倒也罢了，但折三我只有一枚，就只能赚那么一点辛苦钱，你看我这日晒风吹雨淋，大冷天……"

"行，行！"唐风连连摆手，真服这家伙了，每次都是一套一套的，他说，"七百就七百，这枚折三我要了。"

唐风心里暗道自己时运不济，他要能有个百八十枚的，那该多好；但没肉好歹也是一块骨头，得这一枚也算是不虚此行。接着，他就掏出七张红票付给小胡子，小胡子把那枚泰和通宝折三给他；唐风在看货，小胡子在看钱，古玩市场就是这样。

唐风拿过那枚泰和通宝随便看了看，然后望向小胡子，说道："兄弟，这就是你的不对了。"

正在数钱的小胡子莫名其妙地问道："怎么了？"

唐风将那枚泰和通宝往柜台上一扔，说道："这都什么年代了，还玩调包计？"

这种小把戏怎么瞒得了唐风？小胡子给唐风的那枚泰和通宝无论品相、

重量、质地和做旧程度都跟之前的那一枚一模一样，但却是假的。

小胡子一脸秦香莲的委屈样，说道："大哥，你可不能冤枉好人啊！这东西出来进去就没有离开过你的视线，你怎么能……"

"我不跟你废话，把真的给我拿出来。"唐风打断他的话，说，"泰和通宝的'泰'字中间那一横下面的绿锈不对，你作假的时候填得太满了。"在古玩市场上的唐风贼精贼精的，上手的东西过目不忘，上次在贾德旺那边买元青花香炉的时候，明暗分割线挪了半朵菊花他都看得出来，小胡子老板怎么骗得过他？

应该说，小胡子老板的作假还是很逼真的，唐风上手的时候都没怎么注意，最大的破绽就在于，真假铜钱上的绿锈略有区别，而唐风细致到这个程度也是他始料未及的。

小胡子很不情愿地放下手中的钱，把那枚泰和通宝拿在手中看了看，他狡辩道："我怎么知道不是你调我的包呢？"

唐风说："行了，这出戏已经演砸了，你就别再浪费表情了。"

小胡子收起铜钱，将还没有捂热的七百块钱推给唐风，说道："你也别说了，我真没换过。既然你不要，这生意我们就不做了。"

"你还装委屈？这枚铜钱跟刚才那枚绝对有不一样的地方，你要没换过，能老老实实地退钱给我？"唐风说，"你少给我来这一套，把刚才那枚给我拿出来。"

"嘿嘿，就知道你是行家，瞒不过你。"小胡子赔着笑脸说，"你是行里人，那你也该知道我做的什么买卖，我要把那枚真的给了你，我不就亏大了？亏了不要紧，你让我以后怎么办呢？"

"啊？你还要拿去骗人？"唐风问他道。

小胡子还是满脸堆笑地对唐风说："咱这一行都不容易，我这也是一时鬼迷心窍，下次不会了，您是知道行情的。"他说完话，又从自己身上掏了一百块钱放在唐风给他的钱上，"真对不住你。"

唐风把他那一百块钱还给他，说道："算了吧，我拿回我自己的就行了。我说兄弟啊，多积点德，午夜梦回的时候心里会踏实一点。"

唐风拿着自己的钱刚一走远，小胡子就狠狠地吐了一口唾沫："呸，跟老子玩，你还嫩了点。”

唐风转过街角，还没有走到林沐雨他们买东西的那家便利店，林沐雨和袁卫就走了出来。林沐雨递给唐风一瓶水，问他道：“怎么样？”

唐风摇着头说：“别提了。”接着，他把自己刚才的遭遇对两人说了一遍。

袁卫说：“我爸爸也上过这种当，他买的那枚假币现在就在我身上，在这里卖铜钱的全是骗子，都是一伙的。”

林沐雨问袁卫：“那舅舅就没去找他们吗？”

唐风说：“事情都已经过去了，无凭无据的，人家不承认，谁也没办法。”

袁卫说：“唐风大哥已经算是很厉害了，我爸爸的一个朋友发现了破绽还上了当呢！”

林沐雨问袁卫：“发现了破绽还上当？”

袁卫说：“人家也很实在，被拆穿之后马上赔着笑脸退货，还付了他一百块损失费，结果，姐姐你猜怎么了？”

“小鬼，卖什么关子。”林沐雨很想凶，却总是忍俊不禁。

袁卫说：“人家退给他的都是假币。”

“唐风啊！”林沐雨提醒唐风道，“他刚才把钱退给你了，你有没有看钱的真假？”

“啊？”不用林沐雨提醒，唐风已经觉察到了不对，他摸出小胡子退还给他的七百块看了看，最外面的那张是真的，里面的六张全是假币。唐风心中一阵怒骂，这该死的，防不胜防啊！自己在看铜钱的真假，那家伙却已经在做被识破之后的准备。虽然被骗的钱不算很多，但唐风依然很郁闷，他从街角探出头，远远地望向刚才让自己上当的那个摊铺，却不见了小胡子的影子，换成了一个大胡子。这帮人真会打游击，还知道打一枪换一个地方。

唐风喝了一口水，问袁卫：“你刚才说，你身上就有一枚假铜钱？”

“对啊！”袁卫从兜里摸出一枚系着红绳的铜钱说，“这东西看起来很不错，我就揣身上了。”

唐风从袁卫手中接过这枚假铜钱，仔细看了看，这枚铜钱也是泰和通宝，跟刚才小胡子给自己看的那枚真泰和通宝一模一样，不仔细看根本看不出来。唐风对袁卫说：“你把这枚铜钱给我，我去给你换一枚真的回来。”

林沐雨拉着唐风的衣袖，说：“唐风，你们不要多事。”

唐风说：“没事，被发现了他们也拿我没办法。”他对袁卫说：“我们俩换一换外套。”

现在的高中生个子都挺高，袁卫的蓝色外套给唐风穿正合身，唐风按照自己的记忆将假铜钱拿在手上把绿锈捣鼓了一番，很快，一枚更为逼真的铜钱新鲜出炉。

唐风说：“你们别过来，我去去就回来。”前有偷梁换柱，后有鱼目混珠，奸商与奸客，看谁更厉害。

奸客胜奸商

行骗成功，小胡子知道此地不宜久留，换来了大胡子看摊铺。临走的时候，小胡子不忘跟大胡子交代一番，要是有个身穿黑色外套的年轻人找上门来，千万要小心应付，一问三不知，打死不承认。唐风被骗只有这一次，大小胡子行骗当然不止一次，他们早就准备好了一系列应对方案。

这时候，唐风来到大胡子面前。唐风和刚才一样，问了问价钱，让大胡子拿几枚铜钱出来让他过目。大胡子也很小心，一次性拿出来的铜钱不会超过三枚。

唐风指着手中一枚价钱比较便宜的永安五铢背土铜钱对大胡子说：“嗯，这枚不错，吉利，我要了，什么价钱？”

一番讨价还价，这枚铜钱最终以两百八十块的价格成交。唐风在掏钱的时候，“意外”地发现了那枚泰和通宝，他把其余两枚铜钱退还给大胡子，说：“把这两枚泰和通宝拿出来给我看看。”

大胡子取出这两枚泰和通宝交给唐风，唐风把那枚永安五铢交还给大胡子，说道：“你们这里有红绳吗？”有传说古钱能够斩鬼驱邪，市面上也有不做流通、专供佩戴的花钱，因此，佩戴古钱不算是新鲜事，大凡卖古钱的地方都会赠送红绳。

大胡子正愁找不到机会下手以假换真，看到唐风送上门来，连忙说道：“有，当然有，我给你系上。”接下来的事情变得简单，大胡子成功调包，这边的唐风也如法炮制，各怀鬼胎的两人同时暗自高兴。大胡子不动声色地将系好红绳的永安五铢交给唐风，唐风也神情自若把那两枚泰和通宝还给大胡子，并说道：“先要这一枚，回去找人看看真假再说。”

大胡子已经小赚一笔，说：“你放心，我们这里是不会有假货的。”在说话的同时，大胡子也没有忘记辨认两枚泰和通宝的真假。由于仿真程度很高，又被唐风在绿锈上动过手脚，加之唐风适时付账转移了大胡子的注意力，他也想不到唐风会以其人之道还治其人之身，诸多原因之下，大胡子并没有发觉那枚泰和通宝楷书折三光背有异，他找给唐风二十块钱，后者转身离开，交易结束。

唐风转过街角回到林沐雨这边，袁卫马上问：“怎么样了？”

唐风拿出那枚真正的泰和通宝，摊在手心里对袁卫说：“成功。”

袁卫仔细看了看，说：“这枚和先前那枚也没什么区别嘛！”

“回去让你爸爸好好看看吧！”唐风将泰和通宝放在袁卫的手上，说，“送给你了。”

“姐姐……”袁卫望向林沐雨，既然唐风要送给袁卫，林沐雨也不好阻止，她点了点头。袁卫很高兴地收起泰和通宝，说：“谢谢哥哥姐姐。”

“你呀，”林沐雨轻轻在唐风胳臂上拧了一把，“尽想些鬼主意，我们得马上离开这里了。”

唐风以假换真只是想出一口气，袁卫是林沐雨的表弟，换取真铜钱的假铜钱又是他的，送给袁卫是他早就打算好的。事情已经成功，他没有必要在这里多做停留，唐风说：“我们走吧！”

三人离开天宁寺古玩市场，前往相距不算太远的瘦西湖。提到扬州，不能不说到瘦西湖。如果说扬州是人文荟萃之地，那瘦西湖就是扬州的点睛之笔，唐代著名诗人杜牧有诗云：“青山隐隐水迢迢，秋尽江南草未凋。二十四桥明月夜，玉人何处教吹箫。”二十四桥就是瘦西湖诸多景观中的一景，千古风流，可见一斑。

当然，三人此去的目的并不是观光游览，扬州新兴的古玩市场红园民间收藏古玩工艺品市场就在瘦西湖畔。相比天宁寺古玩市场，红园古玩市场要显得正规一点，这边以古玩商店居多，没有随处可见的地摊。地方正规不代表贩卖的东西正规，在唐风看来，扬州也不遑多让。熙熙攘攘、人头攒动的古玩市场，入目的古玩已经不能用赝品来形容了，按照袁卫的说法，这就是"新加坡"。唐风第一次来扬州，头一次听到"新加坡"这种说法，袁卫跟他解释，这"新加坡"其实就是"新假破"，民间流传、几可通神。

北雄南秀，先不论真假，扬州古玩商店的内部装饰颇具南方特色，三人走进的这家名为"雅趣"的古玩商店的装饰就很雅致。这是一家经营匏器的古玩商店，店主是一位已经被青春甩远了几条街的女士，虽然人老色衰，但她的声音很好听，吴侬软语，一听就是扬州本地人。

所谓匏器，就是葫芦器，也称蒲器，在古玩的分类中，它跟木器竹刻、牙角雕刻和料器漆器等一起被划分为杂项。古玩杂项的品类之多，内容之繁、涉及面之广，是其他诸如瓷器、玉器和书画、铜器等这些大类收藏所不能比拟的。可以这样说，杂项古玩是最能广泛代表和体现古代上至皇家贵族、下至草根百姓的生活风貌的文化艺术品。

匏器是以葫芦为原料加工而成的赏玩器，也是我国特有的一种人工与天然相结合的工艺美术品。提到匏器不能不说玩虫，最早的匏器工艺品只是蝈蝈笼、蛐蛐罐这样的虫具；随着匏器工艺的日益成熟，"玩虫一秋，玩罐一世"的说法开始盛行，匏器逐渐成为赏玩收藏品，也正是因为如此，匏器的种类开始增多，碗盆瓶壶盒罐炉应有尽有。

雅趣的匏器主要分为两类，一类是现代匏器，一类是古玩匏器，唐风对现代匏器不感兴趣，他只看古玩。唐风第一眼就看中了一个匏器莲瓣六棱盘。说是盘，按照现代人的眼光，它更像是一个由六片花瓣组成的大汤碗。这个六棱盘敞口、浅底、矮圈足，口沿处是一周回形纹饰，下面是仰莲纹，莲瓣相交处接卷草纹；下腹近底足处是如意云头纹。最具特色的是，这个六棱盘的六片莲瓣分别有一个以卷草纹组成的如意文框，上面镌有"大清康熙年制"六个阳刻楷书字体。

通过纹饰，唐风初步断定这是一个宫廷赏玩匏器，而它的标价只有十二万元，明显是普通古玩匏器的价格。要判断这是一个现代匏器还是古玩匏器其实不难，好的古玩匏器都有“紫、润、坚、厚”四德，而这个六棱盘表皮古朴斑驳，紫色的色泽沉暗，具有一种古旧沧桑的韵致，完全符合上品古玩匏器的特质。

成熟的葫芦本该是金黄色，经过玩家几十年乃至上百年的把玩摩挲，它的颜色会由黄变红、由红变紫，这种莹润的紫色是仿不出来的。而且，现代仿品匏器表面结构松散、暗淡无光，用指甲一掐即陷，用手指弹敲，发出的声音很闷，唐风肯定能分辨出来。

现在的问题是，这个六棱盘到底是不是宫廷赏玩匏器？这个是很难判断的。如果是宫廷赏玩器，十二万元就是一个捡漏的价钱。在 2003 年，中国嘉德秋季拍卖会上，一个清乾隆范制模印八仙纹匏瓶的成交价是六十三万元；同场的另一个清乾隆范制模印缠枝莲纹匏盖罐的成交价是四十六万元。这还只是 2003 年的行情，现在，这类上品范制模印匏器的价格均在百万元之上。

匏器的制作方法主要有两种，一种是本长葫芦，就是在葫芦成熟之后再进行人工雕琢修饰，这类匏器比较好辨认，宫廷工匠的水准明显高于同时期的民间工匠。另一种是范制模印葫芦，就是将事先制好的模具套在正在生长的嫩葫芦上，使其长成与模具完全相同的样子，这类匏器就很难从工艺水平上去做判断，达官贵人一样可以拿到宫廷模具。

不管怎么说，店家最终将这个匏器划归为普通古玩匏器，它的市场价值只有宫廷赏玩匏器的十分之一，这就是封建文化的价值观。如今酒店的菜肴也是如此，沾上“宫廷”二字的菜式总是会贵一点。

唐风决定买下这个莲瓣六棱盘，如果不是宫廷御制，权当一件收藏；如果是宫廷御制，应该能卖个好价钱。他对女老板说：“这东西能不能便宜点？”

“哎呀，这个是好东西哦，是不好便宜的哦，收过来的价钱老高老高的哦……”吴侬软语是有点好听，但老这么滔滔不绝就让人难受了，唐风说：“十万，怎么样？我现在只有这么多。”

老板的余光瞟向林沐雨，想想一个大男人也不会在大美女面前如此哭穷，十万块的价格她已经赚不少了，她说："那就十万吧，我告诉你说哦，也是看到你哦，换了其他……"

唐风真有点受不了，他马上取下背包拿出了十万块现金付给她。东西是到手了，但身边的钱却越来越少，如果那块和田玉山流水籽料解不出和田玉来，唐风的日子就难过了。

传国玉玺

收好莲瓣六棱盘，三人走出"雅趣"继续逛街。听完唐风的讲解后，林沐雨问："你认为这是宫廷赏玩匏器，依据是什么？"

唐风跟林沐雨解释，民款和官款的精品范制匏器在工艺上的差别并不大，差别只在材质和款识上。从材质上来说，以康熙在瀛台丰泽园种植的葫芦为上，当时那里设专人管理，出产的葫芦质坚壁厚。清代中期后，宫廷逐渐终止种植葫芦，匏器的制作工艺水平渐趋衰落，嘉庆、道光朝的宫廷匏器制作已经远不及康乾时代之盛。从这个角度来说，唐风手中的这个莲瓣六棱盘在材质上稍逊一筹，这也是雅致古玩店将它归于普通匏器的原因。

匏器的款识一般分为四种，第一种是用途款，例如"康熙赏玩""雍正赏玩"等；第二种是纪年款，例如"乾隆年制""道光年制"等；第三种是堂名款，例如"行有恒堂""静轩堂制"等；第四种是匠人款，例如"赵籽玉制""葫芦张制"等。赏玩用途款的匏器肯定是官款，堂名款和匠人款匏器肯定是民款；纪年款一般认为是民款，但精品民款一样会被收入宫廷，唐风就认为这个莲瓣六棱盘是收入宫廷的精品民款。

林沐雨又问唐风："问题是，这只是你的个人判断，古玩是买方市场，你的买家不一定能够接受呀？"

唐风说："个人能力是渺小的，我只能判断到这里，剩下的事情就交给拍卖行吧，他们会有办法的。"但凡入过宫的东西都会详细地记录在宫廷名册上，唐风掌握不了这些，朱记拍卖行也不一定能掌握这些，像佳士得和苏富比这样的大型拍卖行却很有可能掌握这些。

三个人边走边聊，唐风的眼光不经意间扫过一家古玩店的橱窗，他说："你们猜我看到什么？"

"什么？"林沐雨和袁卫齐声问。

唐风说："国之重宝。"

袁卫问："能有多重呢？唐风大哥还能在这里看到国家一级保护文物不成？"

唐风故作神秘地笑了笑，说："比那些还要重，重得多。"

"比司母戊鼎还要重吗？"袁卫马上问。

唐风说："重量上没那个青铜疙瘩重，但价值比它更高。"

林沐雨望向四周也没看到什么国宝级文物，她扯着唐风的衣袖凶巴巴地挥动着小拳头，娇声说道："唐风，你不许卖关子。"

唐风指着旁边店铺的橱窗说："你们知道那是什么吗？"

林沐雨望向唐风手指的方向："不会是传国玉玺吧？"

唐风指的就是一方玉玺，他说："起码看起来跟传说中的传国玉玺一模一样，是真是假就很难说了。"

袁卫一下子来了兴致："哥哥姐姐，我们一起去看看好不好？"

唐风点头说道："那就走吧！"

这家店的店名叫作"玺印天下"，专门经营玺印符牌，这类古玩也属于杂项。走进店门，三个人直接走向那枚玉玺。这是一枚龙钮玺印，整体呈长方形，长六寸宽四寸，通体碧青，印钮上盘卧着五条神龙，底角有残缺，以黄金镶嵌修补。这枚玉玺和传说中的传国玉玺极为相似，虽然百分之九十九点九九的可能是赝品，但唐风还是想要看个究竟，他对店里的伙计说："老板，能不能把这枚玉玺拿出来给我看看？"

伙计还没有动，老板就先走了过来，他说："没问题，您随便看。"

老板打开橱窗，双手捧出那枚玉玺交给唐风。唐风双手接过玉玺翻开一看，印面上清晰地镌刻着"受命于天，既寿永昌"八个篆体字。

传国玉玺之名绝对可以称得上是如雷贯耳，前面讲到过价值连城的和氏璧，传国玉玺就是用和氏璧雕刻而成的。公元前221年，秦始皇灭六国一统天下，和氏璧就落在了他的手上，他命人将和氏璧雕刻为玉玺。"受命于天，既寿永昌”的八字小篆为当时丞相李斯手书，玉工孙寿篆刻。

李斯的篆书真迹并不难找寻，有“泰山石刻之首”的李斯碑至今还保存在泰山之巅的玉女池上，这块四方碑上面的篆书均为李斯手书。唐风仔细地看了看这八个小篆，字体苍劲如虬龙飞舞，清秀如出水芙蓉，确实符合李斯的篆书风格。他不禁挠了挠头，这东西仿得还真挺像。

公元前 207 年，刘邦率军入咸阳至霸上，秦王子婴投降，奉上始皇玉玺。秦亡后，刘邦继天子位，他希望这枚玉玺能够在刘汉家族世代相传，将其授之为“汉传国玉玺”，这就是传国玉玺的由来。公元 6 年，即位皇帝年幼，传国玉玺由元帝王皇后代为掌管，置于长乐宫。公元 8 年，一代奸雄王莽篡位建立新朝，命其弟王舜前去索要，太后大怒又不敢拒绝，将传国玺摔于殿下，玉玺被摔碎一角，后用黄金镶补。

唐风再看了看这枚玉玺底角的残缺，嘿，也像那么一回事。

公元 220 年，曹魏代汉，曹丕命人在传国玉玺的肩部刻下“大魏受汉传国之玺”八个隶书小字。

此后，传国玉玺历经数朝辗转，至公元 330 年，后赵皇帝石勒灭前赵，得到这枚传国玉玺。他别出心裁，于玉玺右侧加刻了“天命石氏”四字楷书。之后，玉玺又数易其主，公元 630 年，唐朝大将李靖率军讨伐突厥，夺回传国玉玺，玉玺归于唐朝。

唐朝末年，群雄四起，天下大乱，几番更迭，传国玉玺落入后唐皇帝李从珂手中。公元 920 年，后唐大将石敬瑭吃里爬外，引来契丹军攻洛阳，李从珂怀抱传国玺登玄武楼自焚，传国玺就此失踪。

在中国历史上，堪称国之重宝的器物不在少数，但只怕没有一件能跟传国玉玺相提并论。笼罩在传国玉玺身边的，是重重的刀光剑影，更是弥天盖地的腥风血雨，它的出现和消失，甚至成为王朝更替、江山易帜的象征。

因为传国玉玺是“皇权神授、正统合法”的信物，所以，它才成为历代帝王不惜代价也要追逐的目标。得之，则象征受命于天，失之，则代表气数已尽；凡登大位而无传国玉玺者都显得底气不足，被世人讥为白版皇帝。

在经历两千多年的风风雨雨之后，传国玉玺逐渐湮没在漫漫历史长河中，再也无迹可寻。传说中的传国玉玺色青绿而发玄光，经过科学考据，和氏璧应该是绿松石，而绿松石正是湖北特产的玉石。目前，世界较大的优质绿松石原石都产于湖北省十堰市郧县的云盖山附近，那里也是当年卞和发现玉璞的地方。

唐风通过自己的判断可以肯定，眼前的这方玉玺就是绿松石篆刻，而它到底是不是传国玉玺，真的很难说。

权威，就是用来颠覆的

虽然和氏璧是绿松石的科学考证还存有一些争议，但这种说法还是很有道理的。唐末五代文学家杜光庭在《录异记》中有以下记述："岁星之精，坠于荆山，化而为玉，侧而视之色碧，正而视之色白。卞和得之，献其王。后入赵，献秦。始皇一统天下，琢为受命玺。"

荆山在湖北西部，武当山东南，汉江西岸，而中国绿松石的主产地就位于荆山地区的郧县。绿松石的颜色为青绿色，它的外表常粘附有白色矿物，因此，绿松石原石从不同角度上观看，的确呈现出"侧而视之色碧，正而视之色白"的特质，这种外观特征与和氏璧外观特征基本相符。按照国际通用的绿松石定级标准，质地细致、孔隙细微、块大色正、形如瓷器者为特级料，也被称为瓷松，其余等级逐次递减，这跟古书上记载的和氏璧很相像。就成品而言，绿松石硬度小，颜色柔和而均匀，表面有玻璃感，性脆，不能与其他硬物磕碰，这也和传国玉玺的缺损相符。

由于谁都没有见过真正的传国玉玺，唐风很难从品相上来做判断，他只能通过绿松石的特性来做判断。

玉石多毛孔，绿松石也是一样，无论何种级别的绿松石都有细微如毛孔一般的孔隙，而这方玉玺的表面细腻柔滑有光泽，不符合绿松石的特质。

尽管老板就在旁边，唐风还是直言不讳地对林沐雨说："现在，就看这层皮壳是自然形成的包浆还是后期人工的浸蜡注塑了。"

"唐风大哥，等一等。"袁卫问，"什么叫包浆？什么又叫浸蜡注塑呢？"

唐风暗骂自己多嘴，如今的袁卫就是当初的林沐雨，问题会越问越多，很多事情一解释就是一大堆。他简略地说："包浆又称'黑漆古'，它是在悠悠岁月中因为灰尘汗水侵入、土埋水浸和把玩者经久的摩挲，甚至是空气中射线的穿越，层层积淀，逐渐形成的表面皮壳。"包浆滑熟可喜，幽光沉静，显露出一种温存的旧气；跟刚出炉的新货的那种色调浮躁、肌理干涩的"贼光"恰恰相反。包浆不难仿造，浸蜡注塑就可以做到，但是，浸蜡注塑的破绽也很大，根本不需要什么光谱仪，用烧热的尖针一试就见分晓。

唐风问老板："这方玉玺是真的吗？"

"哈哈，"老板笑着说，"是不是真的传国玉玺不好说，但绝对保老保真。"

唐风狡黠一笑，说："我能用热针试试吗？"

老板脸色一变，心中暗道倒霉，今天又遇上了行家，他笑着接过唐风手中的玉玺，说："都是行里人，您知道就行了。"

听老板这么一说，林沐雨和袁卫一下子就明白了，这东西肯定是仿品。

唐风一早就认为这方传国玉玺百分之九十九点九九的可能是赝品，只是出于不怕一万就怕万一的心态来鉴别一下，这还没动手呢，老板就不打自招了。唐风问道："老板，您这里都是这样的东西？"

老板摇了摇头，肯定地说："当然不会，我们这里真有保老保真的玉玺。"

"真的假的？"

"既然你是行家，我也就不跟你绕圈子了，真皇帝使用过的玉玺我们这里是没有，但假皇帝使用过的玉玺我们这里真有。"

林沐雨问："这皇帝还有分真假的吗？"

老板说："你说袁世凯这样的，是真皇帝还是假皇帝呢？"

"嗯，确实是假皇帝。哎，我怎么觉得你这话里有话呢？"唐风饶有兴趣地问道，"这么说，你这里有袁世凯使用过的玉玺啰？"

老板说："这位先生应该知道护国运动吧？袁世凯在镇压护国军的圣旨……嗨，我们就姑且称之为圣旨吧，那上面盖的玉玺我们就有。"

袁世凯称帝后，镇压护国军需要下圣旨。有圣旨就得有玉玺，这一时半会儿他也来不及准备，老袁没办法，就照着清朝的玉玺仿造了几枚。这玉玺可不是随便乱盖的，这得看圣旨的内容，清朝每个皇帝的玉玺基数为二十五枚，有奖励封赏的，有讨伐杀人的，总共分为二十五种。偏偏老袁这人还喜欢讲排场，非得证明自己是正统，要剁上一枚讨伐安民的玉玺才行。结果，就剁上一枚满汉两种文字对照的、篆有“讨罪安民之宝”字样的玺印。当然，这只是一个版本的说法，后面还流传着另外两个版本。一种说法是，袁世凯早有篡位之心，这些玉玺是他早就仿造好的。还有一种说法是，袁世凯用的就是真玉玺。

这众说纷纭里面，就出现了一个漏，到底这枚玉玺是袁世凯仿的，还是本来就是真的？唐风马上来了兴致，这敢情好，说不定就能以仿品的价格买到一个真家伙，这里面的漏可就大了。这种皇家印玺在拍卖市场上并不少见，每年有十余方被拍卖，每一方都价值不菲。

一会儿，老板拿着一方用黄色丝绒卷包裹的玉玺来到唐风这边，唐风双手捧过玉玺开始观察。这枚玉玺的质地为青玉，通高约为十四厘米，印钮为双龙交汇钮，印面呈正方形，边长十五厘米左右；上面篆有“讨罪安民之宝”六字汉满对照的篆体书款。讨罪安民之宝，顾名思义，就是征讨叛罪安抚百姓之印；据《交泰殿宝谱》记载，这枚玉玺是专供出征讨伐时使用的。

很多事情说来沉重，唐风很反感玉玺。没有皇帝的诏书，会有扬州十日、嘉定三屠吗？当时的诏书上，不就钤有“讨罪安民之宝”这六个字吗？

不管是真是假，唐风都做了决定，他是不会收藏这枚无论多久都洗不清血腥的玉玺的，他只是想用它来赚钱。

唐风仔细辨认了一番字迹，和《交泰殿宝谱》中记载的一模一样。老板适时拿来一个木架和一根大头针，他对唐风说：“真金不怕火炼，这枚玉玺我试过很多次了，如假包换。”

按照中国古玉器的辨色，无论何种玉器，青色玉都不是好玉。但这枚玉玺的青玉质地却非常好，色泽莹润半透明，雕工细腻富有层次感，应该是上品青玉，这才符合御用玉器的高标准。唐风接过夹着大头针的木架，放在防风打火机上加热，很快大头针的一头就红了。热针接触玉玺表面后，没有出现蜡质遇热之后的融化和烧痕，也没有闻到塑料熔化时的特殊辛辣气味。这包浆肯定是真的。唐风还不放心，他问老板：“你这里有没有酒精？”

老板哈哈一笑，说：“酒精和氨水都有，我敢夸下海口就不怕你来试。”

用棉球蘸上酒精和氨水或者汽油之类的强挥发性液体擦拭玉石表面，经过染色的玉石就会掉色，唐风试过这些步骤之后，也没有发现这方玉玺有任何后期加工的迹象。唐风现在的判断比他最初的预想远了几条街，他认为这方玉玺绝不是袁世凯仿的，而是清朝的真品玉玺。

如果这方玉玺是真的，那就太有颠覆性了。唐风问老板："这方玉玺什么价钱？"

老板似乎知道唐风会要，他说："二十万。"

"能不能少点？"

老板摇了摇头，说："低于二十万我早就出手了。我实话告诉你，如果不是因为真正的'讨罪安民之宝'就藏在故宫博物院，这方玉玺我是不会出手的。"这就是唐风心中所想的颠覆性了，如果证明这方玉玺是真的，那藏在故宫博物院的那方不就成假的了？

要知道，故宫博物院的专家可是绝对的权威，唐风要敢说出这样的话，估计会被口水给淹死。但是，相比老板对权威的迷信，唐风却要清醒很多，权威就是用来颠覆的！

第五卷

收藏大道　去粗取精

唐风将玉玺委托上海佳士得拍卖行拍卖，在这里碰见了范紫韵。参观了史可法的尚方宝剑之后，唐风与人就回购英雄遗物问题发生了争论，这也让他找到了一条成为收藏家的捷径，一个庞大的计划正在酝酿。

首战告捷

先不说鉴定水准，古玩商鉴定古玩的认真程度是毋庸置疑的，鉴定专家遇见拿不准的古玩还可以用看不准来搪塞过去，古玩商不能，他们一定要得出结果，而且还是准确的结果。因为他们稍不注意就会失去商机，一旦打眼亏的全是自己的钱，自家的孩子谁不心疼呢？因此，甭管他们卖的是真品还是“新假破”，起码自己心里是有谱儿的。试想一下，如果故宫博物院没有收藏这方“讨罪安民之宝”玉玺，玺印天下的老板还会认为这方玉玺是仿的吗？这不是水平的问题。

所以，老板说这方玉玺是仿的，并不完全是出于自己的判断，因为权威的定论摆在那里，他自己就没了底气。问题是，这玩意儿看上去又是真的，恰好袁世凯也仿过，老板理所当然把这方玉玺判断为民国仿品。唐风不一样，他在古玩方面首先是坚持自我，然后再去考虑权威的定论，当两者冲突的时候，他会放弃后者。

唐风思前想后，最终还是决定赌一把，他就赌自己的判断，赌佳士得或苏富比敢运作这档生意，百分之二十的委托佣金不是白给的，这帮家伙怎么也得多花点力气吧！

唐风说：“好，二十万就二十万，这东西我要了。”

“好，够爽快！”

唉，另一个人是够爽快的，但他近期也只能爽快这么一回了。唐风取下背包，拉开另一个夹层的拉链，取出最后的二十万元现金交给老板。收好玉玺，身边只剩下一千块钱的唐风和林沐雨、袁卫一起走出玺印天下。街上，他看了看时间，说：“我们回去吧？”

林沐雨点头道：“嗯，走吧！”

回到林家，唐风跟林沐雨的父母、舅舅打过招呼之后溜进了林沐雨的房间，江南女子的房间雅致温馨。天南地北跑了一圈的唐风躺在了她的床上，林沐雨端着一杯茶走了进来，她拉起唐风，说道："不许睡。"

唐风说："沐雨，我想明天去上海。"上海是长三角的龙头，早在1994年，世界上最大的两家艺术品拍卖行之一——创立于1766年的英国佳士得拍卖行就入驻了上海；与佳士得并驾齐驱的另一家国际拍卖行苏富比也在上海设立了办事处。唐风手中的这两件东西国内的拍卖行怕是接不下来，只能拿到这两家拍卖行去拍卖。

林沐雨点头说："好呀，我陪你一起。"

唐风道："你们家的人不会生气吧？"

林沐雨呵呵一笑，说："你都这么乖了，我们家的人才不会怪呢！"

"那就这么定了。"唐风说，"吃过晚饭我们还去瘦西湖，但不为古玩，只为游玩。古玩老气横秋，不够浪漫。"

"这还差不多。"

"但有一个条……"

唐风话还没有说完，林沐雨就说："知道了，不带表弟。"

老年人也知道年轻人好动，吃过晚饭，林沐雨的父母主动要他们自己出去好好玩。临行之前，林沐雨的妈妈拉着她说了几句，唐风知道，这是在做总结报告，过了这一关，唐风就算是林沐雨真正意义上的男朋友了。

三十年河东，三十年河西，一座城市就像一个人，当岁月的年轮碾过，过去经历的那些荣辱兴衰最终都风化成记忆，偶尔静下心的时候，才会想起，细细品尝回味过去的那种感觉，我们称之为——缅怀。

扬州是一座被水环绕、被水滋养、被水宠爱的城市，流水的多情赋予这座城市别样的风华，也许正是因为如此，唐风的身边才会多了一位柔情似水的女子。现代文学家郁达夫曾经评论说，二十四桥的明月是中国南方的四大秋色之一，春花秋月动人，风花雪月怡情，手牵手的恋人就携手来到了二十四桥。

青山隐隐水迢迢，秋尽江南草未凋，二十四桥明月夜，玉人何处教吹箫。

在扬州人的心目中，二十四桥是由落帆栈道、单孔拱桥、九曲桥及吹箫亭组合而成的。关于二十四桥到底指那座桥，至今众说纷纭，古诗的神韵总是不缺乏只可意会、不可言传的朦胧意境。二十四桥景区近在咫尺，唐风问林沐雨道：“你是主人，我是来客，你认为这二十四桥是哪一座桥呢？”

林沐雨不无得意地说：“这个你可难不倒我。”她玉臂轻舒，手指两人身前不远处的一座单孔石拱桥，说：“那座石拱桥就是二十四桥了。这座桥长二十四米，宽二点四米，桥的两端各有二十四层台阶，桥栏总共有二十四块栏板、二十四根白玉栏杆，所以呢，这座桥就叫二十四桥。”

“你就使劲忽悠吧！”唐风大笑着说，“杜牧写诗的时候可没有量过，这二十四桥是后人牵强附会新建的。”两人一边说话，一边走上二十四桥。

林沐雨说：“你问的是现实中的二十四桥，又不是诗中的二十四桥，何错之有呢？”

此时，手牵手的两人已经走上二十四桥的桥心，唐风望向林沐雨，说：“我们来互相提问好不好？答错了有惩罚的。”

“罚什么呢？不妨先说来听听。”林沐雨问。

唐风嘿嘿一笑，说：“答错一题亲一下。”

林沐雨噘了噘嘴，说：“那我就故意答错。”

很久很久以前，一个风流而又年轻的帝王因为梦中一朵琼枝玉叶的花而挖了一条河，他爱上了这座城市，却毁掉了一个王朝。那是一个烟花明月的夜晚，彩灯高照，红袖起舞，二十四位吹箫的玉人为这位陶醉于此情此景、沉迷于亦幻亦真的梦境之中的皇帝表演着刚刚学会的新曲。

箫声悠扬，掩去了远方暗藏的杀机，定格了薄命王朝的背影。当一切都已久远，这座被二十四位玉人的箫声浸润过的石桥便有了一个不知是幸还是不幸的名字——二十四桥。

秋月当空，层林尽染，果香沉醉，小桥流水的静静柔波倒映着灯火。林沐雨那似有似无的轻声细语在唐风耳畔响起：“唐风。”

唐风转过头，女子正星眸微闭，静等温存，面对此情此景，十年一觉扬州梦又如何？他的手搭上了她那纤细的腰，只略一低头，双唇便轻轻覆盖在她的唇上……夜气弥散之间，耳边依稀传来那穿越时空的悠扬箫声。只是，这箫声再没有历史的厚重，有的只是窃窃私语的温馨浪漫，连平常不堪入耳的话语也变得如这风景一般自然。“沐雨，我们好久没有坦诚相见了。”

林沐雨微笑着将脸埋进唐风的胸口：“唐风你越来越坏了。”

第二天上午，唐风去林家接林沐雨，吃过中饭，一番告别，两个人一起前往上海。江浙沪是中国城市密度最大的地域之一，扬州的对岸就是镇江，城际交通非常发达，三个多小时后，唐风和林沐雨就抵达上海。

上海佳士得位于南京西路的上海商城，唐风他们赶到的时候，这里正在举办香港佳士得春季拍卖会的上海预展。像佳士得这样的航母级拍卖行，在每次拍卖会之前都会进行大规模巡展，他们的市场定位要比朱记这样的国内拍卖行广泛很多。

说明来意后，唐风和林沐雨被前台工作人员领进会客厅。接待他们的是一个戴着金丝眼镜的人，他先做了一番自我介绍，这人名叫张铭诚，香港人，是上海佳士得的首席鉴定师。张铭诚跟唐风握了握手，问："唐先生需要委托什么拍品呢？"

唐风取下背包，拿出匏器莲瓣六棱盘和讨罪安民之宝玉玺放在他的面前，说："就是两样东西。"

张铭诚将莲瓣六棱盘拿在手中仔细看了一番，说："不错，确实是宫廷赏玩匏器。"

唐风当然相信张铭诚是识货的人，但他想不到张铭诚能这么快识货，他问："张先生何以如此有把握？"拍卖行的鉴定师没有十足的把握是不会说出这种话的。

张铭诚笑了笑，说："其他不敢说，单就匏器而言，只要入过清宫，我们就不会看错。"唐风猜得没有错，他们掌有《交泰殿宝谱》这样的宫廷藏珍名册，对入过清宫的古玩很有研究。这么说来，只要自己的判断正确，那方玉玺的真赝就并不难判断了。

英雄的尚方宝剑

张铭诚见唐风不说话，问他道："唐先生，您确定要委托吗？"

唐风说："我真正想要委托的不是这件莲瓣六棱盘，而是这方玉玺。如果你们能够接受玉玺的委托，这六棱盘是无所谓的。"六棱盘能给唐风带来的收入也就百八十万元，解不了唐风的燃眉之急，玉玺才是唐风的重点。

“我明白您的意思了。”张铭诚说，“只要东西是真的，又具有一定的价值，我们都会接受委托，做生意嘛，还能把客户推出门去吗？”他说完话，放下手中的六棱盘，双手捧起那方玉玺。初看玉玺品相的时候他的表情还没什么变化，当他看到印面上的印文时，脸色数变，唐风知道，这东西他没有底。

“唐先生，您这玉玺是哪里弄来的？”这家伙肯定在怀疑这方玉玺是唐风从故宫博物院里偷出来的。

唐风说：“放心，这不是故宫博物院收藏的那一方，不然早该轰动全国了，不是？”

张铭诚说：“这玉玺不像是仿品，但我一点把握都没有，如果唐先生有诚意，请给我们三个小时。”这事儿是棘手，谁都不敢轻易下结论，弄不好会引起学术争议的。张铭诚接着说：“唐先生您尽管放心，我们是国际知名拍卖行，一切都会按程序来，我们会给您开具暂管证书的，在此期间，这方玉玺的安全由我们全权负责。”

这个不用唐风担心，这类国际知名企业要的都是大花招儿，绝对不会使出调包计这种拙劣的小花招儿。唐风同意之后，张铭诚很快将暂管证书办妥交给唐风，他说：“无论结果如何，三个小时之内我们都会跟您准确的答复。在此期间，你们不妨到我们的拍品巡展去看一看。”

唐风点了点头，说：“那就失陪了。”之后，唐风和林沐雨离开会客厅。

走出会客厅，林沐雨问唐风：“我们现在去拍品巡展吗？”

唐风一脸的无奈：“老实说，去参观拍品巡展我还真的有些怕，万一看上什么价值连城的宝贝，心里会不好受的。”

林沐雨微微一笑，说：“我也是这么想的。”

“但是，总不能因为怕就不去了吧？沐雨你放心，我的心态好着呢！人生不如意者十之八九，有得有失很正常。比如，这个世界上有很多美女，但我只要沐雨一个就够了。”

林沐雨嗤之以鼻地说：“撒谎都不脸红。”

春拍预展就在上海商城的底层，是一个比较开放的展览，与其说是展览，它其实更像一个艺术沙龙。拍品的展柜就散布在一万平方米的展厅之中，展柜周围设有很多沙发座椅和茶几供参观的客人休憩，客人不光可以休憩，还可以叫来餐点饮料边吃边聊，当然，这是要付费的。此外，这个预展是不为参观者提供上手鉴定的。

“唐先生！”唐风和林沐雨刚走到展厅，就有一个甜美动人的声音在招呼唐风。唐风回过头一看，却是范紫韵。范紫韵的漂亮自是不必说，她在气质上更胜林沐雨和柳月一筹。

唐风笑着跟她打招呼：“范小姐你好，你怎么会到上海来的？”

“我们要做一期节目，跟今年香港佳士得春季拍卖会的一件拍品有关。我们的座位就在那边。”范紫韵手指远处的一张台面说，“唐先生和林小姐不介意过去坐一会儿吧？”

林沐雨微笑着点了点头，说：“我随便，问他就可以了。”

唐风却在关心另一件事情，他问范紫韵：“什么拍品这么重要呢，还要让你们专程到上海来做节目？”

“原来你不知道，我还以为你就是为了回购这件拍品而来的。”范紫韵说，“这件拍品就是南明安宗御赐给南明兵马副都督史可法的尚方宝剑。”

唐风轻松一笑，说：“如果我没有猜错的话，这又是一个回购圈套吧？”

范紫韵叹了一口气，说：“确实如此，屡试不爽的圈套，我们这期节目就是想客观分析一下这种回购是否有必要。展柜就在那边，不管唐先生有没有兴趣，我很想听听您的鉴定结论。”

不能上手，直接凭观察下结论，这就是目鉴，也是古玩鉴定中最考验鉴定技巧的鉴定方式。范紫韵的爷爷范诚如帮过唐风，唐风对范紫韵还是颇具好感的，他说：“范小姐发话，在下岂有不遵从之理，那就去看看吧！”

范紫韵对林沐雨笑了笑，说：“唐先生言重了。”

很快，三个人一起走到古剑展示柜这边。这件拍品的全称是“南明安宗朱由崧御赐兵马副都督史可法尚方宝剑暨史可法殉国自刎宝剑”。

“这帮该死的！”唐风看到标签，不禁骂出了粗口，他摇了摇头，说，“唉，司马昭之心路人皆知啊！‘史可法殉国自刎宝剑’这几个字尽显端倪，摆明了要利用中国人的民族感情漫天要价。”

既然是拍卖品，它的常规数据肯定是可信的，展柜的标签上写着：剑长九十九厘米，剑刃长八十厘米，剑宽五厘米。唐风再看了看估价，确实很离谱儿，人民币一千万元。

众所周知，封建社会都是君主专制政权，高度集权于上的制度显然不能应付复杂而不断变化的社会，尤其是在社会发生动乱的时候。在这种特殊情况下，皇帝不得不授予一些地方官吏及军事将领在一定范围内的专断乃至专杀权力。被赐予尚方剑，也就意味着拥有者可以代表皇帝本人，具有至高无上的权力，因此，起初的尚方宝剑无疑是神圣而不可侵犯的。

但是，明代的尚方宝剑，尤其是崇祯皇帝即位之后的尚方宝剑并不值钱，因为传世的尚方宝剑实在太多，粗略估计也在百柄之上。当尚方宝剑已经泛滥到文武官员人手一柄的程度时，大幅度贬值也就不足为奇了。而当时的尚方宝剑制度确实是混乱不堪，袁崇焕就用崇祯御赐的尚方宝剑斩杀了毛文龙，而毛文龙自己同样也有崇祯御赐的尚方宝剑。此外，洪承畴、吴三桂这样的叛将也都有尚方宝剑，那叫一个乱。

撇去象征意义不谈，单就质量而言，明晚期的尚方宝剑也大不如前，没办法，国力所限。相对而言，这柄尚方宝剑的品相还算可以，它的剑身保存完好，通体有细花纹，有凹槽，剑柄用鳄鱼皮包裹，一面镶有七颗铜钉，一面留有“大明弘光御赐”六字隶书铭文。

唐风看完之后，肯定地说：“这柄剑肯定是真品，但它的真实价值也就几万块钱而已。”这柄剑经过湿化学年代分析，真假毋庸置疑。湿化学分析是最准确的金属古玩年代鉴定技术，绝对可靠，而历史文献资料也确切地提到过这柄剑。

范紫韵点头说：“其实我更希望这柄剑是假的，但我们邀请的专家都说是真的。唐先生，我想请问您一个问题，可以吗？”

唐风说道：“当然可以，你问吧！”

“作为一位收藏家，你愿意回购这柄尚方宝剑吗？”在范紫韵眼里，以重金收购苏东坡手稿的唐风俨然已经成了收藏家。

唐风摇了摇头，说：“如果便宜到十分之一，我会考虑。”虽然这柄尚方宝剑也是英雄遗物，但它的真实价值很难跟正气砚相提并论，而且，这类收藏正中居心叵测之人的下怀，会助长这股不正之风。最关键的问题在于，唐风现在也没有这个闲钱，如果那方玉玺能卖个好价钱，还可以考虑一下。

范紫韵说："这确实是一个两难的选择，我们邀请的两位专家也在那边，都是熟人，如果唐先生有空的话，不妨过去坐坐，大家交流交流。"

唐风望向他们所坐的那边，两位专家他都认识，分别是国家历史博物馆的资深书画鉴定专家张远志和中国国家博物馆的老专家魏奇正。范紫韵不等唐风回答，就拉着林沐雨说："林小姐，过去坐坐吧！"

林沐雨无奈地望向唐风。唐风明白范紫韵的意思，她希望三个人的交流能够擦出一点火花。因为范诚如的原因，唐风总是不忍心拒绝范紫韵的要求，他说："那就过去坐坐吧！"

三个人一起走了过去。还没有走到座位，唐风就听到魏奇正很是愤慨的声音，他说："我觉得，有识之士都应该回购这柄尚方宝剑，我们不能让英雄遗物再遗落海外了。"

看到唐风过来，张远志和魏奇正都起身相迎。一番客套，三个人坐定，唐风礼貌地说："你们继续，我只是随便坐坐。"他才不愿意卷入他们的争论。

跟唐风算是有"一箭之仇"的张远志似乎不肯放过这个机会，他问唐风："唐先生怎么看待这件事情呢？"张远志这话一出口，在座所有人都一起望向唐风。后者心中暗自摇头，这问题可不好回答，稍微不注意就会被扣上不爱国的大帽子。

新计划雏形

这种事情还是少发表意见为妙，唐风避重就轻地说："回购英雄遗物是好事，希望有能力的人能够慷慨解囊吧！"回购有好处也有坏处，纪念英雄的方式有很多，回购英雄遗物只是表现方式之一。况且，国外某些人敲竹杠的意图已经再明显不过，一千万人民币还只是估价，在竞购的时候，那些别有用心的人还会继续哄抬底价，最终的成交价将会很高，说白了，他们就是想利用中国人的民族感情来牟取暴利。从这个层面上来讲，唐风的头脑还是比较冷静的，史可法的尚方宝剑与唐风手中的正气砚有着本质的区别，自身难保的他没有必要把有限的精力放在这上面。

魏奇正哈哈一笑，说："小唐这是在打马虎眼。我觉得，这柄尚方宝剑跟圆明园铜首不一样，它凝聚了我们中华民族的民族精神，应该回购。"

唐风笑了笑，说："回购是应该回购，民族精神肯定要传承，但我们不能总是以砸钱的方式来回购，这样太盲目，容易被别有用心的人利用。我们需要弘扬的是史可法的精神，这不是区区一把尚方宝剑能够代表的。"

张远志点了点头，很认同唐风的看法。唐风倒觉得是自己小人之心了，人家老人怎么会那么小气，为了张大千的那幅《秋色山水图》跟唐风斤斤计较。

"我觉得你们把史可法抬到民族的高度有些过了吧？"这时，跟他们坐在一起的一个穿着很时尚、打扮有些非主流的年轻人说，"我觉得史可法的做法还是有值得商榷的地方，他的能力也没办法跟岳飞、文天祥这样的民族英雄相提并论。"

唐风并不认识这个年轻人，范紫韵也没有做介绍，看他那一身上下的名牌服饰，应该是有钱人家的公子哥儿，唐风并不想跟他争论。这家伙身上也有一种精神，无知者无畏的精神。张远志笑着说："小彭，你的说法可缺少依据啊！"

小彭说："这个是要看时局的，史可法死守孤城扬州是毫无意义的抵抗，最终让八十万扬州无辜百姓成为腐败明王朝的殉葬品。相比之下，傅作义和平解放北平的举动更值得肯定，退一步来说，他也可以保存有生力量为以后做打算，那么强大的元朝，不也被农民军推翻了吗？"

魏奇正说："北平和平解放是人民内部矛盾，而清朝是外族，不具可比性。当时已经是退无可退，事实证明，扬州沦陷之后南明政权不久就倒台了。扬州十日的屠杀是清朝的残忍，绝非因为伤亡过大，攻城不过两天，能有多大的伤亡？这只是他们找的借口罢了。"

小彭说："如果史可法以苍生为重呢？后面还有那么多座城池，清军为了以后着想，也不会大屠杀的。"

“按照你的意思，”唐风问小彭，“如果南京投降就不会有南京大屠杀了？哪里有侵略哪里就有抵抗，抵抗不是屠杀的理由，更不能成为侵略者兽性回归的借口。”

“你这是在偷换概念。”小彭说。

小彭说道：“但事实证明，我们最终还是完成了民族融合，满族现在还是中华民族大家庭中的一员。”

“哟，我还有事，”唐风看了看时间，说，“你们慢慢聊，我们先走了。”之后，唐风像煞有介事地客套一番，和林沐雨一起离开了。

路上，林沐雨说：“你这人呢，跟一个二十岁不到的大孩子有什么好争的，并不是每个人都像你这么早熟的。”

唐风点头道：“确实是我多嘴。”

林沐雨问：“现在，你是不是打算要回购这柄尚方宝剑了？”

唐风耸耸肩，说：“我现在还处于穷则独善其身的层次，回购？等我到达则兼济天下的层次再说吧！”

“难得你这么看得开。”林沐雨说，“上次看你费尽心思地竞购苏东坡手稿，我还以为你走火入魔了呢！”

唐风说：“怎么会，苏东坡手稿的收藏价值很大啊！我收藏的不是手稿，而是文化。”

一会儿，唐风和林沐雨重回上海佳士得的会客厅，张铭诚笑着拿出一份合约，说：“唐先生，我们决定接受您的委托，您签个字就可以了。”

唐风接过合约看了看，莲瓣六棱盘的估价是一百万元，委托费用是成交价的百分之二十；而玉玺的估价是一千五百万元，委托费用居然是成交价的百分之二十五，拍卖行要拿去成交价的四分之一，这也太恐怖了。

张铭诚耐心地跟唐风解释，中国古玩绝大多数成交价记录都是在他们佳士得或者是苏富比的拍卖会上创造的，只有通过他们的运作，唐风这两件古玩才能达到成交价的最大化，所以，委托费用是要比国内的拍卖高一些。

唐风又问：“玉玺的委托费用怎么会高达成交价的百分之二十五呢？”

张铭诚说：“我可以这样跟你说，除了我们佳士得和苏富比，没有拍卖行敢接下这桩拍卖委托。”

“你的意思是，我这方玉玺是真品了？”

张铭诚点头说：“是的，如假包换的真品，我们有确凿的证据证明，这方玉玺的所有数据跟清宫的玉玺记录完全吻合。”

唐风笑了笑，问：“这么说，故宫博物院的那一方玉玺是假的了？”

“哈哈，”张铭诚大笑着说，“我可没有这么说哟！”

“这个我理解，你们不想打学术官司。”唐风说，“最后一个问题，能不能透露一点你们的鉴定依据？”

张铭诚有些为难，他说：“这是我们的商业机密，我只能给您透露一点。”接着，张铭诚拿出遥控器按了一下，办公桌对面墙上帘布徐徐拉开，上面是一个大屏幕液晶显示屏。显示器启动，屏幕上出现了两枚红色印文，张铭诚解释：“上面的印文是我们从印有真品玉玺印文的圣旨上高精度扫描下来的影像，下面的印文是您那方玉玺上的扫下来的影像。”之后，张铭诚再一按遥控，两枚印文完全重合在一起，没有丝毫偏差，连印文的瑕疵都一模一样。

张铭诚笑着望向唐风，说：“唐先生，其他方面的我就不方便透露了。您放心，只要我们接受委托就会全力运作，成交价越高我们也拿得越多嘛！”

林沐雨接过唐风手中的合约继续往下看，当她看到最后一条时，脸色微微有些变化，她问张铭诚：“为什么要拿到香港佳士得去拍卖？”

张铭诚会意地一笑，答道：“林小姐请放心，我们会依约保守商业机密。”

他这话一出口等于泄了密，唐风和林沐雨一听就明白了，有这样一种可能，有一部分在海外拍卖的中国文物不是来自海外，而是来自国内。内销转出口，身价就会倍增，尤其是涉及圆明园铜首这样的敏感文物更是如此，利用民族感情牟取暴利跟发国难财方式相反，性质却是一样。如果真是这样的话，这些人的用心就太歹毒了。

张铭诚要把唐风的这方玉玺拿到香港去拍卖，无非就是想往这上面靠，这样虽然可以增大收益，但风险却很大。如果消息走漏，唐风马上就会成为众矢之的，全国人民的口水都会把他淹死，什么尖帽子都有可能扣在他的头上。

林沐雨望向唐风，问道："你是怎么考虑的？"

唐风很爽快地说："拿到哪里去拍卖都是一样的，我完全同意，这也不涉及什么保密不保密的问题，我问心无愧。"

唐风从来就没有想过利用什么民族感情，严格意义上来讲，玉玺根本够不上国家一级文物的标准。中国的封建社会绵延两千多年，古往今来，各朝各代、大国小国都有玉玺，不说上万，起码上千，存世量如此之大，就算卖给外国人也没什么。文物的价值最终还是要用钱来衡量的，这类算不上国宝级的文物就应该卖出去体现价值。

唐风的想法很明确，卖掉一般的，收回最好的，如果能拿高仿真的赝品去赚钱，再用赚的钱回购国宝，那就更好了。想到这里，唐风心中隐约浮现出了一个计划，他必须尽快找到那帮做赝品汉代陶俑和青花釉里红的人，这事情要是运作好了，绝对是一条成为收藏家的捷径。作伪也要伪出精品、绝品，专门作伪那些失传的瓷器，偷龙转凤瞒天过海才能赚外国人的大钱。

唐风自己都想不到能在这次意外的扬州之行中获得如此意外的收获，起码，他有了一个完整计划的雏形。为了达到自己的目标，他现在必须着手赚钱，不能老被古玩这么折腾，这样才能为将来实施计划打下基础。

张铭诚将手中的万宝龙金笔交给唐风，说："那就太好了，您签个字，东西就留给我们保管了。"

唐风接过笔在一式两份的合约上签好字，合约就算生效了，第二年3月，唐风的清"讨罪安民之宝"玉玺和清康熙匏器莲瓣六棱盘将在香港佳士得春季拍卖会上拍卖，届时，香港佳士得会向唐风发出邀请函，以便他办理赴港手续。

一切办妥，二人离开上海商城，此时的唐风已经是归心似箭，他问林沐雨："想在上海玩吗？"

林沐雨摇了摇头："看你的样子也没心思玩，我们回北京吧！"

唐风转过身，掰过林沐雨的肩膀很认真地说："等我忙好了这一段，一定好好陪你。"

林沐雨笑了笑，说道："傻瓜，相爱的人能在一起忙碌，就是最大的幸福。"

“走吧，我们坐动车回去。”唐风嘿嘿一笑，“不过，沐雨，这次可要你付车费了，我现在的口袋比我的脸都干净。”

林沐雨捏紧拳头在唐风胸口敲了敲：“唐风，你什么时候不再分你我，才算真爱沐雨。”

“这么肉麻的话你也说得出口？”唐风牵起林沐雨的手，两个人一路往前走去。

第二天，唐风和林沐雨双双来到中国石，陈彦一瞧见他们，马上过来道：“哟，你们可回来了。”

唐风问：“最近生意很好吗？”

陈彦点头说：“你在电视上的间接广告已经初见成效，最近又是珠宝业的旺季，业绩真的不错。周志同和吕光都在我们家加工石头呢！这里就何军和我看着，有时候会忙不过来。这做生意真难，生意不好闲得慌，生意太好又忙得慌。”

“那块和田玉籽料呢，到了没有？”唐风心里一直惦记着那块石头。

“已经到了，就在店里摆着呢！要不是店里的设备不齐全，我早就把它解开了。”

唐风问：“最近是不是又该进货了？”

陈彦说：“我们上次准备得多，过个把月去问题不大。”

“那就好，”唐风说，“这块和田玉籽料弄到什么地方去解呢？如果解涨，我打算把它卖了；如果解垮……嘿，你看我这张乌鸦嘴。”

陈彦说：“那好办，拿到北京国际珠宝贸易中心的毛料交易市场去解，当场就可以卖。”

林沐雨在一边提醒：“唐风，你是不是该考虑扩大经营了？”

陈彦点头道：“我也是这个意思。”

唐风微一点头，说：“是时候扩大经营了。”现在的中国石还停留在作坊式店面经营的阶段，要想扩大到公司经营，唐风他们还有许多事情要做，首先要做的就是把产销分离，这样才能形成规模，之后就要考虑开分店的事情了。唐风接着说：“先从中档的昆仑玉开始扩张，如果事情顺利，我过两天就再跑一趟新疆。”

陈彦说：“唐风，你的观念也该改一改了，采购昆仑玉不用去新疆的，北京可是咱国家的心脏，什么东西都能找到。国际珠宝贸易中心就有昆仑玉料卖，自从北京奥运会金镶玉的奖牌问世，这玩意儿也开始火了。”金镶玉奖牌镶的就是昆仑玉，奥运前后，昆仑玉的价格涨了七倍，这就是奥运经济的体现了。

唐风想想也是，要想把中国石做大做强，必须再做细分。低附加值的一般原料就在北京采购，这种事情可以交给陈彦去做；高附加值的高端原料就去原产地采购，这事还得自己去，顺便再搜罗一点古玩就更好了。

陈彦说：“我最近还有点事儿，嘿嘿，说起来有点不好意思。”

“你……不会是有外遇了吧？”唐风看到陈彦扭扭捏捏的，说道。

“去你的，这是正事儿。”陈彦说，“我准备去参加年度玉雕、石雕大奖赛，这可是雕刻行业的冠军杯。”

“嗯，”唐风点着头说，“这是好事。”陈彦所说的玉雕、石雕大奖赛是中国珠宝玉石协会举办的，旨在发现人才、引导收藏、促进消费的赛事，是中国玉雕、石雕界最高级别的赛事。陈彦如果能够获奖，对中国石的贡献不亚于唐风去参加鉴宝栏目，尝到活广告的甜头，陈彦也开始跃跃欲试。

林沐雨笑着说：“看陈大哥胸有成竹，应该有把握拿到金奖了。”

“看看，看看，沐雨你也开始笑话我了，”陈彦说，“自己有几斤几两自己还不清楚吗？我去年就参加过，结果没有入围，竞争太激烈了。刘书南这家伙自诩手艺好，年年都参加，结果跟我一样。说起这个真丢人，我师叔就是评委之一，我拿着那块鸡血石雕‘暗夜寻梅’去问他老人家有没有希望获奖。结果，你们猜他老人家怎么说的？”

唐风说：“听你的口气，那肯定是没希望了。”

林沐雨说：“他老人家起码也得鼓励你几句吧！”

“他说，这东西好，有希望，大有希望，”陈彦像模像样地学着范诚如的口吻讲话，“还没雕就这么漂亮了，雕出来效果肯定不错。”

林沐雨抿嘴一笑，说：“那不是你雕过的吗？你师叔是有意逗你玩儿了吧！”

“谁说不是呢？”陈彦摇着头说，“你说师叔他老人家这么大岁数了，怎么还老爱损人呢？这东西可是我的心血啊！不过呢，我算是明白了，就我这水平，要想拿奖，还需要在灵感上多下功夫，这事儿，沐雨可要帮我。另外，还要在材质上下功夫，找到好材质必会事半功倍，最好是水胆玛瑙、老蜜血珀什么的，这事儿，唐风可得帮我。”

老蜜血珀是两种琥珀，中国人习惯把不透明的琥珀叫作蜜蜡，出土年代久远的蜜蜡就是老蜜，而出土年代久远的透明琥珀就叫作血珀，都是稀罕玩意儿。唐风摆了摆手，说道：“行了，我算是明白了，你把我们俩都绕进去了。”

陈彦说：“我这也是为店争光，你们怎么可以置身事外呢？”

林沐雨说：“我看行，大家一起努力，才能迎接将来的挑战。扩大经营的内部事务就交给我吧，找俩美女过来，给你们养养眼。”

陈彦说：“给你们家唐风养眼吧，我近视。”

“看见没，人陈大哥多老实啊！”如此轻松的氛围，林沐雨不忘敲打唐风两句，她拍着唐风的肩膀说，“唐风你也要学着点。”

“跟他学，”唐风说，“他是近视，但你不知道，他还远视呢，眼光尽朝远了看，这样才能看到锅里的。”

说干就干，第二天，林沐雨看店，陈彦的奥拓气喘吁吁地带着和田玉籽料和唐风来到国际珠宝贸易中心。

才一进入毛料交易市场，这块和田玉籽料就引起了全场的关注。这里的赌石绝大多数都是翡翠赌石，绝少有这么大块的和田玉赌石。而且，看多了翡翠赌石开解过程的人也很想看看和田玉赌石的开解过程。

和田玉赌石有几个关键，首先肯定不能是废石，一定要切出玉来。切出玉还得看切出什么玉，羊脂玉当然是最好的，但切出羊脂玉却不一定会大涨。体积大小只是因素之一，品相也是重要因素，玉一定要完整，这样才容易取料，切出几公斤如同渔网一般的羊脂玉用处也不大，取不出整块的就卖不出好价钱。

开解羊脂玉没什么讲究，直接下刀切，唐风用记号笔在籽料的一端画下一条黑线，对店主人说：“老板，从这里下刀。”

“好嘞，”老板说，“祝您好运了，几位老板都等着抢购呢！”

围观的人群中有几个人认识老板，一个人问唐风："出来好玉转不转手？"

唐风笑着道："当然要转手，就看价钱了。"

"好说，"那个人说，"这里不像云南、广东、新疆，什么东西什么价钱，都清楚得很，绝不会让你们吃亏。"有好货就不愁销路，几个有兴趣的人开始询问这块赌石的出处。他们这边在聊天，籽料已经被放进解石机里开解，半个多小时之后，机器自动断掉电源，切开了。

老板打开解石机机盖，所有人都望向老板。老板往里看过之后摇了摇头。唐风走过去一看，真是怕什么来什么，一大一小两块废石，没有玉！

现在还不能说解垮，唐风有两个选择，一是继续解下去，二是趁着籽料还没有完全开光低价转手出去。唐风没做他想，他仔细地观察了一番籽料，又画下一条线，说："再切！"

没有切出来有两种可能，第一种可能是最惨的，这块籽料就是废石；第二种可能是这块籽料的石皮比较厚，需要往下再切深一些。经过几次解石，唐风的心理承受能力有所增强，他内心其实并不紧张，紧张也没有用，该出玉早晚会出，不该出玉怎么都切不出来。又是半个多小时，剩下的大半块籽料再次被切成大小两块，唐风都不想去看了，他只要一个结果就成，不行就再切。

陈彦可没唐风那么轻松，老板还没有完全打开解石机的机盖，他就快步走上前去。很快，他大声说道："出玉了，是和田白玉。"

老板的判断比陈彦更准确，他说："是一级料，就看深浅了。"和田玉一般只出整块，一百多公斤的籽料现在只切下来二十公斤废石，还有八十公斤，定生死的一刀在另一端。

美中不足也大涨

唐风的第二条线画得非常准确，这一刀下去，两块和田玉山流水籽料的截面就像一个切开皮的大柚子，小块的截面上沾有一层薄薄的瓤，另一边的瓤看上去很厚，却不知道深浅。大块的山流水籽料切出来的和田玉面积有足球般大小，质地细腻，润洁不透明，颜色白中闪青绿，那感觉就像初开的梨花，正是和田白玉中的梨花白。

唐风上手摸了摸切出来的梨花白，按照这种质地，每公斤的价值将在两百万元左右，每克就是两千块，比黄金贵很多。老板的说法印证了唐风的判断，他说："这位先生的运气不错，只要这样的梨花白能出十公斤，两千万打底。"

刚才问唐风是否转手的那个人在看完截面之后说："不错，够得上一级和田玉的级别。"

陈彦问唐风："你这条线怎么画得这么准？"

唐风呵呵一笑，说："运气成分居多。"接着，他在籽料的另外一端再画下一条线，说："继续切吧！"

店老板的员工将剩下的八十公斤籽料放进解石机，机盖关闭，解石机启动，马达的隆隆声响起。

唐风和陈彦找了个位置坐下抽烟聊天，唐风问陈彦："江源那边有没有动向？"

陈彦说："龙宝公司与汉唐宝业之间的宝业大战已经趋于白热化，杨程明那家伙马上又有大手笔，汉唐宝业将在 12 月 8 日同时新开十家门店，选址都在龙宝公司的门店附近。我们这小本生意还没能入他们的法眼，他们暂时也顾不上我们。"

"我觉得没这么简单。"唐风说，"一旦我们染指玉器，他们肯定会有所行动，我们现在还很弱，那帮家伙虚空一指就足够我们消受半天。"

陈彦笑着说："没你说得那么夸张，我们的发展势头不错，你的关系户，天津顺发公司那边的订单已经过来了。"

唐风笑着道："你说我这人怪不怪，我开始觉得这事儿挺对不起杨程明的，但一听到订单过来之后，心里一下子就平顺了。嘿，老子算是想明白了，对得起别人之前先要对得起自己。"

"哟，大彻大悟呢？"陈彦哈哈一笑。

"唉，汉唐宝业确实是财大气粗，一开就是十家门店。"唐风叹了一口气，说，"不知道到哪年哪月，我们也能如他那般风光。"这事儿不是有钱就能解决的，汉唐宝业有一条稳固成熟的产业链，产供销结合，中国石根本没办法比。

陈彦说："大有大的好处，小有小的好处，卖珠宝又不是开超市，门店越多越赚钱。他们搞高大全，我们就搞高精尖，我们要让所有消费者知道，龙宝公司和汉唐宝业最大，中国石最好。"

时间过得很快，两人聊着聊着，八十多公斤的籽料再次被截去十公斤左右，这一次又没能出玉，这块籽料的脸皮可真够厚的。

只剩下七十公斤的籽料了，唐风在看过石纹石理之后一连画下了三条线，梨花白已经出现，亏也亏不到哪里去，不行就继续往里切。

又过了半个小时，老板一打开机盖就回头对唐风说："出来了，梨花白！"

"真的！"陈彦几乎跳了起来，一直不紧张的唐风也用力地挥了挥拳头。他能不紧张吗？都是装出来的。这实在是天大的好消息，这块籽料还有整整六十公斤，这个时候就出梨花白，说明玉很深，除去石皮少说也该有三十公斤，那就是六千万元，大涨中的大涨。

"但是"这个词从来都不是好词，尤其是在好消息之后的"但是"。唐风走到解石机前，不禁皱起了眉头，梨花白确实是梨花白，但只有鸡蛋般大小。唐风心中暗骂，这鬼石头，它爸妈是近亲结婚的吗？怎么就不能长齐整一点呢？总的来说，唐风在赌石上面的运气还是不错的，但他总缺那么一口气，如果这边的梨花白也如同足球般大小，那这块梨花白和田玉六千万元都打不住；鸡蛋般大小的话，其中的变数就比较大了。

这就是赌和田玉的微妙之处，和田玉籽料的石理跟煮熟的鸡蛋有相似又有不同，相似的是，熟鸡蛋的蛋清就像是石皮，蛋黄就像是肉；不同的是，熟鸡蛋的蛋黄肯定是整体，而且形状是圆形，和田玉籽料的肉大多也是整体，但形状却相差很大。而这块和田玉籽料的肉就长成了长条形，确定了两个面，关键就看中间的形状了。长条形的肉也就意味着这块梨花白不适合做大雕件或摆件，唐风在剩下的籽料的中段画下一条线，说："直接一分为二吧！"

这一次，所有的人都打起了精神，关键就看这一刀了。漫长的等待中，半小时过去，籽料被切开，守在解石机旁的唐风马上打开机盖，两个截面都像拳头一般大小。

这就是说，一边重三十来公斤的籽料只有一条小孩小臂般粗细的梨花白，总重量不会超过一公斤。虽然仅这一公斤不到的梨花白就已经让唐风赚到了一百万元，但他并没有因此而高兴，赌徒总是贪得无厌的。

老板递给唐风一支照射玉料的专用激光笔，这类激光笔的光线有着极强的穿透力，能穿透很厚的玉料，但不能穿透石皮，是赌石者的常规武器。唐风用激光笔在这块梨花白的两端往里面照了照，结果并没有太出人意料，小的这块梨花白只能出这么多料。陈彦对唐风说：“梨花白是好料，这半块我们自己留着吧？”

唐风点头说：“这半块我们留着自己加工。”

老板和所有围观者都把注意力转到了剩下的这块重三十公斤左右的籽料上，唐风用激光笔往里照了照，里面的情况还很难说。他对老板说：“再一分为二吧！”

“没问题。”

大局已定，稳赚不赔，这半边籽料再次被解开，这一次，谜底被彻底揭开。被切割开之后，两块玉料都很薄，激光笔的光线可以直接穿透整块玉料。整块梨花白呈圆锥形，一头大一头小，大的那块差不多有四公斤，小的那块只有它的一半。玉料的重量都只是估算，赌石老手的眼光非常准，估算的结果八九不离十。最开始问唐风卖不卖这块籽料的那个人从唐风手中接过激光笔，他看过之后，对唐风说：“梨花白的行情就摆在这儿了，两块统算，我出一千一百万，怎么样？”

玉料越是整块用途就越多，大的那块梨花白要比小的那块贵一点，唐风指着那块大梨花白对那人说：“这一块，八百万，另一块我要自己留着。”

体积已经很明确，能出多少东西行家心里都有谱儿，八百万元的价格能给买家带来差不多一百万元的利润，当然，雕工好就另当别论了。

那人又看了看料，再看了看周围的人，点头说：“成交。”

这块籽料出来的玉总价值差不多有一千三百万元，肯定可以算作大涨，唐风和陈彦击掌相庆。接下来的事情变得简单，他们把三块玉料的石皮大致去除，拿着玉料一起去到银行完成交易。交易完毕之后，唐风和陈彦一起走出银行。直到这时，唐风才长长地松了一口气，说："总算赌涨了，也不枉我在雪域高原辛苦一趟。"

陈彦说："你是不是又打算去新疆了？"

唐风摇了摇头："还是先把这边的生意稳定下来再说，不能形成一条健康稳定的产业链，就算赌赢了也是为人做嫁衣，毫无意义。"

陈彦问："你打算做那几种玉？"

唐风说："如你所说，我们就做高精尖，从和田玉和昆仑玉着手。"

中国有十大名玉，其中最负盛名的是传统四大名玉，即新疆的和田玉、河南南阳的独山玉、湖北郧县的绿松石、辽宁岫岩县的岫玉。四大名玉之首当然是和田玉，做了和田玉就没有必要再做另外三种玉。而昆仑玉是风头正劲玉中新贵，市场前景看好，肯定不能错过，只要把这一老一新两种玉做好，中国石将踏上一个新的发展台阶。

陈彦笑着点头，说："行，走着。"

有钱什么都好说，二人一起返回毛料交易市场，开始采购昆仑玉。昆仑玉又称青海玉，是软玉的一种。昆仑玉与和田玉出产于同一个矿带，昆仑山以东产昆仑玉，以北产和田玉，两者直线距离相距不过三百公里，所以，昆仑玉与和田玉在结构构造上的特征基本相同。

美人如玉

相比老大哥和田玉，小弟弟昆仑玉的历史要短很多，20 世纪 90 年代初，昆仑玉才开始进入玉石市场。当时，昆仑玉的价格非常低廉，好一点的昆仑玉山流水料每公斤的价格也不过千元左右，差一点的昆仑玉山料每公斤只有几块钱，之后的十几年，昆仑玉的价格也一直在低位徘徊。

2008 年北京奥运会所使用的金镶玉奖牌成就了昆仑玉这个冷门玉种，因为和奥运会挂上了钩，昆仑玉的价格在短短两年时间内翻了好几番，好一点的昆仑玉山流水料每公斤的价格已经达到一万多元。

“唉，”陈彦不无感慨地说，“就在三年前，昆仑玉还只当红薯卖，现在也成了香饽饽。早知道我就买它几吨放在家里，坐着发大财。”

唐风哈哈笑道：“有钱难买早知道，如果连你都想到了，这东西就不值钱了。现在，连门票、电话卡都成了收藏品，下次给手机充值的时候，别忘了把充值卡留下来，兴许以后能值大钱。”

“你拉倒吧，我要收藏了一屋子充值卡，它以后不升值怎么办？这事儿，没个准谱儿……哟，这块不错。”陈彦说话之间就看中了一块昆仑玉明料。

“嗯，看看。”唐风和陈彦开始挑选昆仑玉。昆仑玉产量大，属于平民用玉，再贵也比不上和田玉，现在的中国石有八百万元流动资金，一切都不是问题。没过多久，他们就挑好昆仑玉，陈彦把唐风送回中国石。临下车前，陈彦对唐风说：“那我就把这些拿回去加工了，店里的事情就交给你了。”

“没问题。哎，对了。”唐风问，“你的成品什么时候能出来？”

“你今晚敢把柜台弄出来，我今晚就敢把成品放进去。”

唐风答非所问地说：“你今天洗头了吗？”

“昨天洗的，你怎么想起问这个了？”陈彦没明白唐风什么意思。

“用飘柔洗的吧？”唐风哈哈大笑，“这么自信。”

“去去去，你绕这么大一个弯子，原来就是为了挤对我这一句啊！麻烦您哎，下车吧！”陈彦让唐风下车，自己开着奥拓回家了。

唐风一走进中国石，柜台里的林沐雨就叫住了他。唐风走过去问：“你怎么了？”

林沐雨拿出几张纸道：“这是广告公司根据我的意见做的效果图，你看怎么样？”

唐风接过那几张纸看了看，别说，林沐雨的设计还真不错，以后的中国石将会被分成左、右两部分，左边那部分叫石之秀，专门经营印石；右边那部分叫石之美，专门经营玉石。石之美又分四个柜台，分别经营不同的玉石。唐风抬眼望望四周，在林沐雨粉嫩的脸蛋上轻轻摸了一把。“很好啊，沐雨真能干。”

林沐雨拍开唐风的手：“我在跟你说正事儿呢！”

“我也没说歪事儿啊！”唐风指着图纸上石之美另外的两个柜台，问道，“你这两个柜台卖什么呢？”

“这是预留的，万一以后还要经营其他品种呢？”

“哟，这孩子还没出生，你就把名字给起好了。”唐风点头说，“这样也好，省得以后临时抱佛脚，还是沐雨想得周到。”

“那是，你也不看看我是谁。”林沐雨故作得意地说。

“您知道什么叫谦虚吗？”

“不懂了吧，”林沐雨收起图纸，说，“过分地谦虚就是骄傲。”

唐风一本正经地问：“你今天化妆了？”

“这你也能看得出来？”林沐雨摸了摸自己脸，说，“略微修饰了一下。”

“哦，难怪。”唐风恍然大悟地说，“到现在还没有脸红。”唐风说完话，就向办公室走去。

林沐雨一开始还没有回过神来，等到唐风走远了，她才明白这话的弦外之音。她一跺脚：“这张坏嘴。”

第四天，一切准备就绪，唐风和陈彦把一块直径约有半米的寿山石雕放在了殿堂中央的展台上。这件寿山石雕质地并不好，雕饰也不华丽，但上面篆刻的几个字却掷地有声——本店玉石假一赔十。

唐风看着这块寿山石雕，拍了拍手，点头说：“嗯，感觉不错。”

“昆仑玉倒是没问题。”陈彦说，“就是和田玉的品种太少，只有梨花白，而且量也不多。”

唐风说：“看看销路吧，要是效果好，我改天再去一趟新疆，争取弄点好东西回来。”

那边的林沐雨和吕光还有一位新聘的女员工正在摆放玉石饰品。今天的开门营业和平时没什么两样，但意义却大不相同，中国石开始步入多元化经营的道路。

虽然唐风是中国石的大老板，但在店里的时间还真不多。西单商业圈的人流量真没的说，走进中国石的顾客也不少，但大多数人都只是来看看，真正购买的人却没有几个，玉石生意就是如此，观购比例很小，不可能出现抢购的状况。

扩大营业的第一天，中国石的营业额略有上升，梨花白和田玉刚一面市，销售成绩就很不错。现在购买玉制品的人多少懂一点行，好东西一眼就能看出来。

晚上，中国石结束营业，唐风一边帮林沐雨披风衣一边说道：“今天下雨，早点关门早点回家。”

“乌鸦嘴，怎么说话的呢？”林沐雨回头横了唐风一眼，“应该是早点打烊早点回家。”

“沐雨，你怎么也变得这么封建了？这不都一个意思吗？”

“唐风，这就是你的不对了。”陈彦在一旁帮腔，“老传统还是要讲的嘛！”

“唉，你们这是公报私仇。”唐风一边说话一边走出门口，他不禁打了个寒战，搓着手说，“哟，这深秋的下雨天可真够冷的。”

陈彦在后面关卷帘门，他说：“再过几天就该下雪了，北京是挺冷。”

林沐雨裹紧风衣对唐风说：“是很冷，快点上车吧，回家就不冷了。”

“再见！”三人各自离开。

甲壳虫一路开往他们住的小区，车上，林沐雨对唐风说：“跟我合租房子的那个朋友过完年就要过来，住一起不要紧吧？”

唐风说：“住一起倒不要紧，但做起事情来总是不方便，古玩也没处放。是要准备买房子了，可以考虑分期付款，等那方玉玺卖出去就好办了。”

两个人一路商量买房事宜，不知不觉，甲壳虫已经驶入小区，停好车之后，两人从两边的车门下车。这时，林沐雨在墙角看到了一只小狗，这只狗看上去只有两三个月大，浑身上下都很脏，湿漉漉的黄毛乱糟糟的。此刻的它正蜷缩成一团，身体不停地颤抖。

“好可怜的狗狗呀！”林沐雨像是在对唐风说话，又像是自言自语，她顾不上寒冷的天气，轻手轻脚地走向那条小狗。小狗看到生人靠近，立即挣扎着站起来，唐风说道：“小心它咬你。”

林沐雨走到墙角，缓缓地蹲下身，她似乎不明白狗是听不懂人话的，轻声唤道："狗狗。"

小狗可怜巴巴地抬起头，用毫无神采的眼神"打量"着林沐雨。林沐雨靠近了一些，继续说："狗狗别怕。"

"呜呜。"小狗嘴里发出一阵呜咽，林沐雨小心翼翼地伸出手，摸向瑟瑟发抖的狗身。小狗低鸣着蹲下身，任凭林沐雨的手抚摩着它。这边的唐风才一靠近林沐雨，小狗马上警惕地望向了他。

"唐风，你别过来呀！"林沐雨跟唐风说话的时候并没有回头。

唐风闻言往后退了几步。林沐雨的另一只手轻轻碰了碰狗爪，小狗并没有任何反应，之后，林沐雨回头对唐风说道："我想养这条狗狗。"

唐风点了点头："没问题。"

"狗狗，带你回家好不好？"林沐雨一边说话一边轻轻地抱起小狗，肮脏的狗身弄脏了她那洁白的风衣。

回到家，林沐雨就忙开了，她把冰箱里炒菜用的火腿拿出来给小狗吃。这只小狗大概是饿坏了，一阵狼吞虎咽，吃到肚子圆滚滚的才肯罢休。接着林沐雨开始给小狗洗澡，完全把唐风晾在了一边。

"狗狗，洗澡澡了。"

唐风靠在卫生间门口看着忙碌的林沐雨，说道："你对它也太好了吧，你都没有给我洗过澡。"

"你这人呢，你又不是不会。"林沐雨一边说一边拿起唐风的男用沐浴露准备给狗用，唐风说，"你叫我以后怎么用呢？"

"这个呀，以后就给它用了。"林沐雨望向唐风，说，"我说你什么时候变这么小气了？你比它大好几轮呢！"

"逗你玩儿呢。"唐风说，"你快点，我在老地方等你。"唐风说完话就走向卧室，他刚走到一半，马上回头说："你可别带上它，不是我讨厌狗，反正你不能让它太嚣张。"

"知道啦！"林沐雨马上点头说，"不会的。"

一会儿，林沐雨把狗安置进了临时狗窝，自己洗好澡之后才走进卧室，穿着睡衣的她隔着被子扑在唐风身上。

“我问你一个问题。”唐风一本正经地说。

林沐雨摸着唐风的下巴：“问吧。”

“你觉得翡翠好还是和田玉好？”

看到唐风突然之间变得认真起来，林沐雨反问：“你想做翡翠生意吗？”

唐风摇了摇头，说：“还没想过，我们的产能不够，做不下来，你快些回答我的问题吧！”

林沐雨想了想，开始娓娓道来。和田玉和翡翠之美各有千秋，翡翠波光流转，触目惊艳，与白金、黄金配合，彰显的是富贵之气，就像一位珠光宝气的贵妇人。和田玉明净澄澈，温和润洁，需要静心凝神，才会发现她的美丽，犹如一位婉约的江南女子。因此，和田玉更契合中国人内敛含蓄的民族性格，所谓谦谦君子，温润如玉，便是对软玉之王最好的诠释。

“由于西方人更认同翡翠和钻石，而这两样东西又大量地跟黄金白银这样的文人眼中的俗物相结合，因此，硬玉逐渐淡出了玉文化的范畴。因为翡翠缺少中国人最为看重的‘德’，所以，我们所说的玉文化其实是软玉文化。”唐风接着补充自己的想法，“谦谦君子，温润如玉”是针对男人的品格而言，玉其实更像女人。圣贤书有云，书中自有颜如玉；通俗文学说，美人如玉剑如虹；软玉温香是男人对女人的诠释；守身如玉是女性忠贞高洁的象征。

中国有七千多年的玉文化，延续时间之长、内容之丰富、范围之广泛、影响之深远，是诸如丝绸文化、茶文化、酒文化这类实物文化难以比拟的。玉，已经渗透到了中国文化的方方面面，甚至已经达到了民族精神的高度。宁为玉碎是爱国的民族气节，化干戈为玉帛是团结友爱的风尚，润泽以温是无私奉献的品德，瑜不掩瑕是清正廉洁的气魄。

林沐雨一脸不解地问：“你到底想说什么啊？”

“唯有羊脂美玉才能配佳人，沐雨，沐雨，我爱你。”唐风笑着拿出了两枚用红线拴着的羊脂玉心形吊坠，“送给我们的。”

林沐雨说：“难怪陈彦这几天总是匆匆忙忙的，原来是折腾这个。这是羊脂玉吗？”

“这是极品的软玉，是用我从雪域高原的一位老人手中买来的籽料做成的。”

林沐雨看着吊坠上面篆刻的八个蝇头小字——风雨无阻，走向幸福，很是感动地眼望着唐风说：“唐风，我想哭。”

“傻瓜，”唐风扶起林沐雨的双肩，“来，我给你戴上。”

“嗯。”林沐雨甩了甩头发，让唐风把其中一枚吊坠戴在了她的脖子上。接着，林沐雨也给他戴上。

转眼间七天过去了，这些天，唐风一直在中国石，虽然好久没有上电视节目了，但解读正气砚时的慷慨陈词和摔明青花釉里红的惊人举动已经让他成了名人。很多客人在购物的时候都不忘询问几句，唐风也多次被认出，平静的生活也因此而增添了不少乐趣。

这一天，唐风正在店里浇花，一个收废品的老头子将三轮车停在了门口。吕光正要出门阻止，唐风说：“算了吧，老人家也不容易。”

老头儿下车，径直走进中国石。看到老板如此尊敬老人，吕光也深受感染，他对老头儿说：“大爷，我们这里没有废品给您。”

老头儿说道：“我不是来收废品的。”

“那您是……”吕光的后半句话没说出来，“那您是来买玉的？”

老头儿说道：“我找那个鉴宝的小伙子，有东西要请他鉴定鉴定。”

吕光当然知道唐风是干什么的，他呵呵一笑，说：“大爷，我们老板是鉴定古玩的。”收废品能收来什么古玩呢？

老头子一本正经地说：“我那东西就是古玩，国家部门的鉴定费用太贵，所以，我想请他给我看看。”老头子说完话，拿出一包打开过的软壳大丰收递向吕光，“您抽烟。”

吕光笑了笑，说道：“不会。”软壳大丰收是北京最差的一种烟，两块钱一包，吕光哪里肯接。

唐风放下手中的水壶，起身望向老头子，问道：“大爷，是什么古玩呢？”

景泰蓝

“哟，唐先生。”老头子一看到唐风，马上笑逐颜开地走过来，他先把那包软壳大丰收递到唐风面前，“您抽烟。”

“大爷，您别客气。”唐风抽出一根烟拿在手里，说，“还是说正事吧，您有什么东西需要看的？”

老头子说：“是一个花不溜秋的铜罐子。”

花不溜秋的铜罐子？唐风的第一感觉是景泰蓝，“您从哪儿弄来的呀？”

“哟，没火是吧？”老头子伸出老松皮一般的大手，将打着了火的打火机递到唐风面前。这就没办法拒绝了，唐风将香烟放进嘴里下足功夫点着了烟。老头儿说：“那东西是我收废品时收来的。”

“咳咳咳！”也不知道是老头这句话太吓人，还是劣质卷烟太呛人，唐风咳得差点没回过气来，收废品收来一个景泰蓝，多新鲜呢！就算全民收藏，古玩也不带这么来的。甭管怎么着吧，人都找上门来了，唐风也得看个究竟，他问：“东西带来了吗？”

老头子说：“就在我的车上。哟，我的车还没上锁呢，我们到外边去看。”

唐风说：“外边冷，要不，您拿进来？”

老头子马上摇着头说：“不成，一会儿黑狗皮该来了，车收了可就取不出来了。”

唐风闻言点了点头，说：“行，看看去。”

唐风刚到门口，就碰上从外面回来的林沐雨，她问：“唐风，你要出去啊？”

“我就在门口。”唐风跟林沐雨打了声招呼，跟着老头子走出店门。三轮车上有个胀鼓鼓的蛇皮口袋，老头子从蛇皮口袋中拿出一个彩色的八瓣瓜棱罐，瓜棱罐很好辨认，看起来就像一个大圆南瓜。唐风接过这个瓜棱罐，很压手，有点分量。唐风猜得没错，这就是景泰蓝。

景泰蓝又名“铜胎掐丝珐琅”，是珐琅器的一种，珐琅器在早些年的日常生活中很常见，搪瓷盆、搪瓷碗的制作工艺跟珐琅器差不多。

景泰蓝的制造历史最早可追溯到元朝，但在明代景泰年间才开始盛行，又因当时多使用蓝色釉，故名景泰蓝。

景泰蓝的釉质很厚，结构稳定，不易磨损。这个八瓣瓜棱罐掐丝自然流畅，釉色丰富且饱和柔美，釉质保存完好。罐身底色为浅灰蓝，主体图案是黄龙彩凤戏珠图，黄龙气势逼人，双爪苍劲有力；彩凤飘逸，栩栩如生，主体图案周围的辅助纹饰为缠枝莲花、菊花等各色花卉。此瓜棱罐底部有“咸丰年制”的四字楷书款，看上去很像是晚清时期的珐琅制品。

当然，这个景泰蓝八瓣瓜棱罐上也有明显的瑕疵，铜胎内部有清晰可辨的砂眼，说明铜质含有大量的杂质，不是上好的铜，而且这个景泰蓝的铜胎还不是紫铜，而是黄铜，价值大打折扣。景泰蓝和瓷器一样，一经问世就在不停地生产，是我国的传统出口工艺品，这种状况一直持续到现在。如今市面上的景泰蓝绝大多数为新工艺品，仅有小部分是晚清和民国时期的旧品；最好的景泰蓝当然是明景泰年间的制品，如果出现那就是国宝了。

老头子见唐风看得差不多了，连忙问：“怎么样？是不是古玩？”

要说这老头子也挺可怜的，大冷天还骑着三轮车满街收废品，衣服一件套一件，臃肿但不保暖，言语之间还在不停地用衣袖擦着清鼻涕，一只发黄的解放鞋的前端露出一个不小的窟窿，露出了里面的旧色绒袜。他大概也和大多数穷苦一生的人一样，做梦都盼着奇迹的出现，彻底摆脱世代贫困的宿命。但是，宿命有那么好改变的话就不叫宿命了，这个景泰蓝明显不是国宝，唐风点头说道：“大爷，这东西能算是古玩。”

老头子一听唐风这话，马上就乐开了花，他掩饰不住兴奋地问：“您看这东西值多少钱？”

唐风皱了皱眉头，说道：“大爷，虽然这东西确实是古玩，但年代不够长，只是民国时期的仿品，顶多也就值两万块钱。”

“这位先生。”一个经过的路人恰巧看到了唐风手中的景泰蓝，他对唐风说，“这东西能给我看看吗？”

这个路人三十来岁，长着一张国字脸，给人一种很正派的感觉。唐风点头说："没问题。"

虽然只值两万块，但老头儿还是很高兴，他说："哎呀，真是太好啦，我算是捡了一个大漏了。"

"国字脸"一边看景泰蓝一边问老头子："大爷，您这东西多少钱收过来的？"

老头子说："我就是当破铜烂铁收过来的，宣武区那边有个胡同要拆迁，一户人家在搬家的时候卖废品，其中就有这个东西。"

"哈哈，"唐风笑着说，"大爷，那我可要恭喜您啦！"

"嘿嘿，运气，运气。"人逢喜事精神爽，老头子那枯瘦的脸部肌肉就如同久旱皲裂的土地得到雨水的滋润一般，一下子就舒展开来了。"国字脸"看完景泰蓝之后抬头问唐风道："这位先生，您是怎么看的？"

唐风答道："民国时期的仿清景泰蓝，您觉得呢？"

"嗯，"国字脸点头说，"确实是民国时期的。"

老头子乐呵呵地问唐风："唐先生，您要这东西吗？我卖给你，两万块钱。"

唐风本来并不想要，这东西升不了值，但他不忍心让老头子失望，他说："如果您要卖的话，我可以要，两万块没问题。"

"好嘞，"老头儿说，"那咱就成交了。"

"大爷，您先等等。"国字脸说，"这东西不止两万块。"

老头儿马上对"国字脸"说道："这位先生面善，一看就是忠厚之人，您说说，这东西值多少钱？"

"国字脸"很认真地说："起码也得值三万块吧？这东西是民国时期制作景泰蓝的老字号，'老天利'出来的，价值比一般的民国景泰蓝高不少。"

唐风问："您是怎么看出来的？"

"国字脸"说："这条黄龙的黄色虽赶不上乾隆黄，却比普通的民国黄要艳，肯定是老字号出来的，民国黄最好的当然是'老天利'了。""国字脸"很懂行，景泰蓝的断代一般都是从颜色上判断，明朝时期的颜色最好，清中期次之，民国最差。为了方便，行内人都使用简称，“明朝白”“乾隆黄”就是这么来的，乾隆黄和乾隆白的工艺要求都很高，是民国时期仿造不出来的。要说起来，这个八瓣瓜棱罐的黄色还真要高于民国时期的普通景泰蓝。

“嗯，这个……”老头子最关心的不是明朝或民国，他更关心价钱，他对“国字脸”说，“您要吗？”

“国字脸”望向唐风，说道：“这怎么好意思呢？”

“没事，没事。”唐风连忙说，“你们谈你们的，我也不是很想要。”

“国字脸”抱歉地说道：“那我就真要了。”

唐风笑了笑，说：“你们谈，我先走一步。”唐风说完话，转身走进了中国石。

唐风走了，留下的老头子和“国字脸”对望了一眼，满脸的疑惑。老头子一跺脚，说道：“两万块人家都上当了，你还来添什么乱呢？”

一直在门口注意唐风的林沐雨见他走进来，笑着问：“差点打眼了吧？”

创纪录的生意上门

“打眼？”唐风望向林沐雨，很是奇怪地说，“我哪有打眼啊？”

“以你的性格呢，是不会占那位老大爷的便宜的，你出价两万块人家出价三万块，说明人家的眼光比你准。”林沐雨笑着说，“别不承认了，打眼也没什么的。”

“这不是打眼，而是差点上当。”唐风摇着头细细道来。明代景泰蓝的颜色透亮而不发磁，明代黄就如同老姜的浆汁一样，黄得均匀，自然流畅；清代景泰蓝的颜色跟明代恰恰相反，发磁而不透亮，乾隆黄的黄色就如同煮熟的鸡蛋黄，色泽莹润但色质发干，不够自然；由于珐琅釉料所限，民国黄的黄色不够纯正，黄中发绿或发红。而老头子手中的景泰蓝的黄色跟明代黄和乾隆黄有明显的差距，但又不同于民国黄，这个景泰蓝的黄色颜色太正，没有杂色。唐风说道：“按照行里话来讲，不伦不类是仿品，我一早就看出来了，这东西肯定是现代仿品。我是看到那老大爷淘个东西不容易，不想让他失望，出两万块完全是想做好事。我真想不到，他们的狐狸尾巴这么快就露出来了，国字脸一抬价，什么事儿都明白了，他们肯定是一伙的。”

“你就这么肯定？”

“肯定，”唐风很有把握地说，“沐雨，你以后买东西千万要长个心眼儿，只要有人站出来抬价，这东西就肯定不能要。”

林沐雨转身望向门外，果然，“国字脸”和收废品的老头儿都不见了。

“唉。”唐风叹了一口气，“我还是别待在店里为妙，找上门来的不是骗子就是自以为捡到国宝的人，在他们眼里，我就有那么好骗吗？”

林沐雨把唐风拉到茶几边的凳子上坐下，说道：“别这样啦，我给你泡茶喝。”

“哟，给我也泡一杯。”过来接班的陈彦一进门就听到林沐雨说要泡茶。

林沐雨微微一笑，说道：“没问题，两位老板稍等。”

林沐雨给二人泡好茶，自己去做交接准备，陈彦对唐风说道：“梨花白销量过半，剩下的应该可以撑到年后，你可以过完年再去新疆。”

唐风摆了摆手，说道：“早就没有过年的概念了，随时随地可以去，只要那边有货就行。”

陈彦说：“其实找朋友帮忙也是对朋友的信任，你呀，有时候过于腼腆了。听刘书南说，李老四那个人还不错，能找他帮忙还是尽量找他，欠下人情可以还，耽误了事情可就不好了。”

唐风点了点头，很是无奈地说道：“不这样又能怎么样？”

“喝茶喝茶。”陈彦不想深入讨论这个问题，端起杯子喝茶。这时，一辆奔驰 S600 在中国石的大门口停了下来。

车上走下来一男一女，男的三十岁上下，梳着老板头，陈、唐二人没什么印象；那女的一出来，两个人立马就想起来了，她就是南方京剧界的一姐林芊羽，长得特漂亮。看到林芊羽，唐风这才想起老板头，他以三百五十万元的高价成功竞购了唐风的程长庚道具笏板，也成功博得美人一笑。

陈彦马上把自己的手机交给唐风，说道：“帮个忙，我跟她合个影。”

接过手机的唐风心中暗自纳闷儿，陈彦也懂京剧？那边的陈彦已经迎上了林芊羽，他笑着招呼道："林小姐，你好你好，能在这里看到你真是太好了，我经常看你……"这家伙是说起来一套一套的，其实根本就没有去看过林芊羽的演出。

林芊羽哪里会记得自己的观众长什么样，她笑着招呼道："您好，多谢捧场。"

陈彦道："林小姐，能跟你合个影吗？"

林芊羽出于礼貌也不能拒绝的，她嫣然一笑，点头说道："没问题。"

唐风明白了，陈彦是想沾点名人效应，为中国石做个活广告，他马上调好陈彦的手机，起身对两人说道："二位看这边，我来给你们拍照。"

"咔嚓"一声，在中国石背景下拍的照片存入文档。这应该算是大功告成了，但陈彦还不满足，他指着唐风对林芊羽说："他也是你的忠实听众，每次你到北京来表演……"

陈彦开了头，唐风也不能否认，对京剧一窍不通的他也开始胡说八道。林芊羽将纤纤玉手伸向唐风，说道："我在电视上看到过唐先生，你是古玩鉴定行业的后起之秀，久仰大名。"

唐风呵呵一笑，伸手跟林芊羽相握，客气地说道："林小姐客气了，不敢当，不敢当。"

一番寒暄，陈彦转入了正题，他问林芊羽道："林小姐是来看印石还是来看玉饰的？我们一定给你优惠。"

林芊羽说："在商言商，二位不用客气，该怎么算就怎么算。我就是到你们这里来看梨花白和田玉的，有朋友说你们这里的东西很正宗，不掺假。"

唐风说："正宗不敢说，但绝对不掺假，您二位跟我来。"

唐风走到柜台里面，把剩下的六十多件梨花白和田玉饰品全部拿出来摆在柜台上。林芊羽明显对手镯这样的大件不感兴趣，她拿起几枚做成梨花瓣状的小吊坠，对老板头说道："梨花白雕梨花瓣，真的很漂亮，尤其是花瓣上面的青绿色，好逼真。"

也不知道"老板头"到底懂不懂和田玉，他点着头很认同地说："确实不错，我也很喜欢。”

陈彦心中暗自得意，这两人不懂行。一般来讲，不能做摆件、大雕件的整料要先考虑做手镯这样的中型雕件，再考虑做扳指或戒面这样的中小雕件，实在没办法才会做梨花瓣这样的小配饰，这种小配饰一般都是用玉料的边角料做成的。总的来说，玉料的加工需要成品最多化，利用率最大化，从大到小，一点都不能浪费，毕竟是两千块一克的东西。

“老板头”很大方，他对唐风说：“麻烦把这些梨花瓣包起来，我们全要了。”

唐风心中暗自高兴，梨花瓣总共有十来件，是他们最担心销路的玉饰品，如果这笔生意能做成，那就太好了。但林芊羽总是让他失望，她拉着“老板头”的衣袖轻声说道：“不要这么多啦！”

“哎。”“老板头”说，“玉能辟邪，快过年了，送给我们两边家族的孩子们正合适，比直接给压岁钱要好很多。”

林芊羽道：“哪有那么多孩子呀！”

“老板头”说道：“剩下的可以自己留着嘛，听我的，就这么定了。”

唐风将这些小雕饰的编号扫入电脑，一会儿，彩色的价目表打了出来，他将价目表递给“老板头”，道：“每件雕饰都有相应的编号，单子上也有相应的图片和分量，这个可以作为法律依据的，能在这里碰到二位是缘分，加工费就算了，总共收您二十五万。”玉饰品的利润很高，如果按照市场行情来算，这笔生意能让唐风他们净赚五万块，而这块和田玉籽料又是赌石所得，唐风他们的利润将会非常可观，终于见到了回头钱，中国石的生意开始良性循环。

老板头笑着对唐风说道：“我们相信你们，没问题。”接着，他指着那些和田玉镯子对林芊羽说道：“我打算买一对镯子送给你妈妈，我妈妈也很喜欢玉饰品，买两对，怎么样？”

“你不能这样买呀！”林芊羽嘴上不愿意，但谁都看得出来，她心里挺高兴。

老板头笑了笑，说道：“梨花白并不常见，错过了就很难再遇见，这东西可以当作传家宝的，我们挑两对好一点的。”

“嗯。”林芊羽点了点头，两个人开始挑选玉镯子，

接下来，事情变得顺畅，老板头和林芊羽挑选的两对镯子总价值一百七十多万元，加上先前的二十五万元，总共差不多是两百万元，在没有预兆的情况下，中国石的日营业额记录大幅度攀升。陈彦和唐风亲自送林芊羽和老板头出门，他们走后，陈彦和唐风对望一眼，同时说道：“今晚喝酒！”

林沐雨早就知道这边的情况，她看到林芊羽在就有没出来，现在见这两人如此兴奋，她笑着说：“看你们俩高兴的，这样吧，今晚我做东，叫上所有人，咱们一起聚一聚。”

唐风点头说道：“那就这么说了，我明天去新疆，这回怎么也要把和田玉品种弄齐全一点，不然容易错过大客户，尤其是像‘老板头’这样的，嘿，这家伙，牛！”

“就是。”陈彦说，“我要是女人，我就嫁给他！”

“如果你真是女人的话呢，要嫁也不成问题，不过……”唐风大笑着说，“你想嫁也得有人娶呀，你这样的，婚姻介绍所看到都疼痛，那还不得把客户吓跑呀！”

陈彦嗤之以鼻地说道：“德行，我要是女人，肯定比沐雨漂亮，沐雨，你说是吧？”

“是，当然是，”林沐雨点头说，“你要是女人比如花还要漂亮。”

三个人你一言我一句，好不热闹，中国石店堂内弥漫着快乐的气息，难得好心情。

说动就动，林沐雨马上打电话预订了两张北京到新疆和田的机票。林沐雨挂了电话，唐风问：“你怎么预订两张机票呢？”

“嘻嘻，”林沐雨说，“这么好玩的事情当然要带上我的。”

“哟哟哟。”陈彦连忙摆手说道，“你们俩一边肉麻去吧，我是受不了了。”

“他这是嫉妒！”唐风和林沐雨一致对外。

晚上，所有员工齐聚一堂，一顿热热闹闹的团圆饭自是其乐融融，中国石提前走出寒冬，新的一年即将到来，所有人对未来都充满了信心。当然，

相比之前走过的坎，中国石未来的路还会更加艰险，龙宝公司和汉唐宝业两强相争的局面已定，无论是江源还是杨程明，他们都不会允许三足鼎立的局面出现，一个弄不好，中国石就会成为“双矢之的”。

聚餐结束，林沐雨和唐风一起回到家。林沐雨问：“新的一年即将到来，你有何打算？”

唐风很有把握地说：“不管是信心、雄心还是野心，我想把中国石做大做强。我的目标是，在明年的今天，起码在北京的范围内，中国石要和龙宝公司还有汉唐宝业分庭抗礼。唉，我又扯远了……”唐风紧接着就信心锐减，他说道：“还是先把银行的欠债还上再说，那可是利打利、利滚利的买卖，多欠一天都心惊胆战，人家杨白劳还有喜儿抵债，我什么都没有。”

林沐雨呵呵一笑，说道：“不管怎么样，有信心就是好事，哪怕是失败，至少我们曾经努力过。”

第三天，林沐雨和唐风踏上行程，班机经乌鲁木齐地窝堡机场转往和田，唐风这回学聪明了，早早跟李老四打好招呼。

李老四也很够朋友，唐风和林沐雨抵达和田机场时已是深夜，但李老四还是亲自到机场来接他们。李老四握着唐风的手悄声说道：“小唐兄弟，真有你的，弟妹长这么漂亮。这年头，肯在这种季节陪你到这种鬼地方来的女人可不多见了。”

唐风连连客气，一番介绍，林沐雨称呼李老四为李大哥。寒暄过后言归正传，李老四说：“新疆没办法跟北京比，晚上不安全，我们先在机场宾馆暂住一晚，明天再去和田市区。”

三人一起去机场宾馆开房，顺便在宾馆吃夜宵。吃夜宵的时候，李老四对唐风说道：“记得上次我跟你提到过的水胆玛瑙吗？”

唐风点头说道：“当然记得，我的朋友非常想要一件，这次到新疆，我也准备去找找。不过，这东西的鉴定难度太大，没什么信心。”

“你说得对，”李老四点头说，“前几天和田出来一块大的，我去看过，真不好判断。”

“这么说这边真的有？”唐风突然来了兴趣，“有多大呢？”

“有肯定是有的，这玩意儿在新疆出过不少。”李老四点头说，“足足有五公斤，里面的水很多，去看的行家是一拨接着一拨，但谁都不肯出价。”

林沐雨轻声问：“为什么呢？”

李老四解释道：“新疆的冬季天寒地冻，理论上不太可能出现水多的水胆玛瑙，容易冻裂冻爆。”经过亿万年的岁月洗礼，水胆玛瑙的水分会自然蒸发，市面上水分多的水胆玛瑙无一例外，都是假的。

“不管怎么样，肯定要去看看。”唐风很希望能遇上一块真正的水胆玛瑙，让陈彦加工之后拿去参加玉雕石雕大赛，如果能获得好名次，也算是一尝他的夙愿。

第六卷

身份泄露　是福不是祸

唐风在新疆为陈彦寻得一块水胆玛瑙，可以用来参加石雕玉雕大奖赛。陈彦与唐风听说一个拆迁户挖出了宝贝，都去看热闹。唐风在面对泥土时的一举一动引起了柳月的注意，柳月从中推测出了他的真实身份……

祥云洒金黄

李老四哈哈一笑，说道："我就知道你会感兴趣。不过，你只怕要等上几天了，水胆玛瑙的主人昨天才把水胆玛瑙拿到乌鲁木齐去鉴定。"

"哎，这可不是什么好消息啊！"唐风摇着头说，"只能祈求上天保佑了。"这事儿很麻烦，如果乌鲁木齐的专家鉴定为真，水胆玛瑙的主人有可能会自己收藏，就算要出手，那价钱也会非常高，不是唐风现在所能承受的。如果鉴定为假，那这块水胆玛瑙百分之九十九就是假的，一切更不用再提。

李老四说："也是，如果我有把握，我都会买下来，这可是一棵看着升值的摇钱树。"

林沐雨说："那得多少双眼睛盯着呢？"

唐风哈哈一笑，说道："命里有时终须有，命里无时莫强求，这东西是收藏品，关键还得看缘分。"

林沐雨笑着开唐风的玩笑："张口缘分闭口缘分，你都快赶上媒婆了，哦，不对，是媒公。"

"哎，小唐可不像媒公，他嘴下还缺颗痣。"谈话的氛围很轻松，李老四也笑着说，"如果加上的话，可不只是像了，本来就是。"

第二天上午，唐风和林沐雨坐上了李老四的长城皮卡。

唐风说道："我在新疆人生地不熟，这次采购和田玉毛料就全依靠李大哥了。"

李老四摇着头说道："你这是哪里话，放心吧，有我当向导，不会有任何问题。今晚还得麻烦你们在酒店再住一晚，明天一早再去桑株塔格乡，现在去天黑之前回不来，那边住处不好找。"

唐风点头说道："一切都听李大哥的安排。"

接着，李老四把唐风和林沐雨送到当地最好的酒店，等到两人安顿下来之后，他才告辞离开，两人一起把他送到酒店的大门口。进酒店大门的时候，唐风替林沐雨整理了一番上衣，他说道："叫你不要一起来的，这边冷，会冻坏皮肤的。"

"怕什么，冷可以多穿衣服呀！"林沐雨笑了笑，"这边的手机信号不好，跟过来总比天天都联系不到你要强很多的。"

唐风点头说："这样也不错，我们好久没有安安静静地待在一起了。"

林沐雨挽着唐风的胳臂说："我想去逛街。"

"那就走吧，正好消磨一下时间。"

和田的土特产很多，尤其是干果类的土特产，唐风由着林沐雨自由选购，回到酒店的时候，两个人四只手都拎着大包小包，算是满载而归了。

第二天一早，李老四就打来了电话，唐风到隔壁房间叫醒林沐雨，两个人一起走出酒店，坐上李老四的长城皮卡，一路赶往桑株塔格乡。跟上次唐风去那边时一样，这次李老四也带上了他们厂的技术员杜纪元。

汽车在荒原之间的砂石马路上一路颠簸，坐在汽车上的人如同坐在摇篮上一般，唐风担心林沐雨会晕车，李老四则担心车会抛锚，这两件事情都很麻烦，好在他们担心的事情都没有发生。一番折腾，长城皮卡有惊无险地抵达桑株塔格乡。

边远山区的乡下跟城市不一样，这种地方十几年也不会有什么变化，汽车还是停在了上次唐风购买和田玉山流水籽料的那个院落前。但是，今天的情况与上次唐风来的时候不同，院落前已经停满了汽车。杜纪元解释道："最近和田玉又传来了好消息，过来采购的人逐渐增多。"

人多倒不要紧，唐风最不想碰到杨程明和江源这样的大鳄，和田玉这步棋可是中国石做大做强的关键。

四个人穿过院子，一路走到里屋。那位维吾尔族老人今天也在，他看到李老四进来，连忙走到门口打招呼："欢迎李厂长。"之后，老人的眼光移向唐风和林沐雨，他对唐风说道："这个小伙子我还记得，吉穆翰家的那块山流水籽料就是你买下来的。"

唐风点头说道："老大爷好记性，现在还记得我。"唐风完全不用担心老人会刨根问底，打听那块山流水籽料的开解结果，按照和田玉"赌肉"的规矩，出去的货不管有多好，卖方都不会过问；反过来说，不管有多差，买方也不能找上门来。

维吾尔族老人在看到林沐雨后立即笑逐颜开，很客气地说：“哟，还有这么漂亮的一位城里姑娘，你好。”

“大爷您好。”林沐雨连忙客气一番。

寒暄之后，李老四问老人道：“吉布提大爷，最近情况怎么样？今天的人可不少啊！”

一问到最近的情况，吉布提笑得更加灿烂，他说道：“李厂长，今天你来得正好，绝对的好日子。”

李老连忙追问：“吉布提大爷，听你这么说，最近出好东西了？”

“是啊，最近出来一件上好的祥云洒金黄籽玉，他们都是冲着这东西来的。”

前面也说过，并不是所有的和田玉籽料都需要赌的，洒金黄就是不需要大赌的皮色籽玉，没有石皮包裹的和田玉籽料叫和田籽玉。

和田籽玉的外表分布着一层褐红、褐黄等色的玉皮，人们称这种和田籽玉为皮色籽玉。皮色籽玉的玉皮有秋梨、芦花、枣红、黑等颜色，琢玉艺人以各种皮色冠以玉名，如秋梨皮子、虎皮子、枣皮红、洒金黄、黑皮子等。

虽然皮色籽玉的色皮是后期形成的次生矿物，但它却能提高和田籽玉的价值。自古以来，同等的带色皮的籽料价格要比不带皮色的籽料贵得多，自然灿烂的皮色，是和田玉籽料特有的特征，也是真货的标志。世界上有很多玉石都带有皮色，但都不如和田玉皮色这般自然成趣。

所谓祥云，是皮色籽玉色皮的一种形态，皮色籽玉的色皮形状各式各样，有的呈云朵状，有的呈脉状，有的成散点状，呈云朵状的色皮就是老人所说的“祥云”。

听老人提到祥云洒金黄籽玉，唐风来了兴致，他转头望向屋子里面，屋子里的陈设还是没有变。正中间是一张大桌子，上面摆满了各色和田玉籽料和籽玉，大桌子周围全是椅子，买家和卖家是混坐在一起的。

今天来的买家有很多，粥少僧多，唐风暗道麻烦，早知道就多准备一点钱了。林沐雨来到唐风身边，她指着大桌子最中间的那块和田籽玉问：“那就是祥云洒金黄吗？”

唐风点头说道：“是的，是块好东西。”

水胆玛瑙

林沐雨在唐风耳边轻声问道："这是真的还是假的？"

桑株塔格乡的籽料交易是没有官方监管的自发贸易，交易方式比较松散，在没有人正在验看的情况下，唐风可以随意验看这块祥云洒金黄。当然，包括这块籽玉主人在内的很多盯着验看籽料的人，调包的机会是没有的。唐风将这块重达两公斤的祥云洒金黄拿在手中对林沐雨说道："肯定是真的。"

有真货肯定就有假货，籽玉一样也有作伪，作伪的籽玉很容易分辨，稍有经验的人都看得出来。除了和田玉特有的明显汗毛孔之外，还可以从光滑度和光泽度分辨出来。真籽玉历经千万年水流的冲刷磨砺，外形一定是流线型的，光滑圆润细腻，而假籽玉经过后期加工滚磨抛光，外形远不如真籽玉自然。真籽玉的色皮是自然沁色，结构越细的地方沁色的光泽度越高，而假籽玉则恰恰相反，结构越粗的光泽度越高，因为这些部位容易吸收染料。

作伪的假籽玉可能在某一方面跟真籽玉的特性相同，但综合起来看便无所遁形，这些经验教训都是一代又一代辨玉行家用钱甚至是用血泪换来的。

"这一块祥云洒金黄值很多钱吧？"林沐雨当然明白这东西会很贵，有唐风在，她想知道它的具体价值。

在古代，发现类似的皮色籽玉肯定是要进贡的，现代当然用不着，完全可以自由交易。唐风说道："七百万左右。"一分钱一分货，唐风上次购买的鸡蛋黄和田玉值四十万元一公斤，梨花白一公斤两百万元，而这样的祥云洒金黄每公斤就值三百五十万。带色皮的籽玉有很多，关键要看色皮的形状、颜色、位置、沁色深浅以及光泽度，这块籽玉白地金黄色皮，搭配得极好，价值自然就高。

刚走过来的李老四看了看这块祥云洒金黄，说道："这东西成本太高，只适合收藏，不适合做生意。"

唐风很认同李老四的看法，他说道："确实，不太感兴趣。"唐风现在还没有那个实力来角逐这块上好的籽玉。

杜纪元说道："问题是，这块籽玉成交后，他们肯定还要选购其他籽料，价钱就被他们抬上去了。"

李老四拍了拍唐风的肩膀，说道："知道我为什么要去做翡翠赌石了吧？和田玉的赌石比例太小，没有石皮的裸料多，成本高得吓人，还不如去做翡翠赌石，起码还可以赌一赌。"

唐风哈哈一笑，轻声对李老四说道："他们挑过之后不就剩下赌石了吗？"

李老四会意地点头，说道："那就入座吧！"

唐风他们在看这块祥云洒金黄的时候，那边就已经在讨价还价了，这里的籽料都标有主人家的姓名，看中了就可以直接找主人谈价钱，交易过程并不复杂，一个小时后，大桌子上那些品相比较好的籽料已经被买走了七七八八。大鱼大肉已经被吃掉，大快朵颐的人不断离开，最后只剩下几个等着喝汤的。

杨程明和江源这样的超级大鳄没有到场，那些中小鳄鱼很快吃饱离开，桑株塔格这片池塘开始安静下来。唐风和剩下的几位客商开始在所剩无几的籽料当中挑选值得一赌的赌石，由于前面离开的都是行家，所以剩下的东西都很一般，几位客商挑了半天都没有选中一块好的，都坐了回去。这时，吉布提走了过来，他对剩下的人说道："各位尊贵的客人，外面刚运回来两块大山料，要不要去看看？"

一群买家马上来了兴致，跟着吉布提走了出去。李老四问唐风道："你不出去看看？"

唐风摇了摇头，说道："不想跟人抢，那样只会抬高价钱。我再看看剩下的这些。"

李老四说："那我们就去凑热闹了，回头见。"

"回头见。"李老四和杜纪元离开后，唐风开始仔细查看剩下的籽料。他还没有看完，刚才出去的人又都回来了，唐风问李老四道："怎么了？"

李老四摇着头说道："山料就是山料，根本没办法跟山流水和籽料相比，整个就是一块普通石头，一点玉料的特征都没有。"

唐风很纳闷儿地说道："他们都是常年接触山料、籽料的人，不会连这个都分辨不出来吧？”

李老四小声对唐风说：“我当然相信他们不会分辨不出来，就怕他们有意鱼目混珠。那块大山料有一吨多重，一点表现都没有，直接开价五百万，谁敢赌啊？”

听李老四这么一说，唐风倒来了兴致，他说道：“我去看看。”

唐风一出门就看到院子外面那块半人高、足足有一个半立方米的巨大山料。这块山料表皮呈土黄色，非常粗糙，摆在河滩上或放在公园里没人会认为它跟玉有任何关系。难怪刚才那些人才看上一眼就都回来了，先不说能不能出玉，这块石头是不是山料都需要赌一赌。

一般来说，籽料的质量肯定要好于山料，很多人在购买和田玉时，只挑籽料不考虑山料。跟山流水和籽料相比，山料最大的特点是没有经过地质搬运，少了这道工序的毛料就跟炒菜时盐放太少一样，熟是熟了，也可以吃，就是没味道，价钱自然就大打折扣了。

唐风走近这块山料，上手敲了敲，够敦实的。由于这块石头实在太重，在搬运过程中难免磕磕碰碰，地上遗留了不少碎石。唐风随便捡起几块碎石看了看，觉得这块石头的内部有变化，应该是山料，有没有玉就很难说了。

每种物体都有密度，密度、体积和重量之间的关系是一定的，密度越大体积越小。从唐风手中的那几块碎石来看，如果这块石头表里如一的话，体积就不应该这么小。也就是说，这块石头的内部密度大于外部，里面肯定是有变化的，至于是不是玉，只有切开才知道。

玉的密度肯定跟石头不同，这也是鉴定一块石头是不是赌石的证据之一，不可能随便拿一块石头就说是赌石。

这块山料的主人就在院子门口，唐风转身问他道：“这怎么卖的？”

石头主人没有说话，只是伸出五根手指对着唐风晃了晃。唐风摇头一笑，他伸出一根手指对他说道：“你开的价钱太高了，这石头的风险太大，没有人敢花这么大的代价来赌的。”这块大家伙赌赢的概率非常低，大多数人是一点把握都没有，唐风也只有一成的把握。

山料主人哈哈一笑，说道：“兄弟啊，你没有诚意。”

唐风很认真地说：“这个赌注我愿意出，多了就真不敢了。”

山料主人伸出四根手指，说道：“这是最低价。”

开价五百万的东西一下子少了一百万元，说明他的开价也没有多少依据，这种山料是不能以分量来计算的，只能凭估价。唐风说道：“看来是说不通了，我最多出两百万，多一分都不要，你考虑一下吧！”

唐风走到李老四身边对他说道：“这里已经没有好东西了，其他还有地方吗？”

李老四说道：“柳什塔格太远，今天去不了，我们可以从铁克里克塔格那边回和田。不过，那边大多都是没有石皮的裸料，基本没有和田玉赌石。”

“赌石还是少参与为好，我自己都怕了。”唐风说，“做生意不能什么都靠赌的，是应该去采购裸料了。”

李老四说道：“行，我带路，走吧！”

四个人上车，李老四一边发动汽车一边问唐风道：“这块山料你不打算要了吗？”

唐风说：“我只能出这么多了，再多我就不敢赌了。”

李老四道：“要我来说，五十万差不多。”很快，汽车发动，李老四刚要踩油门，山料主人跑过来敲了敲车窗。李老四笑着对唐风说道：“你这个价钱开得太高了。”

唐风说道：“懒得跟他计较，该出手时就出手。”接着，唐风打开车门下车。虽然山料摆在家里不用喂饭，但多少会占点地方，搬去搬来也麻烦，既然没有人要，山料主人也就卖给唐风了。交易很快完成，山料主人叫来同伴，帮忙把这块山料搬上了长城皮卡。这种皮卡车如其名，很皮实，装上一块大石头也没什么感觉，四个人一路赶往铁克里克塔格。

裸料和半裸料都是明码标价，四人在铁克里克塔格没逛多久唐风就满载而归。这次唐风总共花去三百多万元，购买的籽玉以价钱较低的青白玉、青玉和普通黄玉为主，带有少量的墨玉。白玉和高档黄玉的价钱实在太高，唐风没有买。

都是石头疙瘩，运输成本可不低，最便宜的铁路托运也花去了唐风数万块钱。一切办理妥当，就这样，连续几天购买托运、托运购买，唐风身上的一千万元只剩下了三百万元。

第五天，李老四到酒店来找已经准备返回北京的唐风。“给你带来了一条半好半坏的消息。”

“是那块水胆玛瑙吗？”

“是的。”李老四点头说，“那你该猜到好在哪里坏在哪里？”

“你都说半好半坏了，我还能不知道吗？”唐风说，“乌鲁木齐的鉴定专家没给主人带来什么好消息吧？”

李老四说：“这事本来是要保密的，但我认识水胆玛瑙的主人，他亲口告诉我的，鉴定专家确定这是一块玛瑙，但不认为是水胆玛瑙，现在的他鉴定无门，有意出手。”

唐风倒是看得开，他说道：“不管是好是坏，先去看看再说。”

李老四说道：“我也想听听你的判断，那就走吧！”

唐风叫上正在收拾行李的林沐雨，三个人一起赶往玛瑙主人的店铺。李老四跟玛瑙主人很熟，他叫潘建岳，开了一家名为“玉缘”的商店，主要经营和田玉籽料。到了“玉缘”，潘建岳很客气地邀请唐风他们坐下，并让伙计泡上了茶，几个人一边喝茶一边聊天，潘建岳说：“唉，我是真想不通，一块水胆玛瑙而已，怎么就这么难鉴定？”

唐风说：“这也没办法，水胆玛瑙太容易作伪了。”

唐风不好意思催促潘建岳，李老四可没这种担心，他直截了当地对潘建岳说道：“老潘，你先拿出来给这位兄弟看看。”

“哟。”潘建岳连忙致歉，“光顾着倒茶了，差点把正事儿给忘了。你们先等一下，我去取出来。”

过了一会儿，潘建岳取出来一块纺锤形的彩色石头放在茶几上，他说：“大家都是熟人，我也就实话实说了，这是我在柳什塔格的一个捡玉人手上花三十万买来的，这肯定是玛瑙原石，难度就在是不是真正的水胆玛瑙上。”

唐风走近这块玛瑙开始仔细观察。玛瑙这个名称的由来现在已经无法考证，一般认为是因为玛瑙原石的外形跟切开的马脑相似，所以人们称它为玛瑙。玛瑙可分为“玉髓”和“玛瑙”，纹理颜色简单的玛瑙原石被称为玉髓，颜色艳丽复杂、呈条纹状的玛瑙原石被称为玛瑙。

这块玛瑙原石大部分呈半透明状，颜色分明，条带清晰，层次感非常明显，色泽鲜明光亮，确实很像是真品。潘建岳递给唐风一块和田玉籽玉，说道："用这个试试就知道了。"

唐风手拿和田籽玉在玛瑙原石表面来回划动几次，上面没有留下任何痕迹。真玛瑙的莫氏硬度高达七度到七点五度，用玉在原石表面是划不出痕迹来的，而假玛瑙多为其他石料仿制，比真玛瑙质地软，用玉可以划出痕迹。

确定是玛瑙，接下来就该看水胆了。水胆玛瑙是玛瑙中最为珍贵的品种。所谓"胆"，就是指玛瑙中的封闭空洞。如果自然形成的玛瑙的胆中有天然形成的水，就叫水胆玛瑙。水胆玛瑙以胆大水多为佳，透明度高且无裂纹和瑕疵的水胆玛瑙是极好的玉雕材料，所以陈彦才想着找一块水胆玛瑙去参加玉雕大奖赛，天生丽质的东西，得奖的概率当然会很大。

从这个水胆玛瑙的一边可以清晰地看见玛瑙内部的水，唐风问潘建岳道："可以摇一摇吗？"

潘建岳笑着说："放心摇，没问题。"

李老四道："这东西已经不知道被摇过多少回了，绝对甩不出水来的。"

唐风摇过之后说："这里面的水可真够多的。"

潘建岳苦笑着道："这就是麻烦所在了，太违背新疆地区的地质地貌以及气候条件，迄今为止，还没有在新疆范围内发现过含水量如此之多的水胆玛瑙。"

唐风继续问："鉴定专家没有使用仪器吗？"

潘建岳摇着头说道："能用的都用上了，没有作用。关键问题是，这块水胆玛瑙内部有一道狭长的裂缝。裂缝一头连着水胆，一头延伸到接近玛瑙表面一厘米的地方，而这里恰好有一块牙签头大小的后期矿物堵住了里面的水。经过分析，这一小块后期矿物是天然二氧化硅结晶，这是现代作假技术已经突破的特性，科学仪器分辨不出来。"

李老四说："有一种鉴定方法简单而直接，可你又不敢试。"

"不是不敢，是舍不得。"潘建岳说，"取水样出来鉴定是很容易，但这水胆玛瑙不就废了吗？"

"李大哥的方法无异于杀鸡取卵，实在是得不偿失。"唐风一本正经地问潘建岳，"这东西你打算出手吗？"

潘建岳点头说：“只要价钱合适，没问题。”

“是这样的，”唐风说，“我有一个朋友想参加石雕玉雕大奖赛，如果有这东西的话，成功率将会大增。潘老板不妨开个价。”

潘建岳想了想，说：“老实说，我也认为这是真的水胆玛瑙，就是缺少一张真真正正的鉴定证书。如果你要的话，我倒真有点不好意思，价钱不会太低。”

唐风暗自摇头，现在的收藏者太在乎鉴定证书了，几乎就把鉴定证书当成了生死牌。他说道：“您开个价总不妨事的。”

“一百八十万，少了我真不会卖，留着还能想想办法。”

一百八十万元这个价钱真的不低，就算这是一块真正的水胆玛瑙，价值也不过三百万元，只是拥有者一般都不会卖罢了。当然，如果是假的，三十万元的买价都亏。不过，唐风还是决定把它买下来，他说道：“那好，我也不来虚的，就当是为朋友，一百八十万就一百八十万。”

“成交。”

接下来的事情就好办了，唐风付好钱，水胆玛瑙就是他的了。潘建岳在送他们出门时问唐风道：“这东西卖给你我就不会后悔，我就是想知道你的判断，你是怎么看的？”

精品紫砂壶

交易已经完成，唐风并不想隐瞒什么，他说道：“我也没有确凿的证据，不过，我觉得这东西跟新疆地区的地质地貌以及气候条件之间的关系并不大，因为新疆有大量的地热资源。”新疆地区的冬天确实是天寒地冻，但这一地区的地热资源也十分丰富。新疆的地热资源主要分布在天山北坡、昆仑山北坡和阿尔泰山南坡，仅露出地表的地热就有八十五处，散布在这一区域的十四个县市。

“地热资源？”潘建岳想了想，这确实可以成为这块水胆玛瑙胆大水多的依据。他接着问唐风道：“如果这块水胆玛瑙生成于地热资源附近，为什么没有出现热泉蚀变现象？”热泉蚀变是地质专业术语，简单地说，就是地热对周围矿床产生的影响，这种影响使周围岩层具有非常鲜明的特征，而在这块水胆玛瑙上却没有任何热泉蚀变的显示。

唐风微微一笑，说：“这只是我的个人推断，我觉得值得一赌，而且我的朋友也需要这么一块石头。”

“明白。”潘建岳点了点头，向唐风伸出了手，“不管怎么样，合作愉快。”

“合作愉快。”唐风跟潘建岳握手道别，三个人离开了“玉缘”。车上，李老四问唐风道：“如此的话，我们又要说再见了。”

“没办法，天生劳碌命。”唐风笑着说，“后会有期。”

李老四说：“石雕玉雕大奖赛是国内玉石珠宝界的大事，我们厂也会参加，过几天我就会去北京。”

唐风说：“李大哥到了北京可别忘了通知小弟一声。”

“哈哈，”李老四大笑着说，“少不了要麻烦你们的。”

李老四送唐风他们回酒店，两个人退房取回东西后一路赶往机场。一番告别，二人登上班机。

飞机上，林沐雨对唐风说：“我好想快点回去。”

唐风奇怪地问：“你这么急干什么？”

“我很担心我们家狗狗，担心陈大哥照顾不好它。”

“不就一条狗吗？”唐风满不在乎地说，“人家陈彦都成家立业了，喂饱一条狗还不是手到擒来？话说，那条狗的运气还真不错，危急关头遇上你，然后就迎来了命运的转折。”

林沐雨拍了唐风的手臂一巴掌：“听你鬼扯。”

一番舟车劳顿，两个人回到北京。才一走进中国石的大门，那条小狗就撒着欢儿跑了出来，赖在林沐雨身边不肯走。陈彦摇着头对唐风说：“这狗也忒没良心了，这些天都白喂它了。”

为了让陈彦尽快看到水胆玛瑙，唐风并没有托运，而是直接带了回来。他从包里取出那块水胆玛瑙：“看看这东西，怎么样？”

陈彦双眼盯着那块水胆玛瑙，说道：“真的假的？”

唐风说：“我觉得应该是真的，但这种事不是一加一等于二的问题，争议会比较大。”为了不让潘建岳在卖掉水胆玛瑙之后难过，唐风并没有跟他说实话，这块水胆玛瑙不大可能进行过人工注水，唐风觉得那一小块后期矿物就是纯天然的二氧化硅结晶，但这种判断只是基于对石质石理的了解，不能成为实实在在的证据。当然，关键问题还在于唐风的资历不够，他不是大家，说出来的话镇不住场子。

陈彦说："有争议才好，中国的事情都是越争议越火。"

唐风道："这东西就交给你了，争取拿个金奖回来。你要把它给弄破、弄流水了，以后就不用参加什么石雕玉雕大奖赛了，直接去参加丢人大奖赛吧！"

"那是你该去参加的。"陈彦哈哈大笑着说，"雕刻专业你又不懂，我懒得跟你说，咱不在乎过程，只在乎结果，看着吧，新一代雕刻大师马上就要出场了。嗯，师叔他老人家也该退休啦，我就是新一任的掌门。"

"哟，拜见掌门。"两人正说着话，刘书南走了进来，"小子，野心不小呀！"雕刻界并没有形成正规的体系，陈彦所谓的掌门纯属扯淡，刘书南在拿他开涮。

陈彦高兴劲还没过，他说道："书南兄呀，这次我可捡到宝了，金奖指日可待。哎，实在是不好意思。"

"看看你那德行。"刘书南抢过陈彦手中的水胆玛瑙开始仔细观察，之后，他点着头说，"确实是好东西，别说，我还真有点担心。"

陈彦马上对唐风说："你看看，书南兄在担心自己的参赛前景了。"

"哪有？"刘书南很认真地说，"我是担心好东西被你毁了，暴殄天物呀。"

"扯淡，慢慢嫉妒吧！"陈彦乐呵呵地收起水胆玛瑙，"你们就瞧好吧，看我是如何锦上添花的。"

陈彦屁颠屁颠地比画水胆玛瑙去了，刘书南对唐风说道："唐兄，我今天是无事不登三宝殿，专程过来找你的。"

"书南兄有事尽管吩咐。"

"如此我就不客气了。最近在琉璃厂那边新开了一家陶艺店，专门经营紫砂，新东西和老东西都有，我想挑一个清三代的，但没有把握，想请你去掌掌眼。"

琉璃厂？唐风暗自摇头，这刘书南真是哪壶不开提哪壶，琉璃厂是唐风最不想去的地方，万一撞上黄家的人会很尴尬。但朋友的忙不能不帮，唐风实在不好意思拒绝刘书南，他点头说道："没问题，随时都可以去。"

刘书南说："我这人是急性子，那就现在去，如何？"

唐风说道："反正闲着也是闲着，那就走吧！"

"沐雨、陈彦，我去一趟琉璃厂。"唐风朝里面打了声招呼就跟刘书南一起离开了中国石。

唐风一开始来北京时就在琉璃厂，他对这个地方并不陌生。刘书南把车停在和平门南面的南新华街，两人步行走进以经营古玩为主的东琉璃厂。唐风对刘书南说道："书南兄对紫砂的爱好程度可不亚于玉石雕刻啊！"

刘书南说道："人活一辈子也就图一个乐子，埋头赚钱太累，有个兴趣爱好让人感觉充实一点。哟，就在那边了。"

唐风顺着刘书南手指的方向望去，这是一家名为"一品岁月"的紫砂壶专营店，他说道："一看店名就是大雅之堂。"

刘书南哈哈一笑，说道："古玩收藏物雅人不雅，水深得很，像我这样的生手还真不敢出手。"

一品岁月的招牌是一副对联，上联为"茶中天地大"，下联为"壶里乾坤多"，"一品岁月"就是横批。走进店堂，店堂正中还有一副对联，上联是：四大皆空，坐半刻无分南北；下联是：两头是路，吃一盏各自东西。"吃一盏"这个"吃"字正是南方口语，由此不难判断，这老板大概是南方人。

唐风扫了一眼店堂两边的货架，"一品岁月"大致分为两部分，左边是现代紫砂，右边是古玩紫砂。他对刘书南说道："书南兄应该对紫砂很熟悉吧？"

刘书南摆摆手，说："别提了，我也以为我很熟悉，到这边一看就不熟悉了，理论知识是会害死人的。"

"两位，里面请，"店老板是个光头，脑袋剃得锃亮锃亮的，他笑着问二人道，"两位，需要哪种紫砂？"

刘书南直截了当地道："我们来看看古玩紫砂。"

光头老板将手指向古玩紫砂这边，说道："这边请。"

刘书南问老板道："你们这里有清三代的紫砂吗？"

刘书南开门见山，直奔清三代而去，起点颇高。收藏界有一句流行语，叫"玩瓷就玩清三代"。清三代是指清朝康熙、雍正、乾隆三代，也就是人们常说的康乾盛世。康熙、乾隆各在位六十年，中间有雍正承上启下，这一时期是清朝最为强盛的时期，也是中华民族迄今为止最后一个盛世。就在这一时期，陶瓷工艺水平达到了历史的最巅峰，匠师们发挥智慧，精工巧制，使清三代的许多瓷器精品在拥有历史价值的同时，也具有很高的艺术价值和收藏价值，为后世追捧。

光头老板说道："清三代倒是有，但没有宫廷的。"清三代的宫廷紫砂器大量融入了珐琅彩、描金、粉彩、泥绘、浅雕等加工工艺，成品高贵华丽典雅，是紫砂器中的极品。

刘书南跟着老板去看清三代的紫砂，唐风却望向了那边的民国紫砂。民国时期的紫砂工艺当然没法儿跟清三代相比，相比工艺上的落差，两个时期的紫砂器在价格上的落差更大一些，民国紫砂器的价格仅有清三代紫砂器的十分之一。

唐风将一件高提梁后出戟的仿竹节紫砂壶拿在手中把玩起来，他觉得这件紫砂壶不像是民国紫砂器，时代应该更早一些。

紫砂的起源一直可以上溯到两千四百年以前春秋时代的越国大夫范蠡身上，他在功成身退之后与西施一起退隐江湖，自称"陶朱公"。陶朱即是朱陶，朱陶也就是紫砂，当然，这种说法多少有点牵强附会，然而后世的紫砂工匠都把范蠡奉为祖师爷。紫砂起源不可考，但紫砂壶的起源却很清晰，明武宗正德年之后才有紫砂壶出现。

紫砂壶之美可归纳为造型美、材质美、实用美、工艺美、品位美，这些都是只可意会不可言传的东西，唐风自己也没完全弄明白，他只知道紫砂茶具是饮茶用具中的终端品种，毫无争议。

茶壶上有壶盖、下有底儿，前有壶嘴、后有把儿，如果茶壶的壶把在茶壶的上端，这就叫提梁，可以转动的提梁就是活提梁，反之则是固定提梁。古代文人好诗情画意讲雅兴，凡事都往好了说，象牙开裂不叫开裂，那叫"笑"；茶壶的壶嘴也不叫壶嘴，叫"流"。而最高处的横提梁后边多出来一截就叫作“出戟”，这就是高提梁后出戟的由来。

仿竹节更好解释，一看唐风手中的那件紫砂壶就明白了，此壶椭圆形壶身，雕刻成两节竹段；短曲流和高提梁包括壶盖的盖钮分别都做成了竹节形状，而壶身还雕有几枚竹叶，整件紫砂壶活脱脱就是一节竹子。唐风再看了看那几个紫砂茶杯，点了点头，这套紫砂壶真不错。

唐风观察完器形，开始看真赝断代。这件紫砂壶色泽紫中泛红，朴雅高洁；壶体轮廓明朗，曲线张劲有力，于拙朴中见纤巧；壶面紫砂泥质较细，颗粒微粗，含黑、黄砂点，整体略有一些小瑕疵，但这是相对清三代的紫砂器来说的，此壶的整体感觉要高于民国时期的紫砂制作水平。虽然这件紫砂器经过清洗，但壶面的砂质依然隐见一层略微有些暗淡但非常有神采的色泽，包浆看上去也润泽可人，手感柔滑细腻，完全是清三代紫砂器的特质。

在乾隆中期的江苏宜兴，有一位著名的制陶名家擅长制作竹节把壶，他就是陈荫千，他制作的精品竹节把壶已经卖到了百万元之上，而这套紫砂壶的售价仅有一万块。如果器底留有他的款识的话，这套紫砂壶就应该是他的作品，唐风觉得有些奇怪，为什么光头老板会认为这是民国紫砂器呢？

唐风的疑问很快有了答案，他翻看壶底，这件紫砂壶并没有款识。款识是辨别紫砂壶的重要依据之一，没有款识，光头老板把这件紫砂壶归于民国紫砂也就不足为奇了。不过，唐风对款识并不迷信，他花重金竞购的苏东坡手稿就没有款识，他更喜欢从古玩的气质神韵方面进行鉴定。

古玩鉴定和古玩作假是一对天敌，它们之间的博弈旷日持久。遗憾的是，以目前的情形看来，古玩作假一直处于上风，很多鉴定技术被作假技术突破，就紫砂器的款识来说，现代造假技术完全可以做到以假乱真。

气质神韵说起来很玄，由于紫砂名家具有高超的艺术素养和熟练的专业技巧，他们对泥料性能和窑温的把握都已经达到了炉火纯青的境界，所以，他们的作品往往独具特色，具有一种不可模仿的神韵。

唐风就通过这套紫砂壶的气质神韵断定这是陈荫千的作品，反正刘书南买紫砂壶不是用于收藏增值，而是用来品茶的，这东西用久了之后感觉就出来了。民国紫砂器到底不如清三代的紫砂器，清三代的紫砂器使用时间越长包浆越好看，两三年之后，刘书南自己就能感觉出来。

刘书南见唐风一直在留意这边的民国紫砂器，他也走了过来，光头老板也跟着他过来为他做介绍。唐风问："这套紫砂壶能不能便宜一点？"

光头老板摇着头说道："我店里的这些东西都分得很清楚，一分钱一分货，绝不会乱开价的。"

唐风点头说道："如果卖古玩的都能像你这样，这古玩市场就算完善了。这东西不错，我们要了。"

刘书南用询问的眼神望向唐风，唐风向他点了点头，示意这里面另有乾坤。刘书南是请唐风过来掌眼的，当然不会让他花钱，他对光头老板说道："我来付账。"

刘书南从牛皮公文包里拿出一沓人民币交给光头老板，说道："您数数。"

趁着光头老板把钱放进验钞机，刘书南问唐风道："你有没有把握？"

唐风说道："绝对是清三代的东西，你用过一段时间就知道了。"

刘书南点头说道："我也只有这样才能做判断了，你说的就不会有错。"

唐风说道："你要不信也好办，把这东西拿去鉴定，我敢保证，这东西绝不会是作假的紫砂——哟，我还有重要的事情，先走一步！"

"哎，唐风，你要去哪里？我送你去。哎……"刘书南话还没有说完，唐风就快步走了出去，他刚才在说话的时候看到一个熟悉的身影从门前走过，这个人就是王天朔！

两虎相争

一看到王天朔，唐风就想起上次在文物研究所门口打眼的事情。

唐风跑出"一品岁月"的大门，王天朔就在不远的前方快步往前走，这家伙走路的时候蛇行鼠步，脑袋东张西望，一看就有问题。唐风一声不吭，快步跟上前去，就在双方相距五六米的时候，王天朔回头望向身后。

两个人的眼光相对，王天朔马上就认出了唐风，回身撒腿就跑，唐风紧追不舍。王天朔身体太胖，速度明显不及唐风，两个人一前一后距离越拉越近。王天朔的身影才转进一处街角，唐风紧跟着就拐了进去，照这样下去，王天朔被追上只是时间问题。但是，才转进另一条街的唐风马上又退了回来，他闪身躲进了一个电话亭。

不一会儿，一位中年妇女带着一个女孩转出街角，她们不是别人，正是黄馨儿和她的妈妈郑雅。唐风跟这母女俩的直线距离很近，躲在电话亭里的他清晰地听见了郑雅和黄馨儿之间的对话。“馨儿，你别担心，唐风哥哥是大人，又有本事，怎么也不会无家可归的。”

“可是妈妈，那唐风哥哥也该回来的呀？他不回来肯定是在生馨儿的气。”

“傻丫头。男孩子都好强，他过段时间肯定会……”母女俩的声音逐渐远去，唐风溜出电话亭转入另一条街，熙熙攘攘的人群中，哪里还有王天朔的身影？唐风不禁摇了摇头，命运之神在给他惊喜的同时，总是不忘在后面缀上一个“但是”。

回去的路上，唐风想起郑雅说的话，也许她说得对，自己无非就是想证明自己之后再回去。按道理说，唐风现在已经成功证明了自己，但他觉得自己的事业还不够稳定，还需要等上一段时间才能够坦然回到黄家。

衣锦还乡的感觉，何尝不是一种贪念？

接下来的几天，陈彦似乎得病了，张口闭口全是水胆玛瑙。这天他又拉着唐风问道：“你说，这东西该如何设计呢？”

唐风说道：“你可以去问问你师叔啊！他老人家一句话完全可以为这块水胆玛瑙正名。想要获奖，那得先把名气打出去。”

林沐雨帮陈彦出主意，她说道：“水胆玛瑙就要在水上做文章，你先准备几样构思，再去请教你师叔。”

陈彦叹着气说道：“构思倒是不少，就是不敢下刀，不知道用哪种构思效果比较好。”雕琢水胆玛瑙大有学问，先要顺着玛瑙的水胆用切割机把玛瑙切开，切割的时候要切得恰到好处，切面离水胆太远就看不见水，离水胆太近又容易把“胆”切破。一旦切破了水胆，整块玛瑙就失去了雕琢价值，前功尽弃不说，出了力还得赔钱。总之，水胆玛瑙以水为贵，需要想方设法把水胆玛瑙中的水富有象征意义地表现出来。例如，寿星抱桃水胆玛瑙，雕塑的桃子就是水胆，里面有水；在“李白醉酒”的水胆玛瑙雕塑中，李白手中酒缸里的水就代表酒。诸如此类的构思还有很多，司马光砸缸、海纳百川等等。

唐风对陈彦说道："你越害怕切破越会切破，还不如大着胆子一刀下去。我倒是有一个构思，就是不知道你有没有那个本事。"

陈彦大言不惭地说道："其他不敢说，说到雕刻，只有你想不到，没有我做不到。"

"你就吹吧，"唐风接着说，"那我可就说了啊，我觉得可以把这块水胆玛瑙雕刻成一方砚台。"

"哦，我明白了。"林沐雨马上说，"做成一方荷塘砚，砚堂就是荷塘的岸，荷塘就是砚池。"

"嗯，有道理。"陈彦拿出了纸和笔，一边说一边在纸上画图，砚池是青绿色的，砚堂可以做成黄红相间的颜色。他说："如果在砚池里磨上墨，墨汁晃动，在灯光的照射下，下面水胆中的水波光粼粼，两者结合，一定很漂亮。"

唐风说道："再利用色差雕刻上一些水草、荷叶之类的东西，不说金奖，最佳创意奖肯定跑不掉。当然，还可以在荷叶之上雕刻一只癞蛤蟆，那叫锦上添花。"

"什么癞蛤蟆？"林沐雨说，"是青蛙好不好？"

唐风嘿嘿一笑，说道："都是一家人，差不了多少，就看陈彦的了。"

陈彦说道："唐风提供的方案可以备用，我去问过师叔就开始下刀，最后的截止日期即将到来，是该做决定了。"

唐风说道："咱不拖你后腿，这几天你也别到店里来了，好好弄你的东西，争取为店争光。"

陈彦说道："算了吧，闭门造车，就算出了门，它也不合辙，还是两头兼顾比较好。我觉得唐风你才不适合待在店里，抽空去逛逛古玩市场吧！你这家伙才是真正的三年不开张，开张吃三年。"

唐风说道："捡漏不能当作正经营生，那是可遇不可求的事情，讲究的是一个……"

"——缘分！"唐风话还没有说完，陈彦和林沐雨齐声帮他说了出来。

“哟，原来你们都知道啊！”唐风嘿嘿一笑，“缘分”这个词儿都成了他的口头禅了。

半个月以后，汉唐宝业的十家门店同时开张，连同之前开张的旗舰店，这支珠宝业的航母战斗群正式驶入北京市场。当然，龙宝公司这边也没有闲着，为了应对汉唐宝业的挑战，龙宝公司的大规模促销打折活动正式拉开了帷幕。

龙宝公司与汉唐宝业之间的恶斗殃及了整个北方珠宝市场，受冲击最大的无疑是低端珠宝市场，许多中小珠宝店的日销售额呈直线下降。相对低端市场的热闹，高端市场并没有受到影响，高端市场一般是不太会降价的，有钱人根本不在乎打折那点钱。在这种情况下，中国石并没有受到太大的影响，唐风他们经营的品种还是比较单一的，而且出售的玉雕、石雕基本都是该品种中的高档货色，质量明显好于市面上打折的那些东西，走精品路线还是捉对了路。

站在柜台后边的唐风正在翻看手中的各色广告，这些都是龙宝公司和汉唐宝业在不同平面上所做的宣传攻势，他看完之后，对身边的林沐雨说：“这两个人还真是精明，打折的都是那些滞销品种，利润又高又好销的东西一样都没动。”

“这是当然。”林沐雨说，“不到万不得已，双方不大可能去动最大的那块蛋糕。”

唐风点头说道：“是了，只是时间未到罢了。现在的双方都在观望，这种竞争打的是持久战，不可能一下子分出胜负，暂时还不会影响到我们。”

这个时候，陈彦的奥拓停在了中国石的大门口，他急急忙忙下车跑进店里对唐风说道：“你快别关心这些了，有天大的好事发生。”

“天大的好事？我们托运的石头到了？”不提托运的那些石头倒还好，一提唐风就一肚子火，效率是不是太低了，转眼间半个多月都过去了。

“你别老想着那些石头啊，到了我马上通知你。”和田还没有开通铁路，那些石头要中转到乌鲁木齐之后才能启运，新疆地域宽广，运输是要慢一些。陈彦神秘兮兮地对唐风说：“我刚刚收到消息，石景山那边有一处四合院要拆迁，户主在迁走之前在房前屋后到处挖了挖，你猜挖到了什么？”

“总不可能一挖就挖到了国宝吧？”林沐雨对这事比唐风还要感兴趣，也不知道是谁起的头，要从老宅子迁走的人都像得了传染病似的，临走之前总会这里敲敲、那里挖挖，唯恐放过了祖宗留下的宝贝。唐风说道：“麻烦你们就别瞎操心了，土地是国有的，从地下挖出来的东西都是属于国家的，个人无权买卖，就算挖出来宝贝也跟户主没关系。对了，都挖出些什么了？”

陈彦说：“瓷器，十几件瓷器，都是单色釉瓷器。”

“高古瓷，一出就是十几件，消息可靠吗？”唐风摇着头说，“高古瓷可是瓷老虎，轻易不要碰，打眼的概率很大。”

“哎，那你去不去呀？”陈彦总算说到了正题，“这是墙角边的地基里面挖出来的，应该算是祖产，户主正要出手呢，京城里好多人都跑过去看了。”

“去看看也行。”唐风问，“具体地址在哪儿呢？”

“上车吧，我们一起去。”

“哎，你们……”两人一溜烟没了影儿，林沐雨托着腮帮子自言自语，“古玩有那么诱人吗？”

抓住盗墓小贼

陈彦所说的四合院在石景山区的老古城村，这是一处有六百多年历史的古建筑群，也是北京市长安街西线最后一个自然村落。奥拓车一开到村口就停了下来，陈彦对唐风说道：“没办法了，只能改十一路了。”

唐风打开车门走下车，他对车另一边的陈彦说道：“连你这车都开不进去，估计也只有推土机才能开进去了。”

走进这座被城市层层包围的村落，视线之内全是画着红圈的白色“拆”字，居民已经搬走了七七八八。唐风看着周围那些随处可见的挖掘痕迹问陈彦道：“你挖过你们家院子周围吗？”

陈彦笑着说道：“别说挖过，电子探测仪器都用过，下边没东西。”

“哈哈，你还挺有心呢！”

陈彦倒看得开，他说道：“老宅子可跟楼房不一样，风水好，地气足，祖祖辈辈、世世代代都住那儿了，保不齐哪一代祖宗就发达过，一时兴起，埋上一些坛坛罐罐的，嘿，一不留神就把我这个后人给荫庇了。”

到了那位有幸挖出坛坛罐罐的户主所住的四合院，走进院子，那场面就跟菜市场似的，不是一般的热闹，十几个人站在院子里交头接耳。陈彦鉴定水平不怎么样，可认识的行里人还不少，有好几个人过来跟他打招呼。

唐风在人群中看到一个熟人，正是他的“老朋友”贾德旺，他上前招呼道：“哟，贾老板，好久不见。”

贾德旺一看到唐风，马上问他道：“上次那个元青花香炉后来怎么样了？”看来他最近被这事儿折腾得不行，一见面就要问个清清楚楚。

唐风在这个时候可不能告诉他真相，要不然这位老奸商同志有生之年就没有安稳觉可以睡了，他摇着头说道：“唉，终日打雁也被雁啄，打眼了，事后证明，那东西是假的。”

“哦。”虽然贾德旺将信将疑，但心里总算好受了一点，他不无得意地说，“你看看，亏得我卖给了其他人，要不然，你可就不光打眼了，还得赔钱进去。”

“那是。”唐风的话颇有些讽刺意味，“还得感谢你的言而无信呀！”

“唐风！”唐风和贾德旺这边说着话，身后传来了招呼声，他回头一看，是柳月。不知道为什么，唐风一看到柳月心里就有一种舒服的感觉。

唐风笑着走到柳月身前，说道：“好久不见。”

柳月还是那么清秀漂亮可人，她微笑着摇头，说道：“是你不想见吧，连个电话都不打？”

唐风很是抱歉地说道：“对不起，最近比较忙，实在没什么时间。”有些事情还是不要开头的好，一旦开头就收不了手，再也回不去了。

“你不必说对不起。”柳月很认真地说，“我明白的，我觉得这样的唐风才是真正的唐风，也是最可爱的唐风。”到底是新时代的女孩子，柳月说的话含蓄而又露骨。

这个时候，陈彦走了过来：“柳小姐，我们也好久没见了。”

“是的，你好。”柳月向陈彦伸手了手，两人在握手寒暄，唐风开始观察这处四合院。北京的四合院是传统北京人世代居住的主要建筑形式。所谓四合院，就是由东、西、南、北四面房子合围起来形成的内院式住宅。这座四合院和传统四合院没什么两样，只是已经拆得面目全非了而已。大家都是自己人，唐风并不忌讳柳月在场，他问陈彦道："这边的东西怎么个看法呢？"

"消息在前天一传出，很多人来看，户主嫌麻烦，定下了时间。"陈彦拿出手机看了看时间，说，"就快到了。"

唐风问柳月："你是以什么身份过来的呢？"

柳月呵呵一笑，说道："你问得好直接，当然是以个人身份来的。"

陈彦望了望四周，问柳月道："你一个人过来的？"

"大白天的，那还要几个人呢？"

唐风有些奇怪，他问陈彦道："来过的人应该不少了吧，怎么就没人收购呢？咦，我怎么发觉这里面好像有什么文章呢？"

柳月点头说道："我也正纳闷儿这事儿呢，这不太符合常理呀！"

"这有什么好奇怪的，"陈彦说，"价钱谈不拢呗，户主自己也不知道该如何定价，他又不愿意请专家过来看，万一闹大发了，东西就该改姓了。我估计他是待价而沽，摸摸行情，没打算这么快出手。再说，有您二位在，还能看走眼吗？"

"各位，各位。"一位四十来岁、膀大腰圆的中年人走到了院子中间，他扯开嗓子大声说道，"不好意思，家里地方小，怠慢各位了。"

"别讲那些没用的。"院子中一个人说，"到你这儿来可不是走亲访友的，看了东西再说。"

"就是。"另一个人附和道，"您呢，就别搞什么开场白了，来麻利点儿的。"

户主哈哈一笑，说道："好嘞，东西就在堂屋墙角下的坑里，哥几个分批进去给掌掌眼。"主人发话，离堂屋最近的几个人率先进入堂屋。

这边的唐风随手捡起一块碎瓦片在地上刨了一个小坑，然后伸出手指沾了一点新土放到鼻子边闻了闻。陈彦奇怪地看着唐风那怪异的举动，问他道："你这是干什么呢？"

柳月是学田野考古的，她替唐风回答道："他在取土样。"

"跟柳月就是有共同语言。"闻言之后的唐风冲着柳月笑了笑，换了一个地方继续取土闻气味，闻完三个地方的土样之后，唐风拍了拍手，完成了。

“唐风，你能过来一下吗？我有话要跟你说。”柳月独自走到一边叫唐风过去。

陈彦瞧了瞧唐风，轻声说道：“放心啦，哥们儿替你保密。”

“这么说我还要多谢你啰？”唐风没好气地推了陈彦一把，“没你想的那么龌龊。”

唐风走到柳月这边，问她道：“有什么事情呢？”

柳月一眼不眨地望向唐风，反问他道：“你相信我吗？”

唐风点头说道：“我当然相信你了。”

“那就好啦！”柳月娇笑着扯了扯唐风的衣袖，说道，“问问题之前，你要先答应我一件事情。”

“什么事情呢，弄得这么严重？”还是不要轻易答应人为好，唐风说道，“你直接问就可以了。”

“你这人太没劲儿了。”柳月故作生气地道，“我还从来没有求你帮过忙呢！”

唐风想不到柳月居然使出了只有小女孩才会使用的招数。其实他一直觉得挺对不起柳月的，毕竟柳月帮了他很多忙，于是他不假思索地点头道：“嗯，我答应你。”唐风才说完话，心中就开始后悔起来，万一柳月要是问自己喜不喜欢她呢，这个问题让他怎么去回答？

柳月说道：“你要把我当朋友的话，我问你的问题你就不要隐瞒。”

话已经说出口了，怎么都不可能再收回来，唐风干脆地说道：“不隐瞒，行了吧，你快问吧，类似这种多余的问题，你下次就不要问了。”

“那我就问了，”柳月很认真地问，“你鉴定古玩的技巧都是跟谁学的？”

唐风顺口说道：“我爷爷啊！”

“你爷爷以前是干什么的？”柳月似乎发现了唐风的秘密，考古和盗墓本来就同宗同祖，唐风很难瞒过柳月。

唐风意识到柳月想问什么了，这个问题就有点严重了，唐风他爷爷曾经告诫过他，盗墓背景是不能向任何人泄露的，为此，祖孙俩早就准备好了一套说辞。由于牵扯到家族秘密，唐风不得不食言，“他老人家以前是在博物馆上班的。”

柳月的双眼紧盯着唐风的眼睛，却没有发现唐风有任何躲闪的意思。双方四目相对，首先不好意思的是柳月，有时候，男人的目光也很有杀伤力。柳月说："我怎么觉得你的鉴定技巧跟盗墓有关呢？"

唐风说："古玩鉴定和考古本来就是同一门学科，鉴定古玩运用盗墓技巧不是我的特例吧！"

柳月点头说道："反正我就有这种感觉。其实是我最近在参加一项重要的考古挖掘工作，你想不想知道呢？"

"说来听听，是古墓吗？"

柳月点了点头，说道："是的，而且是新发现的皇陵。"

"新发现的皇陵？"唐风说，"这倒是新鲜事。"中国古代的皇陵大多都是有据可查的，一个萝卜一个坑，新发现皇陵的难度是非常大的。

柳月给出的答案让唐风一头雾水，她说道："是宋徽宗的皇陵。"

宋徽宗的皇陵？唐风马上问道："怎么可能？"

宋代皇陵分为南、北两处，北宋皇陵在河南省巩义市。北宋的九个皇帝中，除去宋徽宗和宋钦宗被金兵掳往北方死于五国城外，其余七个皇帝以及赵匡胤之父赵弘殷都埋葬于此，故称"七帝八陵"。南宋皇陵在浙江省绍兴市，南宋的六位皇帝埋葬在这里，故称南宋六陵。史书记载，宋徽宗死后是按照金国习俗进行火葬的，也不知道当时的金国皇帝怎么想的，在火葬进行到一半的时候又水淋棍打灭火，最后改成了土葬。

宋徽宗死后的第七年，为了缓和与南宋的关系，金国还是把宋高宗赵构的生母韦贤妃和宋徽宗的棺椁归还给了南宋，因此，宋徽宗其实是葬在南宋六陵的。南宋六陵在历史上经过多次毁灭性挖掘，仅在南宋灭亡的1278年，南宋六陵就有一百零一座古墓被挖掘，历代皇帝、帝后、皇亲国戚以及百余名朝廷大臣的骨骸被随意抛掷在荒野。更荒唐的是，当时被元世祖忽必烈任命为"江南释教都总统"的西域僧人杨琏真珈连死人都不放过，宋理宗赵昀的尸体被他从永穆陵中挖出，倒挂在树上三天三夜，甚至将赵昀的颅骨割下来做成了日常生活用具，天天用它来饮酒取乐。

如果柳月他们要挖掘的是宋徽宗的陵墓，那肯定就没有什么考古价值。唐风马上问她道："你们所要挖掘的宋徽宗的陵墓在什么地方呢？"

柳月笑着说道："说起来你可能不会相信，我们发现的宋徽宗陵墓在河南省巩义市的北宋皇陵附近。"

"你说得很对。"唐风摇头笑道，"我确实不相信。"唐风对历史很了解，金国送回，南宋接收，这些都是前人在典籍中有明确记载并经过后世考证的。

柳月说道："唐风，不是柳月不相信你，只是很多事情我不方便透露给你，这是需要保密的。我现在只能告诉你三点：第一点，宋徽宗的陵墓是规模最大的宋代皇陵；第二点，这是宋徽宗违背祖训在生前就开始建造的，里面藏有不少奇珍异宝，只是后来他无福消受罢了；第三点，设计建造这座陵墓的人名叫李诫。"

唐风一听到李诫这个名字立即明白了，如果说盗墓贼都是盗窃高手，那这个李诫就是防盗高手。唐家祖上的盗墓史很长，真要说到祖师爷是谁的话，那肯定就是三国时期的曹操，他设置了摸金校尉这个军官职称，他们就是专门发掘坟墓盗取财物以充军饷的军人，这叫发冢，按照现在的说法，摸金校尉就是国家盗墓办公室主任。唐家祖上就有人担任过这个职位，这一发就不可收拾，光荣而又伟大的职业代代相传，到了唐风他爷爷这里，距今有一千八百多年。从唐家祖上多年的记载来看，李诫设计督造的建筑是最难突破的，柳月他们肯定是遇上麻烦了。

木匠的祖师爷是鲁班，盗墓贼的祖师爷是曹操，建筑师的祖师爷就是李诫。李诫是中国古代最为杰出的建筑学家，他编写的建筑巨著《营造法式》是北宋官方颁布的一部建筑设计、施工规范书，也是中国古代最完整的建筑技术书籍。李诫的著作在中国建筑史上具有划时代的意义，对后世建筑技术的发展产生了深远的影响。

这么一位宗师级的建筑学家亲自设计建造的陵墓肯定非同寻常，唐风对这件事情开始感兴趣了，他突然向前一步，问柳月道："你让我知道一半，却不告诉我另一半，这是故意的吧？"

柳月微微一笑，她顾左右而言他地说道："宋徽宗的陵墓可谓固若金汤，除了使用炸药，我们什么方法都试过了，就是不能开启墓门。令所有专家大跌眼镜的是，我们在这座陵墓最为牢固的一侧发现了一个盗洞，这帮盗墓贼真的太可恶了。”

唐风摸了摸脑袋，兴趣大减，他当然知道出现盗洞意味着什么。“十墓九盗，既然已经被盗墓贼光顾过了，肯定就不会留下什么宝物，你们还是直接炸开为妙。”

柳月很认真地说道：“越是难开启的陵墓越是有考古价值，炸开是最愚蠢的做法，而且我们可以肯定，盗墓贼没有拿走里面任何一件东西，因为这是一座火冢。”

如果是火冢，那就意味着里面的东西肯定没有被盗走，唐风马上又来了兴趣。人是一种很奇怪的动物，盗墓贼最怕的就是火冢，但唐风偏偏感兴趣。

古墓除了运用疑冢、虚冢或沙土掩埋等方式来掩人耳目之外，还会用积石锢铁等方式来增强古墓的坚固程度。这些都是外在的防盗技巧，古墓内部还会采用伏弩、毒烟、伏火、弓矢或积水流沙等方式来杀伤潜入古墓内部的盗墓贼。当然，世代盗墓的唐家早就积累了一套完整的应对措施，事实证明，要完全杜绝盗墓只有一途，那就是简葬，不怕贼偷就怕贼惦记，不管是谁的陵墓，有多复杂的机关，一旦被一代又一代的盗墓贼惦记上了，被突破不过是时间问题。

柳月很认真地说道：“我师父说了，要想在不破坏墓门的前提下安全开启墓葬，最好是找到一位有经验的盗墓者。可是，如今这年月，盗墓者都改行古玩作伪了，一时半会儿的，到哪里去找有经验的盗墓者呢？当然，如果某人出身盗墓世家的话，那就不一样了，虽然现在不盗墓了，但家族经验仍在的嘛，考古可是合法的盗墓。”不知不觉，柳月口中的“盗墓贼”变成的“盗墓者”，这一字之差意味深长。

唐风现在的想法有些复杂，如果能参与这次考古，那可是光宗耀祖的事情。但是，这事儿也很危险，稍不注意连小命都保不住，最关键的问题在于，就算盗墓成功，找到了奇珍异宝，那也是属于国家的，而不是属于唐风的，他可没有义务劳动的觉悟。还有，这是一件大事，唐风不敢擅自做主，万一有个三长两短，谁替他爷爷养老送终呢？思前想后，唐风做了决定，不管答应不答应，先去问问老头子的意思。他叹了一口气，说道：“唉，我本来是很感兴趣的，无奈我没有出生在盗墓世家，只好作罢。”

“哎，”柳月也叹了一口气，“那就没办法了。”柳月坚信自己的判断，唐风肯定跟盗墓有着千丝万缕的联系，唐风在采购昌化鸡血石的时候她就在怀疑了。

“喂！我说你们两位，什么悄悄话说不完呢，两个人靠那么近？”那边的陈彦大声对二人说道，“进去看东西了。”

柳月和唐风闻言，一起走到陈彦这边，陈彦取笑他们道：“我怎么老觉得你们俩有事情发生呢？”

“哼。”柳月一仰头，半开玩笑半认真地说道，“他有那个胆子吗？”

唐风看了柳月一眼，说道：“喂，女人最好不要跟男人比胆量，会吃亏的。”

“‘喂，女人’都叫出来了。”陈彦笑着说，“你们俩果然大有问题。”

“别开玩笑了。”唐风岔开话题说，“走吧，进去看看。”

柳月跟唐风光顾着说话忘了时间，这边的十来个人进去看过都已经出来了，最开始说话的那个人说道：“高古瓷，肯定是高古瓷，但却是定窑白瓷，可惜了。”

时至今日，高古瓷的定义还是十分模糊的，但各种观点都一致认为，高古瓷器是一个与明清瓷器相对的概念，通常是指明清以前的瓷器。由于国内学术界始终都不能得出统一的高古瓷定义，国内的藏家只好根据国际市场的行情走势，将价值最高的宋元瓷器作为高古瓷器的代表，因此，民间收藏爱好者所说的高古瓷器其实就是指宋元瓷器。

另一个人也十分惋惜地说道：“主人家也真够背的，宋代五大名窑里边，出哪个窑口都能值大钱，偏偏就出了行情最不好的定窑。”

“哈哈，对你来说是倒霉，对主人家来说可是运气。”刚才说话的人说，“如果出国宝，东西就是国家的，出这种东西才是个人的。”

旁边还有一个人插话道：“看这品相，出什么都难说是国宝。”

来的人多少都懂点行，唐风也明白他们的意思，那个人说定窑不值钱不是它真的就不值钱，而是相对其他四个窑口来说的。定窑不值钱的原因也不是因为它出产的瓷器比其他的四个窑口差，而是存世量太多。

唐风三人一起走进主人家的堂屋，堂屋和隔壁厢房中间的墙壁已经被完全推倒，中间是一个深三米、长两米、宽一米的大坑，在大坑底部的土层中，还隐约可以看见白色的瓷器碎片。

大坑的一边是挖出来的泥土，另一边的地面上依次摆放着十几样形状各异的白色瓷器，这些白瓷品种很多、门类齐全，有碗、盘、瓶、碟、盒等，最引人注目的是一件净瓶和一件孩儿枕。

膀大腰圆的主人家还是颇具待客之道的，他站在唐风他们对面说道："您三位随便看，留点神儿就成。"

没事就爱往故宫博物院跑的陈彦不客气地拿起了白瓷孩儿枕，这东西故宫博物院有，要是能在自个儿家里摆上一个的话，那该多好呀！女孩子婉约，这边的柳月双手捧起了那件跟她一样具有柔美线条的白瓷净瓶。

唐风什么瓷器都没有看，他在大坑边蹲下身，伸出一只手，用手指在大坑的坑壁上抠下了些许泥土，在闻过坑壁的泥土味道之后又走到挖出来的泥土边如法炮制，然后，他拍了拍手，站起身来。

柳月一边看手中的白瓷净瓶一边问唐风道："怎么样？"

唐风耸了耸肩，说道："水平有限，不好说。"

"嗯，确实看不懂，我们走吧！"柳月蹲下身放下了手中的白瓷净瓶。陈彦暗道奇怪，这两人今天是怎么了，转性子了吗？

"哎，你们等等我啊！"陈彦看到他们两个人真的要走，也放下了手中的孩儿枕。

三个人两前一后走出院子，陈彦硬是挤到唐风和柳月中间那并不宽敞的空间，他问唐风道："喂，你今天怎么这么快呀？"

"那是当然。"柳月的目光望向唐风，"这是他的老本行嘛！"

陈彦没明白柳月的意思，他说道："老本行也没有这么快的。"

唐风对柳月说道："你别老针对我好不好？"

"行呀！"柳月点头说道，"说说你的判断吧！"

唐风说道："不用看，肯定是假的，那个坑就有问题，坑中的土质跟院子里的土质不太一样，被动过手脚了。"

陶瓷在经过长时间的土壤掩埋后，釉面会粘上一层不易脱落的凝固土，这就叫土锈。真正的土锈是不容易脱落的，作伪的土锈一碰就掉。作伪瓷器的埋藏时间不可能跟出土瓷器的埋藏时间相提并论。要想做出逼真的土锈效果，而时间又不能太长，作伪者必然会用到化学物质，化学物质的结构稳定不易降解，肯定会在土壤中留有残余。

这种残余一般人是看不出来也闻不出来的，但掌握盗墓技巧的唐风就可以看出并闻出来。这是盗墓的基本功，古代盗墓贼完全可以根据土壤来判断地下是否有墓葬。

陈彦点头说道："我明白了，难怪你连瓷器都没有看直接就得出了结论。柳小姐，你的判断呢？"

柳月呵呵一笑，说道："有唐风在，我就懒得下结论了，听他的就可以了。"

"唉，算了，我知道你们俩的意思了。"陈彦说，"我就不打扰二位的雅兴了，先走一步。"

唐风对陈彦说道："你别开玩笑了，行不行？"

陈彦说道："谁开玩笑了，我还有事呢，再见！"他说完话，也不等二人的反应，快步离开了。一男一女的事儿，谁都不愿意做电灯泡的。

陈彦走后，唐风望向柳月，说道："不好意思，要蹭你的车坐了。"

柳月咬了咬嘴唇，捏紧小拳头狠狠地往唐风胸口敲去，口中说道："大骗子！"

唐风急忙闪开，"我什么时候骗过你呢？"

"呵呵，你还不承认！"柳月笑得好可爱，"我要抓住你这个盗墓小贼！"

又碰上国宝了？

"哎，"唐风很是无奈地说，"你怎么老把我往坏了想呢？"

柳月笑着摇了摇头："你还不承认，看你那个动作就知道了，闻一下味道就能闻出土壤中的化学物质，这不是现成的盗墓技巧吗？放心啦，我会替你保守秘密的，你就承认了吧！"

“这个不是承不承认的问题，而是实事求是的问题。”唐风还是摇头否认，他说道，“如果我承认能让柳月你开心的话，那我就承认好了。”

柳月走到唐风面前：“你就这么在乎我开不开心吗？”

“当然。”在说话的时候，唐风的表情看上去很像是在开玩笑，但他自己却知道，这不是一句玩笑话，甜言蜜语不是这么讲的。虚假的玩笑，只是为了掩饰内心矛盾的煎熬。

“嗯，虽然你这句话很假，但我还是觉得很高兴。”柳月微微抬起头，扬起她那好看的眸，说道，“好吧，我们不讨论这个问题了，为了你这句话，我请你吃饭。”

唐风有些认真地说道：“这次见面之后不知道什么时候才能再见，还是我请你吧！”

当你一本正经地说要顺其自然的时候，不去想才是自然，想了，其实你已经不再自然，潜意识中，唐风很想多一点、再多一点的——顺其自然。唐风望向柳月，问道：“你想吃什么？”

“你请客，当然是随你了。”

唐风想了想，说道：“这么冷的天，不妨来点温馨的，我们去吃火锅吧？”

“那就走吧，今天可不能轻易放过你。”柳月说道，“我要点最贵的菜。”

“哈哈，随你了。”唐风大笑着说，“只要你吃得下。”

北方的冬天什么都可以缺，火锅是不能缺的，两个人没费什么工夫就找到了地方，唐风跟柳月是同行又是同龄人，他们之间是不太可能找不到共同语言的。

寒冷的，永远只是季节。

第三天，陈彦拿着他那已经开工的半成品水胆玛瑙来到中国石，要唐风和林沐雨帮他把把关。通过他们上次的讨论，陈彦最终还是选择了唐风的方案，准备把这块水胆玛瑙做成一方彩色砚台，一切都在按照三人最初的设想有条不紊地进行。在切这块水胆玛瑙的时候，唐风和陈彦可动了不少心思，也冒了一点险，石皮最薄的地方仅有一厘米左右。唐风在看过这块水胆玛瑙之后，问陈彦道：“你上次不是拿给你师叔看过了吗，他老人怎么说的？他老人家可是评委之一，说话的分量要比我们这三个臭皮匠重得多。”

“嗨，别提了，师叔他说，想好了就去做，别去管得不得奖。”陈彦摇着头说道，“他老人家也不想想，我这个岁数能像他那么淡定吗？”

林沐雨说道：“老人家是怕你最终得不到奖而受打击，保护你呢！”

“又不是超女选秀，我有那么死心眼儿吗？”陈彦转头看到唐风一副若有所思的神情，问他道，“哟，您也玩上深沉啦？”

唐风说道：“范老说得对，我们确实不应该把拿不拿奖的事情看得太重，这毕竟是行业协会举办的赛事，咱们都不是在国外长大的人，事先应该有点心理准备。”

陈彦说道：“这个我早知道。其实我的想法也很简单，再怎么样也要让它升点值才行，毕竟是一百八十万的东西。当然，我更希望老天能保佑这项赛事是公平公正公开的，起码也得给我一个公平竞争的机会吧！”

“算了。”唐风摆了摆手，“我压根儿就没指望您能让它升值，不亏本就成了。至于你说的老天保佑，我劝你别多想了，有人的地方就没有公平。”

陈彦说道：“你小子又开始小瞧我了不是，你们俩擦亮眼睛给我瞧好了，看哥们儿是怎样让它升值的。”

“哟。”唐风看了看时间，“今儿难得好天气，我得去一趟潘家园，看看那边有东西没。”唐风这边才一说完话，林沐雨马上说道：“我也得去公司一趟，先走一步了。”

两个人说完话，都急急忙忙地走了，陈彦摸了摸脑袋，自言自语道：“我就这么不值得信任吗？”

“二哥，您不是不值得信任。”那边的吕光走了过来，他拍了拍陈彦的肩膀，说道，“是根本就不该信任。”

陈彦大言不惭地说道：“去去去，你们几个就在一边儿慢慢嫉妒去吧！”

林沐雨把唐风送到潘家园，自己去到文化公司，她还有她追求的剧本。

唐风在潘家园绕了一大圈也没有什么新的发现，就在他准备离开时，转机突如其来。

一个四十来岁的干瘦中年人赶上了唐风的步伐，他先是像煞有介事地看了看周围的情形，然后用低沉的语调对唐风说道："先生，您要古玩吗？"

反正闲着也是闲着，唐风抱着姑且一试的心态问："有好东西吗？"

干瘦中年人神秘兮兮地将单肩背包移到唐风面前，他拉开背包的拉链，露出里面一个圆鼓鼓的、包着报纸的东西。干瘦中年人伸手撇开最上面的那层报纸，唐风顺眼望去，是一种比天青色更淡的蓝色，行里人称之为月白釉，从颜色上来看，这东西很有可能是钧瓷。他对干瘦中年人说道："你拿出来给我看看。"

干瘦中年人警惕地朝四周看了看，说道："这边人太多，到旁边去看吧！"

看到干瘦中年人一副小心谨慎的模样，唐风心里觉得非常好笑，这家伙什么毛病呢？兜售一件古玩跟那做贼似的。他点头说道："行，找个僻静地儿。"之后，唐风跟着干瘦中年人一番蛇行鼠步，来到街边的一条小胡同，红砖墙根下，干瘦中年人取下背包，两个人蹲在地上看东西。

中年人撇开背包，唐风双手捧出他的宝贝疙瘩，东西拿出来就清楚了，这是一个瓷制渣斗。渣斗，其实就是古代的垃圾桶，古人吃饭的时候，就把这东西放在餐桌上，用来盛放肉骨鱼刺等食物渣滓的。这东西喇叭口、宽沿、鼓腹、圆圈足，就像现代的痰盂。

这件渣斗是双色釉瓷，底色为月白色乳光釉，具有如同荧光一般的幽暗光泽。古人对颜色的划分跟现代人不同，月白其实不是白色，而是蓝色。按照现代人的理解，天蓝就是比较深的蓝色；天青就是比较淡的蓝色，比天青更淡的蓝色就是月白。月白的底色之上，分布着几块大小不一的色斑，色斑的颜色玫瑰紫与海棠红相间；这两种色彩亮丽的颜色和月白色交相辉映，互相映衬，让这件渣斗的釉色就如同朝晖晚霞一般，极尽绚丽璀璨之美。

双色釉瓷的意思并不是说这件瓷器只有两种具体的颜色，而是说它的大部分颜色是两种。这件渣斗的双色釉分别是月白和铜红，玫瑰紫和海棠红都是铜红色。此外，这件渣斗的口沿为姜黄色，底足为黄褐色，行里人称之为铜口铁足，这是钧瓷的基本特征。

通过初步的观察，唐风判断这是一件钧窑瓷器。

钧窑瓷器是一种厚釉瓷器，在精品钧瓷的瓷釉上，常常会出现一种与色地不同的、呈不规则流动状的细腺，它的形态就像蚯蚓在泥土中游动之后留下的走泥纹，行里人形象地称之为蚯蚓走泥纹。而干瘦中年人手中的这件渣斗就具有这种特质。

大致看过这件瓷器之后，唐风心中没来由地滋生出一种难以置信的感觉：该不会真碰上国宝了吧？

宋代钧窑值千万

钧窑是宋五大名窑之一，又称钧窑或钧州窑，窑址位于现在的河南省禹州市，因古代禹州隶属钧州管辖，故名钧窑。钧窑创烧于唐代，兴盛于北宋，之后的元明清三代官窑都有仿造，但质量最好的钧瓷还是宋钧。

钧窑的精品瓷器传世不多，古往今来都是极其珍贵的收藏品。古人曾写诗赞赏钧瓷："绿如春水初生日，红似朝霞欲上时；烟光凌空星满天，夕阳紫翠忽成岚。"民间谚语也有"纵有家产万贯，不如钧瓷一件"和"黄金有价钧无价"的说法。

唐风手中的这件渣斗釉色细腻润泽、幽密柔和，肥厚而透明，饱满而不失清雅，正是宋代钧窑的特质。根据市场行情走势，宋代钧窑的价值要远高于元代钧窑。如果不出意外，这件宋钧窑双色釉渣斗的价值将在千万元之上，这还是宋五窑整体行情处于低迷时期的保守估计。

钧瓷价值颇高的原因跟它的特性有关，钧瓷的烧制难度极高，有"十窑九不成"的说法。烧成之后的钧瓷色彩天成、变幻无穷，正所谓"入窑一色，出窑万彩"，因此，世界上绝对没有一模一样的两件钧瓷，这就是民间流传的"钧无双"。因为钧无双暗含"君无双"之意，所以烧成的官窑钧瓷都被列为御用珍品，专有于宫廷而严禁于民间。

高古瓷绝大多数没有年款，它的鉴定是一个复杂而又烦琐的过程，相比之下，唐风的速度已经非常快了。确定是宋钧，接下来就该判断是官钧还是民钧。这个干瘦中年人鬼鬼祟祟的样子让唐风很担心这件东西的来历，他问："您这东西打哪儿来的呢？"

干瘦中年人一脸认真地说道："这是我们家祖传的。"他这话一出口，唐风满脑子的问号立马变成了感叹号，怎么可能呢？怎么看这家伙都不像是官宦世家出来的人，这已经不是串秧儿了，简直就是基因突变，如果真是传家宝，他怎么也不会拿到这里来出手的。唐风又问他道："祖传也得有个时间吧？"

"这话说起来可就长了，这可是我那故去的爷爷在民国时期得来的宝贝。"干瘦中年人讲起了他爷爷的故事，干瘦中年人姓薛，他爷爷就是老薛。民国三十年，老薛已经三十来岁了，这年清明节，老薛去祖坟祭奠他爷爷，头磕了，酒也洒了，老薛拿出纸钱准备烧过去供先人用度。在摸火柴的时候，这位孝子贤孙被不远处一个坟头上的亮光给晃了一下……

唐风没好气地说道："大叔，你OUT了，这都什么年月的老皇历、老狗血桥段了，您还翻出来，现在的骗子早就不用这种套说辞了。"

"嗨！"干瘦中年人一拍脑袋，说道，"这都是别人教我的，说这套故事能让人相信，想不到头一回就玩现了。我跟您说老实话吧，这东西是我前些天在北京古玩城从一个外地商贩那儿买来的，说是宋钧民窑。后来不知道为了什么，那家伙进局子了，我这一寻思吧，这东西棘手，还是赶紧脱手为妙。"

唐风才不会相信这家伙的话，他之所以跟这家伙耗这么长的时间，无非就是看到这东西不错。既然他说是宋钧民窑，那就顺着他说吧，唐风说道："这东西有点不大对劲儿呀，民窑的东西肯定是在民间流传的，品相不应该这么好才对。"凡事都有两面性，东西太好也是砍价的理由。

"看您说的，这要不是民窑的精品，我也不会拿到这里来卖不是？"干瘦中年人说道，"一分钱一分货，我也不会收您千把万的。"

唐风问道："这东西什么价钱呢？"

一听说唐风有意购买，干瘦中年人总算松了一口气，他说道："一口价，十万！"

"您就别来虚的了，宋钧民窑压根儿就不是这个价。"唐风对对方的报价嗤之以鼻，"您还是直接来个卖价吧！"

"这已经是实价了，少也少不了多少，要不……"干瘦中年人问唐风，

"您给个价钱？"

"一千！"

"您根本就不存心买。"干瘦中年人一下子泄了气，他拿过唐风手中的渣斗准备往包里放。

"五千行不行？"唐风一副小本买卖的模样，"再多我也买不起了，我一月全家老小不吃不喝工资也就这么多！"

干瘦中年人用报纸一层层地将渣斗包裹起来，他一边包裹一边对唐风说道："我说小伙子，这可不是开玩笑的地方。这样吧，您要是存心买，我就说个实价，五万块，再少我就要赔钱了。"

胡搅蛮缠，总算把这家伙的实价给套出来了，唐风说："你实在我也实在，最后一个价，四万块。"

干瘦中年人摇着头说道："那咱们就无缘了，下次吧！"

"唉。"唐风摇头叹气，"那咱们就真的无缘了。"

身世之谜

买卖双方各自起身，准备离开。到了这里，真正的博弈才刚刚开始，双方就像武林高手似的，一边动作一边权衡利益得失。最先沉不住气的还是那个干瘦中年人，他说道："多的也不说了，咱们一人让一步，四万五行不行？真不能再少了。"

唐风眉头一皱，故弄玄虚地考虑了一番之后才痛下决心："成交！"

价钱谈妥事情就好办了，之后，唐风取下自己的背包，迅速点了四万五千块钱交给干瘦中年人，货、款两清，双方迅速撤离。这就是游商的交易规则，看准了就下手，以后可就找不着人了。

把疑似宋代官钧渣斗放进背包，唐风兴冲冲地赶回中国石，这些天尽遇上骗局，好久没有淘到像样的好东西了。

他才一拿出渣斗，陈彦和吕光就靠了过来，吕光看着眼前的渣斗，奇怪地说道："老板，你哪儿弄来这么一个痰盂呢？"

"去去去！不是行里人别乱说话，这能是痰盂吗？"陈彦说，"分明就是一夜壶。"

"哈哈，"唐风笑着说，"你就别开玩笑了，我知道你懂，没吃过猪肉还见过猪跑吗？这是一钧窑渣斗，跟痰盂差不了多少。"

"先别管是什么吧，真是夜壶它也能值大钱。"陈彦嘿嘿一笑，说道，"这东西可人疼呀，是官钧还是民钧？"

唐风拿出放大镜，一边看这件钧窑渣斗一边说道："我估计是官钧，这东西价值不菲。"

吕光问唐风道："老板，看这颜色，这是彩釉吧？"

"外行了不是？嗨，这事儿很复杂，我跟你说不清楚，还是让唐风跟你说吧！"

唐风之所以不愿意跟外行人解释原理，就是害怕越解释越麻烦，因为这类知识都是一环扣一环的，在讲述一个术语的时候往往会带出一片术语。唐风还是喜欢跟柳月讨论这方面的话题，那种感觉真舒坦。这时，一只粗糙的大手出现在唐风的面前，陈彦说道："嗨嗨嗨，兄弟，你走神儿了。"

唐风一把拉开陈彦的手，说道："我就怕跟你们解释这个，越解释越麻烦，一旦开始，今晚就不用睡觉了。"

很多事情看上去复杂，抽丝剥茧之后其实也很简单。接下来，唐风开始鉴定这件钧瓷是官钧还是民钧，他们家祖传的秘籍上面都是打油诗——

官钧有秘诀，胎骨坚如铁，铜红釉器也，叩之出铁声，紫褐浅灰结；二次烧为绝，蓝青白如雪，变化万色云，曲流为特写；釉淌补裂纹，蚯蚓曲爬也；玛瑙掺釉中，万花的世界。

一番参照对比，唐风最终确定，这件渣斗的正式名称应该是宋官钧月白釉铜红斑渣斗。陈彦摇着头说道："再好也是渣斗，不知道放过多少古人的残羹剩饭，太恶心了，你还不如把它扔给我呢！"

唐风呵呵一笑，说道："这是好东西，很有收藏价值，我敢保证，十年之后，这东西会价值几个一千万。如果能把汝官哥钧定这五大名窑全都聚齐的话，那该是一件多爽的事情呢！"

"嗯，"吕光点头说道，"再把永宣和康雍乾凑一块儿，那就更热闹了。"

“你们就做梦吧！”陈彦说道，“我去搞我的金奖作品了。”

“这个梦更遥远！”唐风和吕光同时说道。

唐风兴冲冲地回到家把渣斗锁进了保险柜，嘿，又增加了一件。正当他沉浸在愉悦心情中时，手机铃声响起，是柳月打来的。

“唐风啊，我正有事情找你呢，你方便出来吗？”

“很方便。”唐风说，“你在哪里？”

“还是我来接你吧！”

柳月约他，唐风没做多想，十五分钟之后，柳月的牧马人来到小区门口，唐风走过去拉开车门上车。上车之后，唐风问：“你有事找我吗？”

柳月点头说道：“是，大骗子唐风。”

“你怎么老说我是骗子呢？”

“这次是有理有据的，盗墓小贼。”柳月嘿嘿一笑，“这次你真的骗了我，不过我并生气，因为你是有苦衷的。”

唐风隐隐知道原因了，不知道这一次柳月又拿到了什么好牌，他说道：“你少来诓我了，我才没那么容易上当的。”

柳月很认真地说道：“跟你们家爷爷一样，我外公和叔公，还有他们的父辈以及祖辈都是老资格的古玩行家。老人们都知道，真宝轩的黄家以前就是盗墓世家，他们过去在生意上有来往。而且，当时北京的圈内人都知道，北京有三个盗墓世家，这三家人的关系非常好，这就是黄家、唐家和林家，林家后来去了台湾，再后来听说去了香港，再后来就没了消息。而黄家一直留在北京。三个家族中，人最少的是唐家，大概是在八十年代，唐家离开了北京。你姓唐，而你到北京的第一个去处就是黄家的真宝轩，接下来的事情就不用我说了吧？”

唐风突然很认真地问：“你是从哪里打听到的？”

看到唐风的表情突然变得十分冷峻，柳月拉了拉他的衣袖，说道：“你放心，柳月肯定不会害你的。”

唐风觉得很奇怪，他爷爷只说过跟黄韬略有过命的交情，却从来都没有提到过关于林家的事情，如此重要的信息，老人家怎么也不可能忘记的，他为什么会一直隐瞒呢？自己的父母又是谁？唐风越想这事儿就越觉得蹊跷。

他对柳月说道："我不是不相信你，我是想知道你为什么会知道这么多。"

柳月说："我的叔公跟黄韬略很熟，他为了宋徽宗陵墓的事情特意去找过他，结果当然是被拒绝了。"盗墓有行规，技艺传男不传女，黄家的第三代只有一个女孩黄馨儿，她当然不会学习盗墓技巧。柳月接着说道："之后，我叔公就向黄韬略打听唐家和林家的下落，黄爷爷守口如瓶，绝不透露，而且黄爷爷还发了很大的火，说如果再深究此事就老死不相往来。"

唐风心中隐隐地感觉到这三个盗墓世家之间肯定还有内在的联系，黄家和唐家的关系都已经到了指腹为婚的地步，现在的社会如此开放，这两家人不可能跟林家毫无联系，这里面肯定有问题。

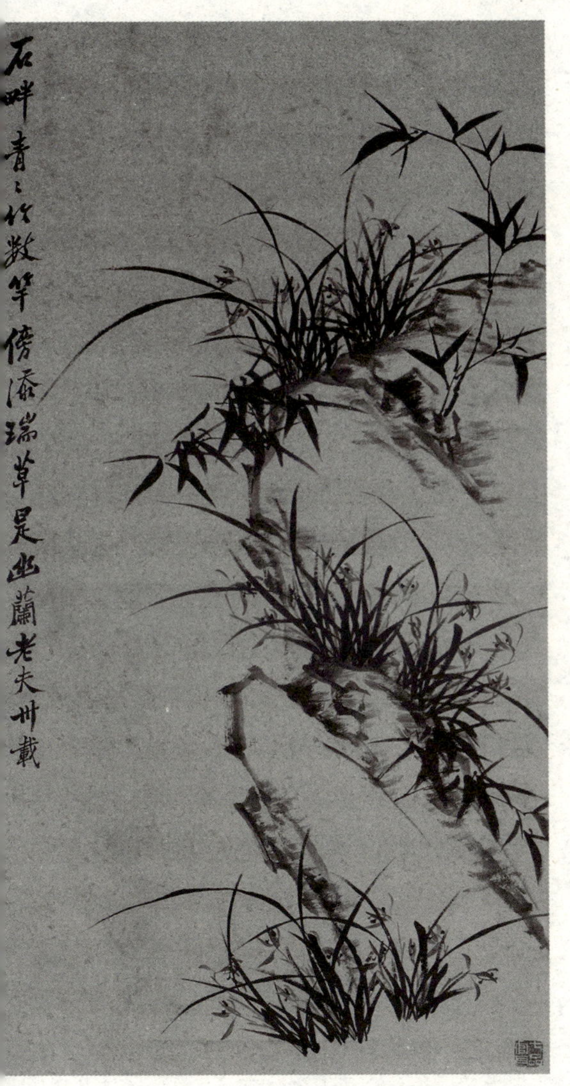

第七卷

皇陵大冒险　绝处逢生

柳月邀唐风参加宋徽宗墓的发掘活动，唐风在请示过爷爷之后，决定加入这次合法盗墓行动。徽宗墓中机关重重，考古队费尽心思才得以进入。正当他们放松警惕之际，柳月不小心触动机关，与唐风双双被逼向死亡的边缘。

合法盗墓可以，空手出墓大忌

唐风叹了一口气，他爷爷肯定有重要的事情瞒着他，但此时此地实在不宜考虑这个问题，唐风问柳月："那你是如何知道我来北京时首先去的黄家呢？"

柳月笑着说道："你忘了苏晴姐吗？只要她想查，你就无所遁形。这么说来，你已经承认了？"

唐风笑了笑，说道："其实我早就承认了，只是你没有听懂罢了。我相信你，不想对你有任何隐瞒，只是很多事情不是我能做主的，我必须征询爷爷的意见。"

"也就是说，只要你爷爷答应，你就会参与我们的考古挖掘，是吗？"

"不一定。"唐风说，"事情早就已经平息，我不想再掀波澜。"

柳月很认真地说："如果你参与，我们会尽最大的努力保密的。"

"天下没有不透风的墙，你们能做到保密吗？"

"当然可以，"柳月点头说，"你不要小看我的承诺，我叔公还是说得上话的，而且我师父是这件事情的负责人。"

唐风微一点头，说道："你的起点就是比别人高。"

"才不是，唐风你这样说让我感觉好难过。"柳月板起脸说，"我并没有走后门，我的成绩完全符合国家相关部门的规定。再说，这种事情还用得着走后门吗？这个专业早就已经青黄不接了，谁愿意成天跟骷髅头打交道？"

唐风哈哈一笑，说道："看你，我只是随便说说你就这么认真。"

"还好你在开玩笑，不然我真会生气的，我从来都不是大方人。"柳月说道，"那我就等你消息了，好想见识一下盗墓时的唐风。"

"只怕要让你失望了，"唐风耸耸肩，"我从来都没有盗过墓。"

柳月呵呵一笑，说道："你就别谦虚了，看你鉴定古玩的水准就知道，你是个中高手。唉，我要是男孩就好了。"

“还来得及。”唐风说，“现在的医学水平这么发达，你要做男孩我就把你当兄弟。”

“去你的。”柳月在唐风的手臂上拍了一巴掌，“总算解决了一件大事，是不是该好好庆祝一下呢？”

唐风问道：“这有什么值得庆祝的？”

“当然值得。走吧，我请你吃饭，我想到了一个好地方。”

唐风点头说道：“没问题，我正想跟说一件事呢！”

“哦？”柳月说，“你想跟说什么？”

“我今天淘到了一件宋官钧渣斗，铜口铁足，月白紫红，是最好的那种。”

柳月一边发动汽车一边说道：“现在先不要讲，到了地方我再听你细细道来。”

吃完饭，柳月把唐风送回家。唐风回到家已经九点多了，林沐雨正在笔记本电脑前噼里啪啦地码字。看到唐风回来，她放下手中的事情来到唐风身边，一番缠绵，林沐雨抬头问道：“吃饭了吗？”

唐风点了点头说道：“吃过了。哦，对了，是跟柳月一起吃的。”

林沐雨将自己的手掌印在唐风的心口，微笑着说道：“我都没有问你跟谁吃饭，你这就这么急着说出来，是不是心里有鬼呢？”

唐风反问她道：“你觉得呢？”

林沐雨点头说道：“放心吧，这点信任还是有的，沐雨对唐风非常了解并非常理解。唐风真好。”

“我怎么觉得你话里有话呢？”

“说者无意，听者有心，你可不要想歪了，唐风能告诉我跟柳月出去吃饭，本身就是问心无愧的表现，所以我才觉得唐风好呀！”

“沐雨，你能这样想就好了，在一起的两个人一定要彼此信任，这样的生活才会幸福。”唐风说话的时候看了看时间，“哟，和老爷子约定的联系时间到了，我得给他老人家打个电话。”

说起来，唐风到北京之后还没有往家里打过电话，不是不孝顺，而是爷爷轻易不让他打电话回家。电话拨通，苍老的声音在另一端响起，唐风他爷爷说道：“小子，肯定打过眼了吧？”

唐风嘿嘿一笑，说道："您老不是说打眼是收藏的必修课吗？"

"嗯，有道理，在那边混得怎么样了？没你想象中那么容易吧？"

接着，唐风把到这边之后的情况跟老人说了一遍，但并没有提到林沐雨的事情，万一老人家想起指腹为婚那茬儿来就麻烦了。当唐风问他是不是去参加考古挖掘的时候，老人沉思了片刻，说道："小风，你也不小了，这种事情你自己看着办就成了。我只提醒你一点，民家帮官家办事只有坏处，不可能有好处，这个道理不管是哪个朝代，都他奶奶的一样，我们唐家没少在这上面吃亏。而且一旦入墓就不能空手而归，这是规矩，不然就该金盆洗手了。你自己要考虑清楚。"

唐风说道："爷爷，您忘了，我们家早就金盆洗手了。"按照盗墓行当的规矩，"不带走，就得留"，这话颇有些恐怖的意味，留什么？留魂。所以，空手出墓是盗墓者的大忌。

"哟，"老人说，"你不说我还真忘了。"

唐风本来想问问关于林家的事情，但想想还是算了，爷爷不说总有不说的道理，最后唐风问："爷爷，您什么时候来北京呢？"

"快了吧，"唐风的爷爷叹了一口气，"老头子还等着在北京入土为安呢！"

唐风觉得他爷爷说话的口气有点不对劲，他马上问道："爷爷，您这是什么话？"

"你爷爷又不是千年老妖，还能不死吗？"唐家老人轻轻松松地说，"生老病死是天道，如我和老黄这般，最终能得到善终已经算是上天的眷顾了。老头子知道你现在有很多事情没弄明白，以后我都会告诉你的。小风，我对你没有别的要求，只希望你能混好一点，再好一点，这不是为了我，而是为了我们唐家。小风你一定要记住，有数不清的钱、收藏无数珍宝都不能算是混得好，关键要有足够的实力去保护这些东西，怀璧其罪的道理就不用我跟你讲了吧，老头子之前没说这些是不想让你过早地承担压力。其实在大多数时候，老头子我都在以你为荣，哈哈，黄韬略那老小子肯定都快嫉妒疯了。好了，就这样吧，我们爷孙俩很快就会再见的。"

唐风挂了电话好半天没弄明白，爷爷似乎在暗示他什么，关于自己，关于唐家，还有许许多多的谜题没有解开。实力？要混到什么程度才叫有实力，在这种太平时期又需要强大的实力来做什么？既然爷爷早晚都要告诉他，唐风也懒得去多想，他现在的目标是把中国石做大做强，完成小目标才有机会挑战更大的目标。

晚上，躺在床上的唐风对林沐雨说：“我准备去参加一次考古挖掘活动，最近可能会离开一段时间。如果石头到了，你就让陈彦先行开解吧，一吨多重的石头疙瘩也没有什么技术含量，一刀两断就能知道结果。”

林沐雨钻进唐风的怀里，柔声问道：“你真的已经决定了吗？”

唐风点头说道：“是的。”当你花了十几年时间学会一项技能却始终没用用武之地的时候，那种急于一试身手的感觉就不足为奇了，唐风就想真刀真枪地去盗一次墓，在国内盗墓是非法的，去国外盗墓总不会违法吧！古代中国的地域远比现在辽阔，很多重要人物的陵墓在国内找不到，唐风就觉得很有可能在国外。

“那你就去吧！”

“嘿嘿，我以为你会反对呢！”

“如果我反对的话，你会听我的吗？”林沐雨抚摩着唐风的胸膛轻声问道。

唐风说道：“我不能说完全听你的，但我肯定会认真考虑，因为沐雨是我生活中很重要的那一部分。”

林沐雨温柔地说道：“我只是随便问问罢了，断然不会横加干涉的，因为你是男人嘛，对自己应该有担当，男主外女主内哦！”

“谢谢沐雨。”唐风很满意地点头。

第二天上午，唐风拨通了柳月的电话，柳月一接听电话，唐风就开门见山地说道：“谢天谢天，我现在可以合法地盗墓了。”

洞天福地藏皇陵

“真的？”电话那头的柳月很高兴地说，“那太好了，我马上帮你联系。”

唐风还是有点不放心：“记得千万要保密。”

柳月很认真地说：“放心，绝不会有问题的。”

结束了跟柳月的通话，唐风在下午来到中国石，马上就要离开，总要跟合伙人打声招呼的。陈彦这些天把心思全都放在了那块水胆玛瑙上，他还没有听完唐风说什么就打断了他的话："麻烦您哎，以后这种事儿就别打招呼了，去吧，这边有和我沐雨呢！"

陈彦一边说话一边还不忘比画他那块水胆玛瑙，唐风看他那副样子，无奈地摇了摇头，这家伙八成是走火入魔了。唐风走出办公室后不久，陈彦突然之间好像想起了什么，他一拍脑袋，自言自语地说道："他会懂考古挖掘？懂盗墓还差不多。难道……他真是盗墓的……哎，唐风……"

唐风没有应他，办公室外边传来了吕光的声音："二哥，你就别叫了，老板上了一辆吉普车，嘿，那车还真不错。"

陈彦愣了一下，喃喃自语道："一张J一张Q，离二十一点就不远了，好小子。"

柳月正在驾驶她的牧马人，唐风坐在副驾驶的位置上，他看到柳月开车挺轻松，问她道："学开车应该很容易吧？"

"怎么，想买车了？"

"有这个想法，不会开车是不太方便。"

"学开车其实很简单的，像你这么聪明的人很快就能学会的。"

唐风嘿嘿一笑，说道："嘿嘿，其实我挺笨的。"

"过分地谦虚就是骄傲，"柳月说，"你要是笨人这世上就没有聪明人了。"

两个人闲聊了一会儿，唐风言归正传："考古的事情怎么样了？"

"我既然都找到你了，那肯定就是有眉目了。"柳月说，"这是件一拍即合的事情，你不想让别人知道你出生在盗墓世家，我们更不想让别人知道你跟我们有合作。"

唐风从各方面的情况不难做出判断，位于河南巩义的宋徽宗皇陵要比位于河南安阳的曹操高陵大得多。一个是省级文物部门负责的全透明考古挖掘，一个是国家级文物部门直接负责的保密考古挖掘，两相比较，结果不言而喻。

既然已经决定了，唐风也就不再拐弯抹角，他直截了当地问柳月道："我们什么时候动身？"

“随时都可以呀！关键在你。”

“那就现在吧！”老实说，唐风对这事儿是越来越感兴趣了，事不宜迟，国家职能部门的工作效率还是有的，如果稍晚一点，说不定墓门就安全打开了。

柳月开玩笑道：“你不跟林小姐告个别吗？”

“没事的。”唐风肯定地说，“她会理解的，你倒是该跟家人打声招呼。”

柳月摇着头说道：“你不了解我们家，我估计只有我嫁人的那一天他们才会聚齐，而且大多数人都不是为了祝福我，而只是为了体现家族的团结。”

唐风对有钱人的家庭关系并不了解：“不至于吧？”

“家家都有本难念的经，你不会懂的。”柳月说，“好啦，不说这些了，那我们现在就动身。”

“你直接开车去吗？”

“难道你还想坐专机不成？”柳月信心满满地说，“这就是我买这种车的原因，经久耐用全天候，而且又是全程高速，肯定比动车的速度快很多。不过，唐风你得帮我。”

唐风摇着头说道：“我是不会开车的啊！”

柳月说道：“你想开我还不敢给你开呢！时间太长容易疲劳，你要多陪我说话。”

“没问题。”唐风点头说，“能跟柳小姐同车也是一种缘分，百年修得同船渡，千年修得共枕眠，咱们俩前世少说也修了百年。”

柳月的牧马人从北京广安路驶入京珠高速公路，经河北省再跨越黄河，七个小时后抵达郑州。在郑州短暂休整后，柳月驾车驶入霍连高速公路。又过了一个多小时，牧马人终于抵达河南巩义，此时已经是深夜了。

柳月在高速公路的服务区停下车，她放下驾驶位的车座，选择一个最舒服的姿势躺了下去，一边揉着自己的肩膀一边懒洋洋地说道：“唉，真是累死人了。”

“确实是辛苦你了。”唐风望向车窗外的便利店，说道，“你想吃什么？我请客。”

“让我想想。”柳月掩口打了一个哈欠，乖巧地说道，“我想吃零食，好多好多的零食。”

“好。”唐风打开车门走下车。十来分钟后，拎着两个大塑料口袋的唐风打开了车门。他一上车，动作就开始放缓放轻，因为此时的柳月已经歪着脑袋睡着了。尽管车上开着空调不会太冷，但唐风还是脱下自己的外衣盖在了她的身上，睡着的柳月就像一个大布娃娃，可爱极了。一会儿，他也躺在座位上闭上了眼睛。

清晨的阳光泻入车内，柳月缓缓地睁开眼睛，当她看到身边已经醒来的唐风时，不好意思地笑了笑，她说：“对不起，昨晚我太困了。”

“傻瓜，这有什么好对不起的。”唐风拿出那两个大塑料口袋，“给你，好多好多的零食。”

“谢谢。”柳月接过唐风手中的塑料袋放在身边，“留着吧，到挖掘现场再说，我们现在就去。”

唐风说道：“我一回北京就去学驾驶，下次就不会让你这么辛苦了。”

“说话算数哦！”柳月发动了汽车。在巩义市区吃过早点后，两人很快抵达宋陵。

巩义是古代的兵家必争之地，因为它的战略位置十分突出、易守难攻，这是针对活人来说的。值得一提的是，巩义也是死人的必争之地。巩义位于河南郑州、洛阳两大古都之间，南北走向的嵩山与东西走向的邙山交会于此；再加上它北临黄河，洛水自西向东蜿蜒而来，所以，巩义自古以来就被风水先生视为“山高水来”的吉祥之地。

狭义的宋陵就是一座陵园，位于巩义市杜甫路的巩义博物馆附近，但这并不是真正意义上的北宋皇陵。北宋皇陵的陵区面积非常大，它南北长十公里，东西宽十六公里，面积有三十多平方公里。除去七帝八陵之外，这里还有北宋王侯将相的墓葬一千八百多座，寇准、包拯等历史名人都长眠于此。

三十多平方公里的陵区是没办法保护的，整个陵区已经和村庄、住户、田地连为一体，除了偶尔入目的大型石质人物、动物雕像之外，这里丝毫没有皇家陵园的感觉。

唐风望着车窗外的景象，说道：“看来北宋皇陵的恢宏气势是再也无法恢复了。”

柳月点头说道："自金国到民国，这里的官盗、民盗就从来没有禁绝过，地下早已是千疮百孔了。"

唐风说道："自民国以来就不太有盗墓贼光顾这里，什么东西都没有了。"

柳月呵呵一笑，问："你们家祖上对这里有记载吗？"

唐风笑了笑，说道："告诉你也无妨，我们家祖上从来不盗已经被光顾过的墓葬，这是对同行的信任。"

柳月指着挡风玻璃前面不远处的一个地方说道："那里就是入口了。"

唐风远远地望去，入口处居然设有武警的哨卡，他问柳月道："不会吧，你们就这么有把握吗？"

柳月点头说道："非常有把握，那个盗洞在不断地喷出可燃气体，都烧了十几天了。"

唐风在盗墓方面的知识绝对强于古玩，他说道："看来下面墓葬的面积是非常大了。"

柳月说道："通过卫星遥感技术的探测，地下墓葬有一个足球场那么大，宋徽宗不愧是艺术家，花大价钱出大手笔了。"

很快，柳月的车驶到哨卡前，她先拿出一块牌子挂在自己胸前，然后对唐风说道："我们要等一等了，你没有出入证明，现在还不能进去，我打电话让师父出来接你。"

柳月打完电话，唐风越想越觉得奇怪，他问柳月道："你们凭什么肯定这是宋徽宗的皇陵，而且还没有被盗过呢？"宋皇陵的陵区几乎被金国挖了个底朝天，他们不可能错过这么大墓葬的。

柳月说道："那个地方非常隐秘，你到了之后就会明白的。"

巨大地宫

不久，一辆长城皮卡停在了哨卡的另一端，一位头发过早花白的中年人打开车门走向柳月他们这边。柳月道："他就是我师父，名叫张克明，是考古界中生代的领军人物。"

“原来是他。”唐风对这个人有点印象，上次他和陈彦到密云去寻宝，柳月和他还有其他考古队员正在勘探一座北宋宣和七年的石拱桥，他就是柳月口中所说的张教授。

张教授跟哨卡执勤的武警官兵打了声招呼，然后走出哨卡，柳月打开车门下车去迎接他：“师父，您来啦！”

张教授笑着道：“小月你别乱叫，这是在工作场合，别人会有意见的。”

柳月乖巧一笑，说：“我是看到没有其他人才叫的嘛！”

“看来你已经把他排除在其他人的范围之外了。”张教授还不忘取笑一下自己的美女徒弟，“眼光很不错哟！”

柳月轻声说道：“哎呀，师父你可别乱说，一会儿别人听见了，根本就没有的事情也变得似是而非了。”

之后，张教授和柳月一起上车，张教授向唐风伸出手，说道：“唐先生，我们又见面了。”

唐风伸手跟他相握，点头道：“张教授，您好。”

张克明将一块可供临时出入的牌子交给唐风：“欢迎唐先生加入我们，在这方面，你才是真正的专家呀！”

“张教授您太客气了。”唐风连连客气一番。寒暄过后，张克明言归正传，“你们都知道是怎么回事，那就不用绕弯子了，你现在的身份是实习研究员，到时候我会安排你入墓的。合作愉快。”

唐风比较欣赏张克明的办事风格，他点头说道：“合作愉快。”

接着，柳月驱车驶过哨卡，那辆长城皮卡也掉头跟上牧马人。哨卡离挖掘现场非常远，又经过两个哨卡之后，视线远方出现了一个就像飞机机库那样的穹顶大棚。唐风道：“这次挖掘的规模可不小啊！”

张克明点头说：“可以这样说，这是有史以来规模最大的一次挖掘，估计只有以后的秦始皇陵地宫挖掘才能与之相提并论。”

两辆车先后驶入大棚。几个人下车，唐风开始观察周围的情形。这座陵墓跟中国历代的帝王陵墓完全不同。中国古代帝王陵墓大多都深埋于地下，在修建陵墓的时候会有大量的泥土被挖掘出来，当帝王下葬之后，这些泥土都会回填。人工回填泥土的时候会进行逐层的夯实打压，这个过程和之后的结果一样，都叫夯土。

夯土远比生土结实紧密，很容易被有心人看出地下有墓葬，为了掩人耳目，夯土之上还会覆盖泥土，这就是封土堆。地下墓葬的上方一般都有呈圆锥形的封土堆，看上去就跟普通的小山坡一样，时间一长，封土堆上面会长满草树，这样就可以让人误以为这是天然土坡。

而宋徽宗皇陵背靠一座高约三百米的小山，陵墓的封土堆跟天然山峰结合在一起就更难让人看出破绽了。唐风一看地形就明白，这座山的内部肯定是空的，地宫就在山下面。

几个人一起走进临时搭建的指挥部，张克明把唐风和柳月带进办公室，他一边操控鼠标一边对唐风说："我跟你大致介绍一下这里的情况。"

唐风来到电脑显示器前，上面是虚拟地形图，通过张克明的介绍，唐风对这边的地形有了更深入的了解。从外表看上去，这座山跟普通山坡并没有什么不同，它一边的坡度很缓，就是唐风刚才看到的封土堆；而另一边非常陡峭，是一处高约四百米的悬崖，悬崖之下是一个深潭。张克明说："这个深潭我们测量过，最深处就在悬崖的下方，五十米的样子。"

经过虚拟地图可以看出，这座山其实就是一块巨石，只是这块巨石外面包裹了一层厚厚的泥土，看上去很像是一座山罢了。如此，陵墓所处位置的整体结构就出来了，整座山就像一个三角形，地宫就在三角形中间。

张克明在调换文档之后用手指着图片说："这边是我们挖掘的进度，到现场一看就明白。"山坡的开挖形状是一个内小外大的梯形，梯形的顶部就是陵墓的入口，张克明继续说道："这处墓葬外围跟武则天的乾陵有些类似，石条之间都由铁栓板拴拉，每两层条石上下使用铁棍穿连，再用锡铁熔化之后的液体金属浇灌石缝，非常牢固。"

唐风不禁摇了摇头，这个李诫确实是建筑设计的高手，每两层条石上下使用铁棍穿连，也就是说，构成陵墓外围石墙的石条都是两两相连的，在没有大型机械参与施工的古代，这个工程量是非常大的。

虚拟地形图上，巨石是用绿色来标示的，巨石下方的红色就是考古部门估测的地宫大小，正如柳月所说，有一个足球场那么大。可以这样说，这座地宫就像一个埋于地下的体育场。

唐风想想觉得不对，他问张克明道：“你们是怎么发现这处陵墓的？”

“唉，”张克明摇着头说，“说来残酷，一年前，在据此六公里的地方发现了一个万人坑，这些尸体都是逐层掩埋的，一万人只是初步估计。”

历史的沉重不是轻描淡写的文字可以承载的，寥寥数字，怎么也无法形容当时的惨烈，那意味着数万甚至数十万条鲜活的生命。封建社会摒弃了奴隶社会以人殉葬的陋习，但一个皇帝的死往往会让数万人丧命。

根据有关史料的记载，修建宋哲宗的永泰陵时，仅取石材一项就动用工匠四千六百人，采石两万七千六百块。把这些石块从二三十公里之外的崇山峻岭之中的偃师粟子山运到陵区又动用士兵九千七百四十四人、民夫五百人。为什么要舍近求远呢？根据史料记载，粟山所产之石岩棱温润，日光长久照射不易崩。

公元1100年，宋哲宗患病，不数日死去，农历二月初十，采石队伍集结后抵达工地。北宋帝王有七月而葬的习俗，就是从帝王驾崩的那一天算起，七个月时间内，陵墓必须完工。

时间不等人，二月初十开始采石，五月十一就必须完成两万七千六百块的采石量。不管是不是皇帝本人的初衷，但工程大、工期紧是事实，负责陵墓建造的官员为了赶工期，不得不强制工匠超负荷劳动。由于劳动条件差，又无干净卫生的饮用水，短短一个月内，在风餐露宿的工地上陆续病倒的工匠就有一千七百多人，天天都有工匠死去，处理尸体就成了麻烦事，于是，便有了万人坑。挖一个深坑，埋进一批死者填一层土，再埋再填，这就是所谓的逐层掩埋。

因此，只要发现万人坑，附近肯定就有大型墓葬。事实上，万人坑埋葬的尸体都属于“正常死亡”；为了保密，在完工之后，参与陵墓修建的工匠是不会有活口留下的。在古代，修建陵墓跟被判死刑没什么区别，不光是工匠，但凡是参与的人，不管是督工还是负责的官员无一幸免，李诫也一样。公元1110年，李诫“暴毙”，不难想象，李诫被杀之日也是这座陵墓落成之时。

更有甚者，那些不明所以就参与屠杀工匠的军人也会被杀。这种屠杀会持续很长时间，直至皇帝个人认为没人知道了为止，牵连数万人仅是保守估计。有资料显示，秦始皇下葬后，秦二世下令屠杀的知情人数量多达七十万，当然，也有傻子是自杀殉君的。也正是因为如此，唐风从来不认为盗墓贼有什么不光彩，不义之人取不义之人的不义之财，何来心理负担？

修建陵墓不仅劳民而且伤财，公元1063年10月，宋仁宗赵祯葬于永昭陵，调集的能工巧匠与民夫就不必说了，光是参与修建陵墓的士兵就多达四万六千七百人。永昭陵的修建耗银五十万两、钱一百五十万贯、丝绢二百五十万匹，总耗费占当时北宋国库年收入的一半。可以想见，斥举国一半之资修筑的陵墓该是多么富丽堂皇。当时的送葬队伍很庞大，光拉灵柩的就有一千多人，车马浩荡，绵延数十里，显然，活着回去的人没几个。

张克明最后说："到目前为止，我们掌握的信息就是这些。"

唐风点头表示了解，"可以去现场看看吗？"

张克明点头道："没问题，我现在就带你去。"

一会儿，唐风、柳月和张克明到达挖掘现场，挖掘现场给人的感觉就是壮观。梯形的挖掘口外宽内窄，整个墓道宽六米，长两百五十米，向下延伸的深度是一百米，唐风根据墓道坡度与长度之间的三角函数关系粗略地推断了一下，此处地宫的深度可能要创全国纪录了。古代的地底施工首先要考虑到通风的问题，史料记载，李斯在向秦始皇做骊山墓的工程报告时曾说，掘至油灯不可燃，说明秦始皇陵地宫至少挖掘到了缺氧的阶段。

为了防止坍塌，梯形两边的山壁被挖成了阶梯状，张克明指着远处一个向外喷火的地方说："就是这个盗洞，让我们做成了火冢的推断，我们也因此而暂时放弃了强制打开墓门的打算。"

唐风一看那喷火的状态就明白了，这个盗洞肯定已经深入了地宫内部，只有这样，地宫内部的可燃气体才会释放出来，这就是伏火，有伏火的古墓叫作"火坑墓"，有些地方的盗墓者俗称为"火洞子"。

考古文献《长沙古物闻见录》中出现过这样的一段文字："一朝发泄，火轰然由生，俄顷，磷火由隙内喷出，高达五尺，嗤嗤作响，此时满坑皆火，窑工俱葬身火窑。"唐风对这事情再清楚不过，火坑墓常常会出现爆炸式的着火场面，是令盗墓者闻风丧胆的一种古墓。不过，道高一尺魔高一丈，盗墓者也不是没有办法进入火坑墓，这就是公鸡破邪。

在盗墓小说盛行的今天，许多盗墓手段都被小说作者诡异化了，诸如公鸡破邪、粪水除秽、父子不同行等，其实这些诡异手段都是很有科学依据的。

公鸡破邪其实是为了防毒，开启墓葬之后，为了防止墓中有毒，盗墓者会先放一只公鸡进去。可燃气体是肯定有毒的，公鸡是打死都不愿意进去的，强制塞进去也是死路一条。如果墓内有可燃气体，那就要像现在一样，点火把它烧尽。

为什么会出现爆炸式着火呢？原因其实很简单，燃烧需要氧气，可燃气体一旦接触氧气，只要碰上一点火星，就会出现煤气爆炸那般的场面，在场之人无一能够幸免。这些可燃气体也不是磷火，而是有机物在缺氧的封闭环境下分解成的沼气。

关于古墓中的伏火到底是不是反盗墓设计，学术界还存有争议，因为他们不知道古人是蓄意将有机物放入古墓中分解还是偶然的巧合，关于这一点，唐家祖上认为，这肯定是那帮建造古墓的家伙在捣鬼。盗与防盗永远是矛盾的，唐家祖上在评论防盗技巧的时候难免会加入意识形态上的观点。

在放入公鸡之后，盗墓者会把洞口的光线遮住，公鸡找不到方向之后就会四处乱窜，这就探测了墓穴的各个角落。等到时间差不多了，盗墓者就让光线透进，公鸡有趋光性，墓室中唯一的光亮就是挖掘的洞口，所以它还会自己回来。公鸡安然回来之后，盗墓者就可以放心大胆地进入墓穴内部了。

粪水除秽是为了破解铁水浇筑的墓墙，这是利用酸性很强的粪水来锈蚀铁件，这种办法可是笨办法，往往需要很长的时间。

“父子不同行”不是怕撞鬼，而是盗墓太危险，父子必须留下一人来传宗接代，将光荣而又伟大的职业延续下去。

这边正在聊天，张克明的对讲机传来了声音，对方说：“张教授，火势开始减弱了。”

塌方和尸体

火势减弱说明墓穴内部的空气压力在减小，其中的原理跟农村广泛使用的沼气池相同，长期封闭的墓穴内部的空气压力远大于外部。长沙马王堆1号墓是比较著名的火坑墓之一，当时喷出的可燃气体压力很大，能将浇灌进去的水反溅出来，点燃之后喷出的火苗高达半米多。马王堆1号墓喷出的火苗一直燃烧了三天三夜，而宋徽宗陵墓的火苗烧了十天才见减弱，由此可见此处地下陵墓的规模。

张克明当然知道火势减弱意味着什么，他马上对着对讲机道："我们马上就到。"之后，他对柳月和唐风说："去看看吧！"

三个人来到位于梯形挖掘面外沿处的深坑，通过张克明的介绍，唐风大致了解到了发现这个盗洞的过程。在挖掘开始的第三天，考古人员发现了一个竖直朝下的深井，这口井很深，很久都挖不见底，于是，考古人员调来大型机械，这一挖下去就挖到了一百五十米的深处，就形成了唐风眼前的这个大坑。

唐风在看过原始横向深坑的直径之后肯定地说道："这应该是民国以后进行的大规模、有组织的官盗，使用的挖掘工具和方式都不是古代的方式，普通民盗不可能如此明目张胆。"

这种盗洞的挖掘方式跟传统盗洞的挖掘方式不同，它是先竖直朝下深挖，再进行横向挖掘。在横向挖掘的时候，为了防止塌方，盗墓者借鉴了煤矿工人挖煤时木方支撑的办法。采用这种方法还有一个好处，那就是防止积沙墓。

积沙墓俗称流沙墓，也是盗墓者最为头疼和害怕的墓冢类型。流沙墓在回填的时候使用的不是生土，而是炒干的细沙，当沙子积埋到一定位置和厚度后，再以泥土覆埋，并将四周夯实筑牢。流沙墓对盗墓者的杀伤力非常大，一旦挖破，细沙就会像水一样灌入盗洞让盗墓者活活窒息死亡。对付流沙墓，盗墓者在使用木方支撑的同时会使用竹木板遮挡上面的流沙。

大坑底部面向皇陵的一面土墙上，几条幽蓝无烟的火苗正在有气无力地向外喷冒。柳月说："别看现在的火苗很短，看上去绵软无力，最开始的时候，向外喷出的火苗有两米多长。"

张克明说："为了安全起见，我们决定先烧尽可燃气体再说。"

唐风问张克明道："既然宋徽宗的皇陵以前就被挖掘过，可燃气体应该已经释放过才对，为什么现在还有这么多呢？"

张克明道："我估计当时的盗墓者在盗墓的过程中发生过意外，导致整个盗洞出现了小面积的坍塌。至于其他人为什么没有继续进行挖掘就不得而知了，有可能是因为时局出现重大的变故。"

唐风觉得张克明的推断非常合理，这次挖掘形成了一个深一百五十米、直径三米的大井，如此大规模的挖掘工程需要大量的人手，一旦发生意外，后果将会非常严重，有人丧命是肯定的。在损失大量人手之后，盗墓者居然就这样随意掩埋井口之后一走了之了，这其中肯定发生了什么重大变故。

张克明接着说："在变故发生之后，盗墓者并没有放弃盗墓，而是将井口掩埋起来，说明他们准备以后继续，结果，他们这一去就没有再回来。"

唐风呵呵一笑，说："估计后来就直接去了台湾地区，没机会回来了。"

张克明说道："也只有这么理解，这个横向盗洞挖到这里的时候就出现了大面积的坍塌，之后便有可燃气体溢出，说明这个盗洞的坍塌并不是很严重，里面都是空的。"

唐风说道："张教授，您觉得有没有这种可能，盗墓者在进行挖掘的时候采用了明火照明，在墓穴打开之后发生了小规模爆炸，因为爆炸引起的塌方堵塞了洞口，可燃气体才没有被完全释放。"

"有这种可能，"张克明说，"不管怎么样，没有被盗取过就是好事。说考古源自盗墓，真的一点儿不假。想想就觉得可笑，自从事考古工作的那一天开始，我一直就在跟着盗墓者的脚步走，这么多年以来，我还从来没有遇到过没有盗洞的墓葬。"

不管是考古工作者还是盗墓者，最令他们丧气的事情莫过于辛辛苦苦忙活了半天，打开墓葬一看，早就被人光顾过了。唐风问张克明道："您遇到的盗洞最多的墓葬有几个？"

张克明笑着说："那不是一般的多，有件事情我永远都不会忘记，那是古今中外盗墓者与建墓者大比拼的一处墓葬。”接着，张克明讲起了他的所见所闻。2005 年 5 月，在河南省驻马店市上蔡县的郭庄发现了一座春秋古墓，考古部门立即对其进行了一场大规模的考古挖掘活动。不看不知道，一看吓一跳，在现场总共发现的大大小小的盗洞有十七个之多。其中年代最早的盗洞挖于战国时期，在挖到墓室北口外三米的地方，盗墓者遇上了流沙，被迫停止挖掘。另有七个盗洞挖掘于东汉时期，最厉害的一个东汉盗洞严重地破坏了墓室结构，盗墓者对墓室东部采取了大揭顶盗法，盗洞穿透厚厚的幕墙，直达棺木附近。在盗墓差点就要成功的时候，盗墓者一个不小心触动了滚石机关，结果引发积石坍塌，盗墓者自己也葬身其中。同时，这处墓葬还有现代盗洞九个，他们都用上了定向爆破，先深挖再横向掘进，最长的一个横向引洞有二十七米，他们进入墓室后采用了架设竹木巷道的方式盗掘，最终他们盗墓成功。不过，他们盗取的却不是真棺材，而是建墓者设计的假棺材，彻底搞错了方向。由于触动了假棺，厚达十米的流沙涌入，他们不得不撤退离开。

张克明说：“别说盗墓者了，我们进去的时候也差点上了当。建墓者不光在主棺的侧方加修了假棺材，还在主棺的正上方弄了一个假棺材，为了逼真，他还像煞有介事地在假棺材中放置很多小件陪葬品。如果我没猜错的话，这个人建墓者在当时肯定非常有名，整座墓葬的防盗招式一环套一环，如果不是碰上我们，天知道这座快三千年的古墓会留到什么时候去。”

柳月说：“尽管这个过程很艰辛，但这个结果还是好的，能扛过近三千年的十七次盗墓，这个建墓者可算是古今第一建筑大师了。”

唐风笑着说道：“我怎么觉得这是鲁班建造的呢？”

张克明笑着摇头：“应该不是，古人中的能人还有很多，他们的建筑理念往往是划时代的，不然就不会出现三次爆破还屹立不倒的‘桥坚强’了。哎，不谈这个了，唐先生，你现在有什么想法吗？”

唐风道：“现在只能用笨办法了，等可燃气体燃尽之后再进行挖掘，看看盗洞的内部结构再说，要保证墓室的完整性就只能从内部打开墓门。对了，张教授，我还想请教您一个问题。”

“你直接问，没关系。”

“你们不从正门进入墓室，是不是还有其他什么原因呢？”唐风望向四周忙碌的工作人员，问张克明道，“这次考古挖掘无论是规模还是动用的人员以及科技设备都是空前的，我总感觉你们弄得过于正式了。”

张克明笑着说：“对不起，我刚才的回答太快了，我现在只能告诉你一点，这个墓葬很有参考意义，我们的目标不止于此。”

唐风点了点头，“我懂了。”

张克明对柳月道：“我可什么都没说哟。”

柳月笑着说：“我也什么都没听见。”

尽管张克明没有明说，但唐风心中已经明白，国家终于要动手了，离挖掘秦始皇陵的时间不会太遥远。

时间过得很快，转眼三天过去了，宋徽宗皇陵的可燃气体终于燃尽，顺着盗洞进行的大规模挖掘很快开始。不出唐风他们所料，盗洞确实出现过小规模的坍塌，而且还有发生爆炸的痕迹。大规模挖掘在进行三天之后，柳月跑进唐风的临时住处，她对唐风说道：“刚才挖出了几具高度腐烂的尸体，应该是当时的盗墓者。”

高产出也意味着高风险，盗墓实在是一个危险的行当。唐风问：“这么说，已经挖到墓墙了？”

柳月点头道：“是的，是一个直径差不多半米的不规则圆洞，阴森森的好恐怖，张教授说里面肯定有置人死地的机关。”

机关、爆炸、塌方、数具尸体，突然之间，宋徽宗皇陵变得扑朔迷离、危机重重，唐风说道：“走，我们去看看。”

“唐风，”柳月咬着嘴唇轻声道，“如果我现在反悔，还来得及吗？”

独闯皇陵

听到柳月这样说，唐风很奇怪地看着她，“柳月，你这是怎么了？”

“我越看那个盗洞越觉得害怕，就像怪兽的血盆大嘴一样，那里面肯定很危险，我又不想让你去了。”

唐风呵呵一笑，走到柳月面前，说道："你是盗墓小说看多了，古墓里面哪有那么多诡异的机关，就算有机关，正主还没有入住呢，不可能会开启的。"

唐风的话并没有消除柳月内心的恐惧，她说道："盗洞里面的尸体的死状真的好恐怖，想想都令人害怕。"

唐风安慰她道："你就放心吧，我怎么可能拿自己的生命开玩笑呢？先去看看再说吧。"

柳月无奈地点了点头，"那好吧。"

唐风暂住的地方离挖掘现场不远，不一会儿，二人就来到人头攒动的挖掘现场，张克明正在现场指挥。

由于竖直的盗洞深达一百五十米，采用开放式挖掘费时费力，考古部门采用了半隧道式挖掘，整个盗洞的横截面就像一个立起来的"凹"字形。为了防止发生新的坍塌，在掘开盗洞后，施工人员使用木桩加固了坑道。如此一来，整个盗洞的横截面便一目了然了，这个盗洞是水平往前挖掘的，也就是说，它的海拔高度比考古部门挖掘出来的挖掘面还要低五十米，为此，施工人员不得不加深原来的挖掘面。往下挖掘五十米后，考古人员有了新的发现，他们之前找到的墓门并不是真正的墓门，而是墓门正上方的门额。整个墓门的结构类似于水库的大坝，从下往上是一个斜面，就算他们之前使用炸药也没有用。

往下深挖五十米之后，整个墓室的正面完全显现，这是一个外包式结构，墓室的门脸是连同巨石一起包裹的。由此可见，李诚的设计非常巧妙，墓室并不是凿空巨石腹部来修建的，而是处于巨石的下方，这样就能够节省大量的人力物力，按照当时的科技水平，要在巨石腹中挖出一个足球场大小的地宫是不可想象的。

唐风在看过盗洞的走向之后不禁点了点头，当初负责挖盗洞的家伙是个人物，这个盗洞最终绕到了墓室正门的侧面，然后再往下挖掘。唐风一看就明白，盗洞的最末端肯定是一个"U"字形，这样就可以绕过墓室的侧墙，从地底进入墓室。宋徽宗皇陵的上面是一块巨大的岩石，两侧的石墙非常厚实，最薄弱的地方恰恰就是墓室的地面。

唐风和柳月一起来到盗洞往下转弯的外围。张克明也在这边，他看到唐风来到身边，笑着向他点了点头，唐风也微笑着致意。考古现场并不是谋杀现场，众人都保持着平和的心态。张克明从地上捡起一袋用塑料薄膜包起来的徽章对唐风说道："盗墓者的身份弄清楚了，是日伪军。"

这些东西肯定不会有人作伪，一看就清楚，唐风问张克明道："总共发现了几具尸体？"

"盗洞上面共有八具尸体，下面的情况还不清楚。"

唐风看了看不远处，几个身穿白大褂的工作人员正在做尸检，唐风问张克明道："我可以过去看看吗？"

"当然没问题。"张克明说完话，示意旁边的工作人员将安全帽递给唐风。

接过安全帽的唐风掉头对柳月道："你怕不怕？"

柳月仰起那张俏脸，不服气地对唐风道："才不害怕呢，我都去看过一次了，走吧，我带你去。"

唐风既不穿白大褂也不戴手套，跟柳月一起走进半裸露的盗洞。由于当时是在地下作业，所以这个盗洞设置了通风系统，这样才不至于让下面的人窒息。两人在一具无人检验的尸体前蹲了下来，柳月说得没错，这些尸体的死状都很恐怖。唐风看到尸体之后，脑海中不禁浮现出一组画面——

当盗墓者顶开最后一块石头的时候，阴森森的凉风扑面而来，那是在地下孕育了数百年的沼气，当这股沼气接触到盗洞中的氧气之后，就成了吞噬生命的魔鬼。第一个进入墓道的人还没有来得及闻出味道，凉风就便化作一团火焰扑面而来，刹那间，这个人就被火焰吞噬。接着，火焰便如同潮水一般顺着盗洞往前汹涌而去，盗洞中的人就像多米诺骨牌一般被滚滚的气浪掀翻在地。紧接着，整个盗洞的温度便呈几何倍数骤然上升，每个盗墓者裸露在外的皮肤都被这瞬间的高温完全灼裂。当热浪掀翻的杂物被固定盗洞的木桩阻挡的时候，迅速膨胀的空气无法释放，这股能量最终引发了坍塌。随着盗洞的坍塌，盗洞外面的空气被完全阻隔，没有了氧气，沼气的燃烧戛然而止。但与此同时，盗洞内部的氧气也被这爆炸式的燃烧迅速抽空，所以，这些人并不是被烧死的，而是窒息而死的。

唐风看着眼前这具尸体那深深插入泥土中的手指，便不难想象他当时所承受的痛苦，皮肤被灼裂让他们痛得满地打滚，当完全裸露在外的肌肉接触到地面的时候，这种痛苦的程度更是令人难以想象，唯一值得庆幸的是，他们很快就失去了知觉。

眼前的这具尸体完全就是干尸，身上的衣服还保存得比较完整，裸露处的肌肉和骨骼也粘连在一起，地面的泥土上还保留着尸解水渗透的痕迹。为什么已经死去七十多年的尸体还保存得如此完整呢？这是因为盗洞中没有氧气，细菌难以繁殖。

看着干尸那骷髅连着肌肉的脸部，唐风对柳月道："你真的不怕吗？"

柳月说道："你少来吓唬我，我还见过更恐怖的。"

"你看这是什么？""你"字还没有出口，唐风的手突然伸向柳月，柳月尖叫一声，急忙闪开，唐风哈哈一笑，他手上根本就没有东西。柳月的这一声尖叫让她立即成为周围工作人员瞩目的焦点。

"没……没事。"柳月红着脸整理了一下自己的头发，然后若无其事地走向唐风，还没走到唐风身边，她就一脚向唐风踢来，唐风赶紧闪开。柳月很不高兴地道："你要死啦！"

唐风嘿嘿一笑，不好意思地说："对不起，我只是想跟你开个玩笑。"

"哼！"柳月一跺脚，"你就知道欺负我，枉我对你那么好！"

看到柳月是真的在生气，唐风缓步走到她身边，说道："真对不起，我想不到你会怕成这样。"

柳月将手伸向唐风的胳臂，狠狠地拧了他一把，这一次，唐风并没有躲闪。柳月总算出了一口恶气，之后，她问："痛吗？"

"你说呢？"

"痛你还不知道躲开？"

"只要能让柳月出气，痛一点儿也没关系的。"

"哼，花言巧语，我才不会信！"柳月噘着嘴说道。

这时候，张克明走了过来，对唐风说：“今天上午我们已经放了两只猫进去，刚才工作人员告诉我，那两只猫已经出来了。”

唐风笑了笑，“也就是说，现在可以下人了，如果我要进去的话，您方便吗？”

张克明将手伸向唐风，说：“我这个人做事情喜欢直来直往，下面要说出来的话可能不好听，如有得罪之处，还请唐先生见谅。”

唐风道：“没事儿，您直说。”

张克明说：“虽然那两只猫都已经活着出来了，但我们对里面的状况还是一无所知。如果唐先生要进去就需要跟我们签合同，而且，您还要保证不拿走里面的任何东西。”

唐风哈哈一笑，说：“生死状和军令状是吧？没问题，我可以签。说真的，我这样做完全是因为好奇，对里面的东西并不感兴趣。”

张克明点了点头，道：“您能这么想那就太好了，我已经让他们开始清理洞口了，之后的事情就要麻烦唐先生了。”

唐风微一点头，“那现在就签合同吧！”

张克明拿起对讲机吩咐工作人员准备合同，一会儿，一位拿着文件夹的工作人员匆匆忙忙地跑到这边，他将文件夹交给张克明之后就离开了。张克明拿出一份合同让唐风过目，唐风没怎么看就签上了自己的名字。张克明问唐风道：“我们还有保险合同……”

唐风哈哈一笑，说：“我知道您的难处，但我不得不告诉你，其实里面是很安全的，我可以跟你保证，就算真的出了事儿，我的家人也不会来找你们麻烦的。”盗墓确实是一件危险的事情，但真正死于墓室机关的盗墓者却没有几个，尽管所有人都很担心，但唐风却是一脸的轻松。

这边的交流才一结束，那边的工作人员就对张克明说：“下面又出现了三具尸体，已经清理完毕。”

张克明道：“我马上就会派人下去的。”

三个人一起来到盗洞口，工作人员拿来了专业的防护衣，唐风摆了摆手，示意不用，他对张克明道：“我只需要千斤顶和手电筒。”

地宫内部

盗墓者有许多奇奇怪怪的盗墓工具，洛阳铲、月牙铲、滚叉和开山斧等，但这些工具大多都用在探测墓葬、挖掘盗洞或砍劈棺材方面，宋徽宗皇陵的盗洞已经打通，而且这里面并没有他的棺椁，很多工具就用不上了。

不过，唐风身上却还背着他的背包，虽然背包看上去瘪瘪的，但所有的人都看得出来，包里面肯定装了什么东西。工作人员拿来千斤顶和强光手电筒，唐风将强光手电筒背好，然后将千斤顶扔进盗洞。

“唐风，你要这个吗？”柳月手中拿着一顶上面装有矿灯的矿工帽。唐风摇了摇头，这东西还是不要为好，晃晃悠悠的，只能增添恐怖气氛。柳月走上前，把自己的对讲机别在唐风的腰上，轻声对唐风说：“你可千万要当心一点，随时跟外面保持联系。”

从事考古这个工作的人年纪不会太老也不会太小，柳月和唐风是整个考古队最年轻的成员，由于他们俩走得很近，周围的工作人员都误以为他们是情侣，偶尔的窃窃私语也就见怪不怪了。

唐风点头说道：“放心吧，没问题，那我就下去了。”

盗洞的末端呈“U”字形，两端的坡度很陡，唐风顺着泥土挖掘成的泥梯走进盗洞。到了盗洞的底部，外面的光线逐渐减弱，唐风捡起千斤顶走进黑暗之中。

唐风打开强光手电筒，在向前走了二十米之后，斜上方出现了一个边长为半米的正方形，手电筒的光束射向正方形，墓道顶部的情形依稀可辨，墓道顶部的石壁上绘有类似于飞天的彩绘，古人认为死亡仅是开端、是飞升到极乐世界的途径，这类壁画表达的就是这种美好愿望。

唐风将手中的强光手电筒放在墓道上，自己双手一撑进入了墓道，坐在墓道的石板上，手拿手电筒四处照射，墓道的两旁分列着守卫墓室的石质武士俑以及镇墓兽。墓室中的武士俑跟墓室外面那些随处可见的武士俑差不多，高约两米，面部表情算得上是慈眉善目，而俯卧在武士俑身边的镇墓兽就有些狰狞恐怖了。

武士俑和镇墓兽都是象征意义上的墓室守卫者，但两者的用途却不尽相同，武士俑算是天兵天将，古人把他们用来防人。镇墓兽是古代人想象中的驱邪镇恶之神，人们将它塑造成龇牙咧嘴的形象，希望起到震慑鬼怪、保护死者灵魂不受侵扰的作用。

盗墓者都是坚定的唯物主义者，绝不相信鬼神之说，这些震慑性的东西对唐风不起作用，他更担心的是那些人为的、具有杀伤力的机关。他取下背包，从包里拿出一把小榔头开始敲击地面。古人的科技水平有限，不可能设计高敏感度的全自动武器，像暗弩这样无人操作、自行警戒的机关都有触发装置，只要不去触碰这些装置就不会引发机关。这类机关往往都具有一定的时效性，时间久远必然会失效。唐风不怕这些，他最害怕的是古墓中的陷阱，尤其是地面上的活板，活板看上去跟其他地面装饰没有任何区别，但承受不了重量，一旦踩实，就会掉进陷阱，陷阱底部就不用说了，不是倒竖的尖刺就是置人于死地的毒液。

“砰砰砰！”唐风敲击地面的声音在墓道中四处回荡，数百年无人涉足的古墓发出这种声响无疑是一件令人头皮发麻的事情。当然，唐风是不会害怕的，这个时候就算有某种东西从他背后拍他一下，他也不会怀疑是鬼。

“砰砰……噗……”唐风敲到了一个软绵绵的东西，他拿出手电筒一照，居然是一只胶鞋。他拿过胶鞋，应该是民国时期的东西。不用问，当时就有人进来过，盗墓者肯定不会赤脚进入墓室，这只鞋的主人肯定已经命丧黄泉。唐风站起身，用手电筒照向墓道的尽头，墓道很长，前面黑咕隆咚的，什么都看不清。

盗洞发生过爆炸，为什么还会有人跑进来呢？唐风仔细琢磨了一番，墓道里面是没有氧气的，爆炸肯定波及不到墓道。如果着火点在第一个打开墓道的盗墓者的身后，那这个人就不会被烧伤，当时的情形应该是这样，他身后发生了爆炸，他被爆炸的气流抛进了墓道，这种时候，他只能拼命地往前跑，就连鞋子掉了都顾不上。

手电筒的光束继续往前，地面上出现了巨石滚过的痕迹，唐风再看了看墓道两边，墓道每隔一段距离就会有一个凹陷，每个凹陷都有一块圆形的巨石。唐风明白了，这是滚石，由于墓道是倾斜向下的，这类滚石一旦被触发就会顺着墓道往下滚。唐风手中的手电筒照向身侧那个凹陷，果然，这个凹陷的滚石已经滚落，那个倒霉的盗墓者还没跑几步就促发了机关，他在前面跑，身后的大石头在追，什么都乱了。

这回不用敲了，盗墓者跑过、滚石碾过，什么机关都被触发过一遍。唐风本来想独自往前的，考虑到是在为国家办事，他最终决定先打开墓门。

这个盗洞挖得很巧妙，离墓门非常近，唐风清楚地看到了顶门器。他上前敲了敲顶门器，好家伙，真舍得花本钱，是纯铜的。这个顶门器足有一吨重，就算拿到现代卖废品也能值不少钱。

顶门器是古墓防盗设施之一，它一头顶在墓道地基的凹槽内，另一头放置在墓门上方，当墓门关闭的时候，顶门器会自然下落，这样可以从里面把门扉顶死。唐风再走到墓门前，这个墓门分左右两扇，两扇门上各有一个曲形横卡，当墓门紧闭的时候，就合成了另一个凹槽，这样做是为了不让顶门器脱落。

顶门器防盗只能防外不能防内，唐风破解起来非常容易，他只需要用千斤顶把顶门器从墓道地基的凹槽中顶出来就可以了。液压千斤顶的威力就是大，顶门器直接顶破了凹槽。

“哐当！”失去支撑的顶门器从墓门上掉了下来，一吨多的重量砸在了地上。唐风这边弄得轻松，外面的考古人员可就炸开了锅，一声巨响传来，人人震惊，唐风的对讲机里传来了张克明的声音，张克明问：“唐风，出什么事儿了？”

唐风说：“没事，顶门器掉下来了，如果墓门外面没有石块的话，现在就可以推开墓门了。”

此时的张克明正在墓门外面，他说：“墓门外面有石块。”

唐风走到墓门前，拿起榔头敲了敲墓门，“墓门是用铁水浇铸的，很牢固，你们能不能听到里面的声音？”

张克明道：“听见了，堵在墓门外面的石块大概有五米厚，你先让开，我们用空压机把它凿开。”

在手电光的照射下，唐风观察了一番墓门，墓门上面有浮雕雕刻，还有彩绘，也算是一件艺术品了。他拿出对讲机说道：“这墓门还有点儿价值，不要打穿了。”

张克明道：“知道，费这么多事儿就是为了尽量保留墓葬的完整性。”现代的科技水平完全有能力打开任何古代建筑的门，考古部门舍近求远，只是为了最大限度地保留古代工艺。机器的轰鸣声响起，外面已经开始施工。

解决墓门的事情之后，唐风转身朝墓道深处走去，他的脚步很慢，前脚不踩实绝不抬后脚。墓道一路往下延伸七十米后，唐风隐约看见了前面的滚石，当手电光闪过滚石后方的时候，唐风吓了一大跳，他看到了一双眼睛，怒目圆睁的眼睛，而且是人类的眼睛。

唐风马上转过手电筒，直到这时，他才长长地松了一口气。这是一个死人。他叹了一口气，道：“前辈未成之事就交给晚辈来完成吧。”这就是死不瞑目了。前有第二道墓门阻截，后有巨石追赶，外面的惨叫声不绝于耳，里面的氧气稀薄早已无法呼吸，盗墓者绝望地回过头，巨石已经压身而来，也许是因为身体内部的压力吧，临死前，盗墓者睁大了眼睛，这一睁眼就是几十年。

这具尸体并没有腐烂，身体内部的水分随着时间的流逝而消耗殆尽，留下的只是有骨架有肌肉的干尸。巨石堵住了第二道墓门，唐风没办法继续前进，只能原路返回，难道这次真的要空手而归了吗？

墓门外面的进展很快，五米厚的石墙很快被掘开，施工人员调来切割机切开石料内部的铁棍，很快，墓门被推开。由于长时间的空气接触会使墓葬内部的器物产生变异，考古人员迅速进入墓葬内部，他们都很专业，一进墓葬就各自散开、各司其职开始考古研究。

走进墓葬的张克明说：“不要乱碰东西，小心触发机关。先把这些滚石固定好，以免伤人。”

“唐风，你在哪里？”唐风听到了，是柳月的声音。他从黑暗中走出来说道：“我在这里。”

柳月迈着轻快的脚步走到唐风面前，笑着对他说道：“你没事就好。”

唐风轻声问：“不生我的气了吗？”

“根本就没有生过你的气的好不好。”

张克明走到唐风身边问："里面是什么情况？"

唐风说："后面还有一道墓门，被滚石猛烈撞击过，中间还压着一具盗墓者的尸体。我查看过了，别无他法，只能强行打开。"

此时已经有考古人员将电线和电灯牵入，墓道里面的情况一目了然，这处墓道高约十米、宽约六米，非常壮观。

张克明随即对身后的工作人员说道："准备强行打开第二道墓门。"

人多就是好办事，虽然目的都是一样，但考古人员却比盗墓者光明正大很多，半个小时不到，工作人员就移开了滚石并将尸体处理好。之后，空压机进入墓道，施工人员准备开凿第二道墓门。

看到柳月什么东西都没有带，只是在一边晃悠，唐风走过去对她说道："你的工作是不是太轻松了一点？"

柳月嘻嘻一笑，说："人家只是实习人员嘛，没有安排任务也很正常啊。"

"那你等一下还进不进去呢？"

"当然要进去，就算看热闹都要进去的。"

"那你得带上我。"

"你才不用我来带，师傅打过招呼了，你可以进去的，但是有个前提，你不能带走里面的任何东西。"

"哦，我明白了，"唐风马上恍然大悟地说，"柳月你是有任务的。"

柳月奇怪地问道："我有什么任务呢？"

唐风说："你的任务就是看着我，不让我拿走皇陵内的任何东西，是不是？"

"我哪里有资格看住你啊，"柳月笑了笑，"我自己都想监守自盗呢。你想呀，宋徽宗好歹也是艺术家，他陵墓中的东西肯定是当时最好的，随便一件五大官窑的宫器都将价值连城。"

古代修建的皇陵，随葬品并不是在皇帝驾崩入葬之后再统一放入的，在修建的同时就会逐步放入。这是有事实依据的，根据史料记载，汉武帝入葬茂陵的时候，茂陵内部的地宫已经摆不下随葬品了，很多随葬品都被放进了陵园内的地面建筑。历史上，两次大规模盗取茂陵的行动被载入史册，第一次是西汉末年的赤眉军起义，赤眉军在占领茂陵之后就打开了地宫，上万人搬运了十几天，这才只搬运了随葬品的一半。后来，黄巢起义军攻入长安，数万人又搬运了三天，由于黄巢起义军缺乏纪律约束，很多金银财宝在互相争夺中遗失。新中国成立后，仅在茂陵周围出土的文物就达三千多件，由此可见，古代帝王陵墓内的随葬品非常多，不是皇帝入葬后能一次性放完的。

唐风说道："如此说来，考古岂非也跟盗墓一样，是一件收获颇丰的美差啰？你们都有机会分上一杯羹的。"

"才不是，我是跟你开玩笑呢，"柳月说，"考古人员有一整套的预防机制，是不可能乱来的，你没有发现吗？除了工具之外他们没有拿任何私人物品，出去的时候会例行检查的。"

"哎，"唐风摇着头说，"害我白高兴一场，我以为可以浑水摸鱼呢！"

"我知道唐风你不是这种人，你是在开玩笑，就算你没有开玩笑，你也不可能得到这样的机会，"柳月附到唐风耳边，轻声说，"你去哪里我就去哪里，我要看住你这个盗墓小贼。"

"好的，"唐风狡猾地笑了笑，"终于可以让柳月陪我一起观看皇陵了，我们将是宋徽宗皇陵旅游区的第一批游客。"

"终于打开了。"随着工作人员的欢呼声，第二道墓门被打开。

张克明道："防化人员先进去。"

考古部门的装备是盗墓团伙无法企及的，戴着防毒面具的专业防化人员拿着有害气体分析仪率先进入地宫。墓道中的工作人员正拿着金属探测器探测对整个墓道进行金属检测。

一会儿，公用频率的对讲机传来了里面的消息："这又是一条墓道。"

唐风和柳月走进第二条墓道，这条墓道比第一条短一半，墓道还在继续往下延伸。张克明拿出高度仪看了看，说："这应该是最后一条墓道，如果再往下，地宫就将低于深潭的水平面，古人不大可能冒这种险的。"

这块巨石两边并不是对称地形，巨石悬崖下面的深潭其实是一座天池，天池对面就是北邙山，它的水位要高于巨石的这一侧，因此，这边下挖二百多米就相当于另一边悬崖下面四百米之下深潭的水平面。

接下来的事情跟刚才如出一辙，轮式空压机的枪头很快就扎进了墓门。由于第三道墓门之后就是地宫，唐风、柳月、张克明以及一群工作人员都围在墓门口，等待着地宫的开启。

二十分钟后，墓门被打开缺口，数道手电光射入地宫，眼前的情景豁然开朗，几个站在地宫入口的人面面相觑。一个工作人员不禁倒吸了一口凉气，他脱口说道："我的天，这也太不可思议了。"

整座地宫跟现代的体育场完全一致，逐渐向下倾斜的地面上，是一排排跟真人无异的石质军人雕像，这是一支跟秦始皇陵兵马俑有着异曲同工之妙的军队。宋徽宗生前没有一支强大的军队，死后只能用石像来代替。张克明沉声道："这又是一项伟大的考古发现，跟专家组之前的论证结果完全一致。"

由于整个北宋皇陵的陵区到处都是大型石质人物动物雕像，专家组预测宋徽宗皇陵内部一定会有兵马俑一样的石雕，果不其然。唐风指着石质雕像中间的空旷处对柳月说："如果我没有猜错的话，那里就是棺椁所在地了。"

宋徽宗皇陵的规模比之前预估的小了一半，如果说周围的石雕军队是体育场的观众席，棺椁就是体育场，整个棺椁区域是下凹的，从墓门处看不清楚。

在墓门缺口加大到可供人员出入的时候，空压机停止了运作，防化人员先一步走进地宫内部。这时，唐风突然叫道："等一等，快回来！"

遇险

出入考古现场的工作人员神经都绷得比较紧，那位身穿防化服的工作人员闻言之后立即收住了脚步，他略有一些紧张地回过头来问唐风："怎么了？"

"你的前脚千万不要踩实。"唐风快步走进墓门，来到防化人员的身边。之后，他蹲下身，开始仔细观察那个人脚下所踩的那块石板，唐风在观察完之后对那人说道："这块石板有问题，你先退回去。"

尽管众人心里多少都认为唐风进入考古队伍完全是在走裙带关系，但在这种场合，谁都不会认为唐风会拿这种事情来开玩笑。防化人员依言收回脚步退出墓门。唐风拿出小榔头开始敲击那块石板，果不其然，地下发出的是空响，下面肯定有东西，至于是陷阱还是机关就不得而知了。唐风回头问："张教授，现在怎么办？"

考古是一门严肃学科，考古工作者当然不缺乏严谨，张克明走进墓门，来到唐风身边，他看了看周围的情形，说："应该不会是暗弩，而是陷阱。"虽然古墓多诡异，但毕竟是人工建筑，不可能违背自然规律。由于这座巨大的地宫处于整块巨石之下，结构非常稳固，所以整座地宫内部是没有支撑柱的，视野非常开阔，如果要安装暗弩，就必须在地宫的石壁上凿坑，但这座地宫的石壁非常光滑，没有任何人工开凿的痕迹；而地宫的穹顶离地板的高度是十米，要在穹顶处安装暗弩是很困难的事情；除此之外，唯有在石雕内部安装，按照当时的科技水平，基本不可能实现；再者，安装此类机关就必须在地下设置牵引系统，这样等于要把地下翻个底朝天，工程量倍增。考虑到宋徽宗是1100年即位当皇帝，1125年下野，而总设计师李诫在1110年暴毙，这座地宫的修建时间不会太长，所以，它的设计不可能如此复杂。

唐风笑了笑，说道："也许不是机关，而是藏宝的地方。"这种可能性几乎为零，唐风是为了活跃气氛开玩笑。

"哈哈，"张克明笑着说，"为了保险起见，我们用石头来试试。"

接着，人员撤离，轮式空压机——确切地说，是轮式自行空压车——的枪头被吊上了石头，张克明敲了敲空压机驾驶室上的挡风玻璃，说："再加一块木板，应该没有问题。"在相信现代科技的同时也不能小看古代科技，近的不说，秦朝时期的弩箭就可以在五十步之内穿透挡风玻璃击杀驾驶员。

一会儿，轮式空压车吊着的那块石头开到疑似陷阱前，枪头下坠，那块石头落向地面，"砰"的一声，那块石板应声翻转，石头掉了下去。唐风来到石板前，这是一块活板，中间穿了一根铁棍，一旦承重就会翻转。再一看下方，全是尖头向上的尖刺，虽然这些金属尖刺已经有腐蚀的迹象，但要有人掉下去的话，估计就成为宋徽宗的活祭了。

由于发现了陷阱，整个考古工作被迫停了下来，工作人员开始排雷，拿着有害气体分析仪的工作人员都如同唐风那般，用榔头开道一步步推进，这样虽然麻烦，却也带来了一个好处，这对墓道的清理工作非常有益。慢工出细活，四天过去，整个地宫共发现陷阱三十多处，各个关键位置都有，好在是国家考古，如果是团伙盗墓，代价可就大了。

第四天下午，地宫内部的照明通风系统完成，张克明随即宣布，第五天正式进入地宫。

下午，柳月和唐风一起登上巨石之上的山体，两个人面向深潭坐下，柳月指着对面的北邙山上隐约可见的现代陵园，说："'生在苏杭，葬在北邙'，历史早已证明这是多么可笑的一句话，现代人却还是看不穿，花大价钱买阴宅的举动也未免慷慨了一些。"

唐风说："人有多慷慨，就有多贪婪，他们之所以大方，是因为他们得到的回报要比付出的成本多得多，甚至这里面还有做贼心虚的成分。所谓鬼神之说，完全是人类自己的心理暗示，与其说是鬼神在愚弄世人，不如说是世人在愚弄鬼神和自己。"

柳月望向唐风，说："你这人呢，什么话从你嘴里说出了都变了味儿，做贼心虚的可能性并不大，这些后事死人又看不到，都是做给活人看的。"

"说真的，柳月，每次看到你的时候，我都会有一种相见恨晚的感觉。"唐风没来由地说出了这句话。男人多数都是贪心的，即使心中明白，嘴上也不忘渗透两句。在面对柳月的时候，唐风那条稳固的心理防线就如同现在的长城一般，成了可以逾越的旅游区。

这世上本无红颜知己，有的只是男人自己骗自己。

"唐风，你变坏了，"柳月笑着道，"也许这是一件好事，不然又会有无数凄凄惨惨的感情戏上演，人间浩劫呀！"目前的形势二人早已心知肚明，如果没有林沐雨，唐风跟柳月完全有可能走到一起，那样的话，唐风又会面临新的麻烦，大家族的女孩子，岂是那么容易主宰自己的。

唐风叹了一口气，说："'如果'是这世上最害人的字眼，如果没有'如果'，这世界会安静很多。"

柳月问："男子汉，你到底想说什么呢？"

"哎，"这话题说下去就没底了，唐风不得不转移话题，"还是说正事儿吧，你觉得古人在地下进行大规模施工的难度在哪里？"

柳月恨不得一脚把唐风踹下深潭，这家伙，没来由地扯上两句之后马上就逃了个没影儿。尽管如此，柳月还是配合着唐风转移话题，她想了想，说道："当然是通风的问题，我很好奇，李诫是如何解决这个问题的，这可是在地下三百多米的深处。"唐风跟柳月之间的感情薄膜其实已经非常脆弱，缺少的只是一个爆发的契机，到时候谁都难以控制。

唐风道："所以我认为，这座地宫还有我们没有发现的秘密。以当时的技术条件，解决通风问题唯有一途——从悬崖的这一侧同时开工挖掘，完工之后再堵上。"

柳月摇了摇头，说道："我觉得不太可能。不过你刚才的推断提醒了我，我觉得还有另外一种可能，这块巨石之下原本就有洞穴，是在另一边挖掘进去之后再堵上的，这也是皇陵能在短短十年之内完工的原因。"

唐风点头说道："我觉得你的设想更符合实际，宋徽宗只有在即位之后才有资格修建皇陵，就算李诫死后有人接替，这座地宫的修建时间也不会超过二十五年。宋徽宗最后看到大势已去，不得不在金兵攻来之前封闭皇陵，这说明地宫内部肯定会有大批珍宝。但我们这些天的初步探测并没有发现诸如宋代五大名窑瓷器这样有价值的随葬品。"

柳月说："也许是因为当时国库空虚呢？"

唐风大笑着摇头，"如果宋徽宗能顾及到这些，便不会是历史上最窝囊的皇帝了。'花石纲'其实就是引发宣和二年方腊起义的导火索，方腊起义之初只有百余人，短短数日就达二十万之众。在古代中国的顺民社会，若不是统治者让老百姓实在活不下去，谁会冒着杀头的罪名谋反呢？"

与宋徽宗的昏庸无能相比，吊死在煤山的崇祯皇帝都可以算得上明君了。如果是在现代，宋徽宗赵佶的简历将会非常光鲜，除了"皇帝"这一职务外，恐怕还要写上"画家"和"书法家"。一般有水平的皇帝，做做打油诗，写写肥头大耳的颜体字就很了不起了，但若像赵佶这般，写字、作画、赋诗的水平达到前无古人的程度，那无疑是国家的大不幸。看看他任用的都是些什么人，蔡京、王黼、童贯、高俅、梁师成、朱勔，短短二十五年的皇帝，能集合这么多古代"极品人才"可不是一件容易的事情。

当时的宋徽宗突发奇想，要建一个全国最大的园林工程"艮岳"，也就是现代的人造假山。造假山需要用奇石和珍稀花木来装点，他就在苏、杭设置应奉局，由蔡京推荐的苏州人朱勔当一把手，专门在东南江浙一带搜罗奇花异石。把花石物色好了后，经水路千里迢迢运往京城，十船一组，称作一“纲”，这就是“花石纲”。

花石纲一直持续了二十多年，到了后来，不光是太湖的石、浙江的竹，还有福建的荔枝、海南的椰果，乃至两广、四川的异花奇果，无不搜求。为了保障花石纲的运输，连当时的官用民用漕运都要让路，无数漕船和商船被强征，全国上下，被征用的民夫多达百万。

种种迹象都在表明，宋徽宗的皇陵绝不会这么寒碜，肯定还有没发现的东西。

柳月点头说："听你这样一说，我还真觉得我们还有尚未发现的地方，看这座地宫的规模就不可能是疑冢。"疑冢也叫虚冢、假坟、虚墓等，是最为著名的防盗手段之一，历史记载中的曹操就有七十二疑冢。说白了，疑冢就是假造若干墓穴，而将真尸的葬地隐匿起来。

总之，唐风是认为这座地宫还有宝藏，兴奋了一夜没睡好觉。要是发现隐秘的宝藏，他是该告诉张克明呢，还是先保守秘密，然后自己偷取呢？当然，后者纯属臆想，代价太大。

第二天，唐风、柳月和张克明绕开发现的“地雷”直抵棺椁。这座地宫的棺椁存放处就像大明星开演唱会的中心舞台，而那些石雕军队就像是如痴如醉的观众，他们都面向棺椁。

棺椁所处的中心凹陷分四级阶梯向下倾斜，每一级足有五米高，说是阶梯，其实很开阔，有十米长。宋徽宗的艺术家特质在这里彰显无遗，每一级阶梯都有建筑物，这些建筑物就像今天的公园，亭台楼阁、小桥流水一应俱全，真人可以直接走进去。

以棺椁为圆心，四条通道四通八达。唐风对棺椁的开启并不感兴趣，里面肯定不会出现尸身。古代的殉葬制度大同小异，天子驾崩入藏的棺椁厚度、层数、棺椁周围摆放随葬品的空间布局都是有规律的，棺椁之内的随葬品肯定不会先放进去。虽然是空棺，也没有随葬品，但考古人员还得小心提防着机关，这里面最有可能是设置机关“总闸”的地方，好在他们拥有高灵敏度的仪器，不用担心中招。

跟张克明打过招呼之后，唐风和柳月开始一起考察未来的阶梯景区。漫步在阶梯亭台楼阁的感觉非常奇妙，唯一美中不足的地方在于，小桥之下并没有水。唐风认为，如果宋徽宗最终是葬在这里，小桥之下就该是水银了。

水银是一种液态金属，用途非常广泛，是古人常用的尸体防腐剂。在秦、汉及之前的陵寝中，使用水银的记录很多，齐桓公墓内就置有水银池。此外，水银蒸发还会形成毒气，也能起到杀伤盗墓者的作用。

用水银来反盗墓的陵墓中，最著名的就是秦始皇陵。司马迁的《史记·秦始皇本纪》有如下记载："以水银为百川江河大海，机相灌输，上具天文，下具地理。"

司马迁所描述的秦始皇陵地宫内部的景象，至今都没能得出答案，但有一点可以肯定，"以水银为百川江河大海"是有事实依据的。根据鉴定，秦始皇陵封土堆土壤的汞含量是附近其他地方的八倍。水银已经蒸发渗透到土壤之中，足以说明地宫内部有大量水银存在。

经过考古工作人员地毯式的敲击，柳月和唐风再不担心陷阱的问题，逛了三个多钟头后，他们来到最底层的人工建筑。这里的主题是在描绘北宋汴京的街景，予人一种进入《清明上河图》的感觉，不知道李诫在建造这座地宫的时候有没有参考过这一国宝级名画。不过，这些景观中并没有出现任何人物雕像，好在宋徽宗没有入葬在这里，万一他要想到行为艺术的话，很多人不就倒大霉了。

"哟，原来是唐公子，好久不见，今日有缘，进去喝杯水酒，如何呀？"柳月拿腔拿调地对唐风说道。

唐风望向一边的酒楼，学着柳月的腔调说："柳小姐请。"

柳月纠正他道："应该是柳公子才对，北宋的妇女哪有这么开放的？"

"你还当真了。"

柳月拿出考古人员内部的地图说："这家酒楼有一座酒窖，真的是有酒的，酒窖已经勘查过了，没有机关，我们可以去闻闻酒香，喝酒嘛，就免了，没有鉴定过，说不定会有毒的。"

唐风说："就算鉴定过又能怎么样呢？这是文物，不能喝的，走吧，到酒窖去看看。"

二人来到酒窖，柳月说："唐公子啊，这里的东西可不能乱动的，说不定随便转动一个酒坛子就会触动机关。"

唐风伸手摸了摸一个酒坛子，笑着说："柳公子此言差矣，生活不是武侠小说，哪里会有这么多机关？"

这个酒窖的形状是一个变形的"凸"字形，只是凸出的那部分比较狭窄，长宽不过两米。柳月正要说话，不经意之间看到了"凸"字形的底部挂着一幅画，她一边走向那幅画一边说："咦，这里有一幅画儿，会是哪位名家的手笔呢？"这种地方出现的字画肯定都是名家真迹，绝对不会有人作伪。

唐风随口道："柳公子，你最好不要走到这种小角落里面去，大地方的机关无法设计，小地方……"唐风话还没有说完，突然发觉了不对，凸出部的口部有动静，他急忙喊道："柳月，你快出来！"

"嗯，这画真不错……啊，怎么了呀？"柳月回过头，一切都来不及了，凸出部分上方，一块石板轰然落下，柳月根本来不及做出反应。唐风的反应时间要比柳月充分，身手也比柳月快，在石板即将封死的时候，他俯身滚了进去。

死到临头吐真言

唐风才一进入这个狭小的空间，身后就传来"轰隆"一声巨响，长宽两米的空间立即陷入黑暗之中。唐风拿出手机，狭小的空间有了些许亮光，唐风问柳月："你没吓着吧？"手机在这个时候也只能当作微型手电筒了，进入墓道不久就没了信号。

柳月拍了拍胸口，心有余悸地说："说没被吓到那是不可能的，但也不至于那么严重。"接着，她也拿出了自己的手机，将手机的暗光照向唐风。

"你没事就好。"唐风一边说话一站起身。

"你身上全是灰，我帮你拍一拍吧！"柳月伸手拍打着唐风的衣服。

"不要紧的。"唐风在说话的同时将手机的光线照向那块断了他们后路的石板。这时，他发现了不同寻常之处，他有些难以置信地说："这怎么可能？"

"怎么了？"柳月望向唐风这边。唐风用手指在石壁与石板的结合处抹了一下，说："我不知道这是什么油脂，但我怀疑这是用来隔绝空气的。"石板和石壁的结合处本来就严丝合缝，再加上这些不知道从哪里来的油脂堵塞缝隙，确实能起到隔绝空气的作用。

柳月用手敲了敲石板，说："石壁很厚，这回麻烦了，我们求救吧？"

唐风暗道丢人，居然还要求救，但这个时候也没有更好的办法，好在柳月的对讲机还在他的腰上，他拿出对讲机喊道："张教授，收到请回答。"

唐风一连呼叫了好几声，对讲机里都没有传来任何应答，他心知不妙，忙用手机照射四周。好一会儿之后，他才长出了一口气，"应该没有机关，但对讲机却没有信号。"

柳月看着那些油脂，说："这应该是好几百年前的油脂了，但现在却没有变质，好诡异，设计这个机关的人不会是想困死闯入者吧？"石板的三面都被涂抹上了半凝固的油脂，当石板落下来的时候，油脂就会自动堵塞缝隙，古人的设计不可谓不巧妙，用心不可谓不歹毒，这个空间高不过三米，加起来只有十二个立方，如果空气被隔绝，闯入者会因为缺氧而窒息死亡。

这时，更诡异的事情发生了，唐风刚才还说没有机关，空间顶部就隐隐传来"扎扎"的声响，二人心想要糟，有机关被启动了。很快，空间顶部的四周开始往下渗水，更要命的是，流下来的水还散发着刺鼻的气味，如果这水有毒，唐风和柳月肯定就交代在这里了。

唐风最初的判断很准确，大地方的机关无法设计，空间狭窄的小地方完全可能藏有置人于死地的机关。但他刚才只是在开玩笑，没想到这么快就应验了。

"咔——咔——哗啦！"水势由渗透变成了流淌，唐风伸出手指沾了一点水在鼻端闻了闻，说："刺鼻的气味是因为长时间蓄水产生的水锈味，应该没有毒。"唐风现在已经不敢用肯定的语气来说话了。

柳月毕竟还年轻，在这个时候无法保持优雅，她有些害怕地问唐风："现在怎么办？"

关键时刻还得看男人，虽然唐风自己也有些紧张，但他的表现却很勇敢，他对柳月说："你先让开，但愿这块石板不会太坚固。"

“好的。”此时的水已经淹没脚跟，柳月踩着水走到空间角落，唐风退后两步飞起一脚踢向石板，石板毫无反应，这一脚已经让唐风清楚地感觉到这块石板不是人力所能毁坏的。古人在设置这个机关的时候肯定考虑到闯入者会做困兽之斗，选择的石板岂是这么容易被毁坏的。

“砰！”唐风的肩膀重重撞在石板上，石板还是毫无反应，这个时候已经顾不上效果了，唐风接连撞了好几次，石板还是纹丝不动。水势在加快，此时的水已经没到膝盖，唐风摇了摇头，不再做无用功。

柳月红着眼圈对唐风说：“都是我不好，害了你。”

唐风涉水走到柳月面前，“不许说傻话，我们之间没有谁害谁。”

“傻瓜，你本来可以不进来的。”

唐风确实犯了一个愚蠢的错误，如果他刚才没有选择闯进来而是选择去求救的话，他们两个人都不会陷入眼前的困境。可是，在那样的危急关头，谁又能保持那种冷静，唐风毕竟只是一个二十二岁未满的年轻人。当然，这事儿确实跟柳月有关，如果受困的不是她而是其他不相关的人，唐风说不定就会保持冷静。

唐风伸手扶住柳月的肩膀，勉强挤出一抹笑容，“柳月你千万不要这么想，我们大家都该知道这是因为什么，如果我不进来，只怕这一辈子都不会安心的。”

“嗯。”柳月轻轻地点了点头，很多事情是不需要用语言来表达的。如果是柳月一个人被困在这里，她肯定会惊慌失措大声呼救，但有唐风在身边，她安静了许多。

唐风从背包里拿出小榔头在空间四周的石壁上敲打，希望能找到一条脱困的路，但一切都只是徒劳，四周的石壁非常坚固，发出的声音都不是空响。此时的水已经没过腰际，唐风的心中开始懊恼后悔。他太掉以轻心了，没有带齐完整的盗墓工具，如果他有带上凿子，结果或许就会不一样，如果能把水放出去，他们肯定可以获救。考古人员在最后离开地宫的时候会清点人数，少了两个人可是一件大事，只要他们展开搜寻，一切都将迎刃而解。问题是，唐风他们现在没有太多的时间等待，一旦水没至头顶，他们就只有死路一条。

唐风一边用榔头用力敲击石板，一边安慰柳月道：“你不要着急，他们应该可以听见敲击声的。”

“梆！梆……”不断流淌下来的水已经淹到唐风的胸口，敲得手脚麻木的他不得不放弃这种努力。接着，柳月和唐风轮番大声呼救，结果还是一样。此时，两个人的脚无法接触地面，他们双手攀着石壁，身体开始随着水位上浮。

良久之后，二人停止了呼救，唐风望向柳月，“你怕吗？”

柳月摇了摇头，“怕又有什么用，不知道为什么，我现在一点都不紧张。”

唐风一只手举着手机，一只手四处寻找支撑，“有人说，人在死的时候，生前的记忆碎片会像电影那般串联起来，而我的脑中现在正在放电影，看来我们是没什么希望了。”

人都害怕死亡，但真正死到临头的时候反而会安静下来，柳月说：“我有时候会突发奇想，到底我死的时候会是什么样子，现在终于知道了，我是跟唐风一起死的。”

水流还在不断加快，很快，三米多高的空间就只剩下了半米，空气不断地被水流往上挤压，两个人的呼吸越来越沉重。唐风伸手抓住上方的流水口，把身体稳定下来，“柳月，你真的不怕吗？”

柳月点头说道：“不怕。”

唐风直到这个时候还在用开玩笑的口吻说话，“如果我们俩都死在这里的话，你猜别人会怎么想？”

柳月无奈地笑了笑，“别人肯定会认为我们俩有私情。”

唐风哈哈一笑，“问题是我们没有，既然我们没有别人都会认为我们有，那我们就干脆有吧。”唐风沉默片刻之后又说：“你冷吗？能过来吗？”

“嗯。”事情已经发展到交代遗言的地步，两个人再没有平常的顾虑，柳月放弃双手紧握的依附，转身游到唐风这边，她双手紧搂着唐风的身体，口中轻声说道：“唐风，我想勇敢一次。”

唐风知道柳月想说什么，他说：“还是我来勇敢吧，柳月，我喜欢你。”在这个时刻再不说出心里话，恐怕就没有机会了，活着的时候畏首畏尾，死之前还不能放纵一次吗？

“唐风，我也喜欢你，”柳月说着说着，眼泪就流了出来，她哽咽着说道，“我……我以为……这一辈子都没有机会跟你……跟你说这句话……”

水越来越深，两个人仅有头部露出水面，而他们的头顶上就是石壁，水没顶的那一瞬间将会是他们生命的尽头。唐风扔掉了手中的手机，整个空间随即陷入一片黑暗，只有异样的声响在水声中若隐若现。

当水已经淹没到两个人的脖颈，两个人需要仰头才能保证呼吸的时候，他们才慢慢分开那冰冷的双唇。唐风长长地叹了一口气，说：“柳月，如果下辈子还能和你相遇，我一定会勇敢一点，只有这样，我才不会在临死之前后悔。”

此时，唐风的脸颊已经感觉到了刺骨的冰冷，水马上就要淹没他的鼻端。

危急关头有洞天

“柳月。”

“唐风。”唐风在叫柳月的时候，柳月也在叫他。唐风对柳月道：“你先说吧！”

在这个本来应该高呼“我爱你”的时候，柳月却说：“水好像已经停了。”

机关内的水的储存时间将近千年，肯定会有蒸发，水量不及整个空间很正常。但危机并没有因此而解除，空间内部的空气都所剩无几，更别说供人呼吸的氧气了。唐风感觉头部越来越沉，大脑已经开始缺氧。

这时，异变再生，两人贴近石壁的耳中传来了连续不断的“扎扎”声，反正已经深陷绝境，再出什么机关都无所谓了。奇迹往往就发生在瞬间，突然——“哗啦”一声，石板另一边的石壁居然凭空消失了，两个人就如同坠入瀑布一般，随着水流跌落到地面。

唐风在地面上滚了好几圈才勉强站起身，而柳月跌得更远。唐风走到柳月的身前一把拉起她，问道：“你没事吧？”

“太好了，”柳月说道，“我们得救了。”

唐风走到刚才那块石壁突然消失的地方，他看了看地面，这是一块足有一米厚的石板，现在，整块石板已经陷入地底，刚好跟地面平行。柳月看着这块厚重的石板问：“这是怎么回事呢？”

“这应该是连环机关，放水不是为了置人于死地，而是为了打开第二道机关。对了，在石板掉下来之前，你有没有碰过什么地方？”

柳月摇着头说：“没有啊。”

唐风想了想，机关应该在他们刚才所处位置的脚下，柳月触发的是第一道机关，身后的石板突然掉落封闭整个空间，之后的水压触发了第二道机关。当水压足够的时候，另一边的石板就掉入地下，这是一套极其复杂的机关，设计者的目的不是为了伤人，而是隔绝空间，将地宫之下的建筑隐藏起来，这也印证了唐风之前的判断。

唐风转身望向另一端，这又是一条往下延伸的墓道。唐风从背包里拿出手电筒，考古人员使用的手电筒都是防水的，在水浸之后依然能用，手电光亮起，两边石壁上那些面目狰狞的妖魔鬼怪依稀可辨，柳月问：“现在怎么办？”

唐风说：“这里还有许多未解之谜，柳月，愿意一起去冒险吗？”这墓道确实很诡异，很多事情唐风无法解释，比如这个封闭的空间为什么跟外面不一样，这里的空气很清新，有大量的氧气，这些氧气是从哪里来？

柳月微笑着点了点头，“反正这条命都是捡来的，后面有没有退路，不如一路往前闯。”

大概是因为宋徽宗本人并没有下葬在此，所以，除了地面的陷阱，整座地宫都没有出发现以杀伤入侵者为目的的机关，也许，当时关闭皇陵的人还想着光复中原吧？尽管两人都不认为墓道中还有机关，但他们走路的时候都很小心，唐风更是一步三回头，手中榔头不停地敲击地面。

身处墓道中的两人已经没有了时间概念，不知道过了多久，两人来到墓道尽头，唐风粗略估算了一下，这条墓道的长度大概有一百五十米，已经往下延伸了七八十米的样子。柳月问：“这个地方应该已经低于深潭的水平面，我很奇怪，他们是如何解决渗水问题的呢？”

唐风道：“只有一个解释，地宫和深潭之间的岩层不透水。”

这时，在他们面前又出现了一道墓门，唐风上手敲了敲，这道墓门跟之前的不同，这是一道木质墓门。柳月说：“唐风你看，这边有字。”

木质墓门上面绘有彩绘，都是些现代人闻所未闻的怪兽，墓门的正上方留有一排篆体大字。篆体字肯定难不倒唐风和柳月，但字的内容多少有些恐怖意味，上面写着五个字——擅入者必死！

古人反盗墓的手段有很多，大多都是实实在在的招数，在墓门上篆刻咒语更像是一种虚张声势的虚招，这是为了从心理上吓阻盗墓者。

唐风望向柳月，问道：“你是怎么看的？”

有过一次死里逃生的经历，柳月的胆子大了很多，“不用问，肯定是骗人的。”

盗墓者当然不会相信这些鬼话，唐风说道：“那就打开看看吧！”他说完话，伸手推向墓门。

奇怪的是，这扇墓门没有封死而只是虚掩，唐风只是轻轻一推，“吱呀呀”，墓门应声而开，墓门之后的情形让二人目瞪口呆。

柳月惊讶地道：“这怎么可能？”

“神奇，真的太神奇了。”令唐风做梦都想不到的是，墓室里面居然会有亮光。这不是最关键的，最关键的地方在于，光线是从水面上透进来的。很多事情无法用语言来形容，我们平常看到的水面都是水平面，它是平行的，而墓室中的水平面的倾斜程度已经接近垂直，它是立起来的水。

这立体水就在墓室正面的圆洞中，光线也是从圆洞中透出来的，更令人无法想象的是，圆洞中还有随着水流漂浮的水草，水草中还隐约可见游动的活鱼。也就是说，除了水面竖直之外，圆洞中的水跟我们平常看到的水完全一样。现在，问题就出来了，这水为什么没有流出来？

“我明白了！”柳月恍然大悟地说，“这里有氧气就是因为水中的水草，因为这里是封闭的空间，空气无法排出，气压将水挡在了外面。”这道理就像直接将一个瓶子放入水中，只要里面有空气，水就无法进入，这墓室就是一个巨大的瓶子。

唐风也明白了，为什么触发第二道机关的媒介一定要是水呢？因为设计者需要完全封闭这个空间，一旦空气从另一端溢出，这边的水就会喷涌而出。为了防止发生这种事情，机关就必须等到那个狭小的空间注满水之后才会开启，如果另一端的石板出现空隙，那就会漏水，空间就永远灌不满，另一边的石板就不会开启。

由此可见，“擅入者必死”说得不是没有道理，如果强行打开那道隔绝空气的石门，后果将不堪设想。设计者李诫不愧是工程设计的祖师爷，他的设计不说绝后，但肯定空前。

柳月小心翼翼地走到水面前，她轻声问唐风道：“如果我现在进入水中，你猜会是什么结果？”

唐风马上说：“你千万不要去尝试，说不定会被水流卷走的。”这事情就太复杂了，谁都不知道后果会是什么。

柳月又问：“我还有一件事情想不通，当初在修建这里的时候，李诫究竟是通过什么办法才阻止水涌进来的。”

竖直的水面完全吸引了两个人的注意力，唐风差点把正事儿给忘了，好在他身上还流淌着盗墓者的血液，他很快就抛开这些难以解释的事情开始寻宝。整个墓室面积约有一个篮球场那么大，整体的感觉更像是一个公园，假山奇石无数，也许，宋徽宗延续二十多年的“花石纲”跟这座墓室不无关系。令唐风失望的是，墓室里面并没有出现奇珍异宝，宋徽宗这位提倡收藏的皇帝并没有将自己的收藏放进墓室，唐风都开始憎恨金兵了，如果他们晚几年入侵北宋的话，一切都将会不同。

这时，唐风看上了位于墓室一角的壁画，壁画上用彩绘的手法绘制了一座高耸入云的雪山，这壁画的比例完全失调，从雪山两侧的河流上来看，这更像是一幅地图。在雪山的右侧，有两条标示很粗的河流，从曲线上很容易辨别，这应该是黄河与长江，因为壁画的远端就是大海。从古至今，中国有两条从雪山奔流入海的河流最为有名，那就是长江和黄河，上面的河流呈“几”字形，下面的河流呈弓弦状。

在雪山的左侧，有一座比雪山低矮很多的小山，小山旁边标有一排黑色楷体小字，由于字体没有经过篆刻，只是普通的手写毛笔字，年代久远字迹已经斑驳模糊，唐风只隐隐约约地看到“祖□建圣王□庙集古今□□成”九个字，当然，中间的字虽然看不出来，但空缺是可以看到的。上半句还能看出大概，下半句就只剩下三个字——“皮毛耳”。

唐风盯着壁画看了半天都没有看出什么名堂。突然，地上一张泛黄的碎纸片进入唐风的眼帘，他随手捡起碎纸片看了看，这是一张工程图的残片，唐风一看就明白。

“唐风，我问你话呢！你说，他是通过什么办法才阻止水涌进来的呢？”那边的柳月走过来问道。

唐风刚想说话，突然，墓室中诡异地刮起了一阵冷风。

“唐风，你看！”柳月指着圆洞中的水道，“水在往前涌。”

唐风一下子就知道发生了什么，有人在开启隔绝空气的石门！他马上大声喊道：“柳月，快跑！”

“哗啦”一声，石洞中的水喷涌而出！

第八卷

宝业竞争　三足鼎立

石雕玉雕大奖赛传来好消息，陈彦的作品入围金奖。唐风的玉玺将由香港佳士得拍卖，唐风因此来到香港。在参观一个青花天球瓶时，一个叫蓝琪的女子追问唐风的身世，引来唐风的好奇。唐风的父母是谁？龙凤双瓶是怎么回事？唐风与蓝家又是什么关系？

胡思乱想的收获

说时迟、那时快，冷风过后，石洞中原本平静的水面突然撕裂，里面的水喷涌而出！唐风哪敢多想，他一把拽过柳月的手，两个人撒腿就跑。这个时候也顾不得什么机关什么黑暗了，在快速涌动的气流中，两个人沿着墓道一路狂奔，身后就是汹涌而来的潮水。

再说张克明他们这边，棺椁被一层层揭开，正如唐风所想，里面空无一物。收工的时候会进行例行的清点人数，唐风和柳月突然失踪了，对讲机呼叫也没有应答，张克明知道出了事，忙让人分头搜寻。在此之前排除陷阱的时候，考古人员已经绘制了地宫地形的草图，最终，他们发现了酒楼酒窖里面多出来一块石板。张克明调来空压机挖掘石板，很快，将近半米厚的石板被凿开一个窟窿。

“咦？这是哪里来的风呢？”由于水的压力要远大于空气的压力，石板被凿开窟窿后，空气在水流挤压下快速流动形成了风，而且风势还很猛。

一位考古工作人员说：“难道地宫有通风口，我们把它打通了？”

“继续往里，把它全部凿开，这下面肯定还有东西。”张克明的判断很准确，但他哪里能想到下面连着深潭的水。机械化施工很快，整块石板被完全打开，这时，墓道中的风声变成轰隆声，每个人脚下的地面都在颤抖，随着颤抖的加剧，整个地宫开始轻微晃动。

轰隆！

唐风和柳月在前面没命地跑，后面墓道中的水形成了一堵水墙，汹涌着追向他们。更要命的是，水的流速明显要比他们奔跑的速度快，眼看着水越来越近，唐风几乎都快要绝望了，如果被水追上的话，那就只有死路一条。这话说起来很长，但当时只是一个瞬间，两个人被汹涌而至的水迅速淹没。

整个地宫都在晃动，考古人员惊恐地望向四周，难道，是挖掘引发了地震？张克明是考古专家，当然不认为考古现场会出现《盗墓迷城》那般的大面积垮塌，石板又不是承重梁，他沉声说道：“应该不是地震。”

“是水声！下面有水喷出来了！”一个考古人员大声叫道。

就在水流即将淹没他们的时候，唐风一把揽过柳月的腰，两个人一起往前扑去，紧接着，水的浮力将他们抛向墓道半空。唐风眼疾脚快，双脚相交钩在了墓道石壁上的灯柱上。

“呜！”原本一直在耳际轰鸣的水声突然消失不见，两个人已经完全被水淹没。由于深潭的水位有限，水在涌过水平线之后就会回流，回流才是最危险的，一旦被回流水卷入水下，神仙都救不了他们。

两个人的身体就像风中摇曳的树叶，先被前冲的水流往前带，然后又被回流的水往后拖。唐风根本顾不上石壁上的灯柱是不是结实，任凭水流变化，双脚就是不放松灯柱，双手也不放松柳月。现在，他们的死活已经完全跟灯柱联系在一起，如果灯柱被水卷走，他们也活不成。

唐风之前看过设计图纸，古人修建地宫下面这座水下墓室用的是笨办法，先引水降低水位，等到墓室完全露出水面时才开始动工修建。完成修建后，工匠就将墓室两边的通道完全封死，再引水回灌，之后才拆开靠水那边的石墙，如此一来，水流就不会流入墓室。最后，工匠再沿水路遁走，李诚可能就是最后一个离开墓室的人，所以才会留下设计图纸。李诚上岸后，深潭就开始持续积水，直到让石洞完全处于深水后才停止。

唐风在设计图纸上看到了日期，按照李诚当时的预想，宋徽宗下葬的时候他可能还会回来，谁知道没过几天他就“被”暴毙了，当然，这要在机关开启方式泄露的情况下进行。人算不如天算，宋徽宗还没来得及死，金兵就打了过来，最后时刻，宋徽宗不得不忍痛割爱关闭地宫。这一关闭就是好几百年，地宫的秘密就真的成了秘密。

唐风的赌博也不完全是在赌运气，因为他看过设计图纸，知道水位的大概位置，就在他们所处的地方。

水流来回翻腾，两个人时而处于水上，时而处于水下，几番波折，水流终于平静下来，筋疲力尽的唐风松开柳月的手，跌坐在水中。

“咳咳！”捂着嘴咳嗽的柳月连声音都有些有气无力，她对身边的唐风说道：“你没事吧？”

“没事儿，”唐风笑着摇头说，“看来古墓真不是一个好玩的地方，这个李诫差点害死我们俩。”

停止咳嗽的柳月望向唐风，“你救了我，要我怎么感谢你呢？”

“又说傻话了不是？我们之间就不用说这种客气话了，如果你实在要感谢，那就以……”

唐风的坏话还没有说出口，墓道上方就传来了呼叫声——“柳月！唐风！”

“我们在这里。”两人同时应答。

一会儿，闪烁的手电光出现，张克明他们一路搜寻过来。张克明看着消失在水中的墓道呆了半晌，最后问道：“这是怎么回事？”

“唉，”唐风一脸懊恼地看着张克明，“张教授，准备水泵吧！”

张克明在得知水下还有墓室后立即向上级有关部门作了汇报，当然，他隐去了唐风和柳月脱离队伍私自探险的事实，这事儿要说起来他自己也有责任，如果不是他下令挖掘阻隔空气的石板门，深潭的水也不会灌入水下墓室。很快，上级的批示回复下来，不惜一切代价恢复水下墓室的本来面目，第三天上午，深潭引水工程正式展开。

男人的身体不一定比女人强，同时进入墓道探险，同时在冬天被冷水浸泡，也同时经历死里逃生，柳月很快就恢复了正常，而唐风却光荣病倒了，严重感冒。

这三天，头晕目眩的唐风就躺在临时住处的床上，哪里也去不了。人一旦闲下来就免不了胡思乱想，唐风就在考虑水下墓室的那幅壁画。

上半句残留的字数多，含义不难理解，如果要把“祖□建圣王□庙集古今□□成”这几个字补全的话就应该是——祖师建圣王之庙集古今之大成。后面那句话应该是李诫的客气话，大概意思是我所学的只是师祖的皮毛罢了。

虽然李诫是工程设计的祖师爷，但他自己也是有祖师的，当然，这也有可能是他的家学。他的祖师修建了一座名叫“圣王之庙”的建筑，集古今大成，这座庙就在雪山之西。关键的问题是，这座雪山到底是指哪座山，按照现代人的理解，长江的源头在唐古拉山，黄河的源头是巴颜喀拉山，都在青藏高原。古人的地理知识有限，误把两条河流的源头当成一座山很正常，或者，壁画上的雪山就代指青藏高原。照这样说来，“圣王之庙”就应该是拉萨的布达拉宫，但布达拉宫修建于十七世纪，宋朝那会儿根本就没有。

“圣王之庙”不是指布达拉宫，而是指其他建筑，但除此之外，西藏那边就没有什么建筑能跟长江、黄河、雪山相提并论了。唐风隐隐觉得，这“圣王之庙”应该是一座还没有被现代人发现的古建筑，而且，它的建筑水平还要高于这座地宫，如果是这样的话，里面肯定有不少好东西……嗨，唐风自己都在骂自己了，怎么想着想着就想歪了。

过了一会儿，唐风又有了新的设想，青藏高原上面最著名的雪山当然就是喜马拉雅山，如果壁画上的雪山是珠穆朗玛峰，那“圣王之庙”就应该在尼泊尔。唐风拍了拍脑袋，在尼泊尔就太好了，如果这座“圣王之庙”也是地下建筑，那就可以去尼泊尔寻找宝藏了。唐风这纯属胡思乱想，其目的只是为了打破进入墓葬空手而归的禁忌。事实上，他不仅是空手而归，而且还丢了东西，陪伴了他好长时间的背包就落在了墓室里。当然，如果那壁画是一幅藏宝图的话，这个问题就不再是问题。这边的唐风还在胡思乱想，柳月从外边走了进来。“唐风，好些了吗？”

“嗯，”唐风点头说，“好多了。”

柳月拿出一个大苹果，“唐风，对不起了，这边太偏僻，都没有买到什么东西，给你吃苹果。”

唐风笑着说道：“你就别麻烦了，我又不是开刀坐月子。”

柳月拿出小刀坐在唐风的床边给他削苹果，双方其实已经打破禁忌，唐风的胆子也大了起来，“柳月，那天我们在水里边儿说的话还算数吗？”

看到唐风直截了当地说出这句话，柳月愣了一下，她望向唐风，点头说道：“你说算不算数呢？”

唐风嘿嘿一笑，“我当然觉得是算数的。”

“那不就完了吗？”

“可是……”唐风“可是”了半天还是没有“可是”出来。

“这还有什么好可是的？”柳月放下手中的苹果，俯身将额头贴在唐风的额头上，轻声说道，“唐风，什么都不要说了，以后的事情以后才会发生，大家什么都不要想，全心全意地去享受这个过程就好。”柳月到底是新时代的都市女孩，比唐风放得开，她说完话，嘴唇下移，蜻蜓点水一般在唐风的嘴上亲了一口。

如果我们的生活是一部电影，或者说是一部高潮迭起的连续剧，那么，在这样的时刻，一定会有如同《东京爱情故事》主题曲那般轻快的曲调从画面外突如其来地浮现，那就是小田和正那首《突如其来的爱情》。

之后，柳月露出了如同赤名莉香那般俏皮可爱的笑容，她笑嘻嘻地对唐风说道：“你傻得好可爱。”也许唐风真的是一个笨小孩，反应总比别人慢一拍，看着柳月那清丽的容颜、曼妙的身材，感觉眼前的情景竟是那么不真实，当一切都明了的时候，他才发觉，自己之前的担心全部都是多余。

柳月重新拿起苹果对唐风说：“你要快快好起来，知道了吗？”

唐风点头说：“我会的。”

柳月切了一块苹果轻轻放进唐风的嘴里，“我可很少照顾病人的哦。”

唐风一边吃着苹果一边说道：“我也很少被当作病人照顾。”

“你有什么打算呢？”

唐风想了一想，说：“我打算回北京，这边已经没有留下来的必要了。”整个地宫已经完全开启，唐风也经历了他想要经历的冒险，可以告一段落了。虽然他最终还是一无所获，但他并不遗憾，至少，他知道那幅壁画的存在，被水浸泡过后，那幅壁画将从此消失，唐风是唯一知道这个秘密的人，如果那真是一张藏宝图的话。

柳月点头道：“事到如今也只好如此了，你什么时候走，我送你。”

“你不一起走吗？”

柳月微笑着说：“怎么，你还敢把我带回家呀？我要完成一篇论文，暂时走不开，我过几天还是会回北京的，以后的时间还有很多哟。”

“柳月，”唐风很认真地说，“我觉得我有点对不起你。”现在的唐风连一个承诺都不能给柳月。

柳月莞尔一笑，就算唐风能给她承诺，她也不能给唐风承诺，锦衣玉食是需要付出代价的，富家子女的谈婚论嫁重实质轻感情，一次联姻往往就是一次战略合作，动辄带来上亿的利益。柳月代表的不是她自己，而是一个家族，这些事情也不是她或者她的父母所能左右的。而且，那个人好像也还不错，至少在大多数人眼里，他是配得上柳月的，当然，柳月对他没有什么感觉。柳月抛开这些杂念，说："放心吧，我不会让你为难的。"

在宿命来临之前，好好去爱！

石雕得奖

在宿命来临之前放手去爱，现在的柳月就是这种想法，她很想经历一次真正的爱情，至于未来会怎样，她不想考虑太多。在潜意识里，柳月也有一种隐隐的冲动，如果唐风能给她足够的勇气，她就会去挑战宿命。

未来总是难以预知，生命也因此而精彩，唐风不了解柳月的生活，但他肯定不愿意放弃自己所拥有的一切，包括柳月。没有挑战的人生是悲哀的，没有拼搏的成功同样也是如此，唐风永远不缺乏勇气。虽然两个人的想法有点出入，但至少现在的决定是相同的，暂时不去考虑未来的结果，全心全意地去享受相爱的过程。唐风点头对柳月说："我了解。"

"不谈这些了，"柳月问，"你打算什么时候动身呢？"

"越快越好，一想到回去就不想在这里多待一分半秒。"

柳月将削好的苹果递给唐风，说道："你忘了吗？你现在可是一条大病猫，神气不起来了。"

"你也太小看我了，小小的感冒还不至于难倒我，"唐风掀开被子起身下床，来回走动两步之后说道，"你看，我现在不是一点儿事情都没有吗？"

"好啦，知道你行，快躺回去吧，别又着凉了，"柳月把唐风推回到床上，"我会尽快想办法的，只要订到机票，我就送你去郑州。"

第三天上午，柳月把唐风送到郑州新郑机场，一番告别，唐风离开郑州回到北京。从机场到中国石的出租车上，唐风就感觉到了不对劲，经过这一番辗转折腾，他的感冒在不断加重。

昏昏沉沉的唐风走进中国石，正在捣鼓那块水胆玛瑙砚台的陈彦抬起头看了看精神萎靡不振的唐风，奇怪地问道："唐风，你的脸色怎么这么难看？"

唐风摸了摸自己的脸，问："这你都看得出来？"

"废话，"陈彦说，"你看看你现在的样子，活像一只瘟鸡，还是即将翘辫子的那种。"

"唐风，你回来怎么也不通知一声呢？电话也打不通。"说话的是林沐雨，她刚从外面进来。

"哦，"唐风回过头对林沐雨说道，"别提了，那该死的古墓是一处水墓，我才没进去多久，里面就发了一场洪水，手机也掉进了水里，彻底报废。"

林沐雨看到了唐风那难看的脸色，关切地问："你是不是生病了？"接着，她走到唐风身前，伸手摸了摸他的额头，"呀，这么烫，你怎么了？"

"唉，"唐风无奈地摇了摇头，"没什么，只是泡了个冷水澡，第二天起来就变这样了。"

林沐雨扯着唐风衣服说道："走，我陪你去医院。"

"别！"唐风赶紧摇头，"就我这种状况，一旦进医院就出不来，会被他们当成禽流感病人隔离起来的。"这一隔离，鬼才知道什么时候能出来，唐风最近的事情不少，先要陪陈彦去参加中国石雕、玉雕大奖赛，后要去香港参加佳士得春季拍卖会。

林沐雨当然了解这些，她问："那怎么办？"

"随便买点药吃一吃，回家睡一觉就没事了，我的身体棒着呢！"

"那就走吧，我现在送你回家。"

陈彦呵呵一笑，说道："唐风，回去好好休养一下，一个月之后再出来。"

"你才要去坐月子呢，"唐风回过头对陈彦说，"我明天就没事了。"

林沐雨把唐风送回家，唐风倒在床上就睡起了大觉。这一睡就是十几个小时，唐风醒来的时候已经是第二天，他只感觉自己头昏脑涨，浑身发热，看来问题有点严重。身体就像信用卡，平常没有规律的生活就是透支，唐风作息时间不规律、三餐不定时，这下好了，到还债的时候了。

"唐风，"穿着睡衣的林沐雨坐到唐风身边，"现在觉得怎么样？"

唐风点了点头，"好多了。"

"饿了吧，想吃什么，我给你做。"

"什么都不想吃，就是想吃沐雨。"

“这都什么时候了，你还在开玩笑，”林沐雨摸了摸唐风的额头，“你病得可不轻，真的不去医院吗？”

“休养一段时间再看吧，只是小毛病，问题不大，实在不行的时候再去医院也来得及。”唐风心中有点纳闷，那墓室被封闭了好几百年，里面不会是有古代的病毒吧？不过，他很快打消了这种顾虑，如果有病毒的话，柳月怎么会没事呢，难道病毒还会分男女性别不成？

林沐雨说：“那好吧，不过，你要感觉不对的话，一定要跟我说，千万不要隐瞒，知道了吗？”

唐风轻轻牵起林沐雨的手，说：“沐雨你说，适当的运动是不是有助于身体的恢复呢？”

“你又来了，”林沐雨摇了摇头，她把被子给唐风盖好，“你呀，就老老实实给我躺着吧！”

唐风在家休养了整整七天，身体总算恢复了正常。第二天，唐风来到中国石，店里的员工正围着一方砚台啧啧称奇，陈彦不无得意地说：“怎么样，感觉像不像是金奖作品？”

“嗯，那还用说，我们二哥出手，那肯定就是第一，”吕光点着头说，“如果只有二哥一个人参赛的话。”

“臭小子！”陈彦伸手要打，吕光已经跑开了。

“我看看，”唐风走到陈彦那块水胆玛瑙砚台前仔细地观察了一番，最后他说，“嗯，好，非常好，如果就这样卖出去，肯定能值一百八十万零几百块钱。”这块水胆玛瑙在加工之前就价值一百八十万，陈彦费尽心思加工了一番，却只有零几百块钱，唐风这是在故意刺激陈彦。

“扯淡，你们这帮家伙都不会欣赏，”陈彦马上把水胆玛瑙砚台装进一个纸箱里，“不是我吹牛，这东西往组委会那台子一放，绝对技惊四座。”

唐风问陈彦道：“你现在就拿去参赛吗？”

陈彦点头说：“截止日期马上就要到了，如果不抓紧时间，只能等明年了。”

唐风接着问：“你做过市场调查没有，今年有没有强手参加？”

“这个不用做调查，”陈彦肯定地说，“年年都有大批高手参赛，我根本不考虑他们，心中无敌则无敌于天下。”

“心中无敌则无敌于天下，这话怎么听着这么耳熟呢？”唐风拍着脑袋想了想，这是马云说过的话，他对陈彦道，“你喊口号的时候能不能来点自己的创意呢？”

陈彦说：“响亮的口号都被那些名人说光了，有那个意思就成。不跟你们废话了，我现在要把它拿到组委会去，你们就等着看好戏吧！”

唐风和一帮员工看着陈彦急急忙忙抱着纸箱走出店门，吕光问唐风道：“老板，你觉得他能过关吗？”

唐风说：“入围肯定没问题，拿奖就比较悬了，这不是作品本身能决定的事情。”

从开张到现在，中国石的生意一直在稳步上升，最高月营业额记录每个月都在刷新。转眼间，一个月已经过去，陈彦的水胆玛瑙彩色砚台成功入围中国石雕大奖赛的决赛圈，这方砚台在数次展出打分评比之后，排名一路攀升，最终挤进了总榜前十的第九位，不过，跟第一名的差距非常大。在总决赛即将来临之际，范诚如在他漂亮孙女范紫韵的陪同下来到了中国石。

正好在店里的唐风看到范诚如大驾光临，连忙出门迎接，“范老先生，您怎么来了？有事招呼一声，我们去您家就成了。”

范诚如笑着说：“现在用不着如此，等我九十岁之后再这样也不迟嘛！其实我一个人都可以来，紫韵是硬要跟来的。”

范紫韵微笑着对范诚如说：“爷爷，您就这么不乐意我跟着您呀？”

“老头子我当然是乐意了，我也没几年时间可以让你陪了，不过，你们不能老这么担心我，这等于是在提醒我，我已经老了，老得快不行了。”范诚如确实是一位值得尊敬的老人，老年人少有他这么乐观豁达的。

唐风和范紫韵一起把范诚如搀扶进办公室。落座之后，林沐雨给客人送上了香茗，唐风问范诚如道：“范老先生，您有什么事儿啊？”

范诚如哈哈一笑，“我这是无事不登三宝殿，是为了二子那方砚台专程赶过来的。”

唐风问：“您老觉得那方砚台有希望获奖吗？”

范诚如点头说：“玛瑙本是奇石，水胆玛瑙更是难能可贵，跟其他材料做出来的工艺品相比，天然水胆玛瑙的优势十分明显。因为水胆玛瑙极其珍贵，上佳的材料非常罕见。所以，这么多年以来，中国石雕大奖赛还从来没有出现过用水胆玛瑙雕刻出来的砚台，这是先天优势。而且，老头子我也看得出来，那小子这次是真的用了心，雕工非常精湛，这是后天优势。两大优势互相结合，这方砚台就具备了拿大奖的资格，当然，这纯属我的个人观点。”

“是不是还缺点什么呢？”

“唐风啊，你的反应真够快的。哟，这茶真不错，”范诚如慢慢地喝了一口茶，接着说道，“我这个人有个毛病，那就是说话不喜欢绕弯子，很多人不喜欢跟我打交道，若不是其他老朋友都走光了，而我的年纪又足够摆资格，他们才不会请我去做评委。我这么跟你说吧，够得上拿大奖资格的作品其实有很多，但拿大奖的却只有一件。至于最佳创意、最佳雕工这样的奖项纯属分猪肉，无关痛痒。”

唐风明白了，范诚如是过来爆料的。“您老请直说。”

范诚如长长地叹了一口气，说道：“丑恶也好、潜规则也罢，中国人讲人情、靠关系是事实存在的，我们不能说忽视就忽视。如果你们想要拿大奖，还需要做一些公关，说白了，就是拿钱。不然的话，那方水胆玛瑙彩色砚台顶多只能拿一个安慰性的奖项，唉……”范诚如又叹了一口气，他摇着头说：“这就是现实，我唯一能做到的就是，确定有资格拿大奖的作品的范围。也就是说，我确定他们该收谁的钱，不该收谁的钱，这样你总该明白了吧，就看你们认为值不值得了。”

唐风点头道：“范老先生，我明白您的意思了。”

范紫韵低声问范诚如道：“这等于就是花钱买奖，真有这么黑暗吗？”

范诚如大笑着说：“你以为这个社会真像你们报道的那么透明吗？时间长了，也就看开了，我这几十年又不是白活过来的，什么都看在眼里、记在心里，只是不想说出来而已，半只脚已经踏进棺材的人了，老头子折腾不起，希望以后能够得到纠正吧！”

范诚如直接，唐风也不再虚伪，他问范诚如道：“什么价钱呢？有保障吗？”

“不是吧，唐先生，你真打算花钱吗？”范紫韵问唐风。唐风留给范紫韵的印象很不错，在她看来，唐风是一个很正直的人。

唐风点了点头，“没办法，现在就看价码了，如果实在太贵的话，那就算了。”在商言商，唐风涉足商业也不是一天两天了，知道权衡利弊。如果陈彦能拿大奖，这对石的经营将很有好处，不管真实的状况是怎么样的，但石雕大奖赛的金奖确实是一块金字招牌，能让中国石上一个档次。当然，如果最后的结果是得不偿失，那就只好作罢，这只是一个利益交换的问题。

“这个嘛，每年的行情都不一样，”范诚如想了一下，说，“五百万应该没有问题。唐风啊，老头子可不是上门来敲诈的，只是告诉你一个真相，让你们心里有个谱儿，免得到时候失望。”

唐风点头说：“您老不必这样说，我能懂。”唐风和陈彦参加中国石雕大奖赛的动机本来就不纯，自己本身就不纯粹，还能奢望别人纯粹吗？

“好，”唐风不假思索地说，“我愿意出钱。范老，真要谢谢您了。”隔行如隔山，如果范诚如不来提醒唐风，陈彦的那方砚台就肯定拿不到大奖。

“哈哈，”范诚如大笑着说，“这次亲身参与进来，不知道有多少人会在背后骂我虚伪呢，老头子我也下水啰。”范诚如对唐风真的很不错，这事儿说小也小、说大也大。说小吧，只是随波逐流而已；说大吧，那就是晚节不保。

唐风点了点头，“真的要感谢您。”

“谢就不用了，要说起来，我也是有私心的，”范诚如说，“陈彦毕竟是我的师侄，我也希望他能获得成功。那就这样吧，需要钱的时候我打电话给你。”

唐风才送走范诚如不久，陈彦就走进店门，唐风不想隐瞒他，把实情跟他说了一遍。

闻言之后的陈彦问：“就这么简单？”

唐风看到陈彦一脸的平静，笑着说：“我以为你会暴跳如雷骂大街呢！”

陈彦毫不在意地说：“你以为我是在火星上长大的吗？我在这个国家生活了三十多年，难道会不了解这些。”

唐风马上问：“我就奇怪了，既然你以前就知道，那你还参加这项大赛？”

陈彦说："你还别说，我以前真不知道，师叔他老人家不会告诉我们这些，只是让我们努力、努力、再努力。"

唐风说："我怎么觉得你师叔有点小坏呢，他知道真相还让你们努力。"

陈彦很认真地说："你不了解师叔这个人，他来告诉你这些其实已经说明了问题，这证明我的那方砚台是有资格拿大奖的。如果砚台不行，别说五百万，就是五千万都不可能拿到大奖，这呀，就叫有限的公平。师叔他老人家的所说的努力，就是让我们努力进入有资格拿出赞助的行列，你懂了吧？"

唐风点头道："你能这么想就太好了。我的意思是，我们应该出这五百万，关键就看你了，舍不舍得呢？"

陈彦不禁皱起了眉头，"五百万呢，这帮家伙简直是狮子大开口，如此一来，我们就亏大了。"

唐风道："其实我们并不吃亏，这叫双赢，拿到大奖的好处肯定不止这五百万，这钱值得我们出。"

陈彦点了点头，"那就出吧，我也想留个名儿，这钱算我的。"

"你小子别想独吞，"唐风嘿嘿一笑，"还是算咱们俩的，拿大奖给中国石带来的好处要大于给你带来的好处。"

陈彦说："本来中国石是拿不出这五百万的，你那块和田玉赌石起大作用了。"

"哟，"唐风说，"你不提起我还忘了，那块石头打开后是个什么结果？"

陈彦想不到林沐雨没有告诉唐风，他说道："是和田黄玉，品相有好有坏，足足有五百多公斤，中国石短期内不会缺和田玉了。"

"嘿！这可是我这些天听到的最好的消息，"唐风得意地点头说道，"看来我的运气不错，你的手气也不错。"

"你就别搭上我了，关键还是你的眼光，"陈彦一本正经地看着唐风，然后神秘兮兮地问，"唐风，你把我当朋友不，能不能向我透漏一点内幕？"

"去去去，少来这一套，"唐风没好气地说，"有话说有屁放，说得我浑身起鸡皮疙瘩。"

"那我就问了啊，"陈彦道，"你赌石是不是有诀窍呢？"

听到陈彦要问这个，唐风马上摆了摆手："没有。"

"怎么可能没有？"陈彦对唐风的回答很不满意，"那你的眼光怎么那么准的？"

"准个毛啊，我已经失手过好多次了，"看到陈彦一脸的不相信，唐风说，"我问你，我赌石有我看古玩那么准吗？"

"你看赌石还真比不上你看古玩。"

唐风道："我实话告诉你吧，我看赌石的方式和看古玩的方式其实都差不多，但对古玩更有把握，你明白了吧！"

"我有点明白了。"陈彦点了点头，如果唐风有什么特殊能力的话，看赌石和看古玩就不会出现这么大的落差。

赌石是天然形成的，而古玩是人工加工出来的，看赌石远比看古玩难，唐风的把握自然就降低了。唐风说："不到万不得已，我是坚决不想再赌石了，那根本就不是人干的事儿。"

陈彦很赞同唐风的说法："确实，经营珠宝业不能总指望着赌石，那样太不保险。"

唐风对未来充满了信心："我已经上过电视，如果你再拿一个大奖的话，那我们中国石可就要扬名了。"

"但愿如此吧！"陈彦苦笑着说道，"哎，一个价值五百万的大奖，想起来我就会心痛，以后拿回奖杯，我马上把它塞床底下。"

"还是放在店里吧，"唐风说，"炫耀是必要的。"

过了几天，范诚如打来电话，给唐风报了一个账号，唐风将准备的五百万元现金打进这个账户。半个月后，中国玉雕石雕大奖赛总决赛暨颁奖典礼在北京国际会展中心揭开帷幕。

这天晚上六点，陈彦来到中国石，唐风上下打量着西装革履的他，说道："不错呀，真看不出来啊，陈彦穿上西装也还人模狗样的。不过，穿着这身开奥拓就不太合适了。"

"哼，狗嘴里吐不出象牙，"陈彦说，"民族工业的产物，那是爱国的体现。"

"时间差不多了，你们俩就别斗嘴了，"林沐雨从办公室走了出来，"这个时候容易堵车，早点去。"

颁奖晚会很热闹，又是歌舞表演，又是电视直播。

晚会司仪声情并茂地说着我们耳熟能详的祝颂话语："各位嘉宾、各位来宾，最激动人心的时刻即将到来，下面要揭晓的是本年度中国玉雕、石雕大奖赛的金奖作品，下面有请我们的颁奖嘉宾……"

之后，颁奖嘉宾，也就是那位大腹便便的主席粉墨登场，经过一番做作的说辞、搞笑，获奖者被公布出来。夺得玉雕金奖的作者和陈彦一起走上舞台领奖。在发表获奖感言的时候，陈彦特别投入，别人以为他是感动，只有唐风知道那是心痛，五百万元啊。

当然，这五百万元也不是白出的，第二天，电视新闻和报纸上出现了陈彦举着奖杯的图片，而中国石的大门口也挂了横幅，张灯结彩，那就是一个喜庆。

晚上结账的时候，陈彦问林沐雨："怎么样，有没有看到回头钱儿？"

林沐雨道："哪里有这么快呢？跟唐风上次上电视一样，需要过段时间才能看到成效。"

唐风也说："你不要着急，这钱是慢慢回来的，我们中国石已经树立了品牌，以后的日子就好过了。"

唐风的新手机还是留用了旧号码，第二天晚上，唐风接到柳月的电话，她已经回到北京。唐风到朱记拍卖行大门口，柳月的牧马人正在那里等他，他打开车门坐上车。柳月说："想知道那边的情况吗？"

"能有什么新情况吗？"

柳月摇了摇头："确实是没有，考古人员探测了整座地宫，没有重大的发现。"

"如果你们接下来真要挖掘秦始皇陵的话，宋徽宗皇陵应该具有参考意义，从这个角度来说，你们是有收获的。"

"秦始皇陵的挖掘还在论证阶段，短期内不会进行，这件事情牵扯实在太广，不是考古部门说了算的。"

唐风看着柳月那红扑扑的脸颊，说："柳月，你变漂亮了。"

柳月望向唐风："傻瓜，你到底想说什么？"

唐风轻轻牵起柳月的手，说道："说真的，柳月，认识你，真的很高兴。”既然双方已经明确了一些事情，唐风便不再做作，他柔声说道：“柳月，我喜欢你。”男人当然不会永远被动，唐风就温柔地搂上了柳月的香肩，微一低头，轻轻吻上了她的嘴唇，而柳月也没有拒绝。

“小月，你回来了！”

柳月那边的车窗突然被敲了敲，两个人立即触电似的分开。唐风望向车窗外，那个人他认识，是杨程明。

一代天才出佳作

柳月按下车窗叫道：“杨大哥，你怎么会在这里的？”

杨程明并没有回答柳月的问题，他望向唐风说道：“原来是唐兄，好久不见。”

唐风向杨程明点了点头，说道：“确实好久没见了，杨兄，你好。”

其实这三个人互相之间都认识，但另外一个人却不知道。看到杨程明和柳月相熟，唐风想起来了，他在地下黑市淘来的那件李适之手稿就是卖给杨程明的，当时杨程明不敢确定真赝，打电话向朋友求助，后来他的朋友把资料发到了他的手机里。看来这个发资料的人应该就是柳月了，她喜欢在手机里储存这些，她的工作也给了她这种便利。

杨程明有些不好意思地说道：“小月，真不好意思，我不知道你有朋友在车上，打扰了。”

柳月微微一笑，说道：“没事儿的。”

杨程明又对唐风说道：“不好意思，唐兄，我先走一步了。”

两个人正准备激情一番的，被杨程明这么一搅和也没了兴致，东拉西扯地聊了一会儿之后，唐风看了看时间，说道：“不早了，我该回去了。”要说唐风现在心里有多好受，那肯定是自欺欺人，负疚的感觉跟人的良知是成正比的，他们现在的状况多少有些接近于偷情，于大多是人来讲，这种感觉并不刺激。

柳月点了点头，说道：“我送你回去吧！”

柳月发动汽车的时候顺手打开了车载音响，舒缓的音乐中，两个人一路沉默。柳月也有心事，这事儿，很棘手。

不知不觉，元旦已经过去，随着春节的临近，古玩收藏珠宝市场迎来了销售旺季，中国石也跟着水涨船高，生意日益火爆。这年头，妖蛾子乌泱泱地满天飞，大过年的，谁不想弄块玉在身上辟辟邪呢？新年新气象，弄块石头在家里也能提高文化氛围。在传统文化回归的大背景下，唐风和陈彦的付出总算得到了回报。这一顺百顺，老板和员工心情都挺好。

这一天，唐风正在跟林沐雨商量经营翡翠的事情，陈彦急急忙忙地跑进来说道："唐风，出宝贝了。"

"宝贝，挖出金娃娃来了？"唐风转过头来问，"你们家周围不早就被你刨过了吗？哪里来的宝贝？"

陈彦一摆手，说道："嗨，我哪有这么好的运气。也不知道这风水怎么转的，不偏不倚，转到了赵永世的身上，他花一百三十万买了一幅画，是徐文长的。"

徐文长就是徐渭，浙江绍兴人，明代有名的文学家、书画家、军事家。他被后世认为是继苏轼之后，中国文化界最灿烂的天才和全才，更有人说，像他这样的人才五百年才会出一个。唐风小时候就看过以他为主角的电视木偶系列剧《聪明少年徐文长》，木偶剧中的徐文长聪明绝顶、天才超逸，专门跟"恶"势力做斗争。这些并不全是空穴来风，历史上的徐文长确实是天才，六岁能背《大学》，十岁能写文章。

不过，天才往往是特立独行、不被别人理解的，这一点在徐文长身上尤为明显，他成年之后八次应试不中，四十岁的时候才中举人。他不只是诗人、画家、书法家、军事家，还是历史学家、戏曲家、民间文学家、美食家，更是一个酒鬼、道人、旅行家。同时，他也是精神病人、杀人犯，他精神病发作自残的时候误杀了自己的妻子，为此，他入狱七年，此后便一蹶不振，潦倒一生，在生活极度匮乏中离开了人世。

唐风说："如果真是他的画，赵永世就赚大了，能值千把万。"

"他是商人，而不是收藏家，转手就会卖的。"陈彦说，"下家已经有了，人家出价两百五十万。所以说他走了狗屎运呢，一夜之间，转手就是一百二十万，日进万金呢！”

唐风很是奇怪地问：“怎么会这么快的？”

“他那幅画等于是活拿的。”“活拿”是北京方言，意思是先拿东西后给钱，陈彦接着说，“我这么早过来就是想让你跟我一起去看看。”

唐风摇了摇头，说道：“我这边忙着呢！”

“沐雨多能干的女人哩，没事儿的。”陈彦多半是自己想去凑热闹。

柳月忍俊不禁地对陈彦说道：“你这是夸我呢，还是骂我呢？”

“当然是夸你了。”陈彦一边说话一边拉着唐风往外走，林沐雨无奈地摇了摇头，这俩人八成是中邪了。

唐风已经被陈彦塞上了奥拓车，他启动汽车对唐风说：“去看看，要是觉得好，咱也去截个和。”

唐风道：“徐文长的画那验真伪，这种存在争议的东西我家已经够多了。”

“去看看总是好的嘛，长长见识。”中国石的生意一路走高，腰包鼓起来的陈彦早就按捺不住他那收藏的心思。

一会儿，汽车抵达赵永世开在北京十里河古玩城的店面。车才一停下，唐风就看到了江源，虽然这俩人只是泛泛之交，但见面之后都十分客气。赵永世是人逢喜事精神爽，看到陈彦和唐风来了，马上看座上茶。陈彦耐不住性子，他急不可待地说道：“别整这些没用的，东西拿出来看看呗！”

赵永世有些为难地说：“哟，眼瞅着下家就要上门了，我已经包装好了。”

“包你个头，”陈彦说，“看一眼能死人吗？”

“呸呸呸！”赵永世不容陈彦破坏他的好心情，这面子挣得真够大的，全十里河古玩城谁不知道他赵永世的大名，“大过年的，别说这些不吉利的话，我拿出来给您二位看不成吗？”

一会儿，赵永世拿出来一幅卷轴画，画面展开后，陈彦啧啧称奇。这画儿挺，长一米，宽三十厘米。唐风仔细地看了看这幅画，这是一幅纸本墨笔画，画的题款是“骑驴吟诗图”，骑驴的人物是历代人物画家很喜爱的主题，古代也有很多文人墨客喜欢骑驴吟诗。这幅画有可能是在描绘推敲的典故，当初的贾岛跟现在的小青年差不多，骑自行车的时候不喜欢掌龙头，这推啊敲的就撞上了韩愈。没有机动车的古代就是好，要遇上现代，一个七十码就把贾岛给撞飞了。这韩愈也挺有意思，他立马良久，说道："用'敲'吧。"韩愈好歹是公务员，本着人性化的考量，想让贾岛礼貌一点，哪有推门而入的？这故事已经很老套了，是真是假很难说，它折射出古代文人的一种心态，他们其实是渴望得人赏识的，所谓寄情山水只是失意之后的表现。

画卷的内容简洁明了，初秋时节，树枝随风摇摆晃动，绿叶稀疏零乱。树下平坦宽阔的道路上，一个头戴高帽、顿蓄胡须、身着宽大衣衫的书生骑着一头健壮的毛驴在快步疾行。整幅画很好地体现人和驴和谐共处的关系，毛驴精神抖擞，竖起长耳，撒开四蹄，步履轻松地奔跑着。而骑驴的书生却稳如泰山地端坐在奔行的驴背上，神情显得泰然自若，甚至还有些恍然木讷，此刻，他的思想早已游到天外去了。

这幅画有后人笆重光的题跋：徐田水月驴背吟诗图。"徐田水月"有点意思，后三个字合起来正好就是徐渭的"渭"字。此外，这幅画还钤有宫于先等人的多方鉴藏印记，都是古代的大收藏家。

问题就出在题跋和钤印上了，都是后人留的款，而作者本人只留下了"万历元年"寥寥四字，没有留自己的书画印。陈彦问赵永世道："你是怎么看出来的呢？"

赵永世说："这是别人放在我这里寄卖的，几个行家都说是真的，没两天就来了一位买主，他一眼就瞧中了这幅画，我只是做个中介而已。"

"你小子好给我来这一套，"陈彦说，"活拿就是活拿了，非要说什么中介，你当我才认识你丫的啊！"

"哎，我可是身正不怕影子斜啊！"赵永世肯定不会承认，"我像那种人吗？"

活拿有活拿的好处，自己不担风险，卖得掉就卖，卖不掉就退回去，只是赚头小一点。唐风估计赵永世是得知有人要之后才买下来再脱手的，要不怎么会出现一百二十万元的差价？

陈彦问赵永世道："什么个情况呢？说来听听。"

赵永世说："这就是寄卖，没什么情况。"他是打死不会承认了，一边的江源实在忍不住，他对赵永世说："二子和唐兄都不是外人，你就说说吧！秘密藏在心里也憋得慌不是？"

赵永世嘿嘿一笑，说道："哎，那就讲讲吧！"接着，赵永世就说出了这幅画的来龙去脉。在古玩城有这么一群人，他们不是来买古玩而是来卖古玩的，唐风自己就做过这事儿。这一天，就有两个人找上了赵永世，说有东西要出手，问他要不要，赵永世之前跟他们合作过几次，东西都还不错，也赚了几万块钱。但这次是开价一百多万元的东西，赵永世没把握不敢接手。对方显然走过好几个地方，看到赵永世不肯收，他们就提出放在这里寄卖，不过，他们有言在先，有人要的话就通知他们，没人要过两天他们来取。

结果，刚过了一天就有一个台北人看上了这幅画，双方讨价还价，最终定价二百五十万元。这时候，赵永世动起了歪脑筋，他找了个借口，让台北人留下定金今天来取，台北人也很爽快，给了他五十万元定金。就在昨晚，那两人过来取画，赵永世动足脑筋才让他们以一百三十万元的价钱卖给了自己，这才有转手就赚一百二十万元的说法。本来赵永世不想让任何人知道这事儿的，谁知道店里的伙计当晚喝高了，把这事儿给捅了出来，事情很快传开，陈彦和江源这才得到消息。赵永世摇着头说："平常挺机灵的一个小伙子，喝高了就把不住嘴，气得我立马就让他卷铺盖走人了，这不，店里就剩下了我一个人。"

陈彦又问赵永世："你就没找人过来掌掌眼？"

"废话，"赵永世说，"我都找了好几拨儿了，这画有准谱儿，没问题。"

陈彦问唐风："你是怎么看的？"

唐风连忙摇头："不是我虚伪，这东西真不好说。"

"唐兄，都是自己人，你就说说自己的判断吧！"江源很想听听唐风的看法。

唐风说："徐渭的画太难判断，故宫博物院里面的人都看不准，更别说我了。"唐风转对陈彦说："店里面没人照看可不行，要不我们先回去吧？"

陈彦说："你小子还好意思说我，你就是妻管严，怕什么，看看那个台北人长什么模样再走也不迟。"

唐风摇着头说："我在说真事儿呢！"

陈彦再问赵永世："那人什么时候来呢？"

赵永世看了看时间，说："奇怪，这都过了五分钟了，怎么还不见人呢？"

“我觉得你上当了，”说话的是江源，“你没看到唐兄三缄其口吗？我怎么越来越觉得这像一个局呢？”江源看到唐风急着说要走，心中已经开始怀疑，再加上台北人晃点，这事儿就更明显了。

唐风摇了摇头，这江源倒把他给看透了。唐风是看过画之后怀疑这是一个局的，这种局真的是防不胜防，人家早就吃准了赵永世的心态，出五十万元定金给你，让他觉得这幅画是真的，再想办法去买过来。说白了，那五十万元是明饵，剩下的七十万元是暗饵，再加上之前给赵永世尝点小甜头，贪心的人就会上当。事情到了这份儿上，还等什么呢？人肯定不会来了，要骗的就是赵永世那八十万元，这就叫偷鸡不成蚀把米。

“不可能吧？”赵永世说话的时候伸手摸了摸眼皮，怎么跳得这么厉害呢？

江源说：“再等半个小时不就清楚了吗？”

陈彦和唐风在这个时候不方便马上离开，他们也陪着赵永世一起等，半个小时，一个小时，两个小时，压根儿就没有台北人的影子，这回好了吧，上了人家欲擒故纵的当。所以呢，人不能太贪心，贪心、爱捡小便宜的人最容易上大当，赵永世就只好自认倒霉了。

陈彦真心实意地安慰了赵永世几句，才和唐风一起离开。唐风没有去安慰赵永世，这种时候，说什么都是多余的。

回家的路上，陈彦问唐风：“你是怎么看出来的呢？”

唐风说：“那绘画风格不对，万历元年是1573年，你想呀，一个亲手杀死自己妻子坐了七年牢才出来的人，还会有那种渴望被人赏识的心态吗？徐渭从入狱开始就已经废了，后面的作品不具备这种清逸潇洒的特质。画家首先是一个人，他的作品可以清晰地反映他的生活境遇。”

在古代，杀死结发正妻是大罪，徐渭赶上万历元年大赦天下才得以出狱，之后，他浪游金陵、宣辽、北京，又过居庸关赴塞外宣化府等地。在外游荡四年之后，徐渭重归故里，从此闭门不出，直至1593年去世，旷古绝今的一代天才最终落了个半世悲凉。

明朝时期的中国美术正处于习古和创新两种意识碰撞的特殊阶段，水墨写意画迅速发展，徐渭凭借自己特有的才华，成为当时最有成就的写意画大师。他的写意花卉，用笔狂放，笔墨淋漓，不拘形式，自成一家，不简单地追求物象外表形式，独创水墨写意画新风。

遥想徐渭当初的意气风发，再想想他穷困潦倒的后半生，文人是不适合做官的，徐渭正是因为胡宗宪一案才惶惶不可终日，最终诱发精神疾病而杀妻的，残酷的官场斗争将一位天才活活地逼疯了。

“唉，今时人如何能够体会到古时人所承受的压力？那种残酷又岂是三言两语能说清的？苏东坡被贬黄州时不也几次想自杀吗？只是他没有疯罢了。”唐风苦笑着转头望向车窗外。

唐风和陈彦回到中国石，正在忙碌的林沐雨抽空过来问唐风道：“看到什么好宝贝了？”

唐风说：“什么宝贝，简直就是宝气。”

“唉，本以为可以看看西洋镜，结果尽看人洋相了。”陈彦摇着头走开了。

林沐雨对唐风说道：“哎，刚才有一位老人找你来着。”

“不会是我爷爷吧？”

“不是，是一位老太太，刚从河北过来的。老人大老远地跑过来是让你给她鉴宝的，她看了你的节目，说你眼光准。”

“专程过来的？不会又是骗子吧？”唐风最近都怕了，如今这骗子已经在向老龄化和小龄化这两个极端发展。话虽这样说，唐风还是问：“人呢？”

“他们赶了好久的路，又等不到你，去旅馆休息了。那东西我看了看，有国宝潜质，绝对是才出土不久的。”

“你能看懂？”唐风一脸的不相信。

“嘁！”林沐雨说，“没吃过猪肉还没见过你跑吗？”

商战硝烟

“好哇，沐雨，你变着法儿欺负我。”唐风说话的时候就要动手。

“别闹了，正在做生意呢！”林沐雨说，“真的，我看了那东西，觉得挺老的，应该有上千年的历史，虽然不可能是大熊猫，也应该是扬子鳄的级别吧！”

唐风说：“越像国宝的东西就越假，你也不想想，一老太太哪来的国宝？”虽然历朝历代都有珍贵的文物传世，但改朝换代的时候总会被旧朝拿走一批，新朝还会毁掉一批，再加上近代被掠夺的那一大批，剩下的其实没多少，新中国成立后出现的国宝级文物几乎都是出土的。改革开放之后，各地都在大兴土木，该挖的地方基本都被挖过了，刨庄稼地能刨出文物的时代早已一去不复返，正规出土的文物只会越来越少。如果是买的，那就更不可靠，现代的人，哪个会没有一点古玩知识，但凡是个老东西，都会小心翼翼地藏着掖着，谁会傻乎乎地就拿出去卖。

林沐雨不想跟唐风争论这个问题，她说：“好好好，我说不过你，明天你自己看看再说吧！”

唐风点了点头，说：“不管怎么说，人家大老远的来北京一趟不容易，我一定会尽力的。陈彦已经来接班了，我们回家吧！”

林沐雨答应道：“嗯，马上就走。”

第二天上午，唐风才到中国石不久，吕光就指着大门外对唐风说道：“老板，正主儿来了。”

唐风顺眼望向门外，不禁长叹一口气，到底是谁在鼓噪全民收藏呢？分明就是折腾人的鬼主意。这位老太太白发苍苍接近塞北的雪，满脸皱纹堪比黄土高原，年纪少说也有七八十岁，而且，她的腿脚还不太灵便，走路一瘸一拐的，拄着拐杖还得让小辈们搀扶着走路。

说老人还真是老人，左边扶着老太太的那位自己的头发也白了，一看年纪就明白，很可能是她儿子。左边那位年轻的也三十好几了，看面相应该是老太太的孙子，祖孙三代，全家总动员，一起玩收藏了。

唐风正想着呢，老人已经走进店门，他连忙上前打招呼：“老奶奶，您有什么古玩要拿来鉴定呢？”

“咳咳，我……找唐……唐风……咳咳……”

“我就是唐风，您老里边儿请。”唐风赶紧把老太太请到茶几边的沙发上坐下。老人的儿子差不多有六十岁，一看就是长年与土地打交道的农民。那年轻人要时尚一点，那身穿着打扮还行，比唐风这一身儿要贵那么一点点。老太太的孙子对唐风说：“我们家的人都劝我奶奶好几次了，但她老人家一定要来，年纪大了，天天就念叨着这个，我们这也是没有办法，要麻烦唐先生了。”

唐风连忙客气：“不麻烦，不麻烦。什么东西呢？拿出来看看。”

到这一刻，唐风终于感觉到自己之前那背包有多落伍，老太太他儿子的背包跟他那一模一样，能在北京买到可真不容易。老太太他儿子取下背包，拿出里边的一个塑料袋，这塑料袋一层又一层，最里面的那东西还包着很多层报纸。包装看上去很大，最后拿出来的东西比一个排球还小。

“柱子……留点神儿……别掉地上了……”

老太太他儿子名叫柱子，柱子双手将那件东西捧给唐风，唐风都接实了他还不肯撒手，掉地上就是不肖子孙，他不得不小心一点。柱子说道：“唐先生，这应该是一件青铜器吧！”

唐风点了点头，说：“我看看。”唐风一开始看到那器形，还以为是卣、斝、罍、觚之类的高古青铜器，放在手上一瞧，其实就是一个暖手壶。暖手壶就是金属的热水袋，古人往里灌上热水，用来暖被窝的，20世纪80年代的农村挺盛行这东西，后来有了热水袋和电热毯，这东西就被淘汰了。

越平常的东西就越难断代，真要追述暖手壶是什么年代、什么人发明的，中科院里面的那批人这辈子就不用干别的了。

这件暖手壶的纹饰很简单，没有铭文，注水口和把手的外圈围着一圈回形文，壶身也只有简单的鱼纹，由于整个暖手壶遍布深浅不一、斑斑驳驳的绿色铜锈，所以纹饰看上去十分模糊。虽然这件暖手壶和现代已经停产的暖手壶差不多，但总的来说，造型还算庄重沉稳，晃一眼看上去也比较美观大方。

就这件青铜暖手壶来说，要大致地断代其实不难，它的把手是焊接上去的，这就肯定不是商周时期的青铜器。从焊接媒介上来看，青铜器主要有两种焊接方式，一种是采用铅锡这类的低熔点金属进行焊接，这叫小焊；以铜或银这样的高熔点金属焊接就是大焊。大焊和小焊都是在战国以后才出现的。

是暖手壶就必须有盖子，这个暖手壶的盖子和注水口使用丝扣连接，丝扣连接到底出现在什么年代已经无法考证，一般认为是近代工业革命以后的产物。随着冶炼技术的不断提高和瓷器、漆器的出现，青铜器在秦汉之后逐渐被淘汰，之后出现的少量铜器都是黄铜器，到了明清，铜制品就成了黄铜的天下，后来清政府颁布了禁铜令，铜器的生产几乎停滞，只有民间还在少量生产。

这件暖手壶是青铜却不是古代的产物，唐风只能认为这是民国时期的民间作坊产品，这不是那些人在故意生产已经被淘汰的青铜器，完全是冶炼不彻底、无法清除铅锡杂质的原因。

老太太很关心这件暖手壶的价值，她问唐风道："怎么样？是……是古玩吧，是哪个朝代的？"

唐风颇感无奈，正因为像自己这样的人越来越多，收藏才开始不断庸俗化。收藏本是怡情的雅趣，古玩的价值更多地体现在文化内涵和人文历史上，拿到一件古玩，首先应该想到的是它的内涵和历史传承的厚重感。"今人不见古时月，今月曾经照古人"的意境就是对古玩最好的诠释，古玩是一个媒介，它拉近了现代人和古代人的距离。而我们的媒体在这方面的宣传一直存在着误导，他们在过度渲染古玩的货币价值，电视鉴宝专家们都在用金钱这种最直接的方式来衡量古玩的价值。

唐风对老太太说："老奶奶，您喜欢这东西吗？"

老太太耳背，半天都没明白唐风在说什么，她儿子帮她回答唐风道："喜欢，我妈她是真喜欢，都快落下病根儿了。"

唐风又问老太太的孙子道："这东西打哪儿来的呢？"

老太太的孙子说："这是我奶奶前些年从地里刨出来的，当时也没当一回事，往床底下一塞就是好几年。她老人家看过电视鉴宝栏目之后一定要我们找出来，才找出来几个月，她就成天念叨着要拿到北京来鉴定了。"

唐风很认真地对老太太的儿孙说："这东西应该算是古玩，是民国时期生产的铜质日用品，有一定的收藏价值，你们拿回去好好放着吧！"日用品，一定的收藏价值，好好放着，尽管唐风已经说得很委婉了，但老人通过儿子的"翻译"得到回答之后还是不死心，她接着道："你给估个价呗！"

要唐风在古玩市场看到这种青铜器的话，看一眼就扔了，但毕竟这位老太太拿过来的东西，好歹也得估个价。他说道："现在差不多能值两万块钱，放个十年八年的差不多能到十来万的样子。"

明白唐风的回答后，老太太一下子就年轻了十几岁，那神情别提有多高兴了，她不无得意地说道：“看看……看看，我说得没错儿吧……这东西，一看就是可人的宝贝……”

唐风这边在看暖手壶的时候，林沐雨已经走进店门，老太太得到满意的答复之后喜滋滋地道谢离开，两万块钱的东西对一个农村老太太来说无疑就是宝贝了。

林沐雨和唐风一起送老太太离开，回到店里的时候，唐风大幅度地摇起了头：“不知道我们的范大主持看到这事儿作何感想？”

林沐雨说：“她能有什么感想呢？节目深入人心是好事儿呀！”

“算了吧，这还不是电视节目作的孽？范大主持该好好反省反省了！”

“哎，唐风啊，那东西真的能值两万块吗？”林沐雨也在关心这事儿。

唐风说：“两万块钱肯定是夸张，两百块钱差不多吧！”

“你这不是存心骗人家老太太吗？”

“所以我才说放个十年八年能涨到十来万嘛，老太太的心事都放在这上面了，我敢说那不是古玩吗？万一她知道真相一口气回不过来怎么办？只要能让老太太高兴，撒谎就撒谎吧！”

林沐雨说：“那你也应该对他儿子说实话的，万一她过个十来年再找到你，那你怎么办？”

“老太太的身体已经快不行了，过一年就赚一年，她的儿孙肯陪她到北京来肯定是孝子贤孙，应该不会把老太太的心爱之物拿去卖的，只要他们不拿去卖，就当是件宝贝又怎么样呢？”唐风思前想后，还是决定连老太太的儿孙一起隐瞒了，让老人家真正地高兴高兴吧！孝顺的儿孙们心里也跟着舒服。

收藏就像练武，再好的武功练岔了气也会走火入魔，收藏着了魔可不是什么好事，陈彦不就差点上当了吗？赵永世、江源，还有那老奸商贾德旺都一样，这类人最容易打眼，心魔已生，行为就得不到有效控制。

过了些天，香港佳士得的邀请函被送到了中国石，有了这东西，办理赴港手续就方便了，唐风没费什么事儿就办妥了一切，晚上回家的时候，唐风问林沐雨道：“我还没弄明白，你怎么不去香港呢？”

林沐雨说：“总不能老让陈彦大哥一个人看着店吧！这不是放不放心的问题，而是店里的生意一直很忙，我实在走不开。”

唐风点头道：“这样也成，还有一个月，咱也能去香港溜达一圈了。”

“看把你美的，”林沐雨说，“你不是说要去学开车吗？怎么还不去报名？”

“明天就去，四个轮子是要比两条腿快。”

接下来的一个月，唐风一边学开车一边在店里忙活，再加上春节的一番热闹，唐风几乎就是在连轴转。事情多了生活自然充实，时间很容易混过去，转眼之间，唐风就要去香港了。

订好机票的唐风来到中国石，陈彦过来跟他说正事，随着春节旺季的热销，中国石的库存已经告急，唐风从香港回来后还有事情做。

“哎！这做生意就是麻烦，这边的事情还没有完那边就来了，”唐风无奈地说，“这辈子就算交待进去了。”

陈彦说：“这有什么办法，人一旦习惯了某种生活模式，就会被生活不自觉地推着往前走，不是自己想停就停得下来的。以后印石的事情就交给我，玉石的事情你去办，店里的事情嘛，就靠沐雨了。”

唐风哈哈一笑，说：“能被生活推着走也是好事，总比被生活拖着走要好很多吧！就这么办了。”

陈彦想起了另外一件事情，他说：“江源他们又要准备开分店，听说就在这西单商业圈。”

“这可真不是什么好消息，”唐风皱起了眉头，“江源是头老虎，这老虎过来倒也没什么，可后面还跟着一头狼。”

青花天球瓶

中国石所处的位置是西单商业圈新拓展的街区，租售率还不高，如果汉唐宝业和龙宝公司双双进军西单，在这边肯定能找到合适的店面，如此一来，这边可就要精彩了。这可不是什么预言，它几乎就是现实，中国石的生意越来越好，江源和杨程明不会看不到，染指这块由中国石踏出来的风水宝地只是时间问题。

唐风说："管他呢，该来的要来，不该来的也要来，就让我们的小米加步枪跟他们的美式装备大战一场，输了也不丢人。"

"呸呸呸，你这张乌鸦嘴！"陈彦说，"我们一定会赢，当然，只在西单这一亩三分地儿。"小米加步枪战胜美式装备多少有些神话的成分，中国石正不断壮大，已经具备跟汉唐宝业或龙宝公司进行商战的资格，鹿死谁手就不得而知了。

第二天，唐风登上了北京飞往香港的班机。大后方的商战即将打响，唐风没时间在香港游玩，飞机抵达香港后不久，唐风就来到香港的遮打道，香港佳士得国际拍卖公司就在这里的历山大厦。

佳士得的英文名称是 CHRISTIE'S，"佳士得"只是国内对 CHRISTIE'S 英文读音的直译，在香港，人们习惯称佳士得拍卖行为克里斯蒂拍卖行。

大型拍卖公司都有自己的拍卖会场，但规模一般不会太大，哪有天天举办拍卖会的道理，尤其是在香港这座寸土寸金的弹丸之地。因此，在举办大型拍卖会的时候，拍卖行也会外租其他场地。

唐风一直认为自己比较有语言天赋，南腔北调多少都懂一点，但这只是在他听到粤语之前。唐风走进历山大厦，听到香港人的粤语对白就跟听到外语情景对话一样，根本就是不知所云，地方语言的多样性从一个侧面反映了中国疆域的辽阔。

向前台小姐说明来意，前台小姐将唐风领到会客厅，不一会儿，代表佳士得接受唐风委托的张铭诚走了进来。张铭诚热情地向唐风打招呼，两人握手之后，唐风切入正题，他问："我委托的那件匏器莲瓣六棱盘和那方青玉玉玺的市场前景如何？"

"很不错，根据我们的市场调查，肯定是不会流拍的，"张铭诚点头说，"就看最终的成交价是多少了。唐先生不是第一次委托拍卖，你也应该知道，拍出高价存在诸多的偶然因素。"

唐风明白这个道理，买方市场决定卖方市场，拍卖价的高低取决于竞争者的多少和竞争者本身的实力。他说："如此说来，真赝已经不成问题了，起码你们已经找到证据让买家相信这是真品了。"

张铭诚不无得意地说："佳士得是一家有两百多年历史的国际拍卖行，在业内享有很高的知名度，既然我们决定接受唐先生的委托，那我们就一定会有办法让买家相信这是真品，唐先生完全不用担心。"

像佳士得这样的企业已经通过两百多年的运营成功树立了自己的品牌，这种品牌具有公众认可的品质质量和知名度，再加上严谨的商业赔付制度，它的客户信任度很高，甚至已经超过了某个国家和某个区域的权威部门。这个可以从鬼谷下山元青花大罐得到印证，尽管它已经拍出了创纪录的两亿三千万人民币，但至今还有少数专家坚持认为这件元青花是赝品，姑且不讨论这个过程，这个结果就已经说明问题，买家不是傻瓜，他们愿意相信佳士得的鉴定，也愿意花这么多钱。

唐风说："虽然我不清楚你们的商业运作方式，但我还是愿意相信你们。"佳士得有自己稳定的客户群，那方玉玺肯定获得了高端客户的认可。就唐风这两件拍品来说，什么品牌、什么真赝都是扯淡，能拍出高价就算是功德圆满。

唐风问张铭诚道："你们的春季拍卖会什么时候开始？"唐风本以为一场拍卖会顶多就是一晚上的事情，但张铭诚的回答却出乎他的意料。这次香港佳士得春季拍卖会今晚就将在香港国际会展中心拉开帷幕，到下周才会结束，总共有上千件拍品，时间跨度长达一周。也不知道他们是怎么安排的，唐风的莲瓣六棱盘被放在了第一天的晚场，而玉玺却被放在了最后一天的晚场，也就是说，唐风至少要在香港待上七天。张铭诚将手里的一块牌子交给唐风，说道："唐先生，不好意思，我们是根据拍品来决定拍卖场次的，您的两件拍品夸得实在有些大了。"

七天时间也不错，唐风正好可以逛一下香港的古玩市场。

上海人一向自诩上海的消费层次高，但比起香港来，上海似乎还差了一点。当然，普通老百姓对城市与城市之间的攀比并不感兴趣，唐风更是如此，他只知道香港的酒店消费高得吓人。忍痛安顿好一切之后，唐风在傍晚时分来到香港国际会展中心，此时的拍卖会还没有开始，第一天晚场的拍品展示还在继续。闲着无聊的唐风开始逛拍品展示会，参观展示会的游客络绎不绝，唐风就在不同肤色、说着不同语言的人群中穿梭。

到处兜了一圈，唐风的目光转向不远处的一个大玻璃展示柜，那里面放着一件青花天球瓶。天球瓶的下端扁圆、底端微平，敞口短颈，是现代比较常见的瓷器器形，家庭中做装饰用的圆形花瓶多数都是天球瓶。由于天球瓶对瓷土制坯的要求比较高，烧制不易，所以它出现的历史并不长，创烧于明代的永乐和宣德年间，所以，天球瓶器形的瓷器一定是明永乐之后的瓷器。

青花是瓷器釉下彩的一种装饰手法，它的全称是白地青花瓷器，青花的“青”其实是一种颜色泛指，它又称“釉下蓝”“釉里青”“白釉蓝花”，例如，元青花的青其实是蓝色。目前发现的最早的青花瓷标本是唐代青花瓷，这也是有争议的，也有学者称唐青花并非青花瓷。要在中国形成统一的认知似乎是一件很难的事情，学术争议倒也罢了，遗憾的是，现实生活也是如此。成熟的青花瓷器出现在元代，在明代，青花成为瓷器的主流；在清康熙时期，青花发展到了巅峰，巅峰之后自然就是没落。就瓷器的整体价值而言，青花无疑是瓷器的霸主，它的深度和广度是彩瓷所不具备的。

以上这些都不是唐风对这件青花瓷感兴趣的原因，唐风对这件青花瓷感兴趣的原因是，他自己家里也有一件尺寸一致的青花天球瓶，那是他们家唯一保留下来的宝贝，可以算得是传家之宝了。

龙凤双瓶

人都有攀比心理，总想把自家的东西跟外边的东西做比较，唐风也不能免俗，他们家的青花天球瓶是明永乐年间的。按照严谨的科学划分，青花瓷器其实只有两个艺术高峰，一个是明代青花，一个是清代青花。这里说的是艺术高峰而不是价值高峰，成交价并不能真正反映青花瓷艺术水平的高低，它受到传世量和价值观的双重影响，因此，元青花可以是青花瓷的价值巅峰，但并不是青花瓷的艺术高峰。

元青花融化了波斯文化、蒙古文化和汉文化，它更符合西方世界的价值观，而西方世界至今还统治着当今世界的价值观，所以，元青花的成交价记录要远远高于明清青花的成交价。这不是在长别人的志气灭自己的威风？它是事实存在的，这一点在收藏上表现得尤为明显，西方人喜欢元青花，元青花就会很贵；西方人不喜欢宣德炉，宣德炉价值就低；西方人喜欢油画，油画的价值就会比中国画高，那么，传统中国画真的就比油画差吗？显然不是，所以——

收藏品的货币价值并不等同于它的艺术价值。

明代青花和清代青花只是一个泛指，具体到青花瓷器的断代还有细分。明青花大致可以分为洪武青花、永宣青花、成弘青花、嘉万青花。青花瓷的断代跟历史的断代有所区别，看行里人交易就明白，卖家拿一件青花出来，说是永宣的，买家马上就能大致确定估价范围。

清代青花大致可以分为清三代和非清三代，一说清三代，那就是值钱玩意儿，之后就不用谈了，略有起伏，整体下滑。

如果要把青花瓷的两个艺术高峰具体到某个朝代的话，那就是永宣青花和康熙青花，为什么康熙一个能顶永乐和宣德两个呢？这是因为他在位长，足足有六十一年。

明清时期的精品青花瓷器受存世量和西方价值观影响的程度比较一致，这就可以以成交价来衡量它们之间的关系。目前，明代青花瓷器拍卖成交价记录的前十件拍品全是永乐、宣德时期的青花瓷。2004 年，一件明永乐青花内外底龙戏珠纹棱口洗在纽约佳士得春季拍卖会上的成交价是四千三百四十万人民币，打破了明青花的成交价记录。2007 年 2 月，一件明永乐青花海浪缠枝浑莲双凤朝阳双系大扁壶在澳门中信的成交价是五千五百九十六万元，刷新了这一纪录。相比之下，康熙青花的成交价要逊色很多，这里面有其他的特殊原因。

唐风眼前的这件青花天球瓶的全名为“明永乐缠枝莲花海水龙纹天球瓶”，高约三十厘米，腹径约二十厘米，它的瓶颈口沿处到瓶身之间绘有缠枝莲花纹；瓶身绘浪花白水蓝龙纹；底足为回形纹；三者之间以莲瓣纹过渡。它的胎质陶炼精细，胎体纤薄、细腻致密，釉质肥润，釉色浓重青翠，瓶身有少量的铁锈斑痕，是典型的永乐青花特质。

白水蓝龙纹是指以白色绘制海水，蓝色绘制龙纹，青花瓷器的水龙纹也可以反过来变成蓝水白龙纹的。青花瓷的断代方法有很多，由于这件青花是放在玻璃展柜内的，唐风和其他参观者一样，只能以目鉴断代。胎釉符合永乐青花特质，唐风接下来观察纹饰。

最直观的纹饰断代方法就是龙纹断代，明清两代的龙凤纹饰在瓷器的应用较之以前更为广泛，风格也更趋多样化，民窑瓷器上也开始出现帝王专用的龙纹。这个时期的龙头有角、有须，鬓发齐全，官窑多见五爪龙。洪武青花、永宣青花的龙威武豪放有气势，唇上翻，发上飘，爪有力，火云纹和海水纹生动。成弘青花的龙柔美秀气，上唇有两短须，嘴闭合，五爪呈轮形，有游动感。嘉万青花的龙显苍老衰态，龙嘴多张开，毛发后飘，五爪呈锯齿形。明末的龙则老态龙钟，长发下飘，毫无生气。龙的气势神态在清代青花上也有明显的差异，其规律是，强盛的时期龙张牙舞爪、虎虎生威，没落时期的龙瘦弱无力，双眼呆板。龙纹断代开始出现的时候只被人当笑话看，龙的神态怎么可能跟国力有联系呢？但经过研究归纳，事实就是如此。这个可以从窑工的心态来解释，强盛时期待遇好，日子过得舒坦，工作积极性也高，画出来的龙自然威武凶猛；没落时期待遇差，影响工作热情，窑工自己也感觉无法和先辈相比，加之人心惶惶，画出来的龙自然瘦弱涣散。

唐风边看边点头，不错，这龙的确是永乐时期的龙，这件青花天球瓶的底款是显示在显示屏上的，四字篆书款——永乐年制，这是传世下来的永乐青花的唯一款识，如果出现“大明永乐年制”的六字款或是楷书款，在没有找到确实的标准器之前，基本可以肯定是伪款。

唐风这边在看瓷器，玻璃柜对面的一位贵妇在看唐风，唐风不禁挠了挠头皮，香港人的审美观是不太一样。不是唐风妄自菲薄，他确实不符合现代人对男性的审美观，之前的他可没受到过这种待遇。

唐风很难从面相上去判断这位贵妇的实际年龄，她看上去很年轻，比林沐雨大不了几岁。她的身边还有一个男的，二十七八岁，跟唐风差不多高，但身体要比他壮实，典型的肌肉男。那男的普通话不是很标准，他问那位贵妇道：“姑姑，你看这件青花是真的还是假的？”

唐风想不到这位贵妇的侄儿都比自己大，那位贵妇没有回答肌肉男的问题，而是径直走向了唐风，她来到唐风面前优雅地冲他笑了笑，说道：“这位先生，我能问你几个问题吗？”

不会吧？唐风虽然是一头雾水，但基本礼貌还是有的，他微微一笑："当然可以。"

贵妇从香奈儿包包里拿出一张名片递给唐风："我叫蓝琪，来自香港银实集团。"要不是林沐雨帮唐风找过亚洲珠宝业的资料，唐风还真不知道香港银实集团是干什么的。香港银实的综合实力远比杨程明的汉唐宝业雄厚，它在亚洲排名第二，仅次于世界十大珠宝品牌的御本本，但它的主要业务在韩国以及东南亚等地区。

蓝琪问唐风道："你姓什么？叫什么？你妈妈姓什么？"

唐风想不到这位有修养的女士会这么突兀地问自己，他说："我姓唐，叫唐风，我妈妈的姓我真不知道。"

蓝琪接下来的问话让唐风非常震惊，她问道："姓唐？唐问宇是你什么人？"唐风当然知道唐问宇是谁，那是他爷爷，但是，他爷爷再三叮嘱过，除了黄家的人之外，不能向任何人提到他，或是承认自己跟他的关系，而且还要提防打听自己家世的人，他对林沐雨都没有说过自己的家世。唐风摇头说："我不认识这个人。"

"怎么可能？"蓝琪突然加大了声音。

"姑姑，你怎么了？"肌肉男走到他们这边。

"没……没什么，可能我认错人了，"蓝琪摇了摇头，对唐风说，"唐先生，对不起，我太失礼了。现在，我还能再问你一个问题吗？"

唐风对这个一出口就说出自己爷爷名字的女人也很好奇，在不涉及自己家世的情况下，他也想从她口中找到一点家世的脉络。如果她也姓林，问题就很容易找到答案，她可能就是另一个盗墓世家林家的人，但她姓蓝。唐风说道："没关系，你有问题尽管问，只要我知道的。"

蓝琪指着那个青花天球瓶问："你觉得这是真的还是假的？"

"这——"唐风开始犹豫了，这个青花天球瓶跟他们家的那个一模一样，如果他家没有真品明永乐青花天球瓶，那唐风就一定会认为这件是真品。不巧的是，这件明永乐青花瓷跟他们家那件还有一定的差距，唐风他们家的那件是没有铁锈斑痕的，看上要比这件精美、干净很多。

既然自家那件是真的，那这件就是假的了。不可能出现同炉的一对，因为使用的青料完全不同，这件明青花使用的是苏麻离青，而自家那件用的是浙料。

青花都是采用含氧化钴的钴矿为釉料的，钴料烧成后呈蓝色，具有着色力强、发色鲜艳、烧成率高、呈色稳定的特点。苏麻离青是一种进口釉料，产地均在古代波斯，也就是现代的叙利亚一带，元青花以及明永乐、宣德官窑青花中的大部分都在使用苏麻离青。因为苏麻离青属低锰高铁类釉料，铁质无法彻底清除，所以使用这种釉料的瓷器都有铁锈斑痕。而国产釉料多数属高锰类釉料，含铁量低，不会出现铁锈斑痕。浙料又称浙青，产于浙江绍兴、金华一带，是国产釉料中最上乘的青釉料，从明代万历中期开始，青花瓷逐步摆脱了对进口釉料的依赖，从这一时期开始，景德镇官窑青花瓷器一直都在使用浙青。有一件事情唐风至今都没有搞清楚，他家那件明永乐青花天球瓶用上浙青并不稀奇，但比明万历的浙青瓷器还要精美就是问题了，这是反时代的。

唐风脑子在飞速转动，他接着对蓝琪说："这个……还不好说。"这个信号是不能透露的，不然对方轻易就会知道自己家里有真品。

蓝琪望了望四周，对唐风说："你骗不了我的，你肯定认识唐问宇。我可以告诉你，这件青花是假的，因为我们家有一件真品明永乐缠枝莲花海水风纹天球瓶，而且使用的还是浙青釉料。龙瓶和凤瓶是一对，马上问问你爷爷吧！得到答案打我电话，蓝家的人不会害唐家的人，更不会害林家的人。"

林家，她提到了林家，这事儿越来越麻烦了，唐家、黄家、林家已经够复杂了，现在又出现了蓝家，而唐风却还一无所知。

"姑姑，不要在这里提这个，我们走吧！"肌肉男对蓝琪说。

蓝琪对着唐风微微一笑，说："你好好保重，再见。"

"再见。"唐风微一点头，转身离开了。蓝琪的出现让唐风迫切地想知道自己的家世，如果真的有龙凤瓶，唐家和蓝家的关系肯定不一般，一对花瓶一家一件，而且还是龙凤对瓶。

但如果根本就没有龙凤瓶呢？蓝琪完全有可能是在故意试探他，她为什么想知道他的家世和真品龙瓶的下落？

神秘蓝家，神秘青花

“蓝家的人不会害唐家的人，更不会害林家的人”，这又是什么意思？林家跟唐风又有什么关系？唐风的脑子完全乱了，他无论如何都想不到随便看一件青花瓷会看出一大堆麻烦来。

趁着拍卖会还没有开始，唐风走出会展中心，他找了一个背风的地方拨通了家里的电话。这是唐风自离开老家以来第一次超常规往家里打电话。他爷爷很快接听了电话：“小风，你是不是遇上什么麻烦了？”

唐风越想越好奇，终于还是忍不住问道：“没有遇上什么麻烦，就是碰到几个问题得不到合理的解释，想打电话请教您老人家。”

“问题，什么问题？说来听听。”

“您老认识一个叫蓝琪的人吗？是个女的，三十来岁的样子。她说他们家有一个海水凤纹天球瓶，跟我们家那个是一对，那花瓶真的有一……”

“什么？”还没等唐风说完话，唐问宇就打断了他，“蓝琪？你见到了蓝家的人？你在什么时候、什么地方碰到他们的？”

“就在刚才，对了，爷爷，我现在在香港。”

唐问宇知道唐风在香港之后，话语立即紧张起来：“哎，小风啊，你去香港应该告诉我的。”

“爷爷，您老也没说不能来香港呀！我有两件东西要在香港佳士得拍卖，而且我也跟人约好在香港见面的。”唐风越想越糊涂，老头子怎么会因为自己到香港而紧张，这也太没道理了？

“哎，这件事情怪我，我没有跟你说清楚，”唐问宇叹了一口气，说，“唐风你做事情老头子还是放心的，既然你有正经事情我也不好多说什么，但我要告诉你，办完事情之后你必须第一时间离开香港。还有，虽然蓝家的人不会对你怎么样，但你不能再跟他们有任何接触，无论如何，一定要保守龙瓶的秘密，这事情很重要。”

委托方不一定非要参加拍卖会，唐风现在就可以离开香港，但柳月跟朱碧薇也会来参加拍卖会，他跟柳月约好今晚见面的，而且他也不认为自己到香港会有什么不妥。“这么说，真的是有龙凤双瓶了？”

唐问宇说：“是还有一件凤瓶。龙凤双瓶的事情牵扯很广，一时半会儿说不清楚，你先不要多问，我马上启程去北京，到时候再谈。”

有什么事情会说不清楚的，虽然唐风心里很不愿意，但也不好一直追问爷爷，他无奈地说：“那好吧！爷爷，要不我回老家接您吧？”

唐问宇在电话里笑了笑：“就别麻烦了，我又不是老弱病残，还能精神好几年呢！就这样吧！”

唐风还没说话，老头子那边就挂了电话。唐风不禁哑然失笑，这个电话不但没有搞清楚事情的始末，反而让问题更加复杂，他爷爷还因为这事突然决定要到北京。唐风这边才一挂电话，柳月的手机短信就到了，内容是：电话打不通，今天妈妈不会去呢！开场之前在门口等我，好吗？

唐风回了“不见不散”四个字之后转身往九龙湾方向走去。香港国际会展中心就位于九龙湾，是香港著名的闹市，唐风四处闲逛了一圈，在傍晚时分回到会展中心，此时，佳士得春季拍卖会的首个晚场已经准备就绪，各方宾客陆续进场。站在一边的唐风在人群中看到了一个跟自己有过一面之缘的人，他就是董民权，这位酷爱收藏的香港富商出门的阵势可够大的，共有三辆车、十来个保镖。跟内地恰恰相反，香港是有钱人怕穷人，一般的市民认为香港的治安非常好，反倒是有钱人对香港的治安非常不放心，这里是世界上绑架案的高发地区。

董民权并没有看到唐风，而唐风也不想跟他攀交情，很快，董民权走进会展中心。

“不许动，把钱交出来！”唐风这边还在四处张望，柳月从他的身后拍了他的肩膀一下。唐风回过头笑着道：“你的声音太温柔，不适合做劫匪。”

柳月呵呵一笑：“我听出来了，你是在变着法儿夸我。”

“这话说出来就不灵了，其实我是在说你做劫匪不合格。”

“哎，”柳月摇了摇头，“你这人实在无趣得很，连演戏都不会。我们进去吧！”

两个人一边走一边聊，唐风说：“你妈妈是不是很不喜欢我呢？让你跟我一起来香港都不肯。”

柳月奇怪地问：“我妈妈不是不喜欢你，而是不喜欢跟我关系好的所有适龄男子，严防死守呀！你可要小心一点哦！”

“我才不会担心。”直到现在，唐风还没有把朱家人和柳月的未婚夫当成障碍，对他来说，他自己才是最大的障碍，未来毕竟还没有来，唯有静观其变。

柳月说：“说好不谈这个的，我又忘了。”

两个人在拍卖大厅的后排找了两个位置坐下，唐风问柳月：“你不会告诉我你们到拍卖会只是为了参观吧？”

“当然不是，”柳月肯定地说，“我到香港是因为你到香港；我妈妈是为了史可法的尚方宝剑，如果价钱合理的话，朱记准备把它买回去。”

唐风明白其中的微妙之处，“这倒不失为一个上佳的广告机会”。

柳月叹了一口气，说：“我不想自我标榜，兼而有之吧！当你花钱把一样东西据为己有或者是轰轰烈烈地捐赠出去的时候，其实你已经有了私心。当然，就回购海外流失文物来说，市场运作和爱国热忱并不冲突。”

唐风说：“你对外界也会这样说吗？”

“如果我是家长的话，我会，随着社会的进步，我相信，很多人是能够理解其中的道理的。”

两个人在聊天的时候，简短的开槌仪式已经完毕，拍卖正式开始。第一件拍品是一件青田石雕，唐风和柳月感兴趣的不是拍品本身，而是参与竞拍的人。柳月扯了扯唐风的衣袖，对他说道：“那不是你的J国朋友吗？”

“谁跟他是朋友啊！”唐风早就看见了那个人，他就是青山俊树，因为那件元青花香炉，唐风算是跟他结上仇了。

柳月扫视了一番拍卖大厅，说：“外国人还真不少呢！”

唐风说：“凡事都有两面性，喜忧参半吧！”外国人的参与是中国文物价值攀升的最大推动力，但随之而来的就是文物的流失，这是一把双刃剑，就看尺度的掌握了。

几轮竞价后，第一件拍品被青山俊树以高价收入囊中。柳月问唐风道：“我觉得有点奇怪，民间的仇恨情绪是事实存在的，青山俊树完全可以找一个香港委托人，这样应该可以节约成本的，他为什么要亲自出面呢？”

唐风摇了摇头，说："J国人做事情总会有目的的，我也没想通这个问题。”香港地方不大，参与拍卖会的主体就那么一些人，很多人过去过来都认识，唐风他们在这边交谈的时候就不断有人在跟董民权打招呼。青山俊树亲自出面，很多人都知道他的身份，坐在唐风他们前排的几个低声交谈的竞购者就直呼其为“洋鬼子”。

接下来的三件拍品都被青山俊树成功竞购，由于东西本身的价值并不高，青山俊树并没有成为众矢之的。第五件拍品是唐风的莲瓣六棱盘，拍卖师等到展示完毕之后宣布："0005号拍品，清乾隆宫廷赏玩匏器莲瓣六棱盘，底价一百万，现在起拍。”

“0911号买家出价两百万！”

“8888号买家出价三百万！”

唐风和柳月对望一眼，同时一笑，0911号买家是青山俊树，8888号买家是坐在贵宾席的董民权，这两个人对上就有意思了，两轮叫价就涨了几倍。竞购者可以匿名也可以公开，董民权在家门口自然不会匿名，谁都知道他是香港排名前三的大收藏家。

“1988号买家出价六百一十九万！”

唐风在望向1988号买家的时候，这位买家也望向了他。她就是蓝琪，她对着唐风点了点头算是招呼，唐风出于礼貌也向她点了点头。在拍卖会上，六百一十九万元的报价再正常不过，但唐风却觉得很诡异，因为1988年6月19日是他的生日，蓝琪似乎知道这是他的拍品。

这次报价引起了不小的轰动，如果说青山俊树两百万的报价是目中无人，那董民权的三百万元的报价就是还以颜色，而蓝琪六百一十九万元的报价毫无道理，哪有这样不按牌理出牌的。

拍卖师再三询问有没有更高的报价，青山俊树和董民权都没有跟进，蓝琪竞购成功。

唐风对柳月说："6月19日是我的生日。”

“啊？”柳月望向唐风，“这不太可能是巧合吧？”

面对柳月询问的眼光，唐风说："我真不认识她。”

柳月说："如果这不是巧合，还有一种可能，委托拍卖的时候会提供委托者的身份证号码，难道是佳士得泄露了客户信息？"

唐风摇了摇头："6 月 19 是我的农历生日，身份证上没有。"

柳月沉思片刻，说："你跟她肯定有渊源，要不她不可能知道这些，会不会是……"

"怎么可能？"唐风说，"算了，多想无益，我爷爷到北京就清楚了。"

接下来的竞购变得非常奇怪，不太好的东西基本都被青山俊树他们那边的人成功竞购，当然，他们所竞购的东西的总价值并不高。好一点的东西全部都被华商收购。除了那件莲瓣六棱盘，蓝琪并没有参与之后的竞争，而这些东西明显不合董民权的胃口，他也没有参与竞争。

这时，一个中年人走到了唐风和柳月这边，他礼貌地说："唐先生，柳小姐，我们老板董先生想请你们过去一叙，还请赏光。"

柳月吐了吐舌头，说："还是被董爷爷看到了，走吧！"

唐风是觉得自己没有这么大的面子，苏晴就是通过柳月的介绍才认识董民权的，长辈盛情相邀，晚辈没有不去的道理，两个人一起走向贵宾席。

到了贵宾席，身穿长衫的董民权呵呵笑道："小月啊，这就是你的不对了，到了香港都不通知一声。"

"董爷爷，没来得及嘛！妈妈和我明天就会来打扰的。"在老人眼里，柳月绝对是一个乖巧听话的女孩子。

"那就好，说明你们还没有忘记我在香港，"董民权转而指了指唐风，"后生可畏，那件苏东坡手稿着实让我难过了一阵子，如果以后要出手就不要拍卖了。我会给你一个最满意的价钱。"

"一定一定！"唐风嘴上是这么说，心里却暗道：只怕是没有这个机会了。

董民权让柳月和唐风坐到自己的身边，他说："看到你们两个在一起，我心里非常高兴。两位今晚有空吗？"

二人不好拒绝，都表示有空，董民权说："已经很久没有客人到过我的收藏室了，二位一定要去看看，你们都是收藏界的后起之秀，顺便给我点意见。"

唐风倒是很想去看看浸淫收藏多年的老资格收藏家的收藏室，怎么着也应该比杨程明的收藏室规模更大吧！柳月微笑着说：“那就打扰您老人家了。”

三个人闲聊了一会儿，第十八件拍品上台，正是明永乐缠枝莲花海水龙纹天球瓶，董民权说：“这件青花瓷我早就看过了，很不错，我今晚就是冲着它来的。”

董民权此言一出，唐风心中“咯噔”了一下，他在考虑是不是把真相告诉这位老人。柳月说：“这件青花瓷是否存在一直是悬案，董爷爷您有把握吗？”

董民权说：“以我的经验来看，这件青花瓷应该是真的，当然，我也参考了其他人的意见。”

“底价一千万，现在起拍！”

随着拍卖师的宣布，青花天球龙瓶开始竞拍。

“1988 号买家出价 1988 万！”

听到拍卖师的唱价，董民权皱了皱眉头：“蓝家的人今晚吃了兴奋剂吗？怎么老不按牌理出牌呢？”

唐风心中更奇怪了，蓝琪明明知道这件青花瓷是假的，却还要出高价竞购，这算什么道理？

董民权接着对身边的工作人员说道：“加一百万试试深浅。”

老董这边还没有来得及举牌，新的报价就出来了，是青山俊树，他的报价是两千一百万元。

毕竟是老年人，董民权显得很淡定：“哟，看来都志在必得啊！照这阵势，五千万以上了。我们再加五百万。”

唐风想了半天，终于还是忍不住对董民权说：“董老，我也看过这件青花瓷，我觉得是赝品，您是不是再考虑考虑？”

董民权还没有说话，一位工作人员匆匆忙忙地走到他身边，对他耳语了一些什么，董民权望向工作人员，问：“他真这么说？”

工作人员望了望唐风和柳月，欲言又止，董民权说：“你直说。”

工作人员接着说：“是的，我们根据 CED 那边给的线索一路往上查，证实这件青花瓷是从J国经中国台湾地区运到中国香港来的。”

看到唐风一脸茫然，柳月轻声跟他解释，CED是香港海关英文缩写。

“狗日的！”董民权大骂道，“玩起了现炒现卖的空手道。蓝家的人知道吗？”

虽然青花天球龙瓶只是出自J国，并没有直接的证据证明这就是青山俊树现炒现卖的把戏，但唐风还是觉察到了青山俊树公开身份参与此次拍卖会的险恶用心，他们就是想利用中国人的仇恨情绪进行炒作，以达到哄抬成交价的目的。

工作人员说道：“蓝家的根基就在台湾地区，他们不会不知道。”

董民权挠了挠头，“这是玩的哪一出？”接着他转头问唐风：“小唐为什么认为这是假的？”

唐风当然不会告诉董民权实情：“这只是我的个人判断而已。”

董民权摆了摆手，说：“不管是真是假，这里面肯定有问题，J国人今天是来者不善，我以为他们今天来干什么的，原来是在故意抬高价钱。如果是这样，史可法的尚方宝剑和那方玉玺肯定也有问题。”

唐风对董民权说：“尚方宝剑不好说，但那方玉玺肯定没有问题，因为那就是我的。”

“你的？”董民权笑着说，“这东西你怎么会出手的？”

唐风说：“清朝玉玺存世量很多，我觉得没必要保留，象征意义大于实际意义。”

“也有点道理，”董民权说，“不管怎么说，我是不想要这件青花天球龙瓶了，犯不着。”

唐风心中的疑问越来越多，所有的一切太不符合常理，这里面一定隐藏着什么秘密，确实如他爷爷所说，龙凤双瓶牵扯很广。

随着董民权的退出，青花天球龙瓶完全演变成蓝家和青山家经济实力的比拼，两家一路竞争，将这件青花瓷的报价抬到了五千六百万元的高位。此时的蓝琪举起了手中的竞价牌——六千六百万元！

大收藏家

听董民权的口气，蓝家在香港和台湾地区都很有背景，董民权能知道的事情蓝家一样也能知道，而且蓝琪曾经直言这件青花天球龙瓶是假的，但他们现在却在出高价竞购。更令人奇怪的是，青山俊树他们的目的好像也不是哄抬成交价这么简单，蓝家知道这是一件假青花，而作为始作俑者的青山家当然不会不知道，一件假青花的报价能达到六千六百万元的高位，他们的哄抬已经取得巨大成功，但他们却还在继续加价，新的报价是七千万元。

唐风想了半天都没有想出答案，他现在可以肯定一点，蓝家和青山家之间的竞争绝不是为了这件青花天球龙瓶。青山俊树报价七千万元后，蓝琪并没有再跟进，最后，这件青花天球龙瓶的成交价定格在七千万元。

经过这次竞购高潮，之后的竞拍平淡了许多。柳月问唐风："到了香港，你就不想去逛一逛这里的古玩市场吗？"

"这怎么能错过呢？"唐风说，"香港可是一个淘古玩的好地方。"

在20世纪很长的一段时间里，香港始终都是中国与世界联系的唯一通道。在20世纪的前期和中期，国内大量的文物古玩艺术品通过合法或非法的方式从内地流向香港，再从香港流向世界各地。其中，有不少精品就沉淀在了香港的古玩市场或收藏家手中，这也是香港多董民权这样的收藏家的原因之一。

20世纪末期到21世纪初期，随着经济的快速发展和民众生活水平的不断提高，人们对古玩艺术品的需求呈现出前所未有的热忱。流散到世界各地的中国古玩艺术品又源源不断地经香港流向内地。但是，相比当年流出去的古玩，流入的要逊色很多。覆水难收，就算收回来也不可能是完璧归赵，原封不动才是真正的解决之道。在没有经验可以遵循的情况下，我们的国家过去走过很多的错路、弯路，值得庆幸的是，她现在一直在朝好的方向发展，只是，这种损失未免太沉重了一些。

香港繁荣稳定发达，在世界金融和经贸中占有很高的地位。受此影响，香港的古玩市场不仅数量多，而且分布广泛，这里的古董艺术品店铺鳞次栉比，资金雄厚；古玩艺术品种类繁多，赝品相对较少，这是国内任何一座城市的古玩市场无法比拟的。对有志于在收藏上有所发展的唐风来说，到了香港就一定不会错过这里的古玩市场。

“这就好了呢！”柳月微微一笑，说，“刚来的这两天，妈妈需要到处走动，我还有时间陪你，只怕之后就不大会有时间了。”

唐风有时候会觉得自己跟柳月的关系更多是建立在对古玩的共同语言上，从这个意义上来讲，他们的关系是超越性别的，不过，男女之间难免会日久生情，这是他们之间的不确定因素，也是他们面临困境的原因所在。

不久，晚场拍卖结束，唐风和柳月坐上了董民权的劳斯莱斯。提到香港富豪，不能不说到半山豪宅。半山是香港的一个高尚住宅区，位于太平山山顶和中环之间，家居于此是身份地位的象征，我们耳熟能详的许多香港名人都住在这里，当然，也有内地的不少富商。

董民权的劳斯莱斯前排副驾驶的位置上坐着他的保镖头头儿李瞻，前面一辆宝马开道，后面一辆宝马扫尾，这两辆车上都坐着他高薪聘请来的保镖。

“瞻哥，有一辆黑色奔驰一直跟着我们，号码很陌生，我现在在它身后。”听到对讲机传来的声音，唐风暗自咂舌，原来董民权的车队后面还有他的车，这有钱还真麻烦，出一次门都要搞这么复杂。

董民权自己经常待在内地，两边的生活方式不太一样，他有些尴尬地笑了笑，说：“起名叫太平山不是因为这座山太平，只是希望它太平罢了。没办法，香港跟内地到底不一样，出入不得不小心一点。”

有车跟着并不代表被人跟踪，也有可能是巧合，保镖不可能去盘查疑似跟踪己方的车辆，李瞻对司机说：“减慢车速，让后面的车先过去。”

车速减缓，但后面跟踪的奔驰迟迟没有超过车队。一会儿，无线电传来了声音，那辆奔驰也开始减速了。

这事情有些蹊跷，李瞻让司机加快车速，但是那辆奔驰也跟着开始加速。跟踪是肯定的，但李瞻并不紧张，他说：“是生手。”真正的犯罪团伙不会这么愚蠢地跟踪自己的目标，李瞻很放心。

那辆奔驰似乎知道自己已经被发现，车主加快车速超过了董民权的劳斯莱斯。两辆车并排的时候，唐风看到了奔驰车上的闪光灯。董民权皱着眉头说道："这些狗仔队今天是什么毛病呢？那么多明星不拍，跑来拍我一个老头子。"

唐风和柳月对望一眼，狗仔队也是香港特产之一，被发现之后开始明目张胆起来。看来收藏界也是有明星的，董民权就是其中之一。他对保镖头头儿说道："查一查是哪家报社的，跟他们老板打声招呼，以后再不要开这种玩笑。"

"是，权叔。"香港只是弹丸之地，黑社会、白社会都挤在这里，关系很容易理清。

董民权的车队驶入半山的一处豪宅，三个人下车，董民权指着豪宅说："两位小朋友，这就是我的家了，小月，你还记得你上次是什么时候来的吗？"

柳月说："当然记得，那时候我还小，对古玩不感兴趣。"

董民权说："古玩鉴定这个行当早有青黄不接的迹象，这方面的经验是一个长时间积累的过程，成才不易，年轻人对这个都不太感兴趣，我的那些孙辈就是如此，所以当我看到你们两个年轻人如此精通古玩的时候心里很高兴。欢迎，两位请进吧！"

董民权妻子已经过世，六七十岁的老人没有再娶。现在时间尚早，他的儿女都不在家。唐风和柳月在主人的带领下在这处豪宅里面四处兜了兜，豪华程度自然不必多言，一会儿，三人来到地下室。这地下室就是一个大酒窖，里面摆满了标有年份的橡木桶，里面是产自不同国家的红酒，此外，还有很多瓶装的洋酒。

古玩收藏只是收藏的一个方面，西方人就热衷于收藏葡萄酒，董民权说："孩子们也喜欢收藏，但仅限于酒类，我更喜欢收藏古玩。就在这边。"

唐风和柳月跟随董民权来到酒窖的尽头，董民权按下墙上的一个按钮，一个酒柜无声地移开，露出了一道金属门，董民权对着金属门边的一个闪着灯光的装置用粤语说道："开门。"

灯光闪动，随着"嘀"的一声，金属门开启。唐风明白，这是一道声控门，没有董民权在谁也打不开。金属门后面的收藏室灯火通明，里面摆放收藏品的架子呈“川”字形，左边墙壁上的玻璃柜挂着各类书画作品，下面的玻璃柜摆放着玉器。中间是一排仿古红木茶几，上面摆放着铜器、奇石以及杂项古玩。右边的玻璃柜摆放的全是陶瓷。董民权拥有的收藏数量很多，加起来有数千件；涉及面也很广泛，所有的古玩门类一应俱全。这些橱柜都没有上锁，参观者可以随意把玩。值得一提的是，收藏室的地面上有字，写着年代。民国的区域并不长，很快，三个人就走到清代，当他们走到乾隆的时候，董民权指着中间的几样家具说道：“这些都是清代家具，右边的瓷器都是清三代的。”

唐风觉得挺好玩的，董民权用空间表达时间，他把中国的历史都写在了地上，而古玩都是按照时间摆放的，有这样一个收藏室，什么古玩都可以分门别类摆放进去，哪像唐风，那几样值钱的东西现在还躺在保险柜里。唐风随手拿起几件清三代的瓷器看了看，虽然达不到极品的标准，但全都是真的。

董民权说：“内地的改革开放是收藏的分水岭，我们两代人都有遗憾，不瞒你们说，我的收藏中，最贵的不一定是最好的，七八十年代收购的东西最好也最便宜，那时候有很多内地古玩流到香港，都是好东西。遗憾的是，很大一部分被带到了海外，一去回不来。”

董民权所说的两代人的遗憾确实是遗憾，唐风和柳月因为特殊的家庭背景精通古玩，但已经很难再买到上品。董民权当初有钱，但那时候的人不太懂古玩，很多好东西就从他的手边溜走。

董民权拿起一件康熙青花对二人说道：“唉，这里面可藏着一段难过的往事呀！”

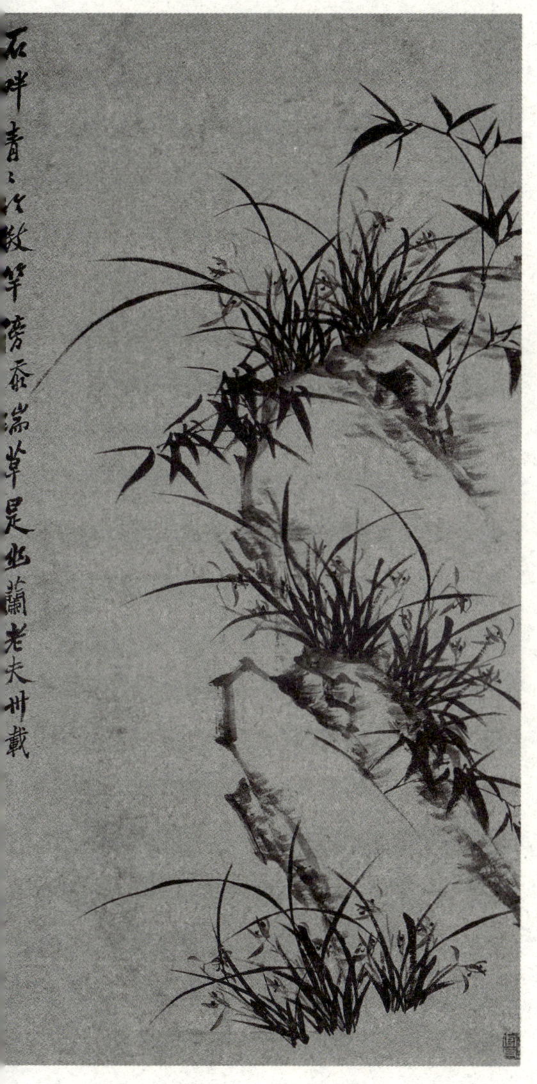

第九卷

谜底揭晓　吉人自有天相

唐风回到最初来北京时投奔的黄家，见到了爷爷，爷爷将尘封往事一一相告。此时，唐风与竞争对手的较量已经展开，唐风几个回合之后不落下风。唐风将高仿的天球瓶拍卖，引来各方争相竞购，最后被青山俊树以三亿多人民币的天价夺得。随后，唐风随蓝琪去台北，见到了自己的母亲。

康熙五彩

古玩是文化的历史积淀，每一件古玩背后都有一个故事，柳月望向董民权，问道："董爷爷不妨说一说，也让我们长长见识。"

"唉。"董民权叹了一口气。有的人喜欢藏私，有的人喜欢分享，这位老人明显属于后者，他说道："说起来真是遗憾，20 世纪 80 年代初期，一个往返于香港与内地之间的古玩贩子拿过来十件青花，当时我是第一批赶到现场的顾客，这些瓷器的品相都还不错，唯一的不足之处就是都没有款识。我当时的水平也仅限于看款，没款就只好硬着头皮看胎釉彩，最终，我挑中了那一件。"董民权说话的同时拿过一件小巧的雍正粉彩玉壶春瓶，对二人说："在当时所有的瓷器中，数这件瓷器品相最好，价钱也最高，价值港币一万块。"

唐风看了看那件粉彩，和自己以前卖给杨程明的那件气死官窑差不多，属于民窑精品，品相没的说。

董民权接着说："当时的古玩交易不像现在这么火爆，除了我之外没人愿意花钱买，关键还是不相信那个文物贩子。我这边完成交易，那边来了一个鬼佬，他只是粗略地看了看就把剩余的九件全都买走了。说来也巧，那鬼佬刚付好账，翟建明就跑来了，他看到那几件瓷器后眼睛都直了，好说歹说要从鬼佬手里买回来，但那鬼佬坚决不干，这就没办法了。鬼佬走后，我跟他说，小子，来晚了吧！最好的在我这里呢！他瞧了一眼，跟我说，你手里的这件是最差的，我的那个气呀！早知道十件一起买了。转眼到了 2000 年，九件瓷器中的这件康熙青花出现在苏富比的拍卖会上，通过竞购，我最终花了一千一百多万才把它买回来。事后，香港的行里人都在笑我，当初十万港币能买十件，短短二十年，我付出一百多倍的代价才拿下十分之一，你们说，这算不算遗憾？"

唐风知道翟建明这个人，他是香港另一位著名的收藏大家，也是瓷器方面的鉴定专家，他曾经以一亿两千两百万人民币的天价成功竞购一件珐琅彩。玩收藏的人或多或少都得交学费，越是大的收藏家学费就越昂贵，董民权这一出一进就是上亿的学费。相比之下，唐风和柳月都很幸运，他们的学费是上一辈人提前预付的。

柳月对董民权说："好东西从手边溜走当然会遗憾，但是，您老不是有鉴定团队吗？"

董民权哈哈一笑，说："高薪聘请鉴定师是在那件事情之后，以前还真舍不得给那么多钱出去，吃过亏就舍得了。"

几乎所有玩收藏的人都会觉得自己生错了时代，如果能够在收藏热兴起之前开始收购古玩的话，一切便会不同，唐风甚至觉得他爷爷应该早一点让他出来。但这只是一个美好的愿望，就算他早出来，结果也好不到什么地方去，人是受环境影响的。眼光能超越时代局限性的人毕竟只是极少数，他们往往能够成为各自行业的领军人物，这样的例子数不胜数。

虽然地上就是历史标尺，但董民权的收藏还是没办法跟上历史的脚步，走过清、明时期，元、宋时期的收藏明显不足，唐代之前的陶瓷更是大段的空缺。老人如此设计，无非就是想时刻提醒自己，不要忘记填补这些历史空白。董民权看着那些空缺摇着头说道："在我有生之年是没办法填补这些空白了，你们的路还长，未来是你们的。"

三个人从现代一直走到远古的夏商周，历史的尽头是一个大客厅，虽然客厅的布置很简约，但总价值却要超过整座董氏豪宅，所有的家具都是明清时期的，而且全部采用名贵木材，紫檀香案上面放着一件宣德炉，上方挂着一副对联，上联：今生前生来生生生皆缘；下联：情缘善缘福缘缘缘而生；横批：三生缘。

"啧啧，"柳月的动作表情就像小女孩一般，她点头说道，"好对子。说来真奇怪，收藏家的收藏室似乎都有好对子。我有一个朋友，他的收藏室挂的对联也很有意思，'品唐宋元明清，鉴汝官哥钧定'，横批：盛世收藏。"

唐风也去过柳月的朋友的收藏室，他就是杨程明，单就瓷器收藏而言，那副对联确实能够表达盛世收藏的精髓所在。三人稍做休息，又沿着另一边的历史轨迹一路走到门口，或许，辗转于历史之间的感觉才是古玩的真正意义。参观完董民权的收藏室，唐风的内心久久不能平静，随着时间的推移，收藏的难度将会不断增加，以董民权富可敌国的财力，尚不能用古玩串联整个历史长廊，何况是经济状况总摆脱不了捉襟见肘的唐风？

董民权似乎看出了唐风的心思，他语重心长地说："小唐，累积收藏最大的敌人不是金钱，而是时间，你们的优势无与伦比，我的愿望注定只能由你们这些年轻人去完成。"

唐风点了点头，说："这或许是所有的收藏者共同的愿望吧！但实现的机会渺茫得几乎不可能，如果有那么容易完成的话，收藏的乐趣也就不复存在了。"

董民权赞许地一笑，说："年纪轻轻，有此见地，实属不易。好好努力。"

晚上，在董民权的盛情挽留下，唐风和柳月留宿董家。第二天上午，两人辞别董民权，由于他们要去古玩市场，董家的人没有送他们下山，因为香港最大的古玩市场就在太平山半山腰的荷里活道。荷里活道始建于1844年，是香港开埠以来的第一条街道，它一边连着中环一边连着半山，是香港最为繁华的地段，内地人熟知的兰桂坊和SoHo荷南美食区就在这里。荷里活道的命名跟美国好莱坞没有任何联系，因为街道早年沿路种满了冬青树，荷里活是英文中译。

也许唐风和柳月自己都没有发觉，他们在古玩市场如鱼得水的同时心情也随之放松，把平日里的诸多烦恼都抛在了脑后。荷里活道连带周围的街区云集了上千家古玩店铺，因为香港的地价实在太高，这里的店铺面积都不大，但物品却很多。这里不但有陶瓷玉器、金银铜器、字画古籍、家具漆器等很多人数得着的古玩，还包括一些内地比较罕见的出土文物、古代婚礼服饰和来自西方世界的老旧电风扇、留声机以及来自东南亚地区的珍珠、玛瑙等珠宝。

唐风逛过几家古玩店之后，对香港的古玩市场有了更深入的了解，除了古玩种类繁多、琳琅满目这些优点之外，这边的价钱要高出内地一截。与内地古玩市场的鱼龙混杂相比，香港古玩市场同样也是真赝交错，但在比例上要比内地好很多。

香港是东西方文化交汇之地，国际化特色浓郁，在不同种族、肤色各异的人流中，唐风和柳月显得特别醒目，柳月问唐风道："怎么样，有没有看上眼的？"

“咦，我们博物馆的大研究员怎么会问我这个问题的？应该是我问你才对。”

柳月仰起俏脸看着唐风：“你少来啦，我是来陪你的！”

“我怎么从来没有看到你自己淘古玩呢？”

柳月嘻嘻一笑：“又不愁嫁妆，我淘文物来干什么？”

说到嫁妆这茬儿，唐风忍不住道：“柳月，我能不能问你一个问题呢？”

“直接问好了。”柳月点头说道。

“你看到过你的家族为你物色的男朋友吗？”

“当然见过，而且从小就见过，他很照顾我的，坦白来说，他人真的很不错，”柳月嘟了嘟嘴，“不知道为什么，就是对他没有感觉，而且，我觉得他对我也没有什么感觉，反正我们两个都看得很开，只是旁边的一大群人在着急罢了。”

“那你到底是怎么想的呢？”唐风第一次感觉到自己跟柳月的关系荒诞又离奇，谁都不能给谁承诺，谁都有承诺在身，这事儿恐怕也只有在古玩市场谈了，心情放松只是次要原因，心理暗示才是主要原因，他们需要一个大家都能接受的缓冲地带。

柳月说：“我希望能够找到一个两全其美的方式解决这个问题。现在的最大的分歧是，我不愿意为了家族而牺牲自己，但他愿意，这就是你们这些男人的劣根性，在婚姻这个问题上，你们有心理优势，总觉得自己不会吃亏。”柳月的话其实只说了一半，她的“未婚夫”是一个事业心很强、自信心很强的男人。男人嘛，身上或多或少都蕴含着一些逞凶斗狠的雄性动物的残余基因，如果柳月真的跟唐风发生了什么，就算他不喜欢柳月，他也会把这种事情当成自己的奇耻大辱，进而把唐风当成自己的敌人。柳月现在担心的是，如果他和唐风真的发生了不愉快，自己该如何面对。

“你怎么能把我跟他推到了一个战壕？别忘了，我跟他可是情敌。”唐风的言语很轻松，但多少露了些许残余基因，如果继续这样发展下去，这两个人肯定不会善了。

听到唐风的说辞，柳月微微皱了皱眉，看来自己的担心不像是多余，她不想深入探讨这个问题，马上指着不远处的一间古玩店对唐风道：“咦，那边好像有好东西。”

“是吗？”柳月毕竟不太会撒谎，唐风一眼就看出来了，既然她不愿意继续这个话题，唐风也不想勉强她。他顺着她手指的方向往前望去，前面有一家名为“胎釉彩”的古玩店，这店名虽然有些古怪，但胜在开门见山，一看就知道这是一家经营瓷器的店铺。

唐风说：“柳月的眼光唐风还是非常相信的，走，去看看。”

两个人几步路走进“胎釉彩”。香港的古玩店铺跟内地的杂货店有的一拼，空间利用率非常高，能放东西的地方都不会放过。

柳月倒想不到随便指一家古玩店居然就指准了地方，靠近大门的货架放着的几件瓷器都是一眼货，一看就是清末民初的青花瓷。东西是一眼货，价钱则是大开门，还有一点高。唐风和柳月显然看不中那些低档古玩瓷器，两个人受到门口的真家伙的鼓舞，继续往里挖掘，古玩就是淘出来的。

大凡精通商道的人都有一双贼眼，刚才还在和伙计用粤语交流的香港老板，一看到唐风和柳月进来，马上改说他的大舌头国语：“欢迎两位光临，请随便看。”

虽然是笑脸迎客，但伙计和老板都没有上前向这两位顾客做推销的意思，唐风乐得自在，他就喜欢这种做生意的方式。灯光掩映下，一件彩瓷引起了唐风的注意，他轻轻碰了碰柳月的肩膀，低声说道：“总算没有白轧一回马路，好像有鱼了，看到那件五彩蝙蝠花卉盘没有？”

柳月深得家传外学，知道不宜过早暴露目标，她不动声色地望向唐风所说的那件五彩盘，低声说道：“远看是有点像。”

唐风装作漫无目的地东看西瞧，绕了一个大弯子才走到这件五彩盘跟前，这件五彩盘是大器形瓷盘，高四五厘米，盘口直径二十厘米左右，盘足直径十五厘米的样子。虽然没有标价，但唐风清楚地知道，如果这件五彩盘是真的，价格不会低于百万元。

现在的老板都跟鲨鱼似的，闻到一点血腥味儿都不行，轻易让人看出深浅肯定会吃大亏，但表现得太沉稳也一样会引来老板的竹杠。唐风先像煞有介事地用手指弹了弹这件五彩盘的口沿，声音清脆悠长，基本对路，就算是赝品，起码也是景德镇21世纪的高品质作伪。弹指听声出自盗墓者的鉴定术，对没有封闭空间的大器形瓷盘特别有效，没有盗过墓的人不太了解，但这只能作为真赝的参考，不具决定性意义。之后，唐风双手捧起这件四周高中间低的五彩盘，开始仔细观察。

分清彩瓷的种类并不困难，只要弄清楚胎釉彩的关系就没有问题，如果要把一件瓷器由里向外或者是由中间向两边做一个截面分层，它是由胎、釉、彩三部分组成的。

胎就是瓷胎，它是由瓷土做坯烧制而成的。

彩就是彩绘，用特制的彩料，在瓷器上绘制图案、纹饰和画面，以增加器物的美感，提高其艺术价值，这一工艺过程就称为彩绘。

釉就是瓷釉，又称釉子，它是用石英、长石、硼砂、黏土等原料配制而成的液体状物质，把釉子涂在瓷器、陶器的表面，经过烧制，陶瓷的表面会形成一层具有玻璃质感的涂层。如果是在金属的表面施加釉层，那就是珐琅。釉并不全是透明的，宋代之前多单色釉，粉青、梅子青属于青釉。红釉分为铜红釉和铁红釉，铜红釉的代表是釉里红，铁红釉的主要品种是珊瑚红。此外，还有白釉、黑釉、低温釉、结晶釉等。

先施釉后加彩叫釉上彩，反之就是釉下彩。釉上彩的主要品种有五彩、粉彩、素云彩、珐琅彩。釉下彩的主要品种有青花、釉里红、釉下三彩、釉下五彩。这里有一个特例，那就是斗彩，它是两者结合的一种瓷器。

唐风这边已经看了一小会儿，那边的柳月才来到他的身边，按照电视鉴宝的官话说起来，唐风手上的这件蝙蝠花卉五彩盘有如下特点——此盘器形规正、端庄隽秀，釉面莹润光亮，玉质感极强，胎质坚硬细密，胎体与重量比例适宜。盘为收口，盘口无釉素胎，边缘施加黄褐色装饰，盘口以下逐渐收敛，器底圈足素胎，呈滚圆的泥鳅背状，可见修胎跳刀旋纹痕，器底凹处施釉，并用青花画有双圈印记款，上书“大清康熙年制”的三行六字楷书款。此盘通体施加白釉、五彩装饰，色彩局部可见，因年代久远形成五光十色的蛤蜊光，晕光映放，极为自然。综上所述，专家组一致认为，此清康熙五彩蝙蝠花卉盘为真品。

注意，在这个时候，主持人一般都会出来明知故问：“请问 × 老师，这件康熙五彩的彩绘有什么特殊意义呢？”

专家清了清嗓子，接着介绍：这件康熙五彩盘的盘内用五彩绘有花卉以及五只蝙蝠纹饰。这五只蝙蝠神态各异地飞舞在花卉丛中，画面逼真、栩栩如生，极为漂亮，当然，这其中还蕴含着深刻的人文寓意。蝙蝠的“蝠”字与“福”谐音，五只蝙蝠意为五福祝寿，暗含“福如东海，寿比南山”之意，其意境深远，充分表达了古人渴望“福寿”的良好愿望，谢谢大家。

麻烦抛开，只淘古玩

唐风轻声问柳月道：“柳小姐，能否帮忙估一下价呢？”

柳月对着唐风伸出了一根手指，她的估价是一百万元，唐风问老板道：“这东西什么价钱？”

香港老板瞟了一眼唐风手中的五彩盘，对他说道：“先生好眼光啦！这是正宗康熙时期的五彩，一口价，一百六十八万！”

唐风说道：“这是光绪时期的仿品，值不了这么多，但好歹也是古仿古，我也说个一口价，八十八万。”

香港老板说道：“八十八万我就扑街了，你的还价是不是太狠了一点？”

唐风耸耸肩说道：“我是可要可不要，就这么多了，卖不卖随你便。”接着，唐风转头对柳月说道：“我们走吧！”

“嗯。”柳月会意地点了点头，挽上唐风的胳臂往古玩店外面走。

康熙瓷器的鉴定难度很大，打眼的不在少数，唐风可以肯定这位老板并没有十足的把握，而且唐风的这个还价并不狠。古玩交易的还价没有最狠，只有更狠，开价几十万块还价几千块的多了去了。果然，唐风他们还没有走出店门，身后就传来了老板的声音：“好，我就吃点亏，卖给你！”

唐风回头一笑：“雷早D同我讲嘛！”

听到唐风新学的蹩脚粤语，柳月笑弯了腰。

接着，唐风捧着那件五彩盘走出了“胎釉彩”，两个人乘坐自动扶梯从太平山半山腰一路往下。唐风对柳月说道：“香港的古玩市场也没有想象中那么好混，折腾了一上午才淘到一件时价货。”

“你就知足吧！”柳月饶有兴趣地问唐风道，“你怎么会想到还价八十八万的？”

唐风笑着说：“不瞒你说，我现在身上只有这么多，想要又怕麻烦，只好倾我所有了，他不卖就算了。”

“原来如此，”柳月说，“看来你那件莲瓣六棱盘卖得很及时呀！”

“我现在是超级负翁，银行那边还欠着一屁股债呢！”唐风的言语很沉重，口气却是一片轻松。

柳月说：“少在那里装穷，就知道你会有办法的。”

唐风问：“史可法的尚方宝剑也在最后一天拍卖，这几天你怎么打算？”

“这次是跟妈妈来的，她一旦腾出空来，就会把我管得严严的，能出来的话我打你电话。”

唐风隐约觉得朱碧薇严管柳月好像是因为他，以前的柳月很自由，看来朱家的人警惕性还挺高，想到这里，唐风隐约猜到了柳月的未婚夫是何许人也。

“在想什么呢？”柳月轻轻碰了碰唐风的手臂。唐风略有一些无奈地说道：“能想什么呢？只好先这样了。”

人来人往的中环街头，唐风和柳月相对而立，捧着五彩盘的唐风问柳月：“形势已经很明朗了，你有何打算？”

“不需要任何打算，没人可以强迫我，我的家人也不能。”

如果没有沐雨，为了柳月，前面就算是刀山火海，唐风也不会皱一下眉头。但现在他不能，男人还是要讲责任，沐雨没有任何地方对不起他唐风，唐风的做人原则让他做不了某些事情，他跟柳月之间并不缺乏激情，只是他有心理负担。可是，反过来想，他又能眼睁睁地看着柳月成为别人的新娘吗？

柳月看到唐风欲言又止的样子，说道：“有时候我也会考虑到我们两个之间的问题，我甚至觉得，我们志同道合的成分好像更多一点，因为我们只有在古玩市场才能完全不被这些琐事打扰。唐风，还是那句话，一切顺其自然，我们不需要太多的刻意，最后总会有一个结果的。”

“柳月，”唐风很认真地说，“是我对不起你。”

“傻瓜，不要说这些，”柳月说，“你以为我会喜欢一个始乱终弃的男人吗？我说过，不会让你为难的。”

“就算嘴上不说，心里也会想的。”

柳月捏起小拳头往唐风胸口敲了一拳："虽然我们的年龄差不多，但我总感觉我们似乎有代沟，现在新世纪，你面向时代一点好不好？"

唐风点头承认道："看来我是有些落伍了。好吧，继续顺其自然，该来的早晚要来。"

"过来，我跟你说句悄悄话。"柳月朝唐风勾了勾手指。唐风依言凑近耳朵，柳月飞快地在唐风嘴上亲了一口，然后蹦蹦跳跳地快速退后，"再见了，傻瓜。"

接着，柳月再不理会唐风，转身挥手招停了一辆出租车。唐风看着柳月上车，向他招手，出租车启动，柳月随着出租车消失……香港只是一个弹丸之地，但影视业却很发达，很多地方都在电视剧中出现过，其中就有中环。就如同电视剧中的主角一样，在低沉的背景音乐中，唐风缓慢地转过身，将沉重的背影交给屏幕，有一种感觉，叫若有所思。

电视剧的素材来源于生活，唐风没有看到，在某个角落，真的有镜头在对着他。

第二天上午，唐风收到一条手机短信，佳士得方面已经将扣除百分之二十委托费的四百九十五万元拍卖款打入他的账户。洗漱完毕之后，唐风正准备走出房间就传来了敲门声。他打开房间门，是酒店的工作人员，他礼貌地对唐风说："打扰唐先生了，昨天晚上有一个客人让我们把一封信交给您。"

唐风从口袋里掏出一张百元人民币递给工作人员，并从他手中接过信封。工作人员离开后，唐风关上房门打开信封，信的内容很简单："唐先生，能单独见个面吗？如果你有空，酒店门口有一辆出租车在等你，蓝。"

蓝琪要单独见他，唐风颇感为难，不是因为害怕，爷爷的话还在耳边，他实在不方便单独跟蓝琪见面。唐风感觉自己现在就像在解一道无解的方程式，到处都在碰壁，踏上香港的土地好像就是麻烦的开始。

唐风很快来到酒店大门口，一辆出租车很快驶来，司机对唐风说道："唐先生，请上车吧！"

唐风坐上车，出租车启动，等到离开酒店一段距离之后，唐风对司机说："对不起，请停车。"

"唐先生，我们并没有恶意。"看来出租车司机是蓝家的人。

唐风说道："我很不喜欢被人跟踪，请你转告蓝小姐，我跟她见面的机会会有很多，但不是这几天。”对方找到唐风所住的酒店，就是在打扰唐风的正常生活，但唐风并不反感蓝琪，他不见她只是因为自己的爷爷。

出租车司机依言在路边停下车：“唐先生，我们绝不会勉强你的。”

唐风没有理他，打开车门下车径直离去。半个多小时后，唐风再一次出现在荷里活道，烦心的事情懒得去想，还是多淘点古玩为好。但是，没有了柳月好像也没有了运气，唐风逛了大半天都毫无收获，只好悻悻离开。一天毫无收获也就罢了，第二天唐风在荷里活道同样一无所获。第三天唐风改去离荷里活道很近的摩罗街，这里也是这个古玩市场的核心区域，但一样没有结果，第四天、第五天都是如此。

一周时间就这样白白地浪费了四天，明晚就是佳士得春季拍卖会的最后一个晚场。不死心的唐风再次来到摩罗街，这一次他要清理之前没有去过的死角，在古玩市场淘古玩一定要有耐心，心急吃不了热豆腐。

摩罗街过去是香港著名的红灯区，不知道从什么时候开始，妓院开始大跨越，改成了风马牛不相及的古玩店。

因为瓷器是最受国际市场追捧的中国古玩，所以香港古玩市场的各个店铺都有瓷器出售。概率学摆在那里，真正的古玩瓷器肯定是少数，所以，唐风又白逛了大半天。此刻的唐风走进了一家名为“隆兴昌”的古玩店，不怕不识货，就怕货比货，瓷器鉴定也有诀窍，像唐风这样的高手完全可以用眼扫货，同类的瓷器，真品和赝品摆在一起肯定会有区别，所以，唐风走进店铺没多久，就在一堆瓷器中看到了一件鹤立鸡群的宝贝，这些天经历过太多希望复失望的心跳，唐风现在的心态很平和，他看到了一件斗彩。

玉玺竞购

这是唐风第二次在市面上看到斗彩瓷器，之前他在福建看到过一件赝品成化斗彩鸡缸杯。明白胎、釉、彩三者之间的关系就很容易区分彩瓷的品种，斗彩是一种以釉下彩和釉上彩结合而成的彩瓷品种。

斗彩一般采用釉下青花或釉里红勾绘花纹轮廓，然后入窑烧制，再在釉上施以彩绘复窑烧制，因为釉下彩与釉上彩结合在一起互相争奇斗艳，所以叫斗彩。

唐风看到的其实是一对斗彩觚中的一件，觚是古代的一种饮酒器，作用相当于现代的酒杯。觚在古代可不是一般老百姓使用的酒杯，而是上层社会使用的礼器酒杯。饮酒是大雅之事，孤灯冷月下的独饮当然不如花前月下的对饮，因此，古代在烧制瓷器酒具的时候大多会烧制一对，烧单件会被认为不吉利。

觚的特点是细颈喇叭口，纤腰圆鼓腹，圈底足外撇，盛行于商周时期。

香港古玩店的经营模式大致相同，“隆兴昌”的老板也是只打招呼不做产品介绍，唐风指着玻璃橱柜里的那对斗彩觚问：“老板，这东西能不能拿出来看一看？”

“当然没问题，”老板亲自走过来为他打开橱柜，一边将斗彩觚递给唐风，一边说道，“橱柜没有上锁，只是害怕打碎而已。”

待遇不同重要性自然也不同，唐风明白，这个斗彩觚的价钱只怕不会太低，既然是酒器，器形就不会太大。此觚造型端庄隽秀，看上去亭亭玉立；线条风姿绰约，摸上去细腻圆润。此觚的纹饰框架是以不同画法表现的釉下青花缠枝花卉，布局密而不乱，层次清晰；釉上填彩绘制的是花鸟图，精雅细腻、明快鲜丽的色彩在釉下青花的衬托中，更显清雅怡人。再看色泽，色泽是这件斗彩觚最吸引唐风的地方，它的色泽远看朴实无华，近看柔美悦目，不像赝品瓷器的光泽那般张扬。

唐风越看心中越喜欢，先不论真赝和年代，单就斗彩本身的品质而言，这件斗彩无疑是斗彩中的精品。当然，相比它的艺术价值，它的经济价值显然更具震撼性。

斗彩的行情跟其他瓷器有所不同，要说品质，明成化年的斗彩肯定是最好的，小小一件成化斗彩鸡缸杯价值两千多万港元就是明证。但是，后世斗彩的行情同样很高，在 2007 年 4 月的苏富比春季拍卖会上，一件清雍正的斗彩水波寿石团花纹天球瓶的成交价是三千万人民币。在同年苏富比的秋季拍卖会上，一对清乾隆斗彩勾莲纹双螭耳皮球花形扁壶的成交价是两千一百万元。总之，只要是真品斗彩，各个时代的完器精品都在千万元之上。

成化斗彩填为贵，叶花只把正面绘——这是明成化斗彩跟其他时代斗彩相比在纹饰上的独有特征，唐风在没有看底款的时候就已经判断出这是一件成化斗彩。而且这件斗彩觚胎骨细润晶莹，造型玲珑秀奇，彩料精选纯正，色调柔和宁静，画面淡雅幽婉，有明成化的官窑瓷器的典型特征。如果没有或者只有其他时代的款，这件斗彩的价值就会大打折扣。

所有特征都在指向同一个方向，只要款识正确，店老板的售价不高，这就是一个大漏。如此重要的瓷器，连沉稳如唐风这样的人在翻看底款的时候都不免有些紧张，他翻过器底一看，青花六字楷书底款——大明成化年制。是成化款，接下来就要看真款还是伪款了，明成化年的所有官窑款特点几乎一致，就像出自一人之手。此楷书款用笔自然，肉中有骨，柔中见刚，既挺拔瘦劲，又笔道圆润，符合“大字尖圆头非高，明字窄平年应悟，成字撇硬直到腰，化字人七平微头”的要领。

当唐风放下这一件斗彩觚拿起另一件时，问题出现了，这是一对斗彩觚，后一件跟先前一件粗看毫无二致，但细看却有区别。这种区别很细微，只在神韵上不对，应该是清代末期的仿品，也只有清末的仿品才会如此逼真，民国之后的仿品不值钱。这就奇了，一对斗彩一真一仿，老板是把仿品当成真品还是把真品当成仿品是问题的关键，唐风问：“这一对什么价钱？”

这位香港老板说着一口纯正的普通话：“这东西是道光年的仿成化款，价值六百八十万。”

当某种瓷器在某个时代出现后世难以再现的巅峰时，后世的仿款就会很多，这种仿款往往是官窑仿官窑，足以以假乱真，在增加鉴定难度的同时也增加了捡漏的概率。开价六百八十万元，说明老板把真品当成了仿品，唐风不想表现得太过兴奋，他说道：“太高了，你直接开个卖价吧！”

唐风的说法很有普遍性，古玩市场不是超市，开价水分很大，老板都在姜太公钓鱼——愿者上钩，典型的机会主义。老板笑了笑说：“您诚心要的话，六百六十万好了。”

“哈哈，”唐风大笑着说，“三百六十万，怎么样？”这事儿摆在唐风面前很棘手，他其实只想要一个，另一个只是附带的。

老板说道：“你这个价钱太离谱儿了，卖给你我就亏死了，最后一个价钱，五百万！”

“成交！”唐风这回很爽快，玩收藏不在乎一城一池的得失，夜长梦多，万一老板改变主意他不就亏大了。

不管是什么事，反应太快都是反常，老板看到唐风如此爽快，心里多少有点后悔，当然，他后悔的内容并不是唐风所担心的，毕竟人都有思维定式，话已出口便收不回来，老板点头说道：“OK！”

内地与香港之间的经济联系无比紧密，完全没有货币方面的阻碍，唐风很快付好账，拿着装有一对明成化斗彩花鸟纹酒觚的袋子走出这间古玩店。淘文物有太多太多的偶然因素，运气好，街边都能撞上，得来全不费工夫；运气差，来回折腾也没有用，踏破铁鞋无觅处。唐风历经几天时间，逛了上千家古玩店，最终得到了两件好东西，算是不虚此行。

好戏在后头，为期七天的佳士得春季拍卖会在第二天晚上迎来了高潮，今晚拍品的估价都在千万元之上，唐风的玉玺、史可法的尚方宝剑都在其中。

唐风才一走进国际会展中心就碰到了熟人，他前面不远的地方坐着一位他比较熟悉的窈窕淑女，她就是范紫韵。到底是农民出身，唐风缺乏一点大家族的教养，他从身后拍了范紫韵的肩膀一下。范紫韵不无反感地回过头，当她看到是唐风时，脸上的反感立即烟消云散，这个男人给她留下的印象还不错，打分算是高的。唐风看出了她初始时的不快，略有一些不好意思地说道：“范小姐，我是不是有些冒昧了？”

范紫韵笑了笑，说：“唐先生，冒不冒昧也要看人的，你可以是例外。”

范紫韵的回答让唐风小小地虚荣了一把，虽然长得不够帅，但还是很有女人缘儿的嘛！他问道：“范小姐就一个人吗？”

“嗯，我是以私人身份来香港的，”范紫韵当然知道唐风问这句话是什么意思，“你请坐吧！”

唐风跟范紫韵现在的状态足以成为男女交往的典范，纯洁得一塌糊涂。唐风坐下之后问：“怎么？心情不好？”

“怎么会好啊？”范紫韵说，“我们对史可法尚方宝剑的追踪报道居然会被中途叫停。”

唐风并不奇怪：“你是从事媒体工作的，应该知道有关部门对电视节目的正常监管吧？”

“正常？”范紫韵说，“我们是鉴宝类节目，怎么会正常？这说明相关的政策出现了新的变化。”

唐风不用想都明白，这次没有人大张旗鼓地回购，有关部门当然不会允许媒体给予足够的关注，结果太差的影响会如何如何。唐风说：“这是好事，说明官方不再强调流失文物的回购，至少不再上升到爱国的高度。”

范紫韵说：“我也只能这么想了。”

唐风瞥眼看到了范紫韵手中的竞价牌，“范小姐想要竞购史可法的尚方宝剑吗？”

范紫韵点头说：“是想试试，但不报太多的希望。”

“你能这么想是最好了。”此时，青山俊树他们已经进场，不用说，他们肯定会大肆炒作一番。

“范小姐。”打招呼的是柳月，她跟朱碧薇也来了，朱碧薇对唐风微一点头算是招呼。范紫韵很热情地说：“想不到能在这里碰到你们，大家一起坐吧！”

柳月转头望向朱碧薇，朱碧薇点了点头，说：“大家一起，热闹一下。”朱碧薇接下来的动作说明了一些什么，他坐到了唐风的身边，这算是无意之间的一种姿态，她不让女儿跟唐风坐在一起。

唐风望向贵宾席，董民权还在老位置，他的身边坐着一位年纪比他小一点的白发老者。范紫韵顺着唐风眼望的方向看去，说：“香港知名的收藏家都到场了，那是翟建明，我刚才还看到了黄吉昌。”

没多长时间，原本稀稀拉拉的竞购席就已经满员，委托席和贵宾席也是一样，拍卖会很快进入正题。今天的第一件拍品就是唐风的清代“讨罪安民之宝”玉玺，拍卖师一番说辞，把这件玉玺说得天花乱坠。拥有一方古代皇帝使用过的玉玺无疑是很显身份、很有面子的事情，这也是玉玺行情一直居高不下的原因。

拍卖师“现在起拍”的话音刚落，委托席那边就传来了报价声，一千六百万元。接着，拍卖师的唱价声如同连珠炮一般响起，唐风的玉玺受到了市场的追捧。范紫韵低声问唐风道：“你不觉得奇怪吗？”

“我为什么要奇怪？”

“故宫也有一方讨罪安民之宝，起码说明这方玉玺的真赝存有争议，但市场报价对此却丝毫没有反应。”

“道理很简单，有关部门的权威性受到了前所未有的挑战。”在国家开放网络后，老百姓获得资讯的途径大大增广，有关部门公信力的下降是不争的事实。在这种大背景之下，存有争议的玉玺获得市场的认可也就不足为奇了。

作为国内拍卖行业的佼佼者，唐风身边的朱碧薇正陷入沉思。这就是品牌效应，抛开意识形态不谈，佳士得的运营无疑是成功的，至少它获得了市场的认可。随着竞购的深入，玉玺的拍卖逐渐演变成了青山俊树、董民权和委托席一位编号为 7810 的买家三者之间的竞争。

“8888 号买家出价两千八百万！”拍卖师的唱价声落下之后，唐风望向贵宾席的董民权，董民权也看到了他，老人向唐风微微一笑，看来是志在必得。

“0911 号买家出价两千九百万！”青山俊树的紧追不舍让唐风有点意外，这东西是唐风的，跟青山俊树一点关系都没有，这只能说明他们是真正想要竞购。从这个角度上来说，唐风还得感谢青山俊树，只有通过竞争才能提高成交价。

这时，委托席的 7810 号买家举起了手中的竞价牌，竞争始终僵持不下让 7810 号买家的后台再也按捺不住，他的报价是三千六百万！

拍卖场上的报价是一门大学问，跳报不是乱叫，而是减少竞购者的有效方式。果然，青山俊树随后放弃了，三千六百万已经超过了他的预期。

董民权并没有放弃，新的报价是三千九百万，7810 号买家马上报价四千万，之后，双方你来我往，报价一路上涨到四千八百万。

到底是从事媒体工作的，范紫韵很有职业敏感度，她说：“这样下去肯定会创造新的纪录，7810 号买家到底是何方神圣呢？”

唐风说：“有可能是爱新觉罗家族的人吧。”如果真是如此，那就有意思了，这方玉玺的真实性毋庸置疑。

当 7810 号买家将报价提高到五千三百万元时，董民权放弃了竞争，唐风立即望向他那边。只见董民权单手向唐风做了一个象征胜利的“V”字形手势。唐风应该感谢他，正是他的参与才会让成交价达到眼前的高度。

就在 7810 号买家胜利在望的时候，新的报价诞生，青山俊树卷土重来了。

回到北京

今晚出场的第一件拍品的竞购过程可谓一波三折，在董民权先一步退出竞争、7810 号买家胜利在望的时候，青山俊树突然杀了一个回马枪，新的报价是五千八百万。

谁都想不到一方有争议的清代玉玺的竞购过程竟然会如此精彩，连见多识广的拍卖师都有些失态，他的声音已经开始轻微颤抖，他对着麦大声说道："0911 号买家出价五千八百万，还有没有比五千八百万更高的？五千八百万一次……两次……"

7810 号买家在跟董民权竞争的时候就已经显现出颓势，这大概也是董民权适时退出竞购的原因。这方玉玺的合理价位应该在两千万到三千万之间，董民权后续的报价多少是在给唐风面子，老谋深算的他看出了对手的心理价位，在关键时刻选择了全身而退，当然，就算失策也没有关系，以董民权的身家，千把万实在算不上什么。而青山俊树在关键时刻的加价让 7810 号买家颇感为难，在请示幕后老板之后，他最终还是放弃了竞争。这样，唐风的这方玉玺为他带来了五千八百万的收益，扣除百分之二十五的委托费用，他实际获得四千三百五十万。

范紫韵听到旁人"洋鬼子"的说法，知道青山俊树是 J 国人，当她看到唐风喜形于色的时候，忍不住问："我们的玉玺被外国人买走了，你就这么高兴吗？"

"为什么不能高兴呢？"唐风望向范紫韵，"这是好事儿啊，玉玺在我们国家历朝历代都有，算不上珍贵文物，这种代价给他们划算的是我们。"

"瞧你那高兴样儿，"不明所以的范紫韵白了唐风一眼，"好像那些钱都落进了你的口袋似的。"

唐风嘿嘿一笑，轻声在范紫韵耳边说："你说对了，这就是我的。"

"什么？"范紫韵一脸狐疑地看着唐风，"你不是在开玩笑吧？"

唐风点头道："我是说真的，你……你不会因为这个而……那个吧？"

“我不是那个意思，”范紫韵一本正经地在唐风耳边说，“这种事情不能张扬的，如果被有心人利用的话，你的前途就没有了。”

唐风想想也是，这件事情如果被媒体捅出去，麻烦就大了，中国人居然把中国的文物卖给了J国人，这沉重的帽子往唐风头上一扣，他就永世不得翻身了。他对范紫韵说：“我是相信你才会跟你说的。”

“呵呵，来跟我套近乎了吧？”范紫韵说，“你说相信我，无非就是让我不要声张。放心吧，我还不至于如你所想的那般不堪。”

“你这就误会了，”唐风说，“我是相信你能够理解我的做法，而不是害怕被人知道。虽然目前的中国社会还不能接受这种行为，但从长远来看，这绝对是好事情。堵住好的，拍卖一般的是良性循环，将一般文物转换成货币价值，再用这些钱来更好地保护其他文物，岂不是两全其美？”

范紫韵笑了笑，说：“你不必跟我解释，这些道理我爷爷也跟我讲过，我们是相信你的。但你也要注意，不要引起不必要的麻烦。”

唐风点头说道：“那就多谢范小姐指教了。”

“少来了，”范紫韵说，“聪明如你这样的人，还用得着我来指教吗？”

这边在闲聊，那边的拍卖还在如火如荼地继续，今晚拍品的档次都比较高，几件拍品都拍出了高价。当然，由于经济危机的影响，这两年拍卖行业的年度总成交价略有萎缩，除了唐风的那件玉玺一举打破了国内外的玉玺成交价纪录之外，其他拍品离纪录还有一段距离。

一会儿，史可法的尚方宝剑被推上了拍台，这把剑的重要性不言而喻，拍卖师没有做太多的介绍就宣布起拍。

“那就让我来开个头吧！”唐风说完话，举起了自己的报价牌，有四千多万做底，他一上来就报价三千万。

那边的柳月对唐风道：“喂，你这样报价让我们怎么办？”

唐风微微一笑，说：“如果三千万能够拿下，我就把它送给你。”董民权他们对这把尚方宝剑志在必得，而青山俊树似乎在把人民币当成日元来报价，有他们在，再加上到场的各方富豪，三千万肯定拿不下这把尚方宝剑的。

果然，唐风刚放下报价牌，新的报价就从三千万身边呼啸而过，青山俊树马上出手，他的报价是三千三百万。在报价的同时，早就看到唐风的青山俊树将目光投向他，此时的唐风刚好也望向了青山俊树，两个人的目光隔空相对。青山俊树眼里充满了对唐风的鄙夷，小子，跟我竞争，你趁早觉悟吧；而唐风今天看青山君特别顺眼。

在另一边，蓝家的人加入了竞争。报价一路攀升，很快到达三千九百万的高位，随着蓝琪将报价提高到四千五百万，竞争者的人数急剧减少，青山俊树不温不火地加了一百万。接着，蓝琪再次跳报到四千九百万，青山俊树又加了一百万，一柄原本并不值钱的尚方宝剑仅仅因为见证了一段历史而突破了五千万大关。由此可见，文物的珍贵往往不在它的本身，而是它蕴含的人文精神。

这时候，董民权出手了，他的第一次报价就是五千八百万。这个报价有挑衅的意味，因为青山俊树刚才正是以这个报价成功竞购唐风的那方玉玺。能成为富甲一方的大商贾必有可取之处，参与竞拍的人都是久经商场的老手，不管别人如何炒作、如何哄抬物价，他总会有一个底线，钱毕竟不是纸。所以，无论是蓝琪还是董民权都曾经在跟青山俊树的竞争中选择放弃。

抛开两国的恩怨不谈，J 国人热衷中国文物的目的无非两种，其一是喜爱中国文化，这个无可厚非，毕竟中国文化是 J 国文化的发源地。其二则恰恰相反，他们仇视中国，仇视中国的一切，凡是中国人想要得到的东西他们都会染指。青山俊树明显属于后者，所以他才会花五千八百万购买象征中国古代皇权的、跟 J 国人毫无关系的清代玉玺。唐风所认为的关于这柄尚方宝剑的所有意义都是相对于中国人来讲的，这对 J 国人来说毫无意义，但青山俊树就是想要竞购，这不能不说是一种病态。当然，这里面还可能有一种常态，如果这柄尚方宝剑就是青山俊树他们拿到香港来拍卖的，那这一切将会有一个更好的解释。

唐风望向范紫韵，范紫韵对他微微一笑，问："你看着我干什么？"

"我在想，如果这柄剑最终被 J 国人竞购成功，范小姐会不会因此而难过呢？"

范紫韵摇了摇头，"还不至于难过，但会有些许遗憾。"

董民权在香港古玩界的地位毋庸置疑，在他报价之后，蓝琪和其他华商都退出了竞争，这不是退缩，而是一种尊重。青山俊树新的报价是六千万，紧接着，董民权就报价六千八百万，看来老人家是当仁不让了。

青山俊树刚要继续报价，他身边的一个人伸手拉住了他，前者只好作罢。看来青山俊树还不是这几个J国人中的最高决策人，不管这柄尚方宝剑是不是他们的，六千八百万都是他们的心理极限价位，董民权最终以天价成功竞购此剑。

随着最后一件拍品成功拍出，为期一周的春拍落下帷幕，拍卖会之后，董民权在香港国际会展中心的门口向采访的记者宣布，将会把这柄尚方宝剑无偿捐赠给中国历史博物馆。

有朱碧薇在柳月身边，唐风不方便说什么，他跟这边的范紫韵也没有太多的话说，招呼之后，四个人各自离开。

第二天，完成交接之后的唐风坐飞机回到北京，林沐雨正在中国石忙碌，看到唐风进来之后愣了一下，她上前对唐风说："你这人呢，回来都不先打声招呼，我好去接你呀！"

"又不是不认识路，接来接去多麻烦。"

"对了，唐风，"林沐雨说，"前两天有位老人家过来找过你。"

"老人家？长什么样啊？"

"啊？"在林沐雨描述完老人家的长相之后，唐风马上说，"你怎么没把他留下来呢？他是我爷爷。"

林沐雨点头说："我猜也是你爷爷，我当然有挽留他老人家的，但他老人家不愿意留下来，他说让你回到北京之后立即去黄家，他在那边等你。哎……"

"有事回头再说……"说着话的唐风已经跑远了。

尘封往事

疑问没有出口并不代表释怀，多年以来，唐风从未停止过对自己身世的探寻，如同树叶，对根的思念与生俱来。

一门心思想着见老爷子的唐风没有故地重游的感怀，他一路赶到真宝轩，甜美的声音从黄馨儿的口中传出："唐爷爷，唐风哥哥他还会来吗？"

饱经风霜的枯瘦老人显得很淡定，他放下手中的茶杯，呵呵笑道："会的。"

"嘿，老爷子，我来了。"唐风他爷爷话还没有说完，唐风就走进了真宝轩。环境塑造性格，性格决定命运，唐风有今天都是因为他有这个爷爷。

"唐风哥哥……"黄馨儿上前两步来到唐风面前，咬着嘴唇欲言又止。唐风笑了笑，对她说道："馨儿，对不起，是我不好。"

要说起来，当时的黄馨儿确实对唐风没有好感，从唐风直呼她爷爷的名字开始，第一印象就很差。因为她爷爷的关系，并不待见唐风的黄馨儿不得不违心地叫上几声唐风哥哥。为了在同学面前的面子，在她以为唐风听不到的情况下，她说了一些言者无心、听者有意的话，最终导致了唐风离开黄家。之后，她的父母和爷爷其实并没有责备她，但她的难过是不言而喻的，只有善良的人才会因此而难过。

唐问宇笑着摇了摇头，"别整这些，都是小孩子的事情，我们根本没当这是什么事儿。"

"是的，我们两家就不用见外了，说起来都是数百年的交情了，"黄韬略上前拍了拍唐风的肩膀，说道，"你爷爷过来之后我才知道中国石是你开的，好小子，果然是年轻有为。"阴差阳错，如果唐风"听话"一点，也许他真的会是黄韬略的孙女婿。

老人赞扬，唐风连连客套，好一番嘘寒问暖后，黄韬略对黄馨儿说道："馨儿，你先进去，我们还有重要的事情要谈，小孩子不好听的。"

"哦。"黄馨儿乖巧地应声离开，虽然她很想知道他们要谈什么事情。

黄馨儿走后，唐问宇盯着孙儿看了半晌，才不紧不慢地点头说道："嗯，看上去混得还不错。"

黄韬略望向唐问宇，问道："老唐，你真的决定了？"

唐问宇长长地叹了一口气，点头说："这是迟早的事情。"

唐风隐约猜到一些事情，他爷爷是要交代他的家世了。黄韬略说道："这话说起来就长了，我们坐下来慢慢谈。"

三人坐定，黄韬略再问："老唐，要不我也回避一下？"

"你就别跟我来这一套了，这事儿跟你也脱不了干系，"唐问宇转而对唐风说，"小风，这件事情很复杂，你要做好心理准备。"

唐风没有说话，只是默默地点了点头，唐问宇整理了一下思绪，对唐风说："上个世纪中叶的中国发生了翻天覆地的变化。国的动荡意味着家的撕裂，从八年抗战到三年内战，能活出来本属不易。之后的变化所有人都看得到，无数家人、亲戚、朋友至此隔海相望，黄家、林家和唐家也是如此，这些家族或家庭承受的离别之重不是轻描淡写的'解放'二字所能带过的。二十年前，一个去了台湾地区、之后甚少谋面的故人受另一位故人所托，抱着一个婴儿和一个花瓶还有两封信找到我，希望我把这个婴儿抚养成人，这个婴儿就是你。"

"啊？"唐风一眼不眨地看着唐问宇，"您老没记错吧？我是您的孙子，我的父母之一当然是您的儿女了。"这老头子闷了二十年，一出口就是晴天霹雳。

"所以才叫你做好心理准备，这事儿说起来难以接受，但事实就是如此，"黄韬略说，"带孩子可不是想象中那么容易的，你爷爷孤身一人，抱着一个婴儿一筹莫展，当时他找到我，由我那现已故去的老伴儿带了你一年多。"

唐问宇哈哈一笑，说："你差点就真成了馨儿的哥哥，考虑到故人所托，我还是决把你带回四川祖宅。三大盗墓世家，唐家、黄家、林家，那位将你托付给我的故人就是林家的人，所以，你应该姓林，而不是姓唐。"世事难料，唐风居然跟林沐雨一个姓。

接着，唐问宇说出了更震撼的话："你说的蓝家是你母亲的家族，你母亲名叫蓝雪，从你描述的蓝琪不难猜测，她有可能是你的小姨，在你父母的婚礼我见过她一次。"

黄韬略对唐问宇说道："老唐你不能这么说，这样他会越听越糊涂的，应该从头说起。"

唐问宇点头说道："也是，那就从头说起吧！"之后，唐问宇讲述了一个更为久远的故事。唐风的太祖父名叫林天赐，他早年曾留学东洋，在早稻田大学攻读考古学。当时，他的老师青木诚对他很照顾，林天赐在日本很长一段时间里都住在青木家，他们亦师亦友，关系十分融洽。

不幸的是，国家的仇恨撕裂了个人的友谊。"九一八"之后，林天赐回到国内，没过几年，抗战全面爆发，青木诚参军来到中国，他的使命就是搜罗中国文物。林天赐的儿子、也就是唐风的亲生爷爷林权是当时国民党冀察战区的军人。北京沦陷后，林权负责敌后的潜伏工作，林天赐为了配合林权的工作也留在了北京。青木诚不知从哪里获取了一条重要信息，传说中的明永乐龙凤双瓶就埋藏在京郊的一处清代贝勒墓，但当时京郊的清代贝勒墓多如牛毛，一个外国人哪里找得到头绪？

于是，青木诚带着一队士兵找到了林天赐，他邀请林天赐协助J国人盗取龙凤双瓶。林天赐明白，如果拒绝的话，肯定难保一家老小的周全，但他更知道去了之后的严重后果。因此，他找到唐问宇的父亲唐正麟，要他帮忙安排家人离开北京。

唐正麟知道事情原委后要跟林天赐一起去，并打算在盗墓的时候趁机杀死青山诚以及所有入墓的J国人，因为一旦盗墓技巧被他们掌握，后果会不堪设想。林天赐和唐正麟有过命的交情，他最终决定带唐正麟一起去。唐正麟和林天赐跟J国人去盗墓后，比唐问宇大很多的林权带着两家人离开北京，投奔后撤到成都的黄家。

跟J国人虚与委蛇的林天赐带着他的“助手”唐正麟几经辗转，找到了青木诚所说的那处墓葬。林天赐借口需要使用手榴弹炸开墓门，当时也是使用手榴弹炸开的墓门，但林天赐趁机在墓门处藏了两枚手榴弹。盗墓成功，青木诚拿到龙凤双瓶，出墓的时候，林天赐朝墓内墓外扔出了手榴弹，而唐正麟则用开山斧劈死青山诚夺取了龙凤双瓶。两个人拿着敌军携带的武器和龙凤双瓶突围，在此过程中，唐正麟中了一枪，他让林天赐先走，林天赐不肯，两人和外围的敌军交火。最后，是林权带着国民党的地下工作者接应，他们才成功脱逃。

按照盗墓者的规矩，事成之后他们没有将到手的龙凤双瓶上交给政府，最后，林家拿走了龙瓶，唐家拿走了凤瓶。1945年，唐问宇的姐姐嫁给了也是国民党的蓝啸龙，唐正麟将凤瓶当作嫁妆随女儿带到蓝家。新中国成立前夕，林家和蓝家一起迁往台湾地区，林家后来移居香港，唐家当然留在了大陆。不幸的是，这桩婚事最终成为唐家是特务家族的证据，整个唐家在特殊时期后就只剩下了唐问宇。

林天赐、蓝啸龙、林权先后病逝，80年代中期，林权的儿子，也就是唐风的亲生父亲林梓木，娶了蓝家的女儿蓝雪，蓝雪出嫁的时候又将凤瓶当嫁妆带到了林家，至此，龙凤双瓶都到了林家。

唐问宇说完这些之后喝了一口茶，摇着头说："故事到这里本来就该结束了，但梓木却突然遣人把你送到了国内。"

黄韬略对唐风说："要说你爷爷还真是个人物，当时我和他都觉得不对，在将你交给我老伴儿后，我还跟着他一起偷渡去过香港。但才一到香港，你的父亲就出事了，官方的消息是，他死于黑帮火拼。"

唐问宇颤抖的手摸索了半天才从口袋里摸出两封信，他将信交给唐风，说道："先看这一封给我的吧！"

"父亲"对唐风来说是一个陌生的词语，当符号变成真实的存在，当父亲触手可及的时候，有人又告诉他，他的父亲早就死了。

不知情或许还有念想，知情就代表永远失去，尽管早就有了心理准备，但唐风在一时之间还是没有回过神来。多少次猜测、多少次午夜梦回，最终却得到这么一个残酷的结果。如果可以，他甚至愿意噩梦成真，父亲因为犯了弥天大罪而坐牢，这样，最起码他还活着，他的信还不会成为遗书。当这封信递到唐风手里的时候，唐风的心情变得非常沉重，他努力保持镇定，拆开了第一封信——

唐叔：

家父临终之日曾言，凡事皆可求助于您，近日遇难解之事，涉及家族安危，个人无所畏惧，唯有幼子放心不下，今日托付与你，还请抚养幼子成人。若渡过难关，我当回去接他，若无法渡过，则一切休谈。此子成人若无德，则无需告之真相；若有德，烦请转交另一封书信。

陈年家书也算得上是文物，懂得鉴定的唐风再没有看落款的心情，他用颤抖的手拆开第二封信。

风儿：

当你看到这封信时，你的父亲已经不在人世，遥想你那没有父爱母爱的成长历程，我真的很担心。但请你一定不要怪我，家族的恩怨总需要做个了断……在你寻找他们的时候，他们也在寻找你，这是一件需要用实力解决的事情，因此，你不可以逞匹夫之勇。准备好一切之后，你可以将那件青花龙瓶拿去拍卖，那时候，他们自然就会出现。我相信唐叔的眼光，他给你看这封信说明你已经具备了解决家族恩怨的能力。但这并不是你必须要做的，在我看来，这些事情都不重要，重要的是，你能快快乐乐地生活……

唐风看完之后将信收入信封，交给唐问宇。唐问宇拍着唐风的肩膀说："小风，你长大了，这些事情你自己看着办吧！"

"爷爷，"唐风对唐问宇说，"我想再去一趟香港。"

唐问宇说："你现在还不能跟蓝家的人来往，这件事情还有很多疑点，说起来蓝家还是唐家的亲戚，但你应该保持谨慎。不是我不相信蓝家，林家出了那么大的事情，蓝家却一点事情都没有，这太不正常。"

"关键还有一点，"黄韬略说，"我一直觉得，这件事情跟青木诚脱不了干系。现在你还不能公开身份。因为他们知道蓝家，所以你不能去蓝家，这样只会给你母亲的家族带来灾难性的后果。"

老人，尤其是像黄韬略和唐问宇这样跑过江湖的老人，自有他们的经验，唐风到现在还没有想明白这种事情怎么会在他的家族中出现，这也太离奇了一点。他想想也是，是不应该急着到蓝家去。

如释重负的唐问宇对唐风说："我已经完成了你父亲的托付，尽管你身上并没有流淌唐家的血，但我以后还是会把你当亲孙儿。把这件事情处理好了之后再来找我吧，我会一直等你。"

"爷爷，"唐风对唐问宇说，"您永远是我最尊敬的爷爷。"

"好了，这事儿就告一段落了，难得两家人聚齐，今天吃个团圆饭。"黄韬略说。

一波未平一波又起，人生，就是用自己的脚步走命中注定的路，对唐风来说，他的人生又多了一项挑战，现在的他，需要考虑更多。

唐问宇不愿意跟唐风回唐风家，唐风没有办法，吃完饭，唐风告别爷爷，离开了黄家。他一回到中国石，陈彦就拉着他说道："唐风，这回麻烦了，左右夹击，汉唐宝业和龙宝公司的分店分别就开在我们中国石两边的街对面。这回江源和杨程明动了真格，要跟我们打擂台了。”

唐风轻描淡写地说：“怕他个鸟。”家族的麻烦更麻烦，他都没皱过眉头，既然上苍将这个角色赋予自己，那就尽情地演绎精彩吧！

全面应对

“我就知道你有办法，”陈彦使劲拍了拍唐风的肩膀，叹着气说，“不知道为什么，以前一无所有的时候从来不担心会失去什么，现在有了点底子，反而没有了胆子。”

“哈哈，”唐风笑着说，“人都是这样的，一直吃粗糠，久了也就习惯了，让你吃上两天白米饭再回去吃粗糠你就会受不了。放心吧，就算被汉唐宝业和龙宝公司左右夹击，我们仍然不缺乏生存的空间，美国军队那么牛，不还是被一群乌合之众搞得焦头烂额吗？他们远没有美军那么强，我们也没有那群乌合之众那么弱，鹿死谁手尚不得而知。”

中国石的经营路线跟汉唐宝业和龙宝公司不一样，影响肯定会有，但还不至于被挤垮。

陈彦点头说：“既然要打商战，那就该多准备一点粮草，我这两天就动身去浙江福建。”

唐风神秘兮兮地说：“这场仗不光要在正面打，更要侧面迂回，我明天去找吴智勇，探探这个人的口风。这个胖子不简单，如果他的胆子跟他身子一样壮硕，我们就可以突然进军高端翡翠市场，打他个措手不及。”

谁都有野心，陈彦想不到唐风的野心如此之大，他摇着头说：“你不能小看江源和杨程明，这方面我们只怕不是对手。”

唐风说：“我说的是高端翡翠市场，我只要挂出去一块牌子，够他们喝一壶的了，而这块牌子他们是无论如何也不敢挂的。”

“什么牌子？”陈彦马上问。

唐风微微一笑，说：“本店只售A货，绝无B货、C货，假一赔十！”

一般情况下，翡翠定级分为ABC三类，翡翠A货就是天然翡翠，B货就是染色处理过的翡翠，C货就是树脂、玻璃填充过的翡翠饰品。像汉唐宝业和龙宝公司这种大型珠宝企业，不可能只做A货，而机动灵活的中国石就可以，只要能够打开高档翡翠的货源，中国石就可以抢占翡翠市场的制高点。如果事情真的如唐风所愿，北京的珠宝业就会呈现出德国汽车制造业的模式，宝马、奔驰两强争霸，保时捷独善其身，三者微妙平衡。

唐风接着说："我们自己参与赌石，在时间上来不及，战线拖得太长会失去机动灵活。如果吴智勇也看到了这个契机呢？那我们的合作将会事半功倍，而且，我们自己不是不懂行，不会受制于吴智勇。大家都有利可图，加上谁都没有完全掌握主动权，反而会形成牢固的战略伙伴关系。"

"办法倒是好办法，"陈彦说，"只怕吴胖子不会干，他要干早就干了。"

"只怕他很难拒绝，"唐风很有把握地说，"我开始就觉得吴智勇这个人身上有蹊跷，后来问了刘书南才知道他的一些往事。你当真认为他当初离开北京这块风水宝地，怀揣五百万老本去云南腾冲赌石，是为了战略转移？"

"嗯？"陈彦想了一下，"听你这么一说，好像还真是那么回事，拿着全部身家去赌石确实反常，事不关己我就没有多想。"

唐风说："他那是被逼的。如果他从此一蹶不振，也许会咽下那口气，可他如今有钱了，明着不愿意或者是没把握出手，暗中也会出手的，现在有人挡在前面，他还会犹豫吗？"

决定战争输赢的导火索往往不在战争本身，商战也是一样的。

"好！"陈彦突然信心大增，他大声说道，"那我们就大干他娘的一场。"

帅才俯瞰洞察全局，将才平视独当一面，这或许就是唐风和陈彦之间的区别。

"你们俩谈什么呢，这么投入？"随着高跟鞋敲击地面的声音，林沐雨走进了中国石。陈彦笑着说道："男人话题。"

林沐雨说："还是战争让女人走开这种老调调，你们肯定是为了两扇门对面那事儿吧？"

"战争让女人走开，感情让男人走开，你们聊，我也得回去陪我媳妇了。"唐风最近很少陪林沐雨，陈彦借故先行离开。

"各位，为了纪念今天这个没有纪念意义的纪念日，本店提前打烊！"唐风看看店堂内没有客人，突然大声宣布道。

员工们莫名其妙地把视线转向林沐雨，在他们眼里，唐风只是一个没有实权的三不管老板。林沐雨笑了笑，说："我听他的。"

"各位，提前下班可是有代价的，"唐风说，"明天下班谁都不许走，我请大家吃饭。"大战在即，唐风要给他们打打气。

"唐老板就是好！"吕光马上叫了起来，之后，他突然觉得这话有点不妥，随即又加了一句话，"当然，我们老板娘就更好了。"

唐风明显不懂公司经营之道，林沐雨也只好由着他了，众人三下五除二弄好收尾工作，很快，店堂里就剩下了唐风和林沐雨。唐风从里边按下了卷帘门的按钮，然后如释重负地说："总算都走了，现在方便多了。"他上前两步，轻轻将林沐雨揽入怀中，深情地说："沐雨，我想你。"

"哎，"林沐雨望向徐徐落下的卷帘门说，"门还没有关呢？"

"等不及了。"唐风低头吻上了眼前人的嘴唇，随即，卷帘门将二人和外面的世界分隔……

第二天清晨，唐风醒来的时候左手臂几乎失去了知觉，林沐雨正舒服地躺在他的臂弯酣睡。唐风没有动，只是一眼不眨地看着林沐雨。唐老爷子没有再提黄馨儿的事情，这等于是放权了，而唐风也见过林沐雨的父母，他跟她的关系已经不再是普通情侣关系。有些事情不早作了断只怕会同时伤害三个人，一个成熟的男人应该学会对自己、对身边的人负责。这是唐风第一次默许自己仔细衡量自己的情感世界，也是他第一次对林沐雨有了真正意义上的愧疚感，也许就在这一刻，他隐隐地作出了决定，只是他还需要时间面对这个决定。当柳月在他面前的时候，他更需要保持应对内心诱惑的冷静。

真是怕什么来什么，中午刚吃过饭，唐风就接到了柳月的电话，在约好见面地点之后，唐风心中有了一种应对考验的感觉。

唐风依约来到离朱记拍卖行不远的一个十字路口，柳月的牧马人已经等在那里了。要不说男人靠不住呢，从柳月出现在唐风视线中的那一刻开始，原本隐隐做出的决定迅速模糊，直至消失不见。

唐风习惯性地用左手去拉车门，车门是拉开了，从手臂到脖子却是一阵酸痛，这是昨晚林沐雨睡出的毛病，这一痛真及时，唐风马上就想起了林沐雨。柳月看到唐风坐上车时的难看表情，问："你怎么了？"

唐风当然不肯说实话，他扭动了一下肩膀，说：“睡觉不小心落枕了，胳膊到脖子有点不舒服。”

柳月笑着说道：“要不要找一个虎妞帮你正正脖子啊？”这是老人的说法，脖子扭了最好找属虎的女性给扭回来。

唐风笑着摇头：“这你也信？”

“老人家都这么说，”柳月说，“转过来吧，虽然我不属虎，但也可以帮你扭回来的。”

“嗯。”唐风依言转身面向柳月。柳月侧过身双手，捧着唐风的下颚转向座椅靠背，她一边转一边说：“放松一点，我不会太用……”话还没有说完，她双手猛地一用力，把唐风的脑袋扭向反方向。转过头来的唐风还没来得及叫痛，就看到了挡风玻璃前方奔驰车上的杨程明，两个男人的视线一接触便各自移开，那边的杨程明随即关上了墨色车窗。

柳月没有看到杨程明，她还以为弄痛唐风了，马上问：“不会给扭坏了吧，这可是原装，找不到配件的。”

唐风转过头笑着说：“质量好着呢，没那么容易坏的。哎，对了，你找我有事儿？”

“没事就不能找你吗？”柳月娇笑着说，“真没什么事，我要去一趟中国历史博物馆，想让你陪我一起去，有重大发现哦！”

“什么发现？”

“‘两会’期间，有一位华侨从海外回购了一件明青花捐赠给我们博物馆，接受捐赠是需要严格鉴定的，当时有部分专家认为有疑点，但多数专家都认为是真的，最终馆方统一意见并接受了捐赠，同时也跟与会者打好了招呼，让他们不要把出现的分歧传扬出去。”

唐风摇了摇头，说：“那些有不同意见的专家都同意了，是吧？”

柳月说：“这也是为了大局考虑，当时的少数专家只是怀疑，没有有力的证据作为支撑。如果贸然选择不接受，事后证明是真的呢？再说，那位华侨声名远扬，信誉度极高，他在京停留时间又有限，我们没有时间做系统鉴定。”

唐风问：“那后来呢？”

“后来麻烦就来了，”柳月说，“但是，没过几天我们就收到了一封信，这封信明确地指出了那是一件赝品的证据，正好证明了我们当初发现的疑点。”

唐风说：“所以你们需要再次进行专家会诊，你也会参加，是吗？”

“哪里轮得到我参加啊，我只有听结论的份儿，”柳月说，“不过我倒很想让你去看看，你不是我们博物馆的人，说话方便。”

“别，”唐风说，“这种吃力不讨好的事情我可不干，我现在做生意了，不想为了这些乌七八糟的事情得罪人。”

牧马人一路开到中国历史博物馆地下停车场，柳月问：“你真不上去？”

唐风摇着头说：“不去，我怕自己管不住自己的嘴。”

柳月说：“那好，你在这里等我，我拿鉴定报告就出来。”

之后，唐风送柳月进电梯，自己留在停车场抽烟。传说中，博物馆这类地方阴气很重，午夜之后的大厅、白天的地下停车场常有古怪发生，这是惊悚电影的好题材，《浮宫魅影》《博物馆惊魂夜》等影片都以这个为主题。

真正的恐怖其实来自人的内心。唐风环顾四周，是感觉冷飕飕的，偌大一个停车场就那么几盏惨白的白炽灯。

唐风的烟刚抽完，电梯灯亮，有人下来了，想不到柳月动作这么快。电梯门缓缓打开，唐风望向里面，在电梯门还没有完全打开的时候，一条黑影突然冲了出来。

唐风猝不及防，跟黑影撞了一个满怀，说来也巧，这一撞正好撞到唐风的左臂，吃痛之下唐风被撞了一个踉跄，差点就跌倒在地了。但这一撞也让唐风看清了来者是谁，他不是别人，正是那位书生气老板，正是他和王天朔还有黑脸大汉三个人在文物研究所门口，联手上演三簧让唐风花大价钱购买了一尊高仿东汉说唱陶俑。

上次因为黄馨儿，让王天朔给溜了，这次说什么也不能再让书生气老板跑了，唐风回身就追。两个人一前一后，整个地下停车场都回荡着他们的脚步声。书生气老板速度明显不如唐风，两个人的距离越拉越近。

这时，异变突生，一辆全是墨色玻璃的面包车突然启动，从斜刺里开出，拦在书生气老板的身前。后者刚想绕道，面包车的车门打开，唐风第一眼就看到了明晃晃的砍刀。

三个蒙面人手持砍刀冲下面包车，迎向书生气老板，唐风哪里还不明白他们是冲着谁来的。也不知道这家伙得罪了谁，居然被人追杀，对方胆子也够肥的，居然在闹市区建筑的地下停车场砍人，只怕不是砍人，他们是在杀人。

突然，书生气老板刹住脚步，毫不犹豫地跑向唐风这边。相比前面的饿狼，他宁愿落在唐风手里。在重心转移之际，书生气老板的动作明显偏慢，一个蒙面人的砍刀落在了书生气老板的后背，书生气老板当即跌倒在地。

无限接近

另一个蒙面人并没有因为书生气老板的倒地而停手，砍刀在冷光灯的照射下泛起一片寒光，直刺书生气老板的后背。后者勉力往前一跃试图躲过这一刀，但已经来不及了。眼看砍刀及身，唐风飞身一脚踢到，这是唐风丢掉重心的奋力一击。蒙面人想不到这个时候还有人敢多管闲事，猝不及防之下，身体完全承受了唐风的身体重量以及加速度所带来的冲击力，整个人被踢翻，就像倒飞出去一样。

“咣当！”蒙面人手中的砍刀坠地，倒地之后的他身体刚刚坐起就颓然倒下，显然没办法立即起身。

这边的唐风身体失去平衡跌落在地，这个时候倒地无疑危险万分，另一个蒙面人一刀砍向唐风。与此同时，还有一个蒙面人冲向又开始逃跑的书生气老板。

唐风刚一接触地面就瞥见砍刀挥舞而来，他机敏地一滚，“呛”的一声，砍刀贴着他的后背砍在地上，这懒驴打滚虽然狼狈，却为唐风赢得了主动。对手欲收回砍刀继续攻击，他才收回一半，手腕突然一紧，已经被唐风抓了个正着，同时，一股大力传来，他的身体不由自主地栽向地面，紧接着，一团黑乎乎的东西迅速在他眼前放大，随即化成一片金星。

唐风顺势夺过蒙面人手中的砍刀，掷向已经赶到书生气老板身后的蒙面人，口中大声叫道：“小心后面！”

蒙面人条件反射一般回过头，一把砍刀旋转着朝他飞来，他一个侧身，轻松躲过这件暗器。但书生气老板却趁着这个当口又多跑了几米，蒙面人回身继续追赶，受伤的书生气老板速度明显比他慢，双方距离急剧缩小。快要追上的时候，蒙面人身体前倾，砍刀顺势砍向书生气老板，后者知道已经无法逃脱，用尽最后的力气往前一扑。

这时候，异变突生，蒙面人万万想不到他前冲的身体会突然一停，然后整个身体直挺挺地扑向地面。

“呛！”砍刀落在书生气老板的两腿之间。蒙面人回过头，同样倒在地上的唐风刚好松开他的脚。

若不是唐风在关键时刻猛地往前一跃，借着身体加手臂的长度抓住了蒙面人的脚踝，书生气老板只怕又会挨上一刀。

蒙面人迅速起身，他快，唐风比他更快，他的身体刚起了一半就被唐风一脚踹倒，接着，唐风笑着对书生气老板说：“刚才跑那么快，赶死啊！”

“啊！”一声尖叫传来，捂着嘴的柳月出现在电梯中间，她大声叫道，“小心！”

唐风已经听到了身后的脚步身，他的身体突然一矮，一把拽住偷袭者的手臂，借力打力将他过肩摔了出去。他马上对柳月说：“快去开车，带他走。”

“哦！”虽然柳月紧张得连走路都有些颤抖了，但还是快步走向了自己的车，书生气老板哪还顾得了考虑，马上起身一瘸一拐地跑向柳月。

唐风向前走了两步回过身，对远处刚刚站起来的那个蒙面人说：“来，继续！”由于中间躺了两个人，他现在不用担心车上的那个家伙会开车撞他，所以才敢这样神气活现。

也不知道为什么，开车的那个家伙始终没有露面，三个蒙面人有心无力，只能眼睁睁地看着书生气老板坐上柳月的车。柳月发动汽车，唐风倒退着走到牧马人边上，书生气老板知趣地打开车门让他上车，之后，柳月开车驶向地下停车场的另一个出口。

唐风看着身边书生气老板那狼狈的样子，不无揶揄地笑着说道：“缺德事儿干太多，遭报应了吧？”

惊魂未定的书生气老板长长地出一口气，摇头苦笑道：“我都这样了，你就别再刺激我了。”

柳月回头问唐风道：“现在去医院吗？”

唐风看了看书生气老板背上那条血肉模糊的长长伤口，对柳月说道：“找一家远一点的，别去附近的医院。”

“知道了。”柳月继续开车，唐风向书生气老板伸出了手，说道：“唐风。”

书生气老板略有些艰难地伸出手跟他相握，“曾子恒，谢谢你。”

唐风问：“你为什么被人追杀，是得罪了外人还是内部分赃不均？”

曾子恒眼中的仇恨光芒一闪而逝，“都有吧！”

“王天朔和那个黑大个呢？”

“但愿他们有我这么好的运气，”曾子恒的笑容充满苦涩，“估计是凶多吉少了。有的路，一旦走上去就再也回不了头。唐风，我们做个交易如何？”

唐风想抓住曾子恒，并不是想找他麻烦，而是想通过交易跟他们合作，以达到运作高仿真陶瓷的目的，而曾子恒说交易，正好跟他想到了一起。交易是需要筹码的，曾子恒现在只有这个筹码。不过，唐风并不急于跟已经没有选择余地的曾子恒谈条件，他故作轻描淡写地说：“等你养好伤再说吧！”

到了医院，唐风帮曾子恒办好手续之后，跟柳月坐在医院的长椅上交谈。柳月认真地听完唐风讲述认识曾子恒的过程，问他道：“这件事情你怎么看？”

“他是陶瓷作伪高手，你们收到了高仿真瓷器，而他又在中国历史博物馆被人追杀，我想，这一定是作伪集团的内部出了问题。”唐风仔细地分析着，如果给博物馆写信的人就是曾子恒或是他的同伙，这一切就很好解释了。作伪集团的内部出了问题，曾子恒想在背后搞小动作，岂料昔日的同伙恼羞成怒，动了杀机。

柳月说：“有第一次就有第二次，你下一步作何打算？”

“当然是把他藏起来。”

“为什么不考虑报警呢？”柳月提议道，“如果报警，一切都将迎刃而解。”

唐风跟柳月的成长环境完全不同，他对警察缺乏信任，他说：“报警是没有用的，这种无头案，你让警察怎么查？他们唯一能做的就是把他保护起来，但时限肯定不会太长，不可能仅仅因为一次突发事件而保护他一辈子的，之后的曾子恒依然会回到危险的境地。”穷途末路的曾子恒现在只能把希望寄托在唐风身上，这是唐风最大的筹码。

“如果你只是想把他保护起来的话，其实很容易办到。”柳月说。

“我要那么容易办到就不用担心了，”唐风不无顾虑地说，“难道我把他藏到中国石或是陈彦的家里吗？”

柳月笑着说：“你可以找苏晴帮忙呀，她是警察，在这方面肯定会想到办法的。”

“哎，对呀，”唐风道，“那还得要你出面了，你跟她熟。”

“你就别绕弯子找麻烦了，”柳月笑着说，“你出面更好，她肯定会帮你的。”说完话，柳月将拨通苏晴号码的手机交给唐风，“你跟她说吧！”

唐风挠了挠头，硬着头皮接过电话，电话那头的苏晴有些蛮横地说道：“死丫头，这么长时间不给人家打电话，我还以为你跟那小子私奔了呢！”

“你好，苏警官，是我。”唐风说。

“唐风，真的是你，我不会说中了吧？”苏晴语气异常诧异，看来她口中的那小子就是唐风。

“苏警官你别开玩笑了，我有事找你帮忙。”

正如柳月所说，苏晴爽快地答应了，唐风说出了事情，电话那头的苏晴问清地址之后挂了电话。

被刀砍伤看似严重，其实很难致命，大创口一般不会太深，曾子恒只是缝了几针。他走出外科手术室的时候，苏晴已经来到了医院。

柳月上前拉着苏晴的手，小女儿家兮兮地说：“哼，就知道在背后说人家坏话。”

苏晴说：“你还好意思说，这么长时间不跟我联系，一联系就是他的事情。”

唐风不想让她们以玩笑的口吻继续话题，他说道：“只怕这次要麻烦苏警官了。”

一听到苏晴是警察，曾子恒立即警觉起来，唐风对他说：“我只是让她找个地方把你安顿下来，放心吧，不会是监狱。”

苏晴不悦地说：“你再叫苏警官我可真不帮你了，我可不是在用警察的身份帮你。”

唐风点着头说：“好吧，苏警……苏晴小姐，麻烦你了。”

苏晴点了点头，说：“这还差不多。”接着，她对曾子恒说：“事不宜迟，走吧！”

苏晴的办事风格很严谨，打过招呼之后就带走了曾子恒。唐风对柳月说道：“我们回去吧！”

“行，”柳月说，“我送你去中国石。”

柳月开车直接把唐风送到中国石大门口，在这个过程中，唐风也没有要反对的意思。前次的香港之行似乎让二人的心态同时发生了变化，产生这种变化的原因很复杂，或许这是在向命运低头，或许这是在向现实妥协，或许，这是最黯然也是最好的结局。

唐风刚刚打开车门，就看到从店门口走出来的林沐雨，而后者也看到了柳月，在这一瞬间，三个人的三种心情交织在了一起。

一种拥有就意味着另一种失去，人生的抉择总是那么困难。

大块头有大智慧

“柳小姐，你好。”林沐雨笑着向柳月打招呼，她们彼此并不反感。

“林姐姐好。”柳月还以微笑，招呼过后，她开车离开，唐风和林沐雨同时望向远去的牧马人。

林沐雨脸上露出了一丝笑容，在这一刻，女人的敏感告诉她，唐风跟柳月注定不会发生什么，否则柳月不会到中国石，就算她要来，唐风也不会同意。

不同的心境对不同的事物有不同的感受，在很多人看来，柳月的举动似乎是在向情敌示威，但林沐雨却有另一种看法，柳月在通过这种方式证实他们之间的清白。

情感世界就像海洋，在古墓中是潮起，在香港是风平浪静的酝酿，在今天，是潮落。当牧马人消失的时候，唐风清楚地知道，他们再也回不去了。

柳月要送唐风到中国石其实是一种立场，唐风没有加以阻止也是一种态度，无言中，两个人似乎做出了抉择。只是，潮起之后有潮落，潮落之后呢？

“哎，”林沐雨伸出手在唐风眼前晃了晃，“人家已经走了。”这是林沐雨第一次拿柳月来开唐风的玩笑，看似吃醋，却是警报的解除。

“好啊，沐雨你拿我开涮。”唐风一脸的轻松、满腹的沉重，他要考虑的事情还有很多。

“咦，那不是杨程明吗？”林沐雨对唐风说。

“该来的都来了，江源在另一边。”唐风道。

说来奇怪，江源和杨程明居然不约而同地出现在各自的装修工地，当唐风看到他们的时候，他们也发现了另外两个人。林沐雨说：“看来你们要在大战之前说点什么了，这是男人时间，我先进去了。”

车流连绵、人流不断的十字路口，三个男人各站一边，三个人似乎都感觉到了什么，各自笑了起来。

杨程明和江源是对角而立，彼此相隔两个路口，唐风正好在他们中间。杨程明对着江源微微一笑，面向唐风做了一个请的手势。江源微一点头，转身朝中国石这边走来，杨程明也开始过马路。红绿灯让两人有了先后，杨程明先来到唐风这边，他伸出手对唐风说：“唐兄，这是我们今天第二次见面了。”

唐风对杨程明还是颇有好感的，这是一个很适合做朋友的人，但他们现在却是对手。同性相斥，两个不甘人后的人是注定无法和解的。

唐风问：“杨兄刚才也看到她了？”

“哈哈，”杨程明痛快一笑，“实不相瞒，我跟小月之间是有点事情，但这都是家族的安排，并非我们的意愿，我一直把她当成妹妹，绝没有干涉她的想法。哎，扯远了，男人实不应该拘泥于儿女情长，驰骋商场一展抱负方是本色。无论我们是朋友还是对手，无论最终谁输谁赢，能跟唐兄这样的人同场竞技，都是我杨程明深感痛快的事情。如果输的是我，我也会如同今天这般。”

杨程明说完话之后，笑着向唐风伸出了手，唐风伸手跟他相握，“杨兄说得好！”

“哈哈，杨兄、唐兄，好久不见。”江源走了过来，两人分别跟他握手。江源受到此情此景的感染，长长地叹一口气，说道：“试问这一路的行人，谁能知道我们三个人之间的微妙，还请两位竭尽所能，我亦全力以赴，三人齐心协力演绎一场商战经典。”

“哈哈，还是江兄有豪情，”杨程明大笑着说，“小弟初来乍到之时被江兄逼得好惨哟！”

杨程明无疑具有很强的个人魅力，不经意之间，江源和唐风都受到了他的影响，江源正色道：“我能好受到哪里去，彼此彼此而已！”

商战毕竟是商战，三个人嘴上说得客气，心里早就有了对付对方的一整套计划，如今谈笑风生都是胸有成竹的体现，在自己获得最终胜利的前提下，没有一个人不希望自己的对手强大，那样获得的成就感岂是战胜庸人所能比拟的。

“哟，”杨程明看了看时间，说道，“不好意思，还有一个会需要准备，失陪了。”一番奉承，杨程明先一步离开，之后江源也借故离开，三个对手的会面体面地结束。

唐风才一走进中国石，林沐雨就上前问：“你们三个聊什么呢，聊那么开心？”

唐风叹气道：“怎么会真的开心，他们早已运筹帷幄，只等决胜千里了。”

“你不也是吗？”林沐雨柔声说道，“沐雨对唐风有信心。”

“真肉麻，”才走过来的陈彦说，“不过，唐风确实有点鬼门道，他们想对付我们也没那么容易。”

“但愿那个大块头真的有大智慧。”唐风喃喃自语道。

晚上，中国石所有人一起进餐，唐风打电话给吴智勇，两人约好第二天上午见面。

第二天上午，唐风来到吴智勇在京郊的别墅。吴智勇的家庭装饰跟他的线条完全不是一种风格，如果说温馨典雅的家庭布置体现了女主人的品位，那么她的择偶更多体现了她的眼光。一番招呼，方静奉上香茗，唐风开门见山地说：“北京的珠宝业面临重新洗牌，新的格局即将诞生，不知胖哥有何感想？”

吴智勇一眼不眨地看着唐风，说道：“我知道你早晚会来找我。”

“那你也该知道我为什么找你。”唐风说。

吴智勇微微一笑，说：“刘书南这个人有一个不好不坏的毛病，他对自己信任的人总是知无不言言无不尽，我想，你应该已经知道我跟江源之间的故事。”

唐风点头说：“当时我只是有些好奇，直觉告诉我，你应该是一个有故事的人，我只是不知道，你把你的出走当成是结局还是序曲。”

“故事，只怕很难涵盖这一路走来的艰辛，”吴智勇仰头望着天花板，摇着头说，“相同的成功，对于有背景的那一拨人来说，只是愿不愿意的事情；对于勇于付出的普通人来说，只是概率大小的问题；对于一个胖子来说，却几乎是不可能的事情。一个胖子想要取得成功就意味着数倍于别人的付出，因为来之不易，才会倍加珍惜，当我经历千辛万苦取得些许成功的时候，有人却要逼我离开北京，你说我会把它当成结局还是序曲？”

人虽然不可貌相，但人的外貌却是给他人的第一印象，吴智勇所走过的艰辛不是一般人能想象的。他反问唐风：“这么多年来，我一直按兵不动，你可知道原因？”

唐风说：“因为你担心江源会成为下一个你，你不想犯他当初犯下的错误，你不动则已，一动就要让他永不翻身。”

“你只说对了一半，你若以为当初的江源是心慈手软放我一马那就大错特错了，”吴智勇说，“他只是选错了时机，在没有把握的时候就动了手。”

唐风明白了，“你是在等待一击致命的时机？”

“我想对付江源并不是因为个人恩怨，而是想继续自己的追逐。他虽然是我的仇人，但我并不憎恨他，至少他不是那种赶尽杀绝的人，”吴智勇说，“而杨程明是，相比江源，杨程明才是真正的危险人物。若只是对付江源的龙宝公司，你我合作已经足够，但这样做只会白白地便宜杨程明，你的中国石吞不下北京市场。”

唐风说：“杨程明这个人虽然危险，但不失光明磊落，他跟江源不一样，江源在商场上的能力远不如商场以外，解决了龙宝公司，我们完全可以和杨程明公平竞争。”

“小唐，你太天真了，”吴智勇问，“江湖上有两个魔道高手，一个因群雄怨声载道而臭名昭著，另一个却毫无骂名，你猜这是什么原因？”

唐风立即脱口道：“因为前者的仇人都还活着？”

吴智勇点了点头，说：“这只是一个比喻，商场并不是嗜血的江湖，但两个人的区别跟两个魔道高手的区别却是一样的。你要小心杨程明，他才是不择手段的人，这种人是真正的不动则已、一击致命。当你感觉这个人很不错的时候，恰恰就是他要对付你的时候，因为他已经开始麻痹你。”

吴智勇的话让唐风异常吃惊，这样说来，现在就是杨程明开始对付自己的时候。吴智勇说：“小唐，中国的商场从来就不是纯商业的商场，你最好不要抱有公平竞争的幻想。”

“这个我知道，”唐风问，“面对现在的局势，胖哥作何打算？”

“如果我不想跟你合作，绝不会跟你东拉西扯。刘书南这个人看人很准，你跟江源和杨程明完全不一样。在他们眼里只有自己，不为所用就是敌人，而你眼里还有盟友，你对陈彦如何大家都看得到。我对你也不是没有把握，但一个胖子走到今天不容易，没有十足的把握也不敢贸然出手，所以我只能暗中帮你。我不跟你谈合作或者是结盟，权当为朋友壮行送上一份见面礼。”

唐风！汉奸？

最后，吴智勇承诺会将自己运回北京的半明料优先提供给唐风，这有效地减少了中国石运作的中间环节，为唐风赢得了空间和时间。当然，按照唐风的做事风格，他也不会让吴智勇吃亏。

接下来的时间里，中国石、龙宝公司、汉唐宝业三方各自进行准备，商战一触即发。

五天后，曾子恒刀伤痊愈，苏晴打电话给唐风，唐风在北京市区一个住宅区的高层居民楼里见到了她。两人见面，苏晴说：“哎，你该怎么感谢我呢，我可在违反纪律。”

唐风嘿嘿一笑，说：“改天我请你吃饭。”

“算了吧，弄得我好像就是为了你这顿饭才帮你似的，”苏晴接着说道，“你们谈你们的，我走了。”

苏晴走后，唐风问曾子恒道：“中国历史博物馆的那封信是你写的吧？这是你被追杀的原因，是吗？”

曾子恒点了点头，说道：“是的。但这只是诱因，主因还是因为内部的分歧。”

唐风接着问："你们是一个集团，首脑是谁？"

曾子恒想了一下，最终说出了实情。曾子恒的朋友黑大个祖上几代都在从事高仿真陶瓷烧制，在这方面也算小有成就。但过去的作伪经验已经被现代鉴定手段突破，高仿这一行面临技术上的瓶颈。对做高仿的人来说，技术被突破无疑是灭顶之灾，因为高仿的成本非常高，只有被当成真品流入市场才会获得暴利，一旦技术被突破，高仿就只能当装饰品卖，这无论如何都抵不上高昂的成本。γr化学添加剂的出现改变了这一切，这是国外最新的技术，主要用于恐龙化石复原。当曾子恒看到这东西的时候，他马上就想到了陶瓷作伪。于是，他跟黑大个合作，终于突破最新的鉴定手段。但γr的成本也很高，而且还需要同一时代的等量古陶瓷粉末，这种以古仿古的高新技术的成本数倍于之前，只能做高级的仿真陶瓷。因为资源有限，没办法独立运作，病急乱投医之下，黑大个找上了他的朋友王天朔。王天朔表面上黑白通吃，内里却是一个空壳子，他又找到了另一位大老板。这位大老板很有钱，他提供了大量的资金支持曾子恒和黑大个继续做研发。

"但后来你们过河拆桥，选择抛开这位大老板自己做，是吧？"唐风问道。

曾子恒长长地叹了一口气，说："这都是王天朔的主意，他这人就是个两面三刀的主儿。"

唐风说："在这件事情上，王天朔只是牵线搭桥的中间人，当你们跟那位大老板搭上线时，他已经变得可有可无，只有摆脱那位大老板再控制住你们，他才有出路，所以，这是他唯一的选择。"

曾子恒说："当时的技术已经成熟，王天朔又有黑道背景，我跟黑大个没办法，只好跟着他走。"

"只怕你们也没打算跟王天朔走多远吧，一个巴掌拍不响，相比王天朔这个客观因素，你们的主观因素似乎还要更多一些，"唐风接着问，"那个海外华侨回购的明青花就是你们的杰作吧？我查过了，二百万英镑，你们可真够黑的。"

曾子恒说："那批明青花是我们跟那位大老板合作时烧制的，他花大价钱收购了一批明瓷残片，甚至打碎过完器。"

“你说烧制了一批？”唐风想起了另外一件事情，他马上问，“其中有没有一个明洪武云龙纹青花釉里红盖罐？”

曾子恒马上点了点头：“有，那一批共六件，虽然也有瑕疵，但无一不是高仿精品。那件云龙纹青花釉里红被你在《盛世收藏》节目上打碎了，成本数百万。卖给你的那件东汉说唱陶俑是我们后来烧制的，因为找不到高品质的古瓷粉末，只能用古陶粉末，因为材料便宜，所以成本不高，十万不到一点。”

唐风心中隐隐地猜到了那个大老板是谁，他问曾子恒道：“你还没说那个大老板到底是谁呢！”

“杨程明！”曾子恒脱口说道。

这个时候，唐风不得不佩服吴智勇的眼光，很明显，追杀曾子恒的那些人跟杨程明脱不了干系，他关键时刻决不会心慈手软，他跟江源是完完全全的两种人。如果当初是吴智勇碰上的是杨程明，他绝不可能有翻身的机会，好人和坏人永远没有清晰的概念。

唐风缓缓地问：“这个敌人有些过于强大了，你现在是怎么想的？”唐风不得不权衡跟曾子恒合作的利弊，跟杨程明正面为敌是危险的，相比自己，他更担心曾子恒，如果他总想着报仇雪恨，难免会节外生枝。

“你说得对，”曾子恒说，“这些天我也在想，是不是该找他报仇，但现在我想通了，已经逃过一劫的我、黑大个和王天朔三个人根本就不该想着整他，如果我们不写信揭穿他，也不会落到今天这步田地了。既然我们三个都拿他没办法，我一个人更是无能为力，而且这事情其实也不能怪他，换了是我，我也会这么做。所以，我现在只想安安生生度过余生。但我会记得，是你救了我，所以，我想跟你做个交易。”

唐风没有说话，静听曾子恒的下文，曾子恒说：“我们合作，利益对半，除此之外，我把所有的技术都教给你，因为我不想让我的发明，如果这可以称之为发明的话，我不想让我的发明失传。”

唐风知道曾子恒的意思，他担心自己的安全，唐风说：“你放心，有我在的一天就不会让他动你一根汗毛，惹毛了我，他也不会好受的。不过，出来的东西要由我操作，你们那种操作技术含量太低，也太容易被识破。”

曾子恒点了点头，说："你以为我可以选择吗？我现在根本就不敢露面。"

唐风说："我拿一件真品出来，并给你相应的材料，你能做出高仿来吗？我要最好的、能突破国外高科技鉴定手段的那种。"

曾子恒点头说："一定可以。现在你得给我找一个隐蔽的地方，我需要建造一个窑口。"

"好，我办妥了来找你，"唐风接着说，"我希望你能记住，在北京够胆量跟你合作的人不多。"

曾子恒点头说："我不会拿我的生命开玩笑，杨程明既然已经决定动手就不会再走回头路。"

唐风突然想到了一点，以杨程明的办事风格，如果没有掌握曾子恒的核心技术是不可能痛下杀手的，他在这方面也会有所动作，但愿他跟自己的想法一样，针对的是国际市场。而曾子恒这边一定也有了新的进展，不然他不会写信指出自己烧制的东西的破绽，他应该已经找到突破这种破绽的办法。

告别了曾子恒，唐风一路赶到陈彦家，这时候的陈彦还没有出门。陈彦想不到天天跟自己见面的唐风会突然来他家，他奇怪地问道："不会是出事儿了吧？"

唐风对他说："迟一点去浙闽，有重要的事情要你帮忙。"

"什么事儿，直说吧！"

"在京郊或者是河北租一处厂房，不要太偏僻的，人流量大的地方最好，我要弄一个瓷窑。"小隐隐于野、大隐隐于市，杨程明再厉害也不是国家机器，人海茫茫想要找到一个曾子恒也不是那么容易的。

"瓷窑，你要烧瓷器？"陈彦想了一下，说道，"这好办，河北那边招商引资的地方多，我找朋友去问问，很快就会有眉目。"

唐风说："只怕不行，你自己得跑一趟，不要去问任何人。我要烧高仿真瓷。"

"啊？"陈彦一脸的诧异。唐风不想瞒他，把自己的打算说了出来。

"嗯，"陈彦听后马上大笑着点头说，"这真他娘的是个好主意，老子最喜欢骗外国人的钱，放心吧，我马上去办。"

“那我走了。”唐风说完话，转身离开了。回市区的路上，唐风又给柳月打了一个电话，让她帮忙留意一下拍卖市场上明青花的走势。

接下来的十来天，唐风逛遍了整个北京城的古玩市场，花费上百万购买了几件残损的明代永乐青花。瓷器不是以重量计价的商品，残器的货币价值远远低于完器，唐风财力有限，更舍不得敲碎完器去作伪，只能退而求其次。

汉唐宝业和龙宝公司的新门店开张在即，陈彦完成了采购任务回到北京，而此时的唐风却远在河北廊坊市郊的工业园区，陈彦帮他找的厂房就在这里。由于时间仓促，加之人生地不熟，这处厂房的租金有些贵了，唐风一下子又花去十几万。好在他前段时间拍卖清代“讨罪安民之宝”玉玺获得了四千多万资金，还清银行贷款之后还剩两千多万，不然还真养不起这吞金怪兽一般的作伪瓷窑。

全国都在招商引资，各地竞争激烈，这使投资变得非常方便，各类手续一站办齐，不存在程序上的麻烦。地处廊坊的这个工业园区条件非常好，配套设施完整，安保措施完善，没有持证的闲散人员根本无法进入园区，曾子恒的安全不成问题。

由于曾子恒不能抛头露面，唐风特意从中国石把吕光叫过来帮忙，唐风对吕光还是比较信任的，这次也给他加了不少工资。瓷窑设计方案很快出来，材料备齐开始建造，这不是什么技术活，当地多如牛毛的建筑小企业都能承接，这些企业的员工多数都是马路游击队，对瓷器一窍不通，以至于直到落成的时候他们都没弄明白，这锅炉房造来是干什么的。

瓷窑建好只是一个开始，烧制瓷器还为时尚早。在准备工作还在进行的时候，吴智勇打来了电话，新的一批半明料赌石到达北京，这事情其他人干不了，唐风只好回到北京。吴智勇并没有食言，把自己认为最好的半明料赌石摆出来让唐风过目。唐风挑了几块，开解出来都是一般货色，只有两块算得上是精品。这对唐风来说就已经够了，他要的是货真价实的口碑，而不是铺开来做，以他现在的经济实力，也没办法铺开来做。

唐风这种手法是典型的以点盖面，他要让顾客明白，中国石的翡翠不管是什么品质，肯定明码标价绝不掺假。他的目标说通俗一点就是，当一位顾客决定要买翡翠饰品的时候，首选之地是中国石，不再到其他地方去买，这和他经营印石的思路是一样的。

花大价钱买一个中国玉雕、石雕大奖赛的金奖有没有用？肯定是有用！按照唐风的眼光看来，获奖之后的陈彦雕刻水平不但没有上升，反而有所下降，但口碑却比以前好了不止一个档次，权威奖项嘛！

除了陈彦，在这件事情上，范诚如帮了唐风的大忙，他的徒子徒孙中高手辈出，唐风秘密地聘请了几位帮他们加工翡翠饰品。在这种传统氛围浓烈的行业，掌门人范诚如说话还是很有分量的，以至于汉唐宝业和龙宝公司直到中国石的翡翠饰品正式上柜，才知道他们已经涉足翡翠市场。

农历二月初八，汉唐宝业和龙宝公司的新店双双开张，两家公司在西单大打擂台。盛大的开张典礼一结束，铺天盖地的广告、层出不穷的优惠纷纷袭来，北京珠宝业的龙争虎斗已经趋于白热化。同一天，有些冷清的中国石大门口悄然挂出了两条横幅——本店只售 A 货，绝无 B 货、C 货，假一赔十！

几乎是同一时间，另一幅巨幅海报也出现在中国石的外墙，上面详细地介绍了 A 货、B 货和 C 货的区别。

消息一出，整个北京的珠宝市场立刻哗然，中国石招来一片讨伐之声。A 货、B 货和 C 货之分是珠宝市场，尤其是翡翠市场约定俗成的行业标准。这个标准的基本理论是，B 货和 C 货也是正宗翡翠制品，商家可以不加以标明和区分，也就是说，顾客买到的翡翠制品并不一定是天然翡翠。

中国石的这种做法无疑是冒天下之大不韪，因为他们直接把 B 货、C 货列为假货，这无疑破坏了行业标准，业界对这种为了商业利益不惜杀鸡取卵破坏规则的做法大加批驳。第二天，专家们出来辟谣，B 货、C 货为正宗翡翠制品，消费者应该视自身的购买力来定夺。

接下来，中国石一直保持沉默，不参与任何 ABC 货的争议，唐风已经发招，就看江源和杨程明如何接招了。

一周后，龙宝公司和汉唐宝业悄然在自己的翡翠制品上标注了 ABC 之分，结果就是，打折的都是 B 货、C 货，翡翠 A 货价格基本没有变动。这一周，中国石的营业额不降反升，江源和杨程明输了第一回合。

但是，唐风并没有轻松太久，半个月后，某知名网站出现不利于唐风的报道，报道标题是——谁在出卖中国文化？某知名收藏家为J国极右翼反华势力服务。

内容大致如下，《盛世收藏》栏目前嘉宾、中国石幕后老板、国内知名收藏家唐风于香港甩卖清代“讨罪安民之宝”玉玺，买主为J国富商青山俊树，成交价高达五千八百万港币。

新闻还对青山俊树的背景做了详尽介绍，青山俊树本名青木俊树，为J国青木财团继承人，该财团与收藏“昭君出塞”元青花罐的东京出光美术馆、收藏“百花亭”元青花罐的J国大阪万野美术馆关系密切，长年组织J国国内文物专家以组团旅游为名赴中国收购中国文物。

此外，青木财团是J国国内极右翼反华势力的代表，青山俊树的太祖父青木诚曾随军队参与侵华战争，在中国犯下了滔天罪行，双手沾满了中国人民的鲜血。

另外，该报道还对中国年青一代崇洋的行为进行了批评，并对中国教育界忽视爱国主义教育的举措异常忧虑。报道当即呼吁所有国人勿忘国耻，抵制J国货。

最后，这篇报道刊登了数张唐风和青山俊树在香港国际会展中心的照片。

这篇报道一出，立即引起了网友的广泛关注，一时之间，点击量无数、跟帖无数，网友们纷纷口诛笔伐，将唐风斥为汉奸，这次事件也被称为“汉奸门”。网友持续的关注使得这篇报道迅速占据了各大网站的显著位置。之后，唐风在香港停留期间的照片被陆续曝光，中国石的照片也出现在网络上，抵制中国石的呼声此起彼伏。

三天不到，事件再次升级，一张唐风和青山俊树握手交谈、相见甚欢的照片见诸网络，这无疑是火上浇油，怒不可遏的网友联名上书要求有关部门严惩倒卖国家保护文物的卖国贼唐风。

短短数天时间，唐风迅速在网络上臭名远扬，百度排名一路攀升至三甲，在商战中赢得先机的中国石为此蒙受了巨大的损失，原本门庭若市的场面迅速变得门可罗雀。

大结局

真宝轩黄家，黄馨儿关掉电视走出房间，大厅里的唐问宇和黄韬略正一边品茶一边谈笑风生，似乎并没有把这件事情放在心上。黄馨儿上前轻声问唐问宇道：“唐爷爷，唐风哥哥现在可怎么办呢？”

唐问宇放下手中的茶杯微笑着说：“每个人都会面临考验，这是小风人生的十字路口，赢则海阔天空，输则一败涂地，我们帮不了他。”

黄韬略看着孙女儿，说：“既然走上了一条路，就应该坦然面对路上的风雨，我相信他能渡过难关。”

谁也想不到形势会如此迅速地被扭转，更令唐风想不到的是，自己在香港的一举一动都在别人的掌控之中，对手早有预谋。这一次，非商业手段轻而易举地击溃了纯商业的苦心经营。

“无耻！太无耻了！”中国石冷冷清清的大堂内，唐风手拿那张自己和青山俊树握手交谈、相见甚欢的照片气愤地说，“我根本就没有跟这家伙碰过面。”

“还有更坏的，”陈彦有气无力地说，“他们在进行万人签名，准备明天到中国石门前抗议。”

林沐雨说：“不可能的呀，他们什么时候变得这么团结了？”

唐风摇着头说：“这是早就策划好的，操作痕迹明显，以幕后推手无所不用其极的手段来看，明天真会有人来抗议的，只要给钱，会有人团结起来的。”

“唐风。”林沐雨轻声唤道。

“怎么了？”

林沐雨咬着嘴唇说：“要不，我们明天别开张了。”

“不行，”唐风肯定地说，“关门不就等于承认这一切了吗？”

“可是唐风……”林沐雨说，“对我来说，你才是最重要的。”

“我没事，哈哈，”沉默了半晌的唐风突然失声笑了出来，“杨程明啊杨程明，你这家伙果然有一套啊！”

陈彦奇怪地问："你怎么知道不是江源呢？"

"江源若是有这种手段，吴智勇就不会有今天，杨程明的汉唐宝业也没办法在北京站稳脚跟，"唐风再次笑着说，"利用网络舆论，嗯，好手段，佩服，实在是佩服。"

"想不到事到如今你还能如此轻松。"除了员工，空无一人的大厅进来了一位客人。三人一起望去，正是范紫韵。这位魅力四射的美女缓步来到唐风面前，"唐风你想到办法了吗？"

唐风摊了摊手，摇着头说道："没想到。"

"那你还一副信心满满的模样？"

"连信心都没有了，这就不用竞争了，直接退出得了。"

"其实嘛，也不是没有办法。"美女之后还是美女，而且一来就是俩，柳月和苏晴也来了。说话的是苏晴，苏晴接着说道："你上次在机场截留元青花的事情可以解决青山俊树的问题，机场方面是有录像资料的。至于这张照片，经过技术部门的鉴定，是用电脑技术处理过的。"

随后的柳月对唐风说："那方'讨罪安民之宝'玉玺现在就在故宫博物院啊，何来倒卖国家保护文物之说？"

陈彦一拍脑袋，恍然大悟地说："是啊，这些是可以解决的。"毕竟故宫博物院是文博权威，只要他们说自己收藏的那一方是真的，就没人会认为是假的。

唐风立即说："不行，我现在要去首都机场，晚了就找不到证据了。"

"已经晚啦，"苏晴捏起拳头敲了敲唐风的胸口，"我们已经拿到手了，这件事情还是柳月想到的。"

唐风望向柳月，后者避开了他的目光。苏晴对范紫韵说："范小姐收到消息了吗？"

范紫韵反问苏晴："不然我怎么会到这里？其实，我们台领导一直是向着唐风的，收视率神话嘛！"

"好人好报，"苏晴点头说，"上次唐风帮我们破获了大案子，公安部门还是记得他的。"

柳月说："唐风你都不知道，这次有很多人站在你这一边，董民权和任望祖都在动用自己的影响力帮你。不过，他们好像并不想让包括你在内的人知道。”

苏晴笑着说："柳大小姐，这个应该不难理解吧？”在场诸人纷纷点头，这是人之常情，可以理解。

汉武雄风源于文景之治，因为战争的本质是动用一切资源，消耗的是综合国力，需要长时间休养生息的累积。同样，唐风现在也在动用自己所有的资源，而这些资源都是他依靠平日里的点点滴滴汇聚而成的。杨程明没有低估唐风本人，也没有低估他身边的资源，但他低估了唐风对这些资源的掌控能力。不要在意平日里的付出，因为你会在关键时刻得到回报。

苏晴面向唐风做了一个请的动作说："走吧，我现在请你协助警方调查。"

很快，北京市公安局召开新闻发布会，发布会证实了中国石老板、“汉奸门”主角唐风被警方带走协助调查的消息。同时，警方做出了一定会秉公执法的承诺，并将在第一时间公开调查结果。最后，警方呼吁社会各界，在调查结果出来之前保持冷静。

第二天晚上，北方卫视在黄金时段进行了题为“‘汉奸门’真相”的专题报道，报道现场直播了警方的调查结果新闻发布会。新闻发布会公开了唐风配合警方在首都机场截留中国文物的视频；之后，警方拿出有力证据，证明了那张唐风和青山俊树握手交谈、相见甚欢的照片是经过电脑处理的照片；然后，故宫博物馆的专家组出现在新闻发布会现场，他们言之凿凿地表示，清代“讨罪安民之宝”玉玺仍在故宫博物馆中馆藏，而唐风拍卖的那方为后世仿品，只是一般文物，允许外流。最后，警方的发言人表示，唐风曾配合警方参与了整顿文物市场的工作，对北京的文物保护工作做出过贡献。当记者询问到唐风配合警方参与整顿文物市场的细节时，发言人表示，为了当事人的合法权益，细节不便透露。

在直播完新闻发布会之后，唐风出现在北方卫视的节目录制现场，现场观众的热烈掌声预示了危机的解除。接下来的几天，网上的舆论风潮出现了颠覆性的变化，有人击节叫好，既然真正的“讨罪安民之宝”玉玺还在故宫博物馆中，那唐风卖给青山俊树的那一方自然而然就成了仿品，一件仿品卖出五千八百万港币的天价，应该是大赚，还有比骗J国人的钱更令愤青们振奋的事情吗？因此，他们提议购买宝石饰品首选中国石；有人深刻反思，认为网上舆论的误导让警方失去了重要线人，失去了隐蔽性的唐风今后将不可能再跟警方合作；当然，也有一小部分人认为唐风上面有人，这是政策性的保护。

“嗯，太好了！”中国石的办公室里，陈彦放下手中的报纸说，“这次危机不但没能击垮中国石，反而让中国石更加强大。”

“唉，”唐风无奈地叹了一口气，“所谓的网络舆论已经完全失衡，掌握话语权的一方将占有压倒性优势。”

林沐雨不无担心地说：“最可怕的是，在证据确凿的情况下，居然还有人认为这是政策性的保护。”

唐风说：“没办法，公信力的丧失不是一天两天能够重建的。”

在汉唐宝业、龙宝公司和中国石在西单的竞争中，中国石无疑占据了绝对上风，就算受到“汉奸门”时间的影响，三足鼎立之后的第一个月，中国石的营业额还是出现了大幅增长。但由于中国石的规模实在太小，对汉唐宝业和龙宝公司无法形成根本性的打击，在此之后，三者进入常态竞争。在更久远的未来里，占有优势的中国石将不断蚕食汉唐宝业和龙宝公司的市场份额，在他们完成原始积累而经营策略又没有发生改变的情况下，未来的行业龙头无疑将属于他们。

常态竞争是一个漫长的过程，现在的唐风终于可以撇开实质经营，忙自己的事情，他打算亲自远赴缅甸参与顶级的赌石竞争，但这一切要等到他稳定高仿真瓷、弄清楚自己的身世之谜之后。

难怪曾子恒他们过河拆桥杨程明会恼羞成怒，甚至不惜杀人取命，为了河北廊坊的作伪制瓷工厂，唐风先后投入了一千多万，这还不包括曾子恒他们已经运到新的秘密制假窝点的部分设备。曾子恒他们当初不但脱离了杨程明，还运走了杨程明斥巨资购置的整套设备。在他们第一次受到杨程明的报复之前，他们就已经转移了部分设备到新的秘密制假窝点，但他们的转移尚未完成就遭受了连番打击。而此后，王天朔和黑大个并没有依约到新秘密制假窝点跟曾子恒碰头，在确定安全的前提下，这批设备被转运到了唐风的工厂。

河北廊坊唐风的制瓷工厂里，唐风对曾子恒说：“我要给你的这件东西仿制难度将非常高，不是前几件试验品能与之相比的，或许，这将是你迄今为止面临的最大挑战。”

曾子恒说：“放心吧，没有我高仿不了的东西。”

唐风将自己手中的铝合金箱子放到桌子上，然后他打开箱子，小心翼翼地捧出一个红木锦盒，打开锦盒盖子之后，唐风拉开上面的红绸布，里面是一个天球瓶，这就是真正的明永乐缠枝莲花海水龙纹天球瓶。

“这、这是真品？”曾子恒摇着头道，“不可能，这只是传说中的极品青花，它完全超出了永乐时期的工艺水准，根本不被后世承认。”

唐风说：“其实我也不信，这件龙瓶是我在鉴定方面的盲点，因为它没有前因后果的传承，突然巅峰又突然消失，我只能把它当成一个特例。哎，这可是我费尽口舌才从我们家老爷子那里拿出来的，他再三嘱咐我要寸步不离。”

曾子恒点头说：“如果是我，根本就不会把它拿出来。”

唐风何尝不是这么想的，但他思前想后，还是决定拍卖这件极品青花，只有这样才能彻彻底底地搞清楚家族的恩怨。事情的发展总是出人意料，从现在的情况看来，杨程明上次给唐风设下的那个套非但没有害他，反而还帮了他，帮他理清了青山俊树和青木家族的关系。林家和青木家的恩怨始于龙凤双瓶，如果真正的龙瓶出现在拍卖市场，跟龙凤双瓶有关的各方肯定都会有动作，其中的恩怨情仇就会水落石出。只是，他们做梦都想不到，唐风遇到了曾子恒，能做出跟真龙瓶相似度极高的赝品龙瓶。

当一个人专注某件事情并为之不懈努力的时候，他的水平必然会高人一筹，曾子恒和黑大个浸淫高仿真瓷器多年，他们已经将传统制瓷工艺和现代科学技术结合在一起。接下来的一个月里，唐风和曾子恒开始了作伪攻关。曾氏作伪手法的大致步骤是这样的：先用精密仪器对龙瓶进行高精度扫描，再输入电脑用高端软件进行图案分析，最后利用最先进的彩色激光打印技术制坯。之后，整个作伪的过程从古代瓷器粉末的比配到天球瓶成型，从施釉到烧制方法等各道工序都以科学检测数据为标准。如此，经过一个月的准备，四吨松柴运抵工厂，最后的柴烧工艺即将进行。

唐风问曾子恒：“一切都运用到极致了，你有没有把握？”

曾子恒神情复杂地说：“本来很有把握，但现在真一点把握都没有了。

古人烧制一批瓷器，成品率百分之十不到；而我们只烧一件，这需要百分之一百的成品率，如果没有电脑温控技术，只怕我烧都不敢烧。关键在于你这件瓷器太过精致，我是怕烧出来的效果不好。”

“其实烧不好也没有什么，”唐风说，“人事已尽，只待天命，开始吧！”

瓷器的烧制时间不是一般的长，足足二十四个小时，在开窑前，曾子恒对唐风说：“唐先生，我有一个请求。”

曾子恒并没有出尔反尔，他把自己的一整套技术都交给了唐风，这套作伪技术大多依赖科技手段，领悟并不困难，但唐风仍需要时间加以消化。他说：“说吧，只要我能做到。”

“我也不要求什么对半了，”曾子恒说，“如果烧成，你能不能给我两百万，我们就此两清。”

唐风奇怪地问：“难道你要走？”

“不，”曾子恒摇着头说，“这是我欠你的，两清之后我心里会好受一点。不过你放心，我不会走的，不是我人品有多好，而是我根本没地方去。”

虽然唐风已经面临资金困难，但还是爽快地答应了曾子恒的要求，但他没有注意到后者开窑时的神情，那种完成心愿如释重负的神情。

幸运女神这次站到了唐风的身边，两件一模一样的明永乐缠枝莲花海水龙纹天球瓶摆在了他的面前。如果不是事先在真品上拴了一根红丝带，唐风根本就看不出来真假，而他在香港看到的那件赝品龙瓶根本没办法跟这件相提并论。但是，通过一系列科学数据的比对，赝品跟真品还是略有出入，不过，如果没有真品作参照，任何鉴定仪器都无法辨别这件龙瓶是赝品。

两周后，上海佳士得宣布，他们将在一个月后拍卖明永乐缠枝莲花海水龙纹天球瓶，这个消息轰动了整个收藏界。佳士得方面以最开放的姿态面对着各方质疑，一批批权威专家赶赴上海鉴定，鉴定结果无一为假。与此同时，这件龙瓶也经受住了各种鉴定仪器的考验，它俨然就是真的。

唐风在上海可谓春风得意，他清楚地知道掌握这项技术的意义，这将使他在未来的文物战争中处于绝对优势。但是，一个电话传来了令他措手不及的消息，杨程明遭遇车祸意外身亡，而这件事情跟他有关。

唐风马不停蹄地从上海赶回北京，在首都机场接他的除了林沐雨之外，还有苏晴和她的同事们，短短的一个多月，唐风第二次被警方带走协助调查。但这一次，警方的态度严肃了很多，苏晴在盘问之前说："唐风，你可不要怪我，我本来可以回避这件事情的，不过我不想。"

唐风奇怪地对苏晴说："这不是车祸吗？你们怎么会怀疑我？"

之后，苏晴的同事进来，苏晴一本正经地问唐风道："在上个月月初，中国石的户头上少了两百万，就在同一天，开车撞死杨程明的曾子恒户头上多了两百万，而且据我们调查得知，事发前的一段时间，你跟曾子恒关系密切，你如何解释？"

"啊？"唐风这才知道开车撞死杨程明的人是曾子恒。苏晴说道："你知道他开的是什么车吗？是租用的推土机，在杨程明倒车的时候，原本正常行驶的推土机在曾子恒的操控下突然撞向杨程明的车，而且还不止撞了一下，这不是车祸，而是谋杀！"

唐风说道："那两百万是我给曾子恒的，但这只是纯生意的往来，并没有涉及其他。"

苏晴再问："但前一段时间你跟杨程明之间发生过矛盾，拿你两百万的人又杀了杨程明，恕我直言，我们不得不怀疑你。"

唐风说："恕我直言，曾子恒和杨程明之间的矛盾更大。"

"唐风！"苏晴有些难过地说，"这件事情若跟你有关，你这人就太恐怖了。"

曾子恒在撞死杨程明之后很爽快地承认了谋杀的事实，并言明自己就是要让杨程明死。由于犯罪嫌疑人已经认罪，警方没办法继续拘押唐风，四十八小时后，唐风被释放。在唐风的一再要求下，警方让他见到了曾子恒。看守所中的曾子恒脸上丝毫看不到杀人犯的绝望神情。

唐风拿起电话问曾子恒道："你怎么这么傻？"

曾子恒很坦然地说："你不明白的，我跟黑大个一起长大，从小都是他罩着我，现在，该我罩他一回了。"

"但你却要为此付出生命的代价！"唐风说，"就算你杀了他也于事无补的。"

曾子恒说："但我怎么也要找个说法的，如果活着只是苟且偷生，还不如被那些人砍死。"

听完曾子恒的话，唐风想起了另一个人的话——有些委屈如果要一辈子背在身上，那我宁愿犯法。任何事情，你要给我一个说法，你不给我一个说法，我就给你一个说法。当整个社会失去公正或是公正范围有限的时候，极端的人就会走上极端的道路。

唐风怀着复杂的心情离开了看守所，他似乎明白了曾子恒，跟自己合作或许就不是他的本意，他所做的一切都是为了复仇，如今他得偿所愿，算是一种解脱吧！

“唉……”唐风抬头仰望长天，长长地叹了一口气。远处传来林沐雨的呼唤声：“唐风，你没事吧？”

唐风勉强地笑了笑，说：“没事。”虽然杨程明意外身亡，但汉唐宝业依然存在，三方的竞争还会持续很长的时间。

林沐雨上前拽着唐风的胳臂说：“有好消息呢！”

“什么好消息呢？”

林沐雨望着唐风，说道：“对你或许是坏消息。”

“对我怎么会是坏消息呢？”

林沐雨得意地说：“以后你就不能在外面瞎逛了，多一个人管你啊！”

“你是说，我就要……”唐风说，“这是真的吗？”

林沐雨点了点头，说：“结果已经出来了。”

唐风很认真地说：“沐雨，你再给我几天时间，等上海那边的事情处理好了我们就结婚。”

“结婚？”林沐雨嬉笑着说，“谁要嫁你啊？”

“你还能跑到哪里去？”唐风刚想伸手去抱林沐雨，但马上就意识到什么，他说，“安全第一，我这就告诉老爷子这个好消息，希望老人家不要高兴坏了。”

三周后，上海佳士得的拍卖会如期举行，拍卖会现场可谓群星闪耀，包括齐墨则、任望祖、董民权在内的文博界重量级人物悉数到场。

唐风环顾四周，终于在人群中看到了青山俊树，他果然来了。这时候，蓝琪来到了唐风身边。

蓝琪看着唐风，欣慰地说：“唐风！”

唐风望向蓝琪，问道：“你都知道了？”

“我能摸一摸你吗？”蓝琪轻轻地伸出自己那不停颤抖的手。

唐风伸手拉住蓝琪的手，将她的手拉向自己的脸颊，他轻声问道：“我可以叫你小姨吗？”

蓝琪微微点了点头，说：“当我第一眼看到你的时候，我就知道你是谁。”

“我跟他长得像吗？”

“嗯，”蓝琪点头说，“很像。”

这时候，青山俊树举起了手中的报价牌，此时的竞购价超过了一亿大关。唐风问蓝琪道：“那你也该知道他是谁。”

“唉，”蓝琪叹着气说，“其实他也是受害者，他的父亲和两个叔叔都死于那次火拼。”

“为什么会出这样的事情？”

“当时，姐夫让姐姐送凤瓶到台北‘故宫博物院’做研究，姐姐刚刚回家，香港那边就传来噩耗，姐夫隐瞒了事情的真相。”

唐风明白了，父亲让母亲将凤瓶送到台湾地区后，又将唐风和龙瓶转交给爷爷，最后就发生了那件事情。

蓝琪说：“但你不该这么做，林家不能失去龙瓶。”

“这个不是真正的龙瓶，只是我做的高仿。”

“你现在怎么打算？”蓝琪望向青山俊树问唐风。

“让青山俊树买走吧，如果他要的只是龙凤双瓶的话，”唐风说，“当然，如果他的目标不止于此，我也会奉陪到底的。”上一代人的恩怨已经随着上一代人的离去而离去，就算杀了青山俊树也于事无补，唐风将选择权让给了青山俊树，但是，他无论如何都不会将龙凤双瓶拱手相让，那是属于林家的。

蓝琪摇了摇头，说：“董先生和任先生是不会让青山俊树买走龙瓶的。”

唐风望向董民权，他的团队和青山俊树之间的竞争已经进入白热化。唐风问蓝琪：“你有董先生的电话吗？”

蓝琪点了点头，唐风接过她的电话，说：“是董先生吗？我是唐风，真正的龙瓶在我手上，我想邀请你……”

出人意料的是，董民权在接了电话之后并没有放弃竞争，龙瓶的报价从五千万人民币一路飙升到三亿，最终，青山俊树以三亿四千九百万人民币的天价将唐风和曾子恒烧制的龙瓶收入囊中，新的拍卖纪录就此诞生。

拍卖结束之后，蓝琪说："风儿你现在必须跟我走，我要带你去见一个人。"

唐风道："但我答应了女朋友，马上回北京结婚的。"

蓝琪神情复杂地说："把这个好消息带给姐姐不是更好吗？"

"什么，我的妈妈，她还没有……"唐风说不出话来了。

三天后，唐风和林沐雨一起到达台北，蓝琪带他们去到蓝家别墅的一个房间。在那里，唐风看到了一个女人，她正抱着一个布娃娃，口中喃喃自语道："风儿不哭哦，妈妈抱抱……"

"对不起！"蓝琪流着泪说，"我们已经尽力了……"

唐风缓步走到那个女人面前，此刻的她对周围的事物毫无知觉，只关注自己怀里的布娃娃，她就像慈母守护自己的孩子那般，微笑着唱那首老歌："小宝宝呀快快睡觉，小鸡母鸡窝里睡了，乌鸦喜鹊树上睡了，月亮星星云里睡了，小宝宝呀快快睡觉……"

看到此情此景，唐风的眼泪夺眶而出，他一下子跪倒在她面前，口中大声呼唤道："妈！"